Das alte, idyllisch gelegene Gutshaus in den Weinbergen strahlt Behaglichkeit aus, im Dorf geht es noch familiär zu. Für die Journalistin Mara Flemming genau der richtige Ort, um ihrem alten Leben in der Großstadt zu entfliehen. Doch warum sprechen die Einwohner immer vom »Unglückshaus«? Und was geschah mit den beiden Mädchen, die dort vor einigen Jahren spurlos verschwanden? Zunehmend beschleicht Mara das Gefühl, dass da noch jemand im Haus ist. Dass jemand sie beobachtet. Auf sie wartet.
Der neue spannende Standalone von Bestseller-Autor Mark Roderick entfaltet sein Grauen vor idyllischer Kulisse in der Pfalz.

Mark Roderick, Autor der Post-Mortem-Bestsellerserie, schreibt seine extrem spannenden Thriller besonders gerne in den frühen Morgenstunden, wenn nichts und niemand ihn vom Schreiben ablenken kann. Der Autor lebt mit seiner Familie in der Nähe von Stuttgart.

Weitere Informationen finden Sie auf www.fischerverlage.de

MARK RODERICK

MORBUS

THRILLER

FISCHER Taschenbuch

Aus Verantwortung für die Umwelt hat sich der S. FISCHER Verlag zu einer nachhaltigen Buchproduktion verpflichtet. Der bewusste Umgang mit unseren Ressourcen, der Schutz unseres Klimas und der Natur gehören zu unseren obersten Unternehmenszielen.

Gemeinsam mit unseren Partnern und Lieferanten setzen wir uns für eine klimaneutrale Buchproduktion ein, die den Erwerb von Klimazertifikaten zur Kompensation des CO_2-Ausstoßes einschließt.

Weitere Informationen finden Sie unter: *www.klimaneutralerverlag.de*

FSC
www.fsc.org
MIX
Papier aus verantwortungsvollen Quellen
FSC® C083411

Originalausgabe
Erschienen bei FISCHER Taschenbuch
Frankfurt am Main, Mai 2020

Die Publikation des Buches erfolgt durch die freundliche Vermittlung der Literarischen Agentur Thomas Schlück GmbH, 30161 Hannover

Satz: Pinkuin Satz und Datentechnik, Berlin
Druck und Bindung: CPI books GmbH, Leck
Printed in Germany
ISBN 978-3-596-70410-1

PROLOG

Während sein Blick langsam über den Bahnsteig von Kaiserslautern wanderte, beschlich Ottfried Gollinger ein ungutes Gefühl. Besser gesagt, eine Vorahnung – das sichere Gespür dafür, dass etwas Schreckliches passieren würde.

Ottfried war kein Hellseher. Er hatte keine Visionen, keine metaphysische Begabung, keine unerklärliche, spirituelle Wahrnehmungskraft oder etwas in der Art. Simple Statistik nährte seine düsteren Gedanken.

Es war der 26. Dezember 1958. Der zweite Weihnachtsfeiertag. Wer unglücklich war oder zu Depressionen neigte, war über die Feiertage besonders anfällig, das galt doppelt für Alleinstehende. Bei geschiedenen, verwitweten oder anderweitig verlassenen Menschen schien sich die Einsamkeit durch die weihnachtliche Feststimmung nicht zu lindern, sondern nur noch weiter zu verstärken. Wer mit dem Gedanken spielte, seinem trostlosen Leben ein Ende zu bereiten, gab seiner Neigung in dieser Zeit am häufigsten nach. Das hatte Ottfried Gollinger in einer Illustrierten gelesen.

Außerdem war Vollmond – ein nicht zu unterschätzender Faktor. Er wirkte wie ein Gefühlsverstärker, auch wenn wissenschaftlich noch nicht genau erforscht war, wie er das tat. Manche Menschen wurden bei Vollmond innerlich unruhig, manche schliefen schlecht, manche bekamen bei Vollmond reale körperliche Beschwerden.

Und manche fassten dabei den unumstößlichen Vorsatz, Selbstmord zu begehen.

Noch dazu das trübe Wetter! Bereits seit Wochen war der Himmel von einer dichten, grauen Wolkenschicht bedeckt. Meistens regnete es, einmal hatte es auch schon geschneit. Nur die Sonne wollte nicht mehr scheinen. Wen die Einsamkeit und der Vollmond nicht schafften, dem gab das verfluchte deutsche Winterwetter den Rest.

Ottfried Gollinger stellte den Kragen seiner Schaffneruniform nach oben und rückte seinen Schal zurecht. Er hätte jetzt einen heißen Kaffee vertragen können, obwohl das Thermometer heute sogar Plusgrade anzeigte. Aber wenn man wie er die meiste Zeit des Tages an der frischen Luft war, kroch einem die Kälte irgendwann in alle Glieder.

Ottfried war auch alleinstehend. Und einsam, zumindest manchmal. Vielleicht konnte er sich deshalb viel besser in die Gefühlswelt anderer Menschen hineinversetzen als seine Kollegen. Die belächelten ihn oft wegen seiner Vorahnungen. Nie nahmen sie ihn ernst, wahrscheinlich weil bisher noch keine seiner düsteren Prophezeiungen eingetreten war.

Aber heute würde es geschehen, das spürte er in jeder Faser seines Körpers. Alle Anzeichen deuteten auf ein Unglück hin!

Deshalb war er an diesem Tag besonders aufmerksam.

Erneut schweifte sein Blick über den Bahnhof. Wie ein Radar. Überall standen Menschen herum, obwohl die morgendliche Stoßzeit schon längst vorbei war. Die meisten warteten wohl auf den Regionalexpress nach Homburg oder auf die Bahn von Saarbrücken nach Mannheim, die heute an Gleis 3 halten würde.

Paare und Familien mit Kindern interessierten Ottfried

nicht. Die mochten zwar auch ihre Probleme haben, aber wenn einer von denen die Absicht gehabt hätte, sich etwas anzutun, wäre er bestimmt nicht in Begleitung gekommen.

Nein, Ottfried Gollinger achtete nur auf Personen, die allein am Bahnsteig standen.

Ein Mann, etwa sechzig Jahre alt, mit Lederjacke und Hut, fiel ihm ins Auge. Er hatte keinen Koffer dabei – verdächtig. Die meisten Fahrgäste reisten mit Gepäck. Aber vielleicht war er auch nur hier, um jemanden abzuholen.

Ottfrieds Blick blieb auf der großen Bahnhofsuhr haften. Noch zehn Minuten, bis der Regionalexpress einfahren würde. Zehn Minuten Schonfrist, die ihm blieben, um den Selbstmordkandidaten zu identifizieren – falls er vorhatte, sich vor diesen Zug zu werfen.

War es doch der Kerl ohne Koffer? Er wirkte so teilnahmslos, geradezu lethargisch. Wie jemand, der mit dem Leben abgeschlossen hatte. Je mehr Ottfried darüber nachdachte, desto sicherer wurde er, dass dieser Mann nur aus einem einzigen Grund hier war: Er bereitete sich auf sein Ende vor.

Ein paar Minuten lang beobachtete er ihn weiter, aus der Distanz, um ihn heimlich zu studieren. Etwas Besseres hatte er ohnehin nicht zu tun. Einmal fragte ihn ein älteres Ehepaar nach der Bahnhofstoilette, und Ottfried beschrieb ihnen den Weg. Danach widmete er sich wieder seinem potentiellen Selbstmörder.

Wie kann ich ihn von dem tödlichen Sprung abhalten?

Darüber hatte er sich schon oft seine Gedanken gemacht. Er würde sich eine Zigarette in den Mund stecken und ihn um Feuer bitten. Normalerweise rauchte Ottfried Gollinger nicht, wenn Züge einfuhren, weil er dann damit beschäftigt war, den Fahrgästen beim Ein- und Aussteigen zu helfen oder ihnen Auskünfte zu erteilen. Dabei störte eine Zigarette nur.

Jetzt war sie ein willkommenes Mittel, um ein unverfängliches Gespräch zu beginnen und eine große Dummheit zu verhindern.

Noch drei Minuten bis zum Eintreffen des Regionalexpresses.

Zeit, sich in Position zu begeben.

Ottfried Gollinger nahm seinen Mut zusammen und kam näher. Er hatte sich schon oft ausgemalt, wie es wäre, als Schutzengel aufzutreten, aber er hatte nicht damit gerechnet, dass er dabei so aufgeregt sein würde. Ängste und Bedenken schossen plötzlich wie lähmende Giftpfeile durch seinen Kopf. Würde er die richtigen Worte finden? Würde er es tatsächlich schaffen, diese verlorene Seele zu retten?

Oder würde er am Ende versagen?

Mehr denn je empfand er sein feines Gespür für die Selbstmordabsichten anderer als schwere Bürde, aber er wusste auch, dass er sich dieser Herausforderung stellen musste. Sonst würde er morgen nicht mehr in den Spiegel schauen können.

Er nahm die HB-Schachtel aus seiner Jackentasche, zog mit zwei Fingern eine Zigarette heraus und steckte sie sich in den Mund. Gerade als er seine Mission starten wollte, schrillte ein Pfiff über den Bahnsteig.

Der Mann neben ihm schreckte auf und sah sich um. Schließlich erkannte er einen jüngeren Mann, der gerade aus dem Bahnhofsgebäude trat und zu ihm herüberwinkte. Mit einem freudigen Lächeln eilten die beiden aufeinander zu und fielen sich in die Arme – offenbar Vater und Sohn.

Ottfried war erleichtert über diese unerwartete Wendung. Gleichwohl hielt das ungute Gefühl in der Magengegend unverändert an.

Die Gefahr ist noch nicht vorüber!

Oder bildete er sich doch nur wieder etwas ein? Heute hatte er seinen Kollegen wohlweislich nichts von seinem schrecklichen Verdacht erzählt, aus Angst, sich einmal mehr zum Gespött zu machen. Aber vielleicht hätte er sie doch lieber warnen sollen. Hier gab es viel zu viele Menschen, um sie alle allein im Auge behalten zu können.

Noch zwei Minuten bis zur Einfahrt des Zugs. Wieder wanderte Ottfrieds Blick über die Bahnsteige, diesmal hektischer, weil er spürte, wie ihm die Zeit davonlief. Er fühlte sich gehetzt. Was, wenn er sein Opfer nicht rechtzeitig identifizieren konnte? Dann würde er Zeuge eines grauenhaften Vorfalls werden!

Eine Frau stach ihm ins Auge, etwa vierzig Jahre alt. Sie trug ein zerschlissenes, blaues Kleid und darüber einen ebenso zerschlissenen, grauen Filzmantel. Beides wirkte viel zu groß für eine so zierliche Person und hing schlaff an ihr herab, als habe sie stark abgenommen. Oder als seien die Klamotten eigentlich gar nicht für sie bestimmt.

Wahrscheinlich eine Landstreicherin.

Trotz der Entfernung konnte Ottfried Gollinger deutlich ihr Gesicht erkennen. Sie wirkte scheu, beinahe ängstlich, ihre Augen zuckten unruhig hin und her, und ihre Miene schien den Sinn der Welt in Frage zu stellen.

Genau so stellte er sich den Gesichtsausdruck eines Selbstmörders vor!

Mit einem schrillen Pfiff rollte der einfahrende Zug heran. Der Blick der Landstreicherin wanderte unentwegt zwischen der Lokomotive und den Gleisen hin und her. Mit zaghaften Schritten näherte sie sich der Bahnsteigkante.

Zwischen ihr und dem Abgrund befanden sich jetzt nur noch zwei Personen: ein Geschäftsmann mit einer Aktentasche in der Hand und eine junge Frau mit einer schwarzen Kaschmirjacke und einer schwarzen Wollmütze auf dem Kopf. Unter dem Arm trug sie eine kleine Damenlederhandtasche, ebenfalls schwarz, genau wie ihr Rock. Sie sah aus, als trüge sie Trauer.

Die Landstreicherin rückte einen weiteren kleinen Schritt auf. Sie schien jetzt nur noch Augen für den einfahrenden Triebwagen zu haben. Ottfried Gollinger wusste: Wenn er jetzt nicht handelte, wäre es zu spät.

Zielsicher marschierte er auf die Landstreicherin zu. Die Zigarette befand sich noch in seinem Mundwinkel. Er fragte sich, ob die Frau überhaupt ein Feuerzeug besaß? Egal! Wenn nicht, musste er improvisieren. Hauptsache, er konnte sie von ihrem Vorhaben abhalten.

Pures Adrenalin jagte durch seine Adern, während er seinen Schritt beschleunigte. Der Zug war jetzt höchstens noch hundert Meter entfernt – ein zischender Vorbote aus dem Jenseits.

Beherzt eilte Ottfried weiter. Er lief nicht mehr, nein, er rannte. Nur noch wenige Schritte trennten ihn von seinem Ziel, als die Landstreicherin plötzlich stehen blieb, dicht hinter den beiden anderen Passanten.

Dem letzten Schutzwall vor dem Sturz in die Hölle.

Sie zögerte.

Wartete.

Ottfried Gollinger sprach sie an.

»Sie haben nicht zufällig Feuer für mich? Ich muss meine Streichhölzer verlegt haben.«

Die Landstreicherin sah ihn verwirrt an. Damit hatte sie offenbar nicht gerechnet.

Sehr gut! Zumindest habe ich sie abgelenkt.

Trotz des trüben Wetters fiel Ottfried die Blässe in ihrem Gesicht auf. Ihre Haut war kalkweiß, wie bei einem Kranken oder bei jemandem, der unter extremer Angst litt.

Aber da war noch etwas anderes. Etwas, das überhaupt nicht zu dem passte, was Ottfried Gollinger erwartet hatte. Eine Kleinigkeit in ihrem Blick, der ihn schaudern ließ.

Entschlossenheit.

Eiserne Entschlossenheit sogar.

Nein, mehr noch. Aber was?

Während er verzweifelt versuchte, die Miene der Frau richtig zu interpretieren, trat sie einen Schritt zur Seite, weg von ihm.

Sie springt!

Dessen war Ottfried Gollinger sich jetzt hundertprozentig sicher. Heute hatte sein Instinkt ihn nicht betrogen!

Er setzte nach, griff nach dem Arm der Frau, versuchte, sie an sich zu ziehen. Doch sie riss sich mit erstaunlicher Kraft von ihm los.

Von da an spielte sich die Szene für Ottfried Gollinger wie in Zeitlupe ab.

Die einfahrende Lokomotive ...

Die Landstreicherin, die ins Taumeln geraten war ...

Ihre spinnenartigen Finger, die nach der jungen Frau in der Trauerkleidung grabschten ...

Als habe sie es sich in letzter Sekunde doch noch einmal anders überlegt ...

Für einen winzigen Moment sah es sogar so aus, als habe sie gar nie vorgehabt, sich selbst vor den Zug zu werfen, sondern die andere Frau, die in diesem Augenblick einen Entsetzensschrei ausstieß, weil sie die Gefahr erkannte.

Ottfried Gollinger stand nur eine Armeslänge daneben. Während der Schrei ihm beinahe das Trommelfell platzen ließ, traf ihn die Erkenntnis so hart, dass er zu Stein erstarrte.

Hass!

Das war es, was er gerade eben in den Augen der Landstreicherin hatte auflodern sehen.

Blindwütigen, abgrundtiefen Hass.

Worauf und warum? Das spielte jetzt keine Rolle! Fest stand nur, dass diese unerwartete Wendung ihn mit Angst erfüllte – denn die Frau verhielt sich nicht so, wie er es sich vorgestellt hatte. Im Gegenteil, sie schien nun völlig unberechenbar geworden zu sein. Ihre Finger bekamen die schwarze Kaschmirjacke zu fassen.

Krallten sich darin fest.

Schienen sie nie mehr loslassen zu wollen.

Der Schrei der Frau in Schwarz änderte sich. Er klang jetzt beinahe unmenschlich – wie ein schriller Laut aus einer jenseitigen Welt. Ein solches Geräusch brachte man nur über die Lippen, wenn der kalte Hauch des Todes einem entgegenschlug.

Erst als der Schrei – oder was immer das war – im nächsten gellenden Pfiff der heranstampfenden Lok unterging, löste sich Ottfrieds Schreckensstarre. Rasch klammerte er sich an die schwarz gekleidete Frau, um sie vor dem Sturz zu bewahren, doch die Landstreicherin, die inzwischen schräg an der Bahnkante hing, zog von der anderen Seite wie ein Bergsteiger an einer Steilklippe.

Es war wie ein Tauziehen zwischen Leben und Tod.

Als die Landstreicherin sich mit einem plötzlichen Ruck ins Hohlkreuz legte, wusste Ottfried Gollinger, dass er verloren hatte. Beide Frauen stürzten auf die Gleise, er selbst taumelte wie betäubt hinterher. Bis zur letzten Sekunde versuchte er, die Frau mit dem Kaschmirmantel und der Wollmütze zu retten – vergeblich. Er musste sie loslassen, sie ihrem Schicksal überantworten.

Einsehen, dass die Macht der Vorsehung stärker war als er.

Seine Finger lösten sich. Menschen schrien. Der bremsende Zug verursachte ein grässliches metallisches Quietschen, das ihm durch und durch ging. Aber er wusste genau, dass das stählerne Monster nicht rechtzeitig zum Stillstand kommen würde.

Er wollte einen Schritt zurücktreten, wurde aber nach vorne gezogen.

Was um alles in der Welt …?

Etwas zerrte an ihm: die Hände der Frau in Schwarz. Sie lag noch gar nicht auf den Gleisen, sondern hatte sich voller Panik in seine Uniform gekrallt!

Obwohl er mit aller Gewalt dagegen ankämpfte, kippte Ottfried Gollinger vornüber wie ein gefällter Baum, über ihm die kreischende Menschenmenge, unter sich die beiden schreienden Frauen. Das Letzte, was er sah, war die Front des Triebwagens, die wie eine Urgewalt auf ihn zurollte und ihn unter sich begrub.

KAPITEL 1

»DAS ist es? Du willst mich auf den Arm nehmen!«

Im Rückspiegel sah Mara Flemming die großen Augen ihrer Freundin Barbara. Sogar der Mund stand ihr offen.

»Das ist ja fast eine Burg!«

Mara musste unwillkürlich lächeln. »Du übertreibst. Aber ich freue mich, wenn es dir gefällt.«

Sie bog von der Serpentinenstraße in die geschotterte Einfahrt zu ihrem neuen Wohnsitz ein. Unter den Reifen knirschten die Steine.

Der Parkplatz befand sich, ebenso wie das Haus, auf einer großen, künstlich angelegten Bergterrasse. Mara hielt ihren Škoda links neben dem Waldrand, damit der Umzugswagen, der in Kürze hier eintreffen würde, genug Platz zum Rangieren hatte.

Die Frauen stiegen aus. Mara trug Jeans, Turnschuhe und Pullover. Ihr schulterlanges, brünettes Haar hatte sie nach hinten zu einem Pferdeschwanz zusammengebunden. Selbst Barbara war heute leger gekleidet. Als Chefredakteurin der FAZ trug sie auch in ihrer Freizeit selten etwas anderes als Blusen, Röcke und Stöckelschuhe, aber heute hatte sie anlässlich des Umzugs ein Baumwollhemd und eine Latzhose angezogen.

»Die Aussicht ist ja der Hammer!«, rief sie mit echter Begeisterung in der Stimme. Sie überquerte den Parkplatz bis zur Terrassenkante, von wo aus man freie Sicht über die Weinberge hatte, vor allem an einem wolkenfreien Tag wie diesem. »Es ist der reinste Frevel, sich nur zum Schreiben hierher zurückzuziehen. Du solltest ein Hotel eröffnen!«

Mara schmunzelte. Bei der ersten Besichtigung des Anwesens waren ihr genau dieselben Gedanken gekommen.

»Ich hoffe, du wirst hier so glücklich, wie Barbara es im Moment ist«, sagte Sabine, Maras zweite Begleiterin an diesem Tag.

»Ich denke, das war die beste Entscheidung meines Lebens«, antwortete Mara. »Vermutlich werde ich dir ewig dafür dankbar sein. Ohne dich wäre dieser Traum nicht in Erfüllung gegangen.«

Sie wollte Sabine damit ein Kompliment machen, aber die wirkte eher distanziert. Vielleicht war sie traurig, weil Mara so weit von Frankfurt wegzog. Ein bisschen wehmütig machte sie das auch. Sie würde Sabine, Babsi und alle anderen bestimmt schon bald vermissen.

»Hättest du mir nicht den Prospekt gegeben, hätte ich dieses Haus nie besichtigt«, fuhr Mara fort. »Dann wäre ich immer noch in der Großstadt und würde Leni vernachlässigen. Ich bin sicher, dass ich hier eine bessere Mutter für sie sein kann. Außerdem laufe ich in Naunheim nicht ständig Gefahr, meinem Trottel von Exmann über den Weg zu laufen.«

Sabine hatte ihr den Immobilienprospekt vor zwei Monaten zugesteckt, kurz nach der Scheidung, weil sie genau gespürt hatte, wie dringend Mara einen Tapetenwechsel brauchte. Die beiden kannten sich schon eine Ewigkeit, vertrauten sich blind und wussten genau, wie die andere fühlte.

Mit dem Prospekt und allem, was darauf folgte, hatte Sabine es geschafft, Mara aus der schlimmsten Krise ihres Lebens herauszuziehen.

»Du bist meine beste Freundin, das weißt du, nicht wahr?«, raunte Mara leise, so dass Babsi sie nicht hören konnte. »Der Umzug wird daran nichts ändern.«

Sie nahm Sabine in den Arm und drückte sie an sich, merkte aber, dass ihr das unangenehm war. Verunsichert ließ sie wieder von ihr ab.

»Was ist los mit dir? Du warst schon die ganze Fahrt über so ruhig.«

Sabine wich Maras Blick aus und schwieg.

»Stress mit Hannes?«

Hannes war Sabines Göttergatte – zumindest hielt er sich dafür. In Maras Augen war er nur ein sportbegeisterter Schwätzer mit völlig übersteigertem Selbstwertgefühl. Natürlich hatte sie das Sabine gegenüber noch nie so deutlich erwähnt, aber meistens lag es an Hannes, wenn Sabine schlechte Laune hatte.

»Ich bin nur ein bisschen müde«, sagte Sabine. »Es war eine anstrengende Woche.«

Mara nickte. Obwohl sie ahnte, dass das nur eine Ausrede war, beschloss sie, nicht weiter darauf einzugehen. Wenn Sabine im Moment nicht darüber sprechen wollte, musste sie das akzeptieren. Vielleicht ergab sich später die Gelegenheit für ein klärendes Gespräch.

Barbara kam wieder zu ihnen zurück, immer noch mit dem Ausdruck überschwänglicher Begeisterung im Gesicht.

»Welche Bank hast du überfallen, um dir das hier leisten zu können?«, fragte sie.

»Wir sind auf dem Land, Babsi«, antwortete Mara. »Das kannst du nicht mit Frankfurt vergleichen.«

»Aber geschenkt kriegst du so was hier auch nicht. Also raus mit der Sprache: Was hat das alles gekostet? Eine Million, wette ich – *Minimum.*«

»So viel Geld hätte ich im Leben nicht zusammenbekommen.«

Barbara machte ein skeptisches Gesicht. »Gehören dir auch die Weinberge?«

Mara schüttelt den Kopf. »Nein, die sind an die örtlichen Winzer verpachtet. Mir gehört nur das Haus, der Garten, der Parkplatz und ein bisschen Land drum herum. Genaugenommen gehört es gar nicht mir, sondern der Bank. Noch mindestens zwanzig Jahre lang.«

»Mitleid bekommst du von mir keines. Nicht *dafür*«, sagte Babsi. »Du bist wirklich ein unverschämter Glückspilz!«

Mit den Kartons und dem Putzzeug aus dem Kofferraum marschierten die drei Frauen über den Schotterplatz zum Haus – einem trutzigen Gemäuer mit einem dicken, unverputzten Steinsockel und einem imposanten Walmdach, dem man das Alter deutlich ansah. Doch genau das war es, was Mara so gut daran gefiel. Das Haus war nicht von der Stange, kein am Reißbrett entworfenes Gebäude ohne Charme und Charakter, sondern ein historischer Bau mit Ecken und Kanten, mit Patina an den Wänden und mit Fenstern, die im Verhältnis zur Stärke der Mauern viel zu klein wirkten. Im Winter strahlte dieses Haus wahrscheinlich ein gewisses Maß an Düsternis aus, das konnte Mara sich zumindest gut vorstellen, aber bei klarem Himmel und Sonnenschein, so wie heute, verströmte es mit seinem sandsteinfarbenen Teint eine heimelige Freundlichkeit, die bei ihr ein Wohlgefühl auslöste.

Dieses Haus atmete den Geist alter Tage. Vom ersten Moment an hatte es Mara inspiriert.

Der Parkplatz ging nahtlos über in einen sauber angelegten Gemüse- und Blumengarten rund ums Haus. Hübsche, mit Rabattsteinen versehene Wege führten durch die Beete. An einer Stelle stand, flankiert von zwei Holzbänken, eine Vogeltränke aus verwittertem, weißem Marmor.

Wenn man den Blick schweifen ließ, gab es bergauf nur Wald, ins Tal hinunter nur Weinreben. Einzige Zufahrt zum Anwesen war die Serpentinenstraße, über die sie gekommen waren. Sie schlängelte sich in engen Windungen von Naunheim herauf und führte oben am Berg weiter bis ins fünf Kilometer entfernte Maikammer.

Der Eingang des Hauses war mit einem kleinen Vordach versehen. Mara schloss die schwere Eichenholztür auf, und die Frauen traten ein. Nach dem Garderobenbereich folgte ein großer Wohnraum, der Mara schon ab dem ersten Moment an einen mittelalterlichen Festsaal erinnert hatte. Dunkle Holzmöbel bestimmten das Bild, von der Decke hing ein alter Kronleuchter herab. Rechts ging der Raum in die offene Küche über. Links befand sich in einiger Entfernung ein großes Panoramafenster, das durch den zugezogenen Samtvorhang im Moment allerdings nur zu erahnen war.

»Du musst mir unbedingt alles zeigen, bevor der Umzugswagen ankommt!«, sagte Babsi. »Das ist ja die reinste Geistervilla!«

Mara nickte amüsiert. »Willst du auch noch mal eine Runde mit uns drehen?«, fragte sie Sabine, die schon bei der ersten Besichtigung vor sechs Wochen dabei gewesen war.

»Ich fange lieber schon mal an, die Küchenschränke auszuputzen, bevor die Kartons mit dem Geschirr ankommen«, antwortete Sabine. Offenbar zog sie es vor, allein zu sein.

»Dann bis gleich.«

Mara wandte sich wieder an Babsi und versuchte dabei, sich ins Gedächtnis zu rufen, was die Maklerin bei der Besichtigung erzählt hatte.

»Die Außenmauern und ein Teil der Innenmauern stammen noch aus dem neunzehnten Jahrhundert«, sagte sie. »Damals wurde das Gebäude von einer Winzerfamilie aus der Region errichtet. Der obere Teil des Hauses, also das erste Stockwerk und das Dachgeschoss, wurde erst in den 1960ern ausgebaut und vor etwa zehn Jahren saniert. Aber ich denke, wir sollten bei unserem Rundgang mit dem Keller beginnen. Der wird dir gefallen. Dort ist es wirklich gruselig!«

Durch die Küchentür neben dem Kühlschrank gelangten sie zur Kellertreppe, die über zwei Absätze zu einem düsteren, alten Gewölbe führte, so groß, dass man dort eine ganze Kompanie hätte unterbringen können. Durch eine Reihe kleiner, vergitterter Fenster fiel Sonnenlicht herein. Feiner Staub schwebte in der Luft, als sie den weitläufigen Raum betraten. Übermannshohe Holzfässer reihten sich entlang der Wand bis nach hinten, wo sich der Raum irgendwo im Halbdunkel verlor.

Obwohl hier unten alles mit den alten Sachen des Vorbesitzers vollgestopft war, konnte Mara sich bildlich vorstellen, wie früher in diesem Keller gearbeitet worden war. Sie verstand nichts vom Keltern, doch der leichte Eichenholzgeruch, den die Fässer immer noch absonderten, vermischt mit den Aromen von schwerem Rotwein, beflügelten ihre Phantasie.

»Du hast nicht zu viel versprochen«, murmelte Babsi, während ihr Blick durch den Raum glitt. »Ich komme mir vor wie in einem alten Dracula-Film. Es würde mich nicht wundern, wenn hier unten ein Vampir in einem Sarg herumliegt.«

»Na toll! Jetzt werde ich jedes Mal, wenn ich in den Keller muss, an Christopher Lee denken!«, sagte Mara. Sie schüttelte amüsiert den Kopf, wünschte sich jedoch insgeheim, dass Babsi die Bemerkung unterlassen hätte. Nicht, dass sie an Vampire glaubte, aber aus irgendeinem Grund trieb ihr die Vorstellung einen Schauder über den Rücken.

Das Obergeschoss, das sie nach dem Keller besichtigten, wirkte im Vergleich dazu wie eine andere Welt. Hier befanden sich modern eingerichtete, helle Zimmer sowie ein schönes, großes Bad.

»Leni und ich werden vorwiegend hier wohnen«, sagte Mara. Leni war ihre fünfjährige Tochter, die übers Wochenende bei ihrer Kindergartenfreundin Jule in Frankfurt übernachten durfte, um ihr den Abschied zu erleichtern.

Sie gingen wieder nach unten ins Erdgeschoss.

»Das Beste kommt jetzt«, sagte Mara auf der Treppe.

»Ich bin gespannt, wie du das noch toppen willst.«

Mit einem breiten Grinsen im Gesicht führte Mara ihre Freundin durchs Wohnzimmer in einen daran angrenzenden, beeindruckend großen Raum.

»Voilà – die Hausbibliothek«, sagte sie mit ausgebreiteten Armen.

An den weiß gekalkten Wänden standen deckenhohe, offene Regale aus schwarzem Holz, in denen sich unzählige Bücher reihten. Mara hatte sie nicht gezählt, aber es mussten Tausende sein – moderne Taschenbücher unterschiedlicher Genres, Romane wie Sachbücher, gebundene Jahrbände, diverse Klassiker in edlen Sonderausgaben, sogar ein paar historische Folianten mit goldenen Lettern auf dem Rücken befanden sich darunter. Ein Lederohrensessel und ein massiver Schreibtisch aus geöltem Holz vervollständigten das Bild. Man kam sich vor wie vor hundert Jahren.

»Hier werde ich mein Arbeitszimmer einrichten«, sagte Mara. »Kannst du dir einen besseren Ort vorstellen, um ein Buch zu schreiben?«

Babsi sagte nichts, aber man konnte ihr an den Augen ablesen, wie beeindruckt sie war.

»Jetzt gibt es nur noch die Terrasse«, sagte Mara. »Dann ist unsere Führung beendet.«

Im Wohnzimmer schob sie den schweren Samtvorhang beiseite und führte Babsi durch eine Glastür nach draußen. Die Vormittagssonne strahlte ihnen warm ins Gesicht, Vögel zwitscherten in den Weinbergen, ein Schwarm Fruchtfliegen tanzte in der Luft. Über die gusseiserne Brüstung hinweg hatte man einen Bilderbuchblick ins Tal hinab, besser als auf jeder Postkarte. Die Weinreben und Wälder rings um sie herum schimmerten in den leuchtendsten Herbstfarben. Am Fuß des Bergs lag das Örtchen Naunheim. Im Wasser des Argenbachs, der träge durchs Tal mäanderte, glitzerte das Sonnenlicht wie ein Meer aus Diamanten. Von hier oben erinnerten die Häuser an kleine, weiß-rote Bauklötze in einer liebevoll gestalteten Spielzeuglandschaft.

Es war ein friedliches Idyll, wie in Maras Kindertagen.

Hinter sich hörte sie ein Geräusch. Als sie sich umdrehte, stellte sie fest, dass Sabine ihnen auf die Terrasse gefolgt war.

»Ohne diese Frau wären wir heute nicht hier«, betonte sie noch einmal, in der Hoffnung, Sabine damit aufzumuntern, denn die schaute immer noch nicht besonders glücklich drein. »Komm her und lass uns noch ein bisschen die Sonne genießen, bevor die Arbeit beginnt!«

Mit diesen Worten schnappte sie Sabines Hand, um sie zu sich zu ziehen, doch die zuckte regelrecht zusammen – nur einen winzigen Augenblick, aber zu auffällig, um es einfach zu ignorieren.

»Was ist los?«, fragte Mara und ließ von ihr ab.

»Nichts …« Sabine rieb sich das Handgelenk. Mara bemerkte, dass es unter dem dicken Armreif bläulich verfärbt war.

»Bist du verletzt?«

»Nein.«

»Hat Hannes das getan?«

Sabines Miene verdüsterte sich noch mehr. »Hannes ist nicht so schlecht, wie du denkst«, zischte sie. »Und jetzt kein Wort mehr davon, hörst du?«

Es entstand eine unangenehme Pause, in der Mara spürte, wie ihr die Hitze ins Gesicht stieg.

»Wenigstens scheint die nächste Shoppingmöglichkeit meilenweit entfernt zu sein«, sagte Babsi, als würde sie sich darüber freuen, endlich etwas zum Meckern gefunden zu haben. Mara ahnte allerdings, dass sie damit nur die peinliche Situation überspielen wollte. »Da unten gibt es wahrscheinlich nur einen Bäcker und einen Metzger und vielleicht noch eine Apotheke, hab ich recht?«

»Dort gibt es alles, was man fürs tägliche Leben benötigt«, entgegnete Mara dankbar. Sabine war heute wirklich nicht besonders gut drauf! »In Naunheim gibt es sogar einen Arzt, einen Edeka und einen Sportverein. Und wenn man mal etwas Abwechslung will, sind Landau und Neustadt nicht weit entfernt.«

Babsi schüttelte fassungslos den Kopf. »Du wohnst künftig also in einem riesigen Haus in perfekter Lage, und das Ganze zu einem Spottpreis. So viel Glück kann es im echten Leben doch gar nicht geben! Mein Reporterinstinkt sagt mir, dass irgendetwas an dieser Sache nicht stimmt. Raus mit der Sprache, was ist es?«

»Muss denn immer alles einen Haken haben?«, erwiderte Mara und winkte ab. »Tut mir leid, aber es gibt keinen.«

Höchstens einen, aber der hat mit dem Haus nichts zu tun: Theodor Flemming, mein Vater.

Bei dem Gedanken an ihn wurde ihr eiskalt ums Herz.

KAPITEL 2

Eine Viertelstunde später traf der Umzugswagen ein – ein dreiachsiger Sattelschlepper, vollgepackt bis oben hin. Dank des großen Parkplatzes konnte der schwerfällige Transporter so rangieren, dass er mit der Laderampe direkt vor dem Haupteingang zum Stehen kam. Das würde Kraft und Zeit sparen.

Die Packer – ein Deutscher und zwei Polen – begannen sofort mit dem Ausladen.

»Alles, was einen roten, gelben oder grünen Punkt trägt, kommt nach oben. Weiß und Schwarz bleiben im Erdgeschoss«, erklärte Mara. Im Vorfeld hatte sie alle Kartons und jeden unverpackten Gegenstand farbig markiert, damit das Ausladen schnell von der Hand ging. »An die Türen der entsprechenden Räume habe ich Buntpapier geklebt. Gelb kommt zu Gelb, Rot zu Rot und so weiter. Wenn irgendwo ein Klebepunkt abgefallen sein sollte, geben Sie mir bitte Bescheid, dann sage ich Ihnen, wo das hinkommt.«

Das System hatte sie von ihrer Tante Agathe übernommen, bei der sie als Jugendliche aufgewachsen war. Tatsächlich klappte das Entladen damit wie am Schnürchen. Nur bei den Sachen, die in den Keller gehörten, musste Mara koordinierend eingreifen, weil dort noch alles vollstand. Der Vorbesitzer hatte ihr nicht nur die wunderschöne Bibliothek hinterlassen, sondern auch die vollgestopfte Müllhalde einen Stock tiefer. Im Moment konnte sie nur alles in eine Ecke stellen lassen und hoffen, dass es nicht übermäßig einstaubte. Sobald sie die Malerfolien fand, würde sie die Sachen damit provisorisch abdecken.

Babsi und Sabine putzten in der Zwischenzeit die Räume. Wenn Mara nichts anderes zu tun hatte, half sie ihnen dabei. Alle waren so in die Arbeit vertieft, dass die Zeit nur so verflog.

Als die beiden anderen sich auf der Terrasse eine Zigarettenpause gönnten, beschloss Mara, einen Kaffee durchzulassen. Nebenher wollte sie die Post der letzten Tage durchgehen, weil sie wegen der Umzugsvorbereitungen in Frankfurt alles nur noch in dem alten Schuhkarton gesammelt hatte, der jetzt vor ihr auf der Küchenplatte stand. Sie zog den Ringgummi ab und sortierte als Erstes Werbung und Zeitungen aus, so dass nur noch die Briefe übrig blieben. Das waren vor allem Rechnungen, aber es befand sich auch ein Schreiben des Anwaltsbüros Hertzweiler & Partner darunter.

Das bedeutete bestimmt nichts Gutes!

Mit einem Kribbeln im Magen öffnete Mara das Kuvert und entfaltete das darin befindliche Schriftstück. Während sie es von Anfang bis Ende aufmerksam studierte, spürte sie, wie das anfängliche Unbehagen immer mehr in Wut umschlug.

Dieser verdammte Bastard!

Ihr wurde klar, dass sie rechtlichen Beistand brauchen würde.

»Wie sieht es eigentlich mit Mittagessen aus?«

Mara sah auf. Ihre Freundinnen kamen gerade von der Raucherpause zurück.

»Soll ich im Ort etwas besorgen?«, fragte Sabine.

Mara schüttelte den Kopf. »Ich mache das schon«, sagte sie. Nach der unerwarteten und höchst ärgerlichen Neuigkeit brauchte sie jetzt erst mal ein paar Minuten für sich, um wieder herunterzukommen.

Sie schnappte sich ihren Geldbeutel, eilte zum Auto und fuhr viel zu schnell die Serpentinenstraße nach Naunheim hinunter. Erst als in der ersten Kurve die Reifen quietschten, kam sie zur Besinnung und trat auf die Bremse. Ein Totalschaden würde die Situation bestimmt nicht verbessern.

Trotz des schönen Wetters war in Naunheim samstags um kurz nach halb eins nur wenig los. Der Ort lag abseits der üblichen Touristenzentren in einem abgelegenen Tal. Genau das hatte ihn für Mara so attraktiv gemacht.

Sie fand einen Parkplatz direkt vor der Metzgerei, wo sie belegte Brötchen, ein paar Wiener Würstchen und eine große Schale Kartoffelsalat für alle kaufte.

Der Brief von vorhin spukte ihr immer noch im Kopf herum.

»Wissen Sie, ob es in Naunheim einen Anwalt gibt?«, fragte sie beim Bezahlen.

Die Frau hinter der Wursttheke nickte. »Herr Brunner. Sein Büro liegt nur ein paar Meter entfernt auf der gegenüberliegenden Straßenseite«, sagte sie. »Aber ich glaube, der hat am Sonnabend nur bis um eins geöffnet. Da müssen Sie sich beeilen.«

Mara nahm ihren Einkauf entgegen, bedankte sich und verließ den Laden. Sie verstaute das Essen im Kofferraum und überlegte. Eigentlich sollte sie gleich wieder zurückfahren, das war ihr klar – die anderen hatten Hunger. Aber das Schreiben von Hertzweiler & Partner wurmte sie so sehr, dass sie dringend etwas unternehmen musste. Sie wollte dem hiesigen Anwalt wenigstens einen kurzen Besuch abstatten, um einen Beratungstermin mit ihm zu vereinbaren. Danach würde sie sich bestimmt besser fühlen.

Die Kanzlei Brunner befand sich im ersten Stock eines alten Fachwerkhauses in der Seiboldstraße. Über eine knarrende Holztreppe erreichte Mara das Büro.

Hier ist es ja beinahe so gespenstisch wie in meinem Keller, dachte sie.

Paul Brunner war ungefähr in ihrem Alter, Mitte dreißig, und trug einen gepflegten Dreitagebart. Hinter der randlosen Brille verströmten seine haselnussfarbenen Augen eine angenehme Wärme, gleichzeitig wirkte sein Blick ein bisschen scheu. Mit dem karierten Pullunder über dem Hemd sah er ziemlich bieder aus, aber auf angenehme Art und Weise. Auf Mara machte er vom ersten Moment an einen sympathischen Eindruck.

Sein Büro war winzig klein. Die Unmengen von Büchern und Akten in den Regalen verstärkten diesen Eindruck noch. Nachdem sie sich die Hände geschüttelt hatten, nahm Mara auf dem Stuhl vor dem Schreibtisch Platz.

»Was kann ich für Sie tun, Frau Flemming?«, fragte er.

»Ich brauche einen Anwalt.«

»Da sind Sie bei mir schon mal grundsätzlich richtig.« Ein spitzbübisches Grinsen legte sich auf sein Gesicht. Wollte er sie etwa auf den Arm nehmen?

»Worum genau geht es?«

»Um meine Scheidung. Kennen Sie sich mit solchen Sachen aus?«

Brunner hob die Augenbrauen. »Scheidungen und Verkehrsdelikte sind mein Spezialgebiet. Bitte erzählen Sie mir, was ich für Sie tun kann.«

Mara seufzte. »Eigentlich wollte ich nur einen Termin für nächste Woche ausmachen«, sagte sie. »Damit wir uns in Ruhe über die Angelegenheit unterhalten können. Heute ist es schlecht – ich stecke mitten im Umzug, und meine Helfer warten aufs Mittagessen.«

In Brunners Miene veränderte sich etwas. »Dann sind Sie also die neue Bewohnerin des Unglückshauses?«, platzte er heraus.

Mara stutzte. »Unglückshaus?«

»Dorfgerüchte«, schob Brunner schnell nach und winkte ab. »Vergessen Sie's einfach, okay? Das ist mir nur so herausgerutscht. Ich wollte Sie nicht verunsichern. Herzlich willkommen in unserer kleinen Gemeinde.«

»Mein Einzug hat sich also schon herumgesprochen?«

»Herumgesprochen ist gar kein Ausdruck. Sie sind hier *das* Topthema – abgesehen vielleicht vom Blumenschmuck für das bevorstehende Marktplatzfest.« Er lächelte und setzte eine verschwörerische Miene auf. »Naunheim ist ein kleiner Ort. Geheimnisse bleiben hier nicht lange geheim. Es gibt immer jemanden, der es der Bäckerin erzählt, und wenn die es weiß, weiß es zwei Tage später das ganze Dorf.«

Seine Art war so entwaffnend, dass Mara ihm das Unglückshaus schon beinahe verziehen hatte. »Wie sieht es in den nächsten Tagen bei Ihnen mit Terminen aus?«, fragte sie.

»Ich bin ab Montag für drei Tage in Berlin«, sagte Brunner. »Wie wäre es also Ende der kommenden Woche?«

Das war Mara zu lange. Sie würde sich bis dahin nur jede einzelne Minute über Thorsten ärgern.

Brunner schien ihre Gedanken zu erraten. »Ich habe noch etwa eine Stunde hier zu tun«, sagte er. »Wie wäre es, wenn ich danach zu Ihnen komme, damit Sie mir erzählen können, wie ich Ihnen helfen kann? Natürlich ist Ihr Umzug dann noch in vollem Gang, aber zumindest würde niemand verhungern.«

»Ich dachte, Sie haben samstagnachmittags geschlossen«, entgegnete Mara.

Brunner sah sie aus seinen unergründlichen, braunen Augen an – einen Tick zu lange vielleicht. Schließlich sagte er: »Ich denke, heute werde ich eine Ausnahme machen.«

KAPITEL 3

Nach dem Mittagessen übernahmen Babsi und Sabine den Abwasch, während die Packer sich an das schwerste Möbelstück wagten: Maras Klavier – kein modernes Elektrogerät, sondern ein klassisches Instrument mit Mechaniken und Saiten. Mara war zwar schon lange nicht mehr zum Spielen gekommen, hing aus sentimentalen Gründen jedoch sehr daran. Es war ein Erbstück ihrer Eltern, das viele Erinnerungen auslöste.

Gute wie schlechte.

Doch die guten überwogen, und die schlechten gehörten schließlich auch zum Leben.

Leider hatte das Klavier, wie bei alten Instrumenten üblich, einen massiven Metallkern, damit die Saiten nicht so schnell verstimmten. Mit allem Drum und Dran brachte das gute Stück an die dreihundert Kilogramm auf die Waage. Deshalb kamen die Möbelpacker ordentlich ins Schwitzen, während sie das schwarz glänzende Musikmonster über die Treppe nach oben hievten. Auch Mara half mit.

Sie steckten mitten im Treppenaufgang fest, als sich von unten Schritte näherten. Babsi kam mit Anwalt Paul Brunner im Schlepptau die Stufen herauf.

»Hier hat sich jemand in die Küche verirrt«, flötete sie und machte dabei ein Gesicht, als wolle sie sagen: »Der ist ja eine Sahneschnitte!«

Zum Glück konnte Brunner es nicht sehen, das wäre Mara peinlich gewesen.

»Ich scheine wohl gerade recht zu kommen«, sagte er. »Wenn Sie noch einen Helfer brauchen, springe ich gerne ein.«

Er wartete nicht auf die Antwort, sondern legte seine Jacke auf die Treppe und packte sofort mit an. Mit vereinten Kräften schafften sie es endlich, das schwere Musikinstrument in den ersten Stock zu tragen und es ins Wohnzimmer zu stellen.

Allen standen dicke Schweißtropfen auf der Stirn. Mara fühlte sich wie nach einem Marathon.

»Danke für die Hilfe«, sagte sie zu dem Anwalt. »Lassen Sie uns nach unten gehen. Am besten reden wir in der Küche, da haben wir mehr Ruhe als hier oben. Außerdem ist dort der Kühlschrank schon befüllt. Sie sehen aus, als könnten Sie nach der Anstrengung etwas zu trinken vertragen.«

Bei einem Glas Limo – das angebotene Bier hatte Brunner abgelehnt – schilderte Mara ihren Fall.

»Wahrscheinlich ist das der Klassiker«, begann sie. »Ich habe jung geheiratet, weil ich dachte, den Mann fürs Leben gefunden zu haben, aber der vermeintliche Hauptgewinn entpuppte sich irgendwann als Niete. Letztes Jahr haben wir uns getrennt, die Scheidung ist seit zwei Monaten rechtskräftig. Er heißt übrigens Thorsten. Wir haben eine gemeinsame Tochter, Leni, für die er bisher Unterhalt bezahlt hat. Jetzt schreibt mir sein Anwalt, dass er die Zahlungen künftig nicht mehr leisten kann.«

»Hat seine finanzielle Situation sich verändert?«

»Höchstens insofern, als seine jetzige Freundin anspruchsvoller ist als ich«, sagte Mara, bemüht, ihre Wut zu unterdrücken. Sie hatte Thorsten erst vor ein paar Wochen in der Frankfurter Innenstadt gesehen, beim Schaufensterbummel mit seiner neuen Flamme – einer aufgetakelten Silikontussi à la Kardashian. Am Körper trug sie nur Prada, Versace und Louis Vuitton.

Ihr Outfit hat wahrscheinlich mehr gekostet als mein Gebrauchtwagen, verdammt nochmal!

Außerdem – und das wurmte Mara am allermeisten – war diese High-Heels-Barbie mindestens zehn Jahre jünger als sie.

Im Moment tat das jedoch nichts zur Sache, weshalb sie es gegenüber dem Anwalt lieber unerwähnt ließ. Sie wollte nicht wie eine eifersüchtige Exfrau klingen.

»Thorsten kann machen, was er will«, sagte Mara. »Wir sind geschieden, und wie er lebt, geht mich nichts mehr an. Aber seit unserer Trennung hat er sich keinen einzigen Tag um Leni gekümmert. Deshalb lasse ich nicht zu, dass er sich jetzt auch noch vor seinen finanziellen Verpflichtungen drückt. Schreiben Sie seinem Anwalt, dass die Einstellung der Unterhaltszahlungen absolut inakzeptabel ist. Ich bin nicht einmal bereit, über eine Aussetzung oder eine noch so geringe Kürzung nachzudenken, hören Sie? Thorsten hat mich während unserer Ehe, falls man das überhaupt so nennen kann, zweimal betrogen und mich am Ende verlassen. Ich will, dass Sie ihn dafür bluten lassen!«

Sie musste tief durchatmen, um sich wieder in den Griff zu bekommen. Vielleicht klang sie doch wie eine eifersüchtige Ex.

Und wenn schon! Hauptsache, Thorsten kommt nicht ungeschoren davon.

KAPITEL 4

Die darauffolgenden Tage vergingen wie im Flug. Mara pendelte zwischen Frankfurt und Naunheim hin und her, brachte die letzten Einrichtungsgegenstände ins neue Heim und fuhr mit dem Einräumen der Schränke fort.

Ganz allmählich nahm das Haus eine wohnliche Gestalt an. Vor dem Einzug waren Mara die leerstehenden Zimmer riesig vorgekommen, jetzt wirkten sie zunehmend gemütlich, auch wenn längst noch nicht alles seinen Platz gefunden hatte und überall Umzugskartons herumstanden.

Leider war die Zeit viel zu kurz für alle anstehenden Aufgaben, weil Mara nachmittags immer in Frankfurt zurück sein musste, um Leni aus dem Kindergarten abzuholen. Eine befreundete Mutter hatte zwar angeboten, die Kleine ein paar Tage lang mit nach Hause zu nehmen und bis zum Abend auf sie aufzupassen, doch Mara brachte das nicht übers Herz. Für Leni war es auch so schon schwer genug. Immerhin würde sie in wenigen Tagen ihren kompletten Freundeskreis verlieren. Mara spürte, wie ihre Tochter darunter litt. Deshalb bemühte sie sich, trotz Umzugsstress eine gute Mutter zu sein und Leni zu den üblichen Zeiten abzuholen.

Am Donnerstagvormittag stattete Anwalt Brunner ihr einen Überraschungsbesuch ab, mit zwei Bechern Kaffee und einer Tüte voll Plunderstücken unter dem Arm. Eine

Portion Rührei mit Speck hatte er auch dabei, weil er nicht wusste, was Mara bevorzugte.

»Ich dachte, Sie sind in Berlin«, sagte Mara und ließ ihn herein.

»Seit gestern Abend wieder zurück«, antwortete Brunner.

Irgendwie fand Mara es süß, dass er sich so rasch um ihren Fall kümmern wollte und ihr dafür sogar einen zweiten Hausbesuch abstattete.

Inklusive Frühstück.

Andererseits drängte die Zeit, weil sie am Samstag ihre alte Wohnung in Frankfurt übergeben musste – ihre letzte Amtshandlung in der Großstadt, bevor sie mit ihrer Tochter hierherkommen würde. Deshalb blieben ihr nur noch der Donnerstag und der Freitag, um das Haus für Leni herzurichten. Sie wollte, dass die Kleine sich so schnell wie möglich hier wohl fühlte.

»Wenn Sie wollen, helfe ich Ihnen beim Einräumen«, bot Brunner an. »Sie müssten mir nur sagen, wohin die Sachen gehören.«

Das Angebot kam unerwartet. Ein solches Maß an Hilfsbereitschaft hatte Mara in Frankfurt vergeblich gesucht. Für den Umzug am vergangenen Samstag hatten nur Babsi und Sabine sich Zeit genommen. Alle anderen waren um Ausreden nicht verlegen gewesen.

»Sollten Sie denn nicht besser in Ihrem Büro sein, Herr Brunner?«, fragte Mara.

Brunner lächelte. »Das ist der Vorteil eines Freiberuflers«, antwortete er. »Man kann sich seine Zeit einteilen, wie man will. Und bitte – nennen Sie mich Paul.«

Beim Frühstück unterhielten sie sich über Maras Scheidung. Paul hatte einen Entwurf für das Schreiben an Thorstens Anwalt mitgebracht, der Mara jedoch noch viel zu diplomatisch war. Gemeinsam besprachen sie die Änderungen, danach erörterten sie, welche Optionen ihnen blieben, falls Thorsten die Unterhaltszahlungen für Leni dennoch einstellen würde.

Paul machte sich ein paar Notizen und versprach, das Antwortschreiben so schnell wie möglich zu überarbeiten. Vor dem Verschicken wollte er es Mara noch einmal zeigen.

»Was hat dich hierhergeführt?«, fragte er, nachdem der offizielle Teil abgeschlossen war. »Mal abgesehen davon, dass die Gegend wunderschön ist, meine ich.«

»Ich bin in Landau geboren und in Edenkoben aufgewachsen«, antwortete Mara.

»Dann hat es dich also in die Heimat zurückverschlagen?«

»Gewissermaßen, ja.«

»Und warum bist du nicht direkt nach Edenkoben gezogen?«

Mara zögerte, ihr Magen begann unruhig zu kribbeln.

»Lass mich raten«, sagte Paul. »Du hattest Angst, dass die Jungs aus deiner Schule dir dort die Tür einrennen würden. Kommt das ungefähr hin?«

Sie musste unweigerlich schmunzeln. In der Schule war ihr niemand hinterhergelaufen, aber sie empfand es als nettes Kompliment, dass er so etwas dachte.

»Okay, du willst offenbar nicht darüber reden«, sagte Paul, weil Mara nicht darauf einging. »Es ist vollkommen in Ordnung, wenn du deine alten Liebesgeschichten lieber für dich behalten willst.«

Damit traf er genau die Worte, die Mara dazu bewegten, sich ihm gegenüber doch zu öffnen – und das, obwohl sie ihn im Grunde gar nicht kannte. Aber eine innere Stimme sagte ihr, dass er vertrauenswürdig war.

»Ich habe wunderschöne Kindheitserinnerungen«, begann sie, während sie nach den richtigen Worten suchte. »Vor allem sind mir die heißen Sommer in Erinnerung, die ich mit den Nachbarskindern in den Weinbergen und auf den Feldern verbracht habe. Aber es gibt auch ein paar Dinge, die ich seit damals verdrängt habe. Meine Mutter ist an Krebs gestorben, als ich sieben war.«

Die plötzliche Tiefgründigkeit des Gesprächs machte Paul betroffen, das konnte sie ihm am Gesicht ablesen.

»Das war bestimmt nicht leicht für deinen Vater und dich«, sagte er.

Die Erwähnung ihres Vaters versetzte Mara einen Stich. Das war eine alte, nie verheilte Wunde, die in Momenten wie diesen noch heute schmerzte.

»Ich denke, mein Vater hat sein Bestes gegeben, um die Lücke zu schließen, die meine Mutter hinterlassen hat«, fuhr sie fort. »Aber aus irgendeinem Grund hat das nicht gereicht.«

Sie fühlte sich plötzlich unendlich traurig und spürte, wie ihr die Tränen in die Augen schossen.

»Was ist passiert?«

Mara schluckte. »Eine ganze Zeitlang hat er versucht, uns über die Runden zu bringen. Er hat vormittags bei der Post gearbeitet, war mittags für mich da und hat abends in der Bahnhofskneipe gekellnert. Drei Jahre ging das so. Einen Tag nach meinem zehnten Geburtstag ist er dann weggegangen.«

Sie zog ein Taschentuch aus ihrer Hosentasche und tupfte sich damit die Tränen trocken.

»Weggegangen?«, wiederholte Paul. »Wie meinst du das?«

»Er hat mich verlassen. Einfach so, ohne ein Wort darüber zu verlieren. Er ist von einem Tag auf den anderen verschwunden und nie mehr zurückgekehrt.«

Einen Moment lang herrschte Schweigen.

»Tut mir leid, ich wollte dich nicht mit meinen alten Geschichten belasten«, sagte Mara.

Paul nahm ihre Hand und drückte sie sanft, als sei es das Selbstverständlichste auf der Welt. Obwohl es sich irgendwie gut anfühlte, erschrak Mara auch über die unerwartete Nähe.

»Lass uns an die Arbeit gehen«, sagte sie. »Wir haben noch viel zu tun – das heißt, natürlich nur, wenn du mir tatsächlich noch ein bisschen helfen willst.«

Paul ließ wieder von ihrer Hand ab und wirkte dabei ein bisschen enttäuscht. »Klar, das habe ich dir doch angeboten«, sagte er mit einem schüchternen Lächeln. »Wo sollen wir anfangen?«

Sie widmeten sich den oberen Zimmern, wo Mara und Leni ab dem Wochenende wohnen wollten, ohne sich wie auf einer Müllhalde vorzukommen. Zu zweit ging die Arbeit erstaunlich leicht von der Hand. Mara konzentrierte sich auf das Einräumen der Schränke, Paul installierte die Deckenlampen und reparierte eine Kommode, bei der durch den Umzug eine Seitenwand ausgebrochen war. Obwohl er auf Mara äußerlich nicht den Eindruck machte, entpuppte er sich als begabter Handwerker.

Gegen ein Uhr hingen alle Lampen, und ein Großteil der Kartons war geleert.

»Wo geht's weiter?«, fragte Paul voller Tatendrang.

Mara warf einen Blick auf die Uhr. »In einer Stunde muss ich nach Frankfurt zurück, um Leni vom Kindergarten abzuholen«, sagte sie. »Wir könnten damit anfangen, den Waschkeller zu entrümpeln. Der ist momentan vollkommen zugestellt, aber den brauche ich spätestens am Wochenende.«

Sie gingen ins Erdgeschoss, wo sie durch die Tür in der Küchenrückwand zur Kellertreppe gelangten.

»Das ist ja beinahe wie in einer anderen Welt«, bemerkte Paul angesichts der unverputzten Wände und des muffigen Geruchs.

»Ja, hier unten ist alles noch ziemlich ursprünglich«, gab Mara zu. »Das ist eben ein historisches Gebäude, mit allen Vor- und Nachteilen.«

Sie zögerte kurz, dann stellte sie eine Frage, die ihr schon seit ihrer ersten Begegnung mit Paul auf der Seele lag.

»Warum hast du dieses Haus neulich als Unglückshaus bezeichnet?«

Die Bemerkung war ihm in seiner Kanzlei so spontan über die Lippen gekommen, dass irgendetwas dahinterstecken musste.

»Ich habe dir doch gesagt, dass das nur dumme Dorfgerüchte sind«, erwiderte Paul. »Die Leute in der Gegend waren früher ziemlich arm, und der Winzer, der dieses Haus errichtet hat, galt als der reichste Mann in der Gegend. Da haben die Leute dem Anwesen ein paar Gruselgeschichten angedichtet – aus Neid. Mach dir darüber keine Gedanken mehr, okay? Diese Mauern sind einen halben Meter dick.«

Er klopfte gegen den unverputzten Stein. »Hier bist du so sicher wie in einer Festung.«

Mara lächelte. Bestimmt hatte Paul recht.

Bevor sie den großen Gewölbekeller erreichten, führte die Treppe auf Höhe des ersten Absatzes in einen separaten, gefliesten Raum, der bis dicht an die Tür mit alten Möbeln vollgestopft war.

»Die Maklerin hat mir versichert, dass es hier einen Wasseranschluss für die Wäsche gibt«, sagte Mara. »Wo der sich befindet, werden wir erst erfahren, wenn es hier leerer ist.«

Mit vereinten Kräften fingen sie mit der Entrümpelung an. Zum Vorschein kamen einige Holzstühle, ein alter Esstisch, mehrere Kommoden und Sessel, eine Stehlampe, ein paar Ölbilder und einiges mehr.

»Was hast du mit dem ganzen Zeug vor?«, fragte Paul, während sein Blick durch den Raum wanderte.

»Ich werde einen Termin für den Sperrmüll vereinbaren«, antwortete Mara.

»Du willst die Sachen wegwerfen?«

»Hast du eine bessere Idee?«

Paul zog nachdenklich die Mundwinkel nach unten. »Ich verstehe ein bisschen was davon«, sagte er. »Mein Vater war Antiquitätenhändler. Reich wirst du mit dem Krempel zwar nicht, aber bestimmt kannst du das eine oder andere noch gut verkaufen.«

»Das meiste davon ist so dreckig, das will doch keiner mehr haben«, winkte Mara ab.

»Für die rostige Klappliege hier wirst du wirklich nichts mehr bekommen«, gab Paul zu. »Und die Sessel sind auch schon ziemlich abgewetzt. Aber die Lampe da hinten könnte etwas wert sein, und die ganzen Holzmöbel auch. Ich mache dir einen Vorschlag: Lass uns die Sachen, die nur noch Schrottwert haben, nach draußen vors Haus bringen. Die kannst du dann von der Müllabfuhr abholen lassen. Was noch in halbwegs gutem Zustand ist, stellen wir vorerst in ein ungenutztes Zimmer. In den nächsten Tagen werde ich mit einem Antiquitätenhändler in Landau Kontakt aufnehmen. Dann kann der sich die Sachen mal anschauen und ein Angebot abgeben, wenn er interessiert ist. Was hältst du davon?«

Mara nickte. »Einverstanden.«

Im schlimmsten Fall würden die alten Sachen noch eine Weile in irgendeinem Zimmer herumstehen, bis dann der nächste Sperrmüll anstand. Und wenn Pauls Vorschlag ein paar Euro einbrachte, umso besser.

Der Waschraum wurde schnell leerer, dafür stapelte sich der Müllberg neben dem Haus. Aber auch das Zimmer mit den vermeintlichen Wertgegenständen füllte sich zusehends.

»Wir müssen allmählich Schluss machen«, sagte Mara schließlich mit einem Blick auf die Uhr. »Ich habe Leni versprochen, sie um drei Uhr vom Kindergarten abzuholen, und ich will mich nicht verspäten.«

Paul, der neben ihr im Eingang zum Waschraum stand, nickte. »Ich bin froh, dass du das sagst«, grinste er. »Mir tun nämlich schon sämtliche Knochen weh.«

Sie beschlossen, noch eine letzte Sache mit nach oben zu nehmen und entschieden sich für eine hüfthohe Kommode. Als sie versuchten, sie anzuheben, rumpelte es.

»Da muss etwas drin sein«, stellte Paul fest. »Etwas

Schweres. Lass es uns rausnehmen, dann lässt sich die Kommode leichter tragen.«

Mara drehte den Schlüssel im Schloss herum und öffnete die Flügeltüren. Zum Vorschein kamen ein paar mit Lederriemen und Eisenketten verbundene Eichenholzklötze.

Sie breiteten das sonderbare Ding auf dem Boden aus, wurden daraus aber nicht schlau.

»Vielleicht hat man das früher zum Keltern benötigt«, meinte Paul.

»Ja, vielleicht«, sagte Mara, obwohl sie es nicht glaubte. Aus irgendeinem Grund verursachte der Anblick bei ihr ein unangenehmes Gefühl.

Was zum Teufel ist das?, dachte sie.

KAPITEL 5

Es war ein wunderschöner Samstagnachmittag mit einem azurblauen Himmel. Die Sonne tauchte das Land in angenehm warmes Licht, das das bunte Herbstlaub der Bäume und Sträucher perfekt zur Geltung brachte.

Doch heute konnte Mara der hübschen Aussicht nicht viel abgewinnen, denn sie fühlte sich wie gerädert. Sie hatte die Nacht mit Schlafsack und Luftmatratze in ihrer leerstehenden, alten Wohnung verbracht, um gleich am Morgen noch einmal durchzuputzen und den letzten Kleinkram ins Auto zu verfrachten. Die Luftmatratze war undicht gewesen, und in dem engen Schlafsack hatte Mara sich gefühlt wie lebendig begraben. Jetzt war sie verspannt, und ihr Genick schmerzte, als würde jemand versuchen, ihr mit einem Messer jeden Halswirbel einzeln herauszuhebeln.

Hinter dem Steuer ihres Wagens sitzend, ließ sie den Kopf kreisen. Hin und wieder massierte sie sich mit einer Hand den Nacken. Viel besser wurden die Schmerzen dadurch aber nicht.

Sie fuhr im dichten Verkehr auf der A67 in Richtung Mannheim. Im Radio lief Lady Gagas neuester Song.

Ihr Blick fiel durch den Rückspiegel auf Leni, die schon seit einer halben Stunde schweigend in ihrem Kindersitz saß. Sie hatte die letzte Nacht noch einmal bei ihrer Freundin Jule verbringen dürfen. Jetzt war sie traurig, weil sie wusste, dass sie sich für eine ganze Weile nicht mehr sehen konnten.

Schon die ganze Fahrt über hatte Mara versucht, ihre Tochter zu beruhigen.

»Ich verspreche dir, dass du Jule so bald wie möglich besuchen darfst«, sagte sie auch jetzt wieder. »Und wenn ihre Mama es erlaubt, darf Jule auch jederzeit zu uns kommen, sobald wir richtig eingerichtet sind. Außerdem wirst du auch im neuen Kindergarten ganz schnell neue Freunde finden, du wirst sehen. Ich bin neulich dort gewesen, um mir alles anzuschauen. Auch die Erzieherinnen sind supernett.«

Leni reagierte gar nicht darauf.

»Wollen wir beim nächsten McDonald's etwas essen?«, fragte Mara. Pommes und Chicken McNuggets brachen normalerweise jeden Widerstand.

Heute wirkte jedoch nicht einmal das. Reglos wie eine Stoffpuppe saß Leni in ihrem Kindersitz und starrte aus dem Seitenfenster ins Leere. Tat sie das unbewusst? Oder wollte sie damit demonstrativ zur Schau stellen, wie sehr ihr der Wegzug aus Frankfurt missfiel? Es tat Mara weh zu sehen, dass ihre Tochter litt. Aber sie glaubte immer noch fest daran, dass die Ortsveränderung nach Naunheim der richtige Schritt für sie beide war.

Mara beschloss, Leni vorerst in Ruhe zu lassen. Sie stellte das Radio etwas lauter und überholte einen Lastwagen.

Während sie ihren Gedanken nun freien Lauf ließ, wurde ihr bewusst, wie aufgeregt sie war – im positiven Sinn. Die letzten Tage hatte sie sich vor lauter Umzugsstress gar nicht freuen können. Jetzt, da Frankfurt abgehakt war, fühlte es sich an, als habe sie sich einer tonnenschweren Bürde entledigt.

Nicht, dass der Job als Reporterin ihr nicht gefallen hätte. Im Gegenteil, sie war sogar so etwas wie der Star ihrer Abteilung gewesen – wegen einiger Skandalgeschichten, die sie aus dem Sumpf der Großstadt zutage gefördert hatte. Aber vor allem seit der Trennung von Thorsten waren Beruf und Mutterrolle immer mehr zur Doppelbelastung ausgeufert. In Naunheim sollte nun alles besser werden. Sie würde nur noch in Teilzeit für die FAZ schreiben, um das Grundeinkommen zu sichern. Dadurch konnte sie sich viel mehr als bisher um Leni kümmern. In der verbleibenden Zeit wollte sie endlich ihren langgehegten Traum verwirklichen und ein Buch schreiben. Einen Krimi vielleicht, das war schon immer ihr Faible gewesen. Ein paar Ideen dazu hatte sie schon skizzenhaft zu Papier gebracht.

Jedenfalls freute sie sich auf die Zeit, die vor ihr lag. Die Autofahrt fühlte sich für sie an wie eine Reise in eine wundervolle Zukunft.

Bei Neustadt an der Weinstraße fuhr sie von der Autobahn ab. Von dort aus ging es über die Landstraße weiter ins Pfälzer Weinland.

»Da vorne ist es«, sagte sie auf der Zubringerstraße von Maikammer nach Naunheim, als diese in die erste Talserpentine überging. Durch den Wald war das Haus nur rudimentär zu erkennen, dennoch konnte man schon einen Eindruck von dessen gewaltiger Größe gewinnen. Leni schwieg immer noch, aber im Rückspiegel sah Mara ihren suchenden Blick – offenbar schien die neue Unterkunft sie mehr zu interessieren, als sie es zugeben wollte.

Nach ein paar Kurven fuhren sie in die Einfahrt ein. Mara hielt den Wagen vor dem Eingang.

»Und? Wie ist dein erster Eindruck?«, fragte sie, als sie Leni aussteigen ließ. Die schwieg sich jedoch beharrlich weiter aus.

So ein Trotzkopf!

Mara öffnete die schwere Eichenholztür.

»Komm rein, dann zeige ich dir alles«, sagte sie.

Pflichtschuldig folgte Leni ihrer Mutter durch die großen Räume. Zwar betrachtete sie alles ganz genau, doch an ihrer Miene konnte man nicht erkennen, was in ihrem Kopf vor sich ging.

»Das hier ist nur der untere Bereich«, erklärte Mara, während sie einen Blick ins Wohnzimmer, in die Bibliothek und in die Küche aus der Gründerzeit warfen. »Ich habe vor, in die Bibliothek einen Schreibtisch reinzustellen und dort zu arbeiten. Aber wohnen werden wir in der ersten Etage. Dort ist es schon richtig gemütlich.«

Auch oben zeigte Mara ihrer Tochter alle Räume. Das Beste hob sie sich bis zum Schluss auf: Lenis neues Kinderzimmer. Damit hatte sie sich besonders viel Mühe gegeben und nicht nur die alten Möbel aus Frankfurt aufgestellt, sondern auch ein paar neue Sachen gekauft – das Puppenhaus für Lenis Barbiesammlung zum Beispiel, das sich hervorragend auf dem knallbunten Teppich in der Spielecke machte. Von einem so schönen Zimmer hatte sie früher nur träumen können.

»Und, was sagst du?«, fragte sie voller Erwartungen.

»Ich finde, hier sieht es aus wie in einem Spukschloss«, sagte Leni kalt.

KAPITEL 6

Es klingelte an der Tür – die Rettung in letzter Sekunde, sonst wären Mara die Tränen gekommen.

Vielleicht Paul, dachte sie.

Etwas seelischen Beistand hätte sie jetzt gut gebrauchen können, doch als sie die Tür öffnete, stand eine ihr unbekannte Frau vor dem Haus: etwa fünfzig Jahre alt, mit rundlichem Körperbau, das Haar nach hinten zu einem lockeren Dutt zusammengesteckt. Mara fiel auf, dass ihre Wolljacke an mehreren Stellen geflickt war. Auf dem Parkplatz neben dem Waldrand stand ein klappriger, alter Suzuki.

»Ich bin Regina«, sagte die Frau, als würde das alles erklären.

Mara verstand nicht.

»Die Haushälterin«, schob die Frau nach.

»Ich habe keine Haushälterin.«

Ein enttäuschtes Lächeln huschte über das Gesicht der Fremden. »Ich dachte, Sie würden meinen Besuch erwarten«, murmelte sie. »Frau Ellinger hat mir gesagt, dass ich ab heute hier weiterarbeiten kann, aber das war wohl ein Irrtum. Entschuldigung.«

Valerie Ellinger – die Immobilienmaklerin. Mara erinnerte sich, dass sie eine Haushälterin erwähnt hatte.

»Sie haben bei meinem Vorbesitzer zweimal pro Woche das Haus saubergemacht, nicht wahr?«

Die Frau nickte. »Ich wohne unten im Dorf und komme seit zwanzig Jahren hierher. Jeden Dienstag und jeden Samstag. Ich habe nicht ein einziges Mal gefehlt. Sie werden es nicht bereuen, wenn Sie mich weiter hier arbeiten lassen.«

Für Mara war das keine Frage des Wollens, sondern des Könnens. Es stimmte, sie hatte der Maklerin in einem schwachen Moment versprochen, die Haushälterin zunächst weiterzubeschäftigen, weil diese sich in einer finanziellen Notlage befand. Angesichts des uralten Autos und der geflickten Jacke glaubte Mara das auch sofort. Aber ihre liquiden Mittel waren nicht unbegrenzt, und falls es Thorsten tatsächlich gelänge, die Unterhaltszahlungen für Leni einzustellen, würde das ein zusätzliches Loch in ihre Haushaltskasse reißen.

Sie bereute es jetzt beinahe, dass sie der Maklerin eine übereilte Zusage in Bezug auf die Haushälterin gemacht hatte. Andererseits konnte sie ein bisschen Hilfe ganz gut gebrauchen, vor allem in der Anfangszeit.

Wenn in ein paar Wochen alles eingerichtet ist, kann ich mich immer noch von ihr trennen. Dann habe ich zumindest mein Wort gehalten.

»Ich bin Mara«, sagte sie. »Kommen Sie erst mal rein, damit wir alles in Ruhe bereden können.«

Regina Szecheny erwies sich als tatkräftige Unterstützung. Mit Staubsauger und Wischmopp machte sie sich voller Elan daran, das Erdgeschoss überall dort vom Staub zu befreien, wo Mara, Sabine und Babsi das letzten Samstag noch nicht geschafft hatten.

Mara widmete sich unterdessen den Umzugskartons im Eingangsbereich, weil diese beim Betreten und Verlassen des Hauses enorm im Weg standen. Darin befanden sich vor allem Jacken, Halstücher und Schuhe, außerdem Mützen, Schals und Handschuhe für den bevorstehenden Winter – lauter Dinge für die neue Garderobe.

Auch eine Kiste mit Kleinkram befand sich darunter: die Zettelbox, das Schlüsselkästchen, eine Keramikschale mit Bonbons, eine Dose für Münzgeld. Und natürlich ihre Schmuckkiste, weil Mara im Garderobenbereich immer einen großen Spiegel aufstellte, vor dem sie sich den letzten Schliff verpasste, bevor sie das Haus verließ. Sie hielt sich zwar nicht gerade für eitel, aber Kleidung, Lippenstift und Schmuck mussten schon zueinander passen, sonst fühlte sie sich nicht wohl in ihrer Haut.

Als neuen Platz für das Kästchen wählte Mara die massive Eichenholzkommode neben der Durchgangstür zum Wohnzimmer. Rasch schaute sie in alle Schubladen und ordnete die Ketten, Ringe und Armbänder wieder sauber auf dem roten Samt an. Vieles davon war nur günstiger Modeschmuck, aber es befanden sich auch ein paar wertvolle Stücke darunter, vor allem der Goldring mit dem Diamanten, den sie sich von der Prämie für den Kirchenskandalreport in Frankfurt-Bornheim gekauft hatte. Auch der mit auffälligen Opalen besetzte Armreif gehörte dazu. Und dann gab es da noch die Damenkette mit dem kleinen Silberdöschen als Anhänger. Der Materialwert spielte dabei nur eine untergeordnete Rolle, viel wichtiger waren die Erinnerungen, die an dem Kleinod hingen.

Während sie die Kette in der Hand hielt und die Gedanken fließen ließ, kam Mara eine Idee. Vielleicht würde die Kette ihrer Tochter dabei helfen, sich leichter in ihrem neuen Zuhause einzugewöhnen. Zumindest war es einen Versuch wert.

Mit dem Schmuckstück in der Hand ging sie nach oben. Leni hockte mit dem Rücken an der Wand auf ihrem Bett, die angewinkelten Beine mit beiden Armen umschlungen. Ohne auf Mara zu achten, starrte sie aus dem Fenster in den blauen Himmel.

»Wie geht es dir, Schatz?«, fragte Mara und setzte sich zu ihr.

Leni ignorierte sie – offenbar war sie immer noch beleidigt.

»Ich habe etwas für dich. Sieh mal.«

Sie hielt ihr die Kette hin und schaffte es damit tatsächlich, Lenis Aufmerksamkeit zu erregen.

»Was ist das?«

»Ein Glücksbringer.«

»Aha. Und wie funktioniert er?«

»Du musst ihn wie eine normale Kette um den Hals tragen, das ist alles«, erklärte Mara. »Dann gibt er dir Kraft und Zuversicht. Er kann dich sogar beschützen.«

Leni nahm die Kette an sich und betrachtete das Silberdöschen daran. »Hat die Kette dich auch schon beschützt?«

Mara schüttelte den Kopf. »Ich habe sie bisher aber auch noch nie getragen«, sagte sie. »Sie lag die ganze Zeit nur in meinem Schmuckkästchen. Ich habe sie gerade eben dort entdeckt und dachte, das wäre vielleicht etwas für dich.«

Leni überlegte. »Wenn du den Glücksbringer noch nie getragen hast – woher weißt du dann, dass er funktioniert?«, fragte sie skeptisch.

»Die Kette hat früher deinem Uropa gehört. Den habe ich dir schon mal im Fotoalbum gezeigt, erinnerst du dich?«

»War das der, der mal vom Dach gefallen ist?«

»Genau der. Er hieß Ludwig.«

»Hast du nicht erzählt, dass er sich dabei das Bein gebrochen hat?«

Mara lächelte. Wenn Leni misstrauisch war, konnten ihre Gedanken für eine Fünfjährige erstaunlich präzise werden.

»Das stimmt, er hat sich den Knöchel gebrochen«, gab Mara zu. »Aber er hätte sich auch den Hals brechen und sterben können. Diese Kette hat ihm das Leben gerettet.«

Leni zog nachdenklich die Stirn kraus. Sie wirkte noch nicht überzeugt. »Die Kette sieht gar nicht aus wie die von einem Mann«, sagte sie.

»Uroma Irene hat sie deinem Uropa geschenkt, als er in den Krieg ziehen musste«, erklärte Mara. »Deshalb ist ein kleines Foto von ihr in der Dose. Damit er sich immer an sie erinnert.«

Sie half Leni, die Dose zu öffnen. Darin kam ein kleines, vergilbtes Schwarzweißfoto zum Vorschein, das Porträt einer hübschen, jungen Frau mit einer Schleife im Haar, aufgenommen im Jahr 1940, wenige Monate nach dem Beginn des Zweiten Weltkriegs.

»Damals war deine Uroma eine junge Frau, gerade mal zwanzig Jahre alt«, sagte Mara. »Dein Uropa war zwei Jahre älter. Einen Tag, nachdem sie ihm die Kette geschenkt hat, wurde er in die Armee eingezogen. Später kämpfte er an der Ostfront.«

»Was ist eine Front?«, wollte Leni wissen.

»Das ist die Stelle, wo die Soldaten im Krieg gegeneinander kämpfen«, sagte Mara.

»Und Uropa Ludwig war auch an der Front?«

Mara nickte. »Er war dort. Monatelang. Aber obwohl damals viele seiner Kameraden in Gefangenschaft gerieten oder getötet wurden, ist ihm selbst kaum etwas passiert. Er wurde nur leicht verwundet, etwa ein Jahr vor dem Ende des Kriegs. Danach kam er nach Hause und wurde in einem Krankenhaus wieder vollkommen gesund gepflegt. Ich bin sicher, dass das an dieser magischen Kette lag. Und jetzt wird diese Kette auf dich achtgeben.«

Es klingelte.

»Ist es okay für dich, wenn ich wieder nach unten gehe?«, fragte Mara.

»Kein Problem.«

»Tapferes Mädchen.«

Sie gab Leni einen Kuss auf die Stirn und freute sich insgeheim, dass die Kette bei ihr so gut ankam. Die Kleine hockte zwar immer noch mit angezogenen Beinen auf dem Bett, aber Mara hatte den Eindruck, dass es ihr schon viel besserging als vorher.

Mit einem Lächeln auf den Lippen kehrte sie ins Erdgeschoss zurück und öffnete die Tür.

»Mein Name ist Dobler«, stellte der Mann im Eingang sich vor. Über seinen mächtigen Bauch spannte sich ein blauer Arbeitskittel. »Ich bin der Klempner. Haben wir miteinander telefoniert?«

Ein Stein der Erleichterung fiel Mara vom Herzen. Sie schüttelte ihm die Hand und ließ ihn herein.

»Danke, dass Sie sich so schnell Zeit für mich genommen haben«, sagte sie. Den Termin hatte sie erst gestern Nachmittag von Frankfurt aus vereinbart, weil die Wasseranschlüsse in der Waschküche nicht funktionierten. Es kam ihr wie ein kleines Wunder vor, dass der Klempner sie so kurzfristig drangenommen hatte, noch dazu an einem Samstag.

»Gerne doch«, sagte Herr Dobler, der wegen seines Körpergewichts schon im Stehen schwer schnaufen musste. »Wohin geht's?«

»Hier entlang.«

Mara ging voraus. In der Küche stieß sie auf Regina.

»Würden Sie in der Zwischenzeit wohl nach Leni sehen?«, bat sie die Haushälterin. »Falls sie nach mir ruft, werde ich sie im Keller womöglich nicht hören.«

»Selbstverständlich«, sagte Regina und verschwand mit ihrem Putzeimer nach oben, während Mara Herrn Dobler über die Kellertreppe in den Waschraum führte. Durch die zwei winzigen Kippfenster drang so gut wie kein Licht, einzig die nackten Glühbirnen an der Decke erhellten den Raum.

Obwohl Mara und Paul schon einen Großteil des hier untergebrachten Gerümpels ausgeräumt hatten, stand der hintere Teil des Raums immer noch voll. Aber die Wasseranschlüsse waren frei zugängig, so dass der Klempner sich sofort ans Werk machen konnte.

Da Mara im Moment nichts für ihn tun konnte, ging sie wieder nach oben und werkelte in der Küche. Die Kellertür ließ sie offen, für den Fall, dass Herr Dobler ihre Hilfe benötigte.

Regina kümmerte sich in der Zwischenzeit um Leni. Die beiden waren kaum zu hören, nur gelegentlich drangen gedämpfte Stimmen nach unten. Mara verstand zwar kein Wort, aber es schien, dass Leni sich gut mit der Haushälterin verstand.

Nachdem Herr Dobler gegangen war, gesellte Mara sich wieder zu ihnen. Tatsächlich war die Stimmung erstaunlich gut. Regina hatte Leni mit lustigen Kinderversen weiter aufmuntern können. Leni half sogar beim Putzen.

»Sie bewirken bei meiner Tochter wahre Wunder«, sagte Mara, als sie Regina am Abend verabschiedete. »Wie viel haben Sie bei meinem Vorgänger verdient?«

»Zwölf Euro pro Stunde bei zehn Stunden in der Woche«, antwortete Regina.

Also vierhundertachtzig Euro im Monat, dachte Mara und seufzte.

»Ich will ehrlich sein«, sagte sie. »Jemanden wie Sie könnte ich hier wirklich gut gebrauchen. Sie packen an, arbeiten sorgfältig und kommen gut mit meiner Tochter zurecht. Auch der Stundenlohn ist absolut gerechtfertigt. Ich weiß nur nicht, wie lange ich mir das leisten kann.«

Regina nickte schüchtern. »Ich würde mich freuen, wenn ich bei Ihnen bleiben kann«, sagte sie. »Leni ist ein wundervolles Kind, und die Arbeit macht mir Spaß. Außerdem gibt es für jemanden, der keine Ausbildung hat, nicht allzu viele Möglichkeiten, weder in Naunheim noch sonst wo. Wenn es sein muss, dann arbeite ich auch für weniger Geld.«

»Im Moment belassen wir es bei Ihrem bisherigen Verdienst«, sagte Mara entschlossen. »Falls es irgendwann nicht mehr geht, werden wir weitersehen.«

Einer spontanen Eingebung folgend, umarmte sie Regina, weil sie ihr plötzlich leidtat.

»Kommen Sie gut nach Hause.«

Sie sah der Haushälterin nach, wie sie über den geschotterten Parkplatz zu ihrem Auto ging und davonfuhr. Bestimmt hatte sie es nicht leicht – eine Frau in ihrem Alter, ohne Berufsausbildung, ohne Aussichten. Aber aus irgendeinem Grund schien es ihr hier zu gefallen. Mara wollte ihr dieses Gefühl so lange wie möglich lassen.

Sie ging wieder nach drinnen, um mit Leni zu Abend zu essen.

Schade, dass Paul sich heute nicht gemeldet hat, dachte sie, während sie den Tisch deckte. Er hatte auf sie den Eindruck gemacht, dass er sie mochte. Mehr noch: dass sie ihm gefiel. Jetzt war sie nicht mehr sicher. Aber im Grunde wollte sie auch gar nichts von ihm, er war nicht mal ihr Typ.

Also, was soll's?

Beim Essen sprachen Mutter und Tochter über den zurückliegenden Tag.

»Hast du dich gut mit Regina verstanden?«, fragte Mara, während sie sich etwas zu trinken einschenkte.

Leni nickte, wobei sich ein verschmitztes Lächeln auf ihre Lippen legte.

»Was ist los mit dir?«

»Ach, nichts.«

»Ich sehe dir doch an, dass in deinem Kopf etwas vorgeht.«

»Und wenn schon? Das geht dich nichts an.«

Die Antwort erstaunte Mara. »Habt ihr beide etwa schon Geheimnisse vor mir?«, fragte sie.

Leni kicherte – offenbar war die Vermutung richtig.

»Und du willst mir nichts verraten?«, hakte Mara nach.

»Aber Mama!«, empörte sich Leni mit einem ernsten Kopfschütteln. »Wenn ich es dir verraten würde, wäre es doch kein Geheimnis mehr!«

KAPITEL 7

Morbus 23
Engelsgesicht

Flehende Augen, voller Tränen,
bitter, sich kurz vor dem Ende zu wähnen.
Das Kinn mit dem Grübchen bebt und zittert,
der ganze Leib, er schlottert und bibbert.
Sie hat Haar wie aus Gold, ein Engelsgesicht,
doch vom baldigen Tod handelt dies Gedicht.

Auf dem Schemel steht sie, die Hände gebunden,
weinend vor Angst, doch ganz ohne Wunden,
denn am heutigen Tag wird fließen kein Blut,
ein andres End wird ihr nehmen den Mut.
Von der Decke herab gespannt ist die Schlinge
um ihren Hals, die den Tod ihr bringe.

So kahl die Wände, so stickig die Luft
so düster ist's wie in einer Gruft.
Sie könnte sich retten, wenn sie opfert den Mann,
doch steht zu bezweifeln, dass sie es kann.
Hier wird sie sterben, wird grausam ersticken,
als rechte Strafe für das grausame Ficken.

Das Engelsgesicht seine Schuld nicht kennt,
verständlicherweise als Opfer sich wähnt.
Doch ich weiß es besser, sie ist besessen,
tief im Innern von Krankheit zerfressen,
wie ihre Ahnen, die Teufelsbrut.
Erst wenn auch sie stirbt, wird alles gut.

So steh ich am Schemel als Henker und Richter,
stoß' ihn weg, lösch' aus ihre Lebenslichter,
genieße mit Wonne den zuckenden Leib,
wie nach Luft und Leben er schreit.
Seh zu, wie er baumelt und zitternd sich windet
und ganz allmählich die Kraft ihm schwindet.

Dann wird er ruhig, entspannt sich, ist tot,
die Augen ganz groß, der Kopf puterrot.
Ich wart noch ein wenig, muss sichergeh'n,
dass der Engel nicht wieder wird auferste h'n.
Erst dann auch bei mir die Ruhe kehrt ein,
doch ich weiß, es wird nicht von Dauer sein.

KAPITEL 8

Nach dem Abwasch brachte Mara ihre Tochter ins Bett. Um ihr am ersten Abend das Einschlafen zu erleichtern, kuschelte sie sich noch eine Weile zu ihr und las ihr bei gedämpftem Licht eine Gutenachtgeschichte vor. Sie war froh, als Leni langsam die Lider zufielen.

Vorsichtig gab sie ihrer Tochter einen Kuss auf die Stirn, dann schlich sie leise nach draußen und zog die Tür hinter sich zu.

Im Grunde war der erste Tag ganz gut verlaufen - Leni hatte den Umzug besser als erwartet verkraftet. Mara ging ins Wohnzimmer und goss sich ein Glas Rotwein zur Entspannung ein.

Leider war der Fernseher noch nicht angeschlossen - sie hätte sich jetzt gerne ein bisschen berieseln lassen. Als Behelfslösung schaltete sie das Radio ein. Während sie den Wein trank, fiel der Stress der letzten Tage wie eine Zentnerlast von ihr ab.

Der Umzug war die richtige Entscheidung gewesen. Sie spürte schon jetzt, wie die Veränderung ihr guttat: die Natur, die frische Luft, das große Haus und vor allem kein Menschenpulk um sie herum, wie in Frankfurt. Endlich war sie für sich, denn für das geplante Buchprojekt würde sie Ruhe brauchen.

Einsamkeit und Stille weckten aber auch schlafende

Dämonen. Beim zweiten Glas Wein dachte sie über die Trennung von Thorsten nach. Darüber, dass er sich nicht nur in Bezug auf seine Vaterrolle, sondern nun auch noch finanziell aus der Verantwortung stehlen wollte. Sie hoffte inständig, dass es Paul gelingen würde, Thorsten weiterhin zu seinen Unterhaltszahlungen zu bewegen.

Ihn nötigenfalls zu *zwingen*.

Sie nahm noch einen kräftigen Schluck, um den aufkommenden Ärger wegzuspülen. Zum Glück würde Thorsten ihr hier nicht mehr über den Weg laufen.

Ein anderer Gedanke drängte sich in ihr Bewusstsein, noch düsterer als die Erinnerung an ihre gescheiterte Ehe. Mara versuchte, die aufkommenden Bilder zu verdrängen, die in ihrem Kopf Gestalt annahmen, doch je mehr sie das wollte, desto weniger gelang es ihr.

Sie sah den menschenleeren Eingangsbereich des Hochhauses in Frankfurt, in dem sie gewohnt hatte.

Die Aufzugskabine.

Die Hand, die sich im letzten Moment wie aus dem Nichts in die sich schließende Schiebetür geschoben hatte.

Den schwarz gekleideten Mann mit der Maske.

Sie spürte den Schlag gegen die Schläfe, erinnerte sich, wie ihr Gesichtsfeld gewackelt und eine lähmende Gleichgültigkeit von ihr Besitz ergriffen hatte.

Was danach mit ihr geschehen war, lag im Ungewissen. Dumpf entsann sie sich, wie der Angreifer sie aus der Aufzugskabine ins Treppenhaus gezerrt hatte. Beim Versuch zu schreien, hatte er sie ein zweites Mal ins Gesicht geschlagen. Von da an lag alles in Dunkelheit.

Das Nächste, woran sie sich erinnern konnte, war das besorgte Gesicht des Mannes, der sie gefunden hatte – ein Mitarbeiter der für das Gebäude zuständigen Reinigungsfirma.

»Sie müssen auf der Treppe ausgerutscht sein«, hatte er gesagt und angeboten, sie ins Krankenhaus zu fahren. Dort war sie eingehend untersucht worden, aber außer einer blutigen Lippe und ein paar blauen Flecken hatte sie von dem Überfall keinen Schaden davongetragen.

Abgesehen von der bleibenden Angst, die sie seitdem wie ein Schatten verfolgte. Er hätte mich vergewaltigen können, dachte sie. Oder sogar umbringen.

Die Vorstellung trieb ihr auch jetzt wieder einen eisigen Schauder über den Rücken, obwohl der Vorfall schon beinahe drei Monate zurücklag. Von dem Täter fehlte bis heute jede Spur.

Das Gefühl der Machtlosigkeit nagte an ihr, daran konnten nicht einmal die Partylieder etwas ändern, die gerade im Radio liefen. Vielleicht lag es am Alkohol, vielleicht am Stress der vergangenen Tage oder daran, dass sie bisher mit niemandem darüber geredet hatte, nicht einmal mit Babsi oder Sabine – denen hatte sie erzählt, sie sei gestürzt.

Als nach einem Werbeblock die Nachrichten kamen und der Sprecher berichtete, wie drei Jugendliche in Unterfranken eine achtzehnjährige Tankstellenkassiererin überfallen, missbraucht und anschließend mit einem Gürtel erwürgt hatten, war es aus. Mara brach der kalte Schweiß aus, Tränen stiegen ihr in die Augen.

Beinahe war es, als würde sie die Szene selbst durchleben …

Dann hörte sie plötzlich einen gellenden Schrei, und einen Moment lang glaubte sie, dass er von ihr kam.

KAPITEL 9

Nein, es war ihre Tochter, die schrie!

Wie von der Tarantel gestochen, sprang Mara auf und stürmte zu ihr. Als sie das Licht einschaltete, saß Leni aufrecht in ihrem Bett, die Augen weit aufgerissen, den Ausdruck tiefster Furcht im Gesicht.

Mara setzte sich zu ihr und drückte sie an sich.

»Schschsch!«, machte sie und streichelte Leni dabei sanft über den Rücken. »Ist ja gut, mein Schatz. Ich bin bei dir.«

Sie wartete, bis Leni sich wieder halbwegs beruhigt hatte.

»Was ist passiert?«, fragte sie schließlich. »Hast du schlecht geträumt?«

Leni zögerte einen Moment, schüttelte dann aber den Kopf. »Jemand war in meinem Zimmer«, flüsterte sie.

Mara drückte sie noch einmal fest an sich. »Aber Schätzchen, das ist unmöglich«, sagte sie. »Außer uns beiden ist niemand hier.«

Leni schluckte. »Ich weiß, dass ich jemanden gesehen habe. Einen bösen Geist! Er stand direkt neben meinem Bett und ist in den Flur verschwunden, als ich aufgewacht bin.«

Mara unterdrückte ein Seufzen. Natürlich hatte Leni nur wieder geträumt, aber manchmal tat sie das so lebhaft, dass Einbildung und Realität in ihrer Kinderphantasie miteinander verschmolzen.

»Ich denke, das Licht hat diesen Geist vertrieben, was meinst du?«, sagte Mara.

Obwohl Leni tapfer nickte, wirkte sie nicht überzeugt. Mara wusste, dass die Kleine erst wieder ans Einschlafen würde denken können, wenn sie sich sicher fühlte.

»Was hältst du davon, wenn wir die Zimmer absuchen und hinter den Türen nachsehen?«, fragte sie. »Oder soll ich das lieber alleine machen?«

Leni überlegte. »Nein, ich will mitkommen«, sagte sie.

»Hast du deine Kette? Nur für den Fall, dass wir einen Glücksbringer brauchen?«

Die Fünfjährige fasste sich an den Hals und zog die Stirn kraus. »Ich habe die Kette nicht mehr«, stellte sie mit brüchiger Stimme fest.

Sie lag auch nicht auf dem Nachttisch oder auf dem Boden.

»Vielleicht hast du sie im Badezimmer abgelegt?«, meinte Mara.

Leni zuckte mit den Schultern.

»Dann lass uns gleich mal nachschauen«, forderte Mara sie auf. »Auch, ob sich dort jemand versteckt hat.«

Sie gingen ins Bad und sahen überall nach.

»Ein Geist ist hier jedenfalls nicht«, stellte Mara fest. Allerdings fehlte auch von der Kette jede Spur.

Sonderbar.

»Weißt du noch, wo du deinen Glücksbringer zuletzt gesehen hast?«, fragte Mara.

Leni dachte einen Moment nach. »Ich habe ihn heute Nachmittag Regina gezeigt«, murmelte sie.

»Aber sie hat ihn dir doch bestimmt zurückgegeben?«

Leni zog abwägend die Mundwinkel nach unten. »Ich glaube schon«, meinte sie.

»Vielleicht finden wir die Kette ja in einem der anderen Zimmer«, sagte Mara. »Wenn nicht, werden wir morgen bei Tageslicht weiter danach suchen, okay?«

Doch Leni war mit ihren Gedanken schon wieder ganz woanders.

»Mama, du blutest ja!«, rief sie.

Mit dem Finger zeigte sie auf Maras Bauch.

Als Mara an sich hinabschaute, sah sie einen handtellergroßen, dunkelroten Fleck auf ihrer weißen Bluse. Im ersten Moment erschrak sie darüber genauso sehr wie ihre Tochter, dann wurde ihr klar, wie der Fleck entstanden war.

»Das ist nur Rotwein«, sagte sie, froh über die simple Erklärung. »Ich muss mich verkleckert haben, als du geschrien hast. Das ist nicht schlimm. Ich wollte die Bluse sowieso schon lange wegwerfen. Sollen wir jetzt weiter das Haus durchsuchen?«

»Ja«, sagte Leni, ebenfalls sichtlich erleichtert.

Vom Bad aus durchkämmten sie alle Zimmer im Obergeschoss. Sie sahen hinter jeder Tür nach, warfen unter jedes Bett einen Blick, öffneten jeden Schrank. Als sie den letzten Raum betraten, ertappte Mara sich dabei, dass sie sich tatsächlich fragte, wie sie reagieren würde, falls jemand sich hier versteckte.

Falls jemand mich angreifen will – wie der Mann aus Frankfurt.

Oder falls derjenige es womöglich sogar auf Leni abgesehen hatte. Ohne es zu wollen, ballten sich ihre Fäuste. Wenn nötig, würde sie sich und ihre Tochter bis aufs Blut verteidigen.

Aber auch dieser Raum war leer.

»Hier ist niemand«, sagte Mara, beinahe erleichtert, obwohl sie nicht wirklich mit einem Überfall gerechnet hatte. Aber in einem großen Haus, noch dazu in der Nacht, konnten einem die Nerven schon mal einen Streich spielen. »Sollen wir auch noch unten nachsehen?«

Leni atmete tief durch, schüttelte dann aber den Kopf. »Vielleicht habe ich wirklich nur schlecht geträumt«, räumte sie ein.

Mara begleitete sie in ihr Zimmer, deckte sie in ihrem Bett zu und ließ das Nachtlicht brennen, damit es nicht so dunkel war. Als sie wieder aufstehen wollte, hielt Leni ihre Hand fest.

»Möchtest du, dass ich mich noch mal zu dir kuschle?«, fragte Mara.

»Ja, bitte.«

Sie schlüpfte zu Leni unter die Decke, streichelte ihr übers Haar, summte leise Gutenachtlieder. Aber die Kleine kam einfach nicht zur Ruhe. Jedes Mal zuckte sie kurz vor dem Einschlafen zusammen, danach war sie wieder wach.

»Wovor hast du Angst, Liebes?«, fragte Mara. »Immer noch vor dem bösten Geist?«

Leni zögerte, überlegte. Schließlich rückte sie mit der Sprache heraus.

»Stimmt es, dass in diesem Haus schon Menschen verschwunden sind?«, fragte sie mit zitternder Stimme.

KAPITEL 10

Mara war wie vor den Kopf gestoßen.

»Wie kommst du denn auf diese Idee, Schätzchen?«, fragte sie.

Leni druckste herum, ohne darauf zu antworten.

»Hat Regina dir das erzählt?«

Die Kleine brauchte einen Tick zu lange, bevor sie den Kopf schüttelte. Natürlich musste sie das von Regina haben, eine andere Erklärung gab es gar nicht! Wahrscheinlich war genau das ihr kleines Geheimnis.

Mara versuchte, sich nicht darüber zu ärgern. Regina hatte es sicher nur gut gemeint und Leni von ihrer schlechten Laune ablenken wollen. Aber, Herrgott noch mal, Leni war ein fünfjähriges Mädchen! Für Gruselgeschichten, bei denen Menschen im eigenen Haus verschwanden, war sie definitiv noch ein bisschen zu jung! Was hatte die Haushälterin sich nur dabei gedacht? Der anfängliche gute Eindruck war jedenfalls dahin.

Womöglich hat sie sogar die Silberkette mitgehen lassen. Regina scheint nicht besonders wohlhabend zu sein, da kam ihr die Gelegenheit vielleicht gerade recht. Nachweisen kann ich ihr den Diebstahl ja kaum, weil sie nur behaupten muss, dass Leni die Kette verschlampt hat.

Andererseits: Wenn Regina, wie sie behauptete, auf den Job als Haushälterin angewiesen war – würde sie dann tatsächlich Schmuck stehlen? Noch dazu am ersten Arbeitstag?

Irgendwie ergab das keinen Sinn.

Aber eines stand fest, nämlich, dass es nicht in Ordnung war, Leni Gruselgeschichten über ihr neues Zuhause zu erzählen. Mara nahm sich vor, bei nächster Gelegenheit mit Regina darüber zu sprechen.

Um ihre Tochter zu beruhigen, beschloss sie, den Rest der Nacht bei ihr zu verbringen. Das würde zwar alles andere als erholsam werden, weil Leni sich im Schlaf häufig wild hin und her wälzte, aber es schien Mara die einzige Möglichkeit zu sein, der Kleinen in der für sie noch fremden Umgebung ein Gefühl der Geborgenheit zu vermitteln.

Sie schaltete im Wohnzimmer das Radio aus, putzte die Zähne, zog sich um und schlüpfte, in eine Wolldecke gehüllt, wieder zu ihrer Tochter ins Bett. Kopf an Kopf lagen die beiden zusammen, und tatsächlich entspannte Leni sich jetzt zusehends. Ihr Atem ging immer gleichmäßiger, ihre Lider wurden schwerer. Schließlich gaben ihre leisen Schnarchgeräusche Mara zu verstehen, dass sie in den Schlaf gefunden hatte.

Endlich!

Mara musste sich immer wieder vor Augen halten, dass Leni noch nicht mal zur Schule ging. Für sie war der Umzug ein einschneidendes Erlebnis.

Der Verlust des gewohnten Umfelds.

Die Aufgabe von Freundschaften.

Kein Wunder, dass es in ihrem Kopf arbeitete. Lenis Worte hallten auch jetzt noch in Maras Ohren nach: *Ich weiß, dass ich jemanden gesehen habe. Einen bösen Geist! Er stand direkt neben meinem Bett und ist in den Flur verschwunden, als ich aufgewacht bin.*

Woran Kinder so alles glaubten!

Dann kam ihr plötzlich in den Sinn, wie Paul sie genannt hatte, als sie bei ihm in der Kanzlei gewesen war.

Die neue Bewohnerin des Unglückshauses.

Anschließend hatte er das zwar als Dorfgerede abgetan, aber wenn Regina Leni nun irgendwelche sonderbaren Geschichten von verschwundenen Menschen erzählte, sollte sie die Sache vielleicht doch lieber ernst nehmen. Sie wollte gewappnet sein, falls Leni auch im Kindergarten damit konfrontiert würde. Deshalb fasste sie den Entschluss, in den nächsten Tagen ein wenig im Internet zu recherchieren.

Die aufkommende Müdigkeit ließ sie allmählich träge werden.

Wenn wir uns erst hier eingelebt haben, sieht die Welt ganz anders aus.

Sie war schon beinahe eingeschlafen, als sie aus dem Flur ein leises, kratzendes Geräusch vernahm. Als würde jemand mit einem Messer an der Wand entlangfahren.

KAPITEL 11

Im ersten Moment glaubte Mara, sich zu irren. Sie und ihre Tochter waren allein im Haus!

Oder hatte Leni womöglich die Wahrheit gesagt?

Ist wirklich jemand bei ihr im Zimmer gewesen, und wir haben ihn nur nicht gefunden, weil ich sie nicht ernst genug genommen habe?

Maras Magen zog sich zusammen, während sie wie zu Stein erstarrt neben ihrer Tochter im Bett verharrte und in die Dunkelheit lauschte.

Im Zimmer war es stockfinster. Nur der Türspalt zum Flur hob sich gegen die Finsternis ab, weil Mara in der Küche den Rollladen nicht herabgelassen hatte. Von dort musste der Mondschein den Flur erhellen.

Wieder war dieses kratzende Geräusch zu hören, so unheimlich, dass Maras Nackenhaare sich aufstellten. Sie überlegte, ob sie das Nachtlicht einschalten solle, entschied sich aber dagegen. Wahrscheinlich würde sie den Eindringling dadurch nicht verteiben, sondern nur seine Aufmerksamkeit erregen.

Mach dich nicht verrückt! Es ist niemand hier! Bestimmt gibt es eine ganz natürliche Erklärung für das Geräusch. Ein Heizrohr vielleicht. Oder ein Luftzug …

Aber ihre innere Stimme flüsterte ihr zu, dass es nicht so war.

Ein aufflackernder Lichtschimmer im Flur trieb ihr eine Eiseskälte über den Rücken.

Eine Taschenlampe!

Spätestens jetzt gab es für Mara keinen Zweifel mehr, dass jemand eingebrochen war. Nicht unten im Erdgeschoss, sondern hier oben, vielleicht mit einer Leiter. Oder er war die Fassade hinaufgeklettert. Im Grunde spielte das aber keine Rolle. Fest stand, dass jemand ins Haus eingedrungen war und jetzt durch den Flur geisterte.

Während Lenis Atem ruhig und gleichmäßig ging, wagte Mara kaum noch, Luft zu holen.

Ist das der Kerl, der mich im Aufzug überfallen hat?

Bei dem Gedanken wurde ihr übel.

Aber warum soll der von Frankfurt hierhergekommen sein?

Wie auch immer – sie musste etwas unternehmen! Nur was?

Ich muss die Polizei rufen!

Wo hatte sie ihr Handy hingelegt? Im Augenblick konnte sie sich nicht daran erinnern! Und das Festnetztelefon funktionierte noch nicht, weil irgendein Anschlusskabel fehlte.

Verflucht!

Sie kämpfte die Panik nieder, obwohl die Angst sie schier umbrachte. Zwei Überfälle innerhalb weniger Monate – das konnte doch nicht wahr sein!

Es sein denn, das ist kein Zufall.

Durch den Spalt in der Tür war das Taschenlampenlicht jetzt nicht mehr zu sehen. Außerdem herrschte inzwischen wieder Ruhe.

War das alles nur Einbildung gewesen? Oder hatte sie sich durch eine Unachtsamkeit verraten? Durch ihren Atem vielleicht, oder durch ein Rascheln der Bettdecke? Hatte sie den Einbrecher dadurch etwa gewarnt? Dann harrte er jetzt irgendwo da draußen aus.

In Lauerstellung.

Eine Sekunde lang spielte Mara mit dem Gedanken, sich einfach schlafend zu stellen. Wenn der Kerl das Radio oder die Schmuckschatulle klauen wollte – sollte er doch!

Aber was, wenn er ins Kinderzimmer kommt? Wenn er Leni und mir etwas antun will? Vielleicht hat er vor, uns im Schlaf zu erschießen, einfach so, weil es ihm Spaß macht.

Die Vernunft sagte Mara zwar, dass das nicht passieren würde, doch die Furcht war in diesem Moment stärker. Die Aussicht, noch einmal Opfer eines Gewalttäters zu werden, rief ihre tiefsten inneren Ängste hervor. Sie wollte sich gar nicht vorstellen, was ein solcher Mensch ihr und Leni antun konnte.

Ich brauche eine Waffe!

Mara besaß eine Pistole, die in ihrem Schlafzimmerschrank lag. Messer gab es in der Küche. Aber sobald sie den Flur betrat, würde sie dem Einbrecher in die Arme laufen.

Im Geiste ging sie das Kinderzimmer durch. Unter Lenis Spielsachen und Kleidungsstücken befand sich jedoch nichts, womit sie sich sinnvoll hätte verteidigen können.

Ihr kam eine Idee: Lagen auf dem Fenstersims nicht noch ein paar Werkzeuge, die sie für den Aufbau der Kinderkommode benötigt hatte?

Leise schälte sie sich aus dem Bett. Von dort schlich sie auf Zehenspitzen zum Fenster. Vorsichtig fuhren ihre Finger über den Granitsims ... stießen an etwas ... befühlten es ...

Ein Schraubenzieher.

Kein schlechter Ersatz für ein Messer, aber ziemlich klobig. War da nicht noch ein kleinerer Schraubenzieher, mit dem man besser zustechen konnte?

Mara tastete das Sims weiter ab, diesmal allerdings zu forsch. Sie berührte etwas und wollte es packen, doch es fiel scheppernd zu Boden.

Der Schreck fuhr ihr in alle Glieder, Gedanken rasten durch ihren Kopf. Was jetzt? Der Eindringling *musste* den Krach gehört haben. Wie würde er sich verhalten? Würde er verschwinden, weiter abwarten oder gar zum Angriff übergehen?

Leni hatte von alldem nichts mitbekommen. Sie schlief immer noch seelenruhig in ihrem Bett.

Ohne auf weiteren Lärm zu achten, tastete Mara nach dem anderen Schraubenzieher – jetzt war eh schon alles egal. Ihre Faust ballte sich fest um den Kunststoffgriff, ihre Kiefer mahlten in der Dunkelheit. Sie wollte nur noch eines: zusammen mit ihrer Tochter raus aus dem Haus.

Aber wie sollte sie das bewerkstelligen? Sie wusste ja noch nicht einmal, wie viele Eindringlinge auf sie warteten. Nur einer? Oder sogar mehrere? Wenn das der Fall war, hatte sie dann überhaupt eine Chance?

Kalter Schweiß stand ihr auf der Stirn, als sie zur Tür schlich, den Schraubenzieher wie einen Dolch in der geballten Faust haltend. Sie wollte einen Blick in den Flur werfen, um sich einen Überblick zu verschaffen. Wenn niemand ihr den Weg versperrte, würde sie Leni schnappen und mit ihr nach unten flüchten. Ins Freie. Wo sie sich hoffentlich in Sicherheit bringen konnten.

Ihre Zähne klapperten so laut, dass sie glaubte, man

könne es im ganzen Haus hören. Aber sie musste sich jetzt am Riemen reißen! Eine andere Wahl hatte sie nicht.

Mit zusammengepressten Lippen machte sie den letzten Schritt zur Tür. Draußen war nichts mehr zu hören. Mara konnte kaum mehr atmen, so nervös war sie.

Minuten verstrichen und dehnten sich zu kleinen Ewigkeiten. Bald hatte sie den Eindruck, schon die halbe Nacht hier auszuharren. Durch den schmalen Türspalt spähte sie angespannt in den Flur hinaus, aber da war nichts mehr. Allmählich begann sie zu glauben, dass der Eindringling – oder die Eindringlinge – sich längst wieder verdrückt hatten.

Bis der Türspalt sich auf einmal wie von Geisterhand weiter öffnete.

KAPITEL 12

Mara riss die Tür auf, brüllte laut und fuchtelte dabei wild mit dem Schraubenzieher herum, in der Hoffnung, den Einbrecher zu erwischen, bevor er sie angreifen konnte.

Aber sie traf nichts – der Schraubenzieher wirbelte wirkungslos durch die Luft.

Was um alles in der Welt geht hier vor?

Etwas schlang sich um ihre Beine und brachte sie aus dem Gleichgewicht. Sie schrie auf, taumelte und stürzte. Im Fallen glitt ihr der Schraubenzieher aus den Fingern.

Jetzt bin ich wehrlos!, schoss es ihr durch den Kopf. Mit bloßen Händen würde sie weder sich noch Leni verteidigen können.

Aber sie musste es wenigstens versuchen!

Ihre Beine kamen jetzt wieder frei, und sie verpasste der Dunkelheit einen kräftigen Tritt. Tatsächlich traf sie mit dem Fuß gegen einen Widerstand. Jemand jaulte auf.

Besser gesagt – *etwas.*

Eine Mischung aus Quietschen und Miauen. Mara rappelte sich auf und schaltete das Licht ein.

Der Eindringling war eine Katze, schwarz, mit struppigem Fell, die einen Buckel machte und sie ängstlich von unten herauf ansah.

Kein Wunder, nach dem heftigen Tritt.

Ein Stein der Erleichterung fiel Mara vom Herzen, ihre

Verkrampfung löste sich. Rasch schaltete sie das Licht wieder aus, damit Leni, die von dem ganzen Zwischenspiel gar nichts mitbekommen hatte, weiterschlafen konnte.

Aber was ist mit der Taschenlampe? Das kann unmöglich die Katze gewesen sein.

Die Gefahr ist noch nicht vorüber!

Als wäre der Gedanke ein Auslöser gewesen, flackerte im Flur wieder Licht auf. Da die Kinderzimmertür diesmal offen war und Mara im Eingang stand, erkannte sie auch die Ursache dafür: ein Auto auf der nahe gelegenen Überlandstraße. Beim Befahren der Serpentinen fiel das Scheinwerferlicht offenbar durch eines der Wohnzimmerfenster ins Haus.

Für alles gab es also eine ebenso natürliche wie simple Erklärung. Blieb nur noch die Frage offen, wie die Katze ins Haus kam, aber umzugsbedingt hatten in den letzten Tagen so oft die Türen offen gestanden, dass das Tier sich wohl auf diese Weise unbemerkt Zutritt verschafft hatte.

Als Mara den Schraubenzieher vom Boden aufhob, war sie jedenfalls sicher, dass es keinen Einbrecher gab.

»Komm mit«, flüsterte sie. »Wollen wir mal sehen, ob du Hunger hast.«

In der Küche stellte sie eine Schale Milch auf den Boden, die die Katze gierig trank. Mara gab ihr auch ein bisschen Schinken, danach setzte sie sie jedoch wieder vor die Haustür, weil sie nicht noch einmal erschreckt werden wollte. Außerdem gehörte das Tier bestimmt jemandem, der sich schon Sorgen machte.

Als die Katze draußen war, legte Mara sich wieder ins Bett, diesmal in ihr eigenes, weil sie dringend zur Ruhe kommen musste. Aber es dauerte noch lange, bis sie endlich einschlafen konnte.

Das neue Haus war einfach zu aufregend.

Am kommenden Tag wurde Mara von strahlendem Sonnenschein geweckt. Nichts erinnerte mehr an die vermeintlichen Schrecken der Nacht. Müde rieb sie sich die Augen. Von weiter Ferne drang das Glockengeläut der Naunheimer Kirche zu ihr.

Sie warf einen Blick auf den Wecker. Schon zehn Uhr. So lange hatte sie seit ewigen Zeiten nicht mehr geschlafen.

Auch Leni war noch nicht wach – erstaunlich! Aber die Kleine sollte sich ruhig gründlich ausruhen. Schon morgen würde sie in den neuen Kindergarten kommen, da sollte sie einigermaßen fit sein.

Mara ließ einen Kaffee durch und wollte währenddessen den Frühstückstisch decken, stellte dabei aber fest, dass das Toastbrot, das sie aus Frankfurt mitgenommen hatte, verschimmelt war.

Sobald Leni aufsteht, werden wir im Ort frische Brötchen kaufen, dachte sie.

Auf der Küchenanrichte fand sie ihr Handy. Sie setzte sich damit auf die Couch, von wo aus man einen wundervollen Blick über das bewaldete Tal hatte, trank ihren Kaffee und begann, im Internet ein wenig zu recherchieren.

Über das Unglückshaus.

In dem angeblich schon Menschen verschwunden waren.

Mara wollte wissen, warum diese Gerüchte existierten.

Als sie »Naunheim« und »Unglückshaus« in die Suchmaschine eingab, kamen zwar ein paar Treffer, aber diese bezogen sich alle auf einen Brand im Jahr 2002. Auch »Naunheim« und »verschwundene Person« sowie die anderen Begriffskombinationen, die ihr spontan einfielen, brachten sie nicht weiter.

Kaum dass sie ihren Kaffee leergetrunken hatte, schlurfte Leni mit ihrer Kuschelpuppe ins Wohnzimmer, die Augen noch ganz klein. Sie streckte sich und gähnte ausgiebig mit weit aufgerissenem Mund, natürlich ohne die Hand vorzuhalten.

Mara rügte sie heute ausnahmsweise nicht dafür. »Hast du gut geschlafen?«, fragte sie.

Leni nickte. »Und du?«

»Ich auch«, sagte Mara. Von der Katze, die sie um ein Haar mit dem Schraubenzieher erstochen hätte, wollte sie lieber nichts erzählen.

Eine Viertelstunde später hielt Mara ihren Škoda vor der Bäckerei Tritschler.

»Willst du mitkommen oder im Auto warten?«, fragte sie Leni, die auf der Rückbank in ihrem Kindersitz saß.

»Ich bleibe lieber hier«, sagte die Kleine. »Lässt du mir das Radio an?«

»Klar. Ich bin gleich wieder da. Durchs Schaufenster kannst du mich sehen, okay?«

»Ja, Mama.«

»Was willst du frühstücken?«

»Ein Croissant.«

Mara lächelte. Auf diese Antwort hätte sie Geld gewettet.

Sie stieg aus und ging in den Laden. Außer ihr war nur eine weitere Kundin da, um die sechzig, korpulent und mit einem geblümten Kopftuch über dem Haar. Sie unterhielt sich mit der Bäckerin hinter der Theke, die sich etwa im selben Alter befand und eine weiße Arbeitsschürze trug. Als Mara eintrat, unterbrach sie ihr Gespräch und wandte sich ihr zu.

»Guten Morgen, was kann ich für Sie tun?«

Mara gab ihre Bestellung auf. »Haben Sie jeden Sonntag geöffnet?«, fragte sie.

»Ja«, antwortete die Bäckerin. »Nur nicht, wenn wir Urlaub machen. Aber das sind immer nur zwei Wochen im Sommer. Da hängen wir rechtzeitig ein Schild an die Tür.«

Mara bezahlte, erstaunt über den günstigen Preis.

»Sie sind die Frau, die jetzt im Sondecker-Haus wohnt, nicht wahr?«, fragte die andere Kundin.

»Sondecker-Haus?« Mara hatte die Bezeichnung noch nie gehört.

»Die Winzervilla, oben am Berg«, erklärte die Bäckerin.

Mara nickte. »Gestern offiziell dort eingezogen«, sagte sie.

»Dann hoffe ich, dass Sie sich schnell einleben werden und recht oft bei mir einkaufen.« Die Bäckerin wandte sich der Frau mit dem Kopftuch zu. »Da haben wir aber wirklich einen guten Tausch gemacht, findest du nicht, Trude?«, sagte sie.

»Absolut!«, flötete die andere Kundin und tätschelte dabei Maras Oberarm, als würden sie sich schon seit einer Ewigkeit kennen. »Im Vergleich zu Ihrem Vorgänger scheinen Sie ja ein wahrer Engel zu sein!«

Mara gefiel die unerwartete Freundlichkeit. Gleichzeitig gab ihr die Aussage aber auch ein Rätsel auf.

»Wieso? Was war denn mit meinem Vorgänger los?«, wollte sie wissen.

Die Frau mit dem Kopftuch machte große Augen und tauschte einen vielsagenden Blick mit der Bäckerin aus. »Wissen Sie das etwa gar nicht?«, fragte sie. »Friedrich Rossknecht – der war nicht ganz zurechnungsfähig.«

KAPITEL 13

Nach dem Frühstück packte Mara weitere Kartons aus, während sie versuchte, nicht mehr an das zu denken, was die Frauen in der Bäckerei erzählt hatten. *Erzählt* war eigentlich der falsche Ausdruck. Sie hatten nur vage Andeutungen über mehrere Streitereien gemacht, an der Friedrich Rossknecht angeblich beteiligt gewesen war. Auch eine Schlägerei schien er angezettelt zu haben. Jedenfalls waren die beiden Frauen – und nicht nur sie – froh, dass der Mann nicht mehr hier lebte.

Mara konzentrierte sich wieder auf ihre Kartons. Erstaunlich, wie viel Kleinkram sich im Lauf der Jahre angesammelt hatte. Sie wusste, dass sie schon vor dem Umzug hätte entrümpeln sollen, aber dazu war sie nicht mehr rechtzeitig gekommen.

Leni, die eine Weile ferngesehen hatte, kam zu ihr und fragte, ob sie ihr helfen könne. Doch da Mara für vieles noch keinen Platz vorgesehen hatte, erwies sich das als schwierig.

»Du würdest mir am besten helfen, wenn du noch mal nach dem verschwundenen Glücksbringer suchst«, sagte Mara. »Bestimmt liegt er irgendwo in deinem Zimmer – in einer Kiste vielleicht oder unter dem Bett. Oder er ist hinter das Nachttischchen gerutscht. Tu mir den Gefallen, und sieh noch einmal gründlich überall nach, okay?«

»Na gut«, seufzte Leni und verschwand in ihr Kinderzimmer. Mara hörte, wie sie eine Biene-Maja-CD einschaltete.

Eine halbe Stunde später kam die Kleine wieder angeschlurft.

»Ich kann die Kette nicht finden«, sagte sie.

»Hast du überall nachgesehen?«

Leni nickte und machte dabei ein betrübtes Gesicht.

Mara nahm sie in den Arm. »Ist nicht schlimm, Schatz«, sagte sie. »Mach dir keine Gedanken, okay? Die Kette findet sich ganz bestimmt wieder. Wahrscheinlich, wenn wir am allerwenigsten damit rechnen.«

»Ich wollte sie nicht verlieren, ehrlich. Sie hat Uropa gehört, und ich weiß, dass sie dir viel bedeutet.«

Das stimmte. Aus irgendeinem sentimentalen Grund hing Mara an dem Erbstück. Aber sie wollte Leni nicht traurig sehen. Also nahm sie sie an der Hand.

»Komm, wir suchen noch mal zu zweit«, forderte sie die Kleine auf. »Garantiert finden wir die Kette dann ganz schnell.«

Sofort begann Leni zu strahlen. Aber obwohl sie jeden Winkel des neuen Kinderzimmers und auch die anderen Räume noch sorgfältiger als am Vorabend durchsuchten, blieb die Kette mit dem Silberdöschen verschwunden.

Mara begann, sich ernsthaft zu fragen, was damit passiert war. Ob Regina die Kette irgendwo hingelegt hatte, wo sie sie nicht vermuteten? Oder hatte sie sie am Ende vielleicht doch eingesteckt?

Versehentlich?

Es klingelte.

Als Mara nach unten ging und die Tür öffnete, stand Paul vor ihr.

»Eigentlich wollte ich schon gestern kommen, aber da war im Büro so viel los«, sagte er. »Ein Ladendiebstahl, ein Verkehrsdelikt und ein Betrugsfall – alles an einem Tag. Naunheim ist *der* kriminelle Brennpunkt in der Pfalz. Einer Reporterin wird es hier niemals langweilig, das garantiere ich dir.«

»Den Eindruck habe ich auch«, sagte Mara, ohne jedoch auf die spurlos verschwundene Kette einzugehen. »Komm rein.«

Sie gingen nach oben. Heute hatte Paul keine Plunderstücke dabei, sondern einen ferngesteuerten Plüschhund für Leni.

»Der kann sogar bellen und Männchen machen«, erklärte er der Kleinen, als er ihr die Fernbedienung zeigte. »Du musst nur diese Tasten hier drücken.«

Leni war begeistert und probierte sofort alle Funktionen aus. Die beiden Erwachsenen zogen sich ins Wohnzimmer zurück.

»Willst du einen Kaffee?«, fragte Mara, während Paul sich auf die Couch setzte.

»Eigentlich bin ich zum Helfen gekommen. Aber bei einem Kaffee kann ich nicht widerstehen.«

Mara unterdrückte ein Schmunzeln. Wenn Paul an einem Sonntag hierherkam, dann bestimmt nicht nur, um zu helfen. Plötzlich war sie wieder ziemlich sicher, dass er Gefallen an ihr gefunden hatte, und obwohl er nicht unbedingt ihr Typ war, fühlte sie sich dadurch geschmeichelt. Es tat gut, dass ein Mann ihr zur Abwechslung einmal den Hof machte. Thorsten war in dieser Hinsicht ein Totalausfall gewesen.

»Milch und Zucker?«

Sie wusste von seinem letzten Besuch noch ganz genau, wie er seinen Kaffee trank, wollte aber nicht, dass er sich etwas darauf einbildete. Sie mochte ihn zwar und genoss die Aufmerksamkeit, die er ihr schenkte – ermutigen wollte sie ihn allerdings nicht, solange sie seine Gefühle nicht erwiderte.

»Schwarz bitte, wie meine Seele«, sagte er.

Sie musste lächeln. Er versuchte immer, den Draufgänger zu markieren, und sah dabei so brav aus. Das war schon fast wieder süß.

»Was denn?«, hakte er nach. »Traust du mir keine schwarze Seele zu?«

»So, wie ich dich bisher kennengelernt habe, eher nicht«, gab sie zu.

»Das liegt daran, dass ich mich dir gegenüber immer nur von meiner besten Seite zeige«, sagte Paul. »Um einen guten Eindruck zu machen.«

Wieder musste Mara lächeln. »Ist das so?«

»Ja, klar. Aber selbstverständlich kann ich auch ganz anders sein. Vergiss nicht, ich bin Anwalt – mit allen Wassern gewaschen. Kein Trick ist mir zu schmutzig, keine Taktik zu hinterhältig. Nach außen hin wirke ich meistens freundlich, aber tief in mir schlummert eine wilde, unberechenbare Bestie. Siehst du?«

Er zog die Augenbrauen zusammen, machte schmale Lippen und biss die Zähne zusammen, so dass die Kieferknochen durch die Wangen drückten. Einen Moment lang nahm Mara ihm das Monster in Menschengestalt tatsächlich ab, aber dann war der Moment schon wieder vorbei. Beide mussten lachen.

Als sie wieder ernst wurden, bedachte Paul sie plötzlich mit einem Blick, der ihr durch und durch ging. Sie war sicher, dass er sie küssen würde, wenn sie ihm nur das leiseste Signal dazu gab. Aber das ging ihr dann doch einen Schritt zu weit.

»Sagt dir der Name Rossknecht etwas?«, fragte sie, um das Gespräch auf ein anderes Thema zu lenken.

»Friedrich Rossknecht? Der war der Vorbesitzer dieses Hauses. Wie kommst du darauf?«

»Ich war heute in der Bäckerei. Dort wurde mir erzählt, dass er nicht zurechnungsfähig war. Stimmt das?«

Paul wirkte irritiert über die plötzliche Bestimmtheit in ihrer Stimme. Die Richtung, in die das Gespräch sich entwickelte, gefiel ihm offenbar nicht.

»Ist das eine Fangfrage?«

»Du hast dieses Haus bei unserem ersten Treffen als Unglückshaus bezeichnet«, sagte Mara. »Als ich dich danach fragte, hast du so getan, als sei das nur irgendein Dorfgerücht.«

»Aber genau das hat sich heute doch bestätigt. Die Leute in Naunheim tratschen nun mal gerne, genau wie woanders.«

»Du behauptest also, dass an diesen Gerüchten nichts Wahres dran ist?«

Paul zögerte. »Nein, ganz so ist es nicht. Nach allem, was ich gehört habe, hatte Rossknecht seinen Ruf zu Recht.«

»Wo steckt er jetzt?«

»Eines Tages ist er von hier verschwunden. Niemand weiß, wohin.«

»Und warum galt er als unzurechnungsfähig? Die Frauen in der Bäckerei sagten, er sei streitsüchtig gewesen, aber ich habe das Gefühl, dass da noch mehr dahintersteckt.«

Paul seufzte, offenbar wollte er nur ungern darüber sprechen. Schließlich gab er sich jedoch einen Ruck.

»Vor einiger Zeit gab es auf diesem Weingut polizeiliche Ermittlungen«, erzählte er. »Soweit ich weiß, kam dabei nie etwas heraus, aber Friedrich Rossknecht musste damals für kurze Zeit in Untersuchungshaft. Ich glaube, das lag nur an seinem Jähzorn. Jeder im Dorf wusste davon und hielt ihn für verdächtig – auch unser lieber Herr Kommissar. Jedenfalls hat man Rossknecht schon nach wenigen Tagen wieder auf freien Fuß gesetzt und andere Spuren verfolgt.«

Für einen kleinen, abgelegenen Ort in der Pfalz war das eine groß angelegte Ermittlung. Maras Reporterinstinkt regte sich.

»Was genau ist damals vorgefallen?«, wollte sie wissen.

KAPITEL 14

»Eine junge Frau aus Naunheim ist verschwunden«, erzählte Paul. »Carola Danner, die Tochter des Metzgers. Angeblich wurde sie zuletzt hier oben gesehen, irgendwo in der Nähe des Hauses. Von ihr fehlt bis heute jede Spur.«

Ein unsichtbarer, eiskalter Finger schien über Maras Rücken zu streichen. Lenis Worte drängten sich in ihr Bewusstsein.

Stimmt es, dass in diesem Haus schon Menschen verschwunden sind?

Offenbar handelte es sich nur um *einen* Menschen, und er war auch nicht *im* Haus verschwunden, sondern nur *in dessen Nähe.* Im Kern hatte Regina jedoch die Wahrheit gesagt – und auch Paul, als sie sich zum ersten Mal in seinem Büro begegnet waren.

Deshalb also das *Unglückshaus.*

Mara fühlte sich wie vor den Kopf gestoßen. Kein Wunder, dass der Kaufpreis für das Objekt im Verhältnis zu seiner Größe unglaublich niedrig gewesen war, selbst für ländliche Verhältnisse. In Naunheim und Umgebung gab es offensichtlich niemanden, der das Haus haben wollte.

Mara kam sich vor, als sei sie in eine Falle getappt. »Hätte die Maklerin mich vor dem Kauf nicht darauf aufmerksam machen müssen?«, fragte sie Paul. »War das überhaupt legal, mir das zu verschweigen?«

Paul winkte ab. »Falls du in Erwägung ziehst, den Kauf annulieren zu lassen, dürften die Erfolgsaussichten ziemlich schlecht stehen«, sagte er. »Es ist ja nicht so, dass die Maklerin einen wesentlichen Mangel in Bezug auf das Objekt verschwiegen hat.«

»Ach nein? Wie nennt ihr Juristen das dann? Hätte ich gewusst, dass hier womöglich mal jemand umgebracht wurde, hätte das meine Kaufentscheidung durchaus beeinflusst.«

»Niemand weiß, was mit Carola Danner passiert ist«, entgegnete Paul mit ruhiger Stimme. »Vielleicht ist sie einfach durchgebrannt, weil sie es zu Hause nicht mehr ausgehalten hat. Oder sie ist beim Klettern in den Weinbergen in eine Felsspalte gestürzt und hat sich das Genick gebrochen. Selbst wenn sie gewaltsam verschleppt wurde, kann das jeder x-beliebige Psychopath gewesen sein, der auf der Durchreise war und Carola zufällig hier aufgegabelt hat. Es gibt unzählige Möglichkeiten, und keine davon steht in einem direkten Zusammenhang mit diesem Haus. So leid es mir tut, aber ein Makler ist nicht verpflichtet, auf jede Eventualität hinzuweisen, die den Wert eines Objekts schmälern könnte.«

Mara wollte das nicht glauben. Sie konnte die anderen Kinder im Kindergarten schon hören: »Leni wohnt im Mörderhaus! Leni wohnt im Mörderhaus!« So oder ähnlich würden sie es im Chor rufen, und egal, ob es stimmte oder nicht: Leni würde fürchterlich darunter leiden.

»Warum hast du mir nicht wenigstens gleich am ersten Tag die Wahrheit gesagt?«, fragte sie vorwurfsvoll.

»Weil ich – wie alle anderen – die Wahrheit nicht kenne«, verteidigte sich Paul. »Außerdem warst du ja schon mitten im Umzug. Was hätte ich sagen sollen? *Finger weg! Ziehen Sie lieber sofort wieder aus! Es ist möglich, dass irgendwo in der Nähe Ihres Grundstücks vor ein paar Jahren ein Verbrechen verübt wurde – aber sicher bin ich mir nicht.* Ich glaube, dann hättest du mich für verrückt gehalten, oder etwa nicht?«

Mara seufzte. »Wahrscheinlich schon«, gab sie zu. Tatsächlich wusste sie selbst nicht so recht, was sie von Paul erwartet hatte. Die Situation überforderte sie.

Paul setzte eine Miene auf, die sie aus irgendeinem Grund wieder versöhnlich stimmte. »Tut mir leid, dass ich nicht ganz ehrlich zu dir war«, sagte er. »Komm schon, gib dir einen Ruck und nimm meine Entschuldigung an. Das ist mein Labrador-Blick. Wenn der nicht funktioniert, weiß ich auch nicht weiter.«

Mara musste lachen. »Der Labrador-Blick hat schon gewirkt«, sagte sie. »Schwamm drüber, du kannst nichts dafür. Ich habe nur den Eindruck, dass ich in etwas hineingeraten bin, das ich so gar nicht wollte.«

Sie tranken ihren Kaffee leer.

»Übrigens habe ich wie versprochen mit dem Antiquitätenhändler gesprochen. Er will sich deine Sachen gerne mal ansehen«, sagte Paul. »Bist du morgen daheim?«

»Nach dem Frühstück bringe ich Leni in den Kindergarten, danach wollte ich ein paar Vorräte einkaufen. Am Nachmittag muss ich Leni wieder abholen, so gegen drei. In der Zeit dazwischen bin ich voraussichtlich hier«, sagte Mara.

Paul schob ihr einen Zettel über den Tisch. »Das ist seine Telefonnummer.« Er tippte mit dem Finger auf das Papier. »Der Mann heißt Leopold Mainhardt. Am Telefon wirkt er ein bisschen hölzern, aber nach allem, was ich so gehört habe, versteht er etwas von seinem Fach. Zeig ihm, was wir beiseitegelegt haben, und verlang das Doppelte von dem, was er bieten will, dann wird es ein fairer Deal.«

»Willst du denn nicht mit dabei sein?«, fragte Mara. »Ich meine, immerhin war es ja auch deine Idee.«

Wieder setzte Paul seinen treuen Hundeblick auf. »Ich hatte gehofft, dass du mich fragst«, sagte er. »Gib mir Bescheid, wann der Termin stattfindet, dann stoße ich dazu.«

KAPITEL 15

Paul half Mara bis zum Nachmittag, indem er eine defekte Deckenlampe im Erdgeschoss reparierte und den Fernseher sowie das Telefon im Obergeschoss anschloss. Offenbar verstand er einiges davon. Mara war ihm dankbar dafür und bereute inzwischen, dass sie ihm Vorwürfe gemacht hatte. Ihn traf nun wirklich keine Schuld! Sie hätte sich vor dem Kauf des Hauses einfach nur besser erkundigen müssen.

Gegen siebzehn Uhr musste Paul gehen, weil er noch eine Verabredung zum Billardspielen hatte.

»Dank dir können Leni und ich jetzt wenigstens wieder unsere heiligen Abendrituale durchführen«, sagte Mara bei der Verabschiedung.

»Abendrituale?«

»Wir schauen manchmal Trickfilme auf dem Disney Channel an und essen dazu Kartoffelchips.«

»Klingt verlockend.« Er sagte es, als würde er ihnen dabei gerne Gesellschaft leisten, Mara ging aber nicht darauf ein. Sie verabschiedete sich von ihm und winkte ihm hinterher, als er mit seinem schwarzen BMW davonfuhr.

Wieder im Haus, überlegte sie, ob sie noch ein paar Kartons auspacken solle – obwohl es gut voranging, schien die Arbeit in dieser Hinsicht kein Ende zu nehmen. Dennoch entschied sie sich dagegen. Es war ihr wichtiger, Leni einen schönen Tagesausklang zu bescheren, damit sie gut schlief, bevor sie morgen zum ersten Mal ihren neuen Kindergarten besuchen würde.

Also machten die beiden es sich im Wohnzimmer bequem, indem sie den Fernseher einschalteten und sich in eine große, flauschige Wolldecke kuschelten. Die Werbepausen nutzte Mara, um Leni behutsam nach ihrem aktuellen Gemütszustand zu befragen. Aber obwohl der gestrige Umzug ihr schwer zu schaffen gemacht hatte, schien sie sich nun tatsächlich auf den neuen Kindergarten zu freuen.

Nachdem Mara die Kleine ins Bett gebracht hatte, erledigte sie den Abwasch und legte die Anmeldeunterlagen für den Kindergarten auf der Telefonkommode bereit. Mittlerweile war es halb neun, im Fernsehen hatten schon alle Filme begonnen. Deshalb nahm sie lieber ihren Laptop zur Hand und loggte sich ins Internet ein.

Diesmal recherchierte sie nicht nach den Suchbegriffen, die ihr am Morgen spontan eingefallen waren, sondern konkret nach dem Namen »Carola Danner«. Es dauerte nicht lange, bis sie auf einen digitalisierten Archivbericht der *Rheinpfalz* vom 22.7.2016 stieß, der die Überschrift *Siebzehnjährige spurlos verschwunden* trug. Der Artikel war mit einem Foto der jungen Frau versehen: Sie hatte schulterlanges, dunkles Haar und ein hübsches Gesicht mit kleinen Sommersprossen um die Nase. Auf ihren Lippen lag ein bezauberndes, kleines Mona-Lisa-Lächeln. Obwohl das Foto keine besonders hohe Auflösung hatte, schienen ihre Augen geradezu aus dem Bild herauszustrahlen. Sie war ein Mensch, der das Leben in vollen Zügen genießen wollte.

Mit einem Seufzen las Mara den Bericht.

Am Nachmittag des 16. Juli 2016 ist die siebzehnjährige Naunheimerin Carola Danner auf dem Weg zum Ramberger Forst verschwunden. Die Schülerin hatte sich auf dem Waldspielplatz Hainbuch mit Klassenkameraden zu einem Sommergrillfest verabredet, kam dort aber nie an. Ihre beste Freundin, Ulrike K., sah sie zuletzt auf dem ehemaligen Sondecker-Weingut. Wegen eines Streits gingen die beiden jungen Frauen von dort aus getrennte Wege. Trotz intensiver Suche fehlt von Carola Danner bis heute jede Spur. Die Polizei schließt ein Gewaltverbrechen mittlerweile nicht mehr aus. Hinweise, die zum Verbleib der Vermissten führen, nimmt jede Polizeidienststelle entgegen.

KAPITEL 16

Am nächsten Morgen brachte Mara ihre Tochter nach dem Frühstück in den Kindergarten. Leni war heute viel angespannter als am Sonntag – kein Wunder, wenn man bedachte, dass ihr komplettes soziales Umfeld sich übers Wochenende geändert hatte.

Da die Kleine sich in ihrer neuen Gruppe auffallend ängstlich verhielt, blieb Mara länger als geplant dort, um ihr den Einstieg zu erleichtern. Anschließend ging sie einkaufen. Vom Parkplatz des Supermarkts aus telefonierte sie mit Leopold Mainhardt, dem Antiquitätenhändler aus Landau, der sich, wie von Paul bereits angedeutet, äußerst wortkarg gab. Aber er erklärte sich bereit, gegen elf Uhr bei ihr auf dem Gut vorbeizukommen, um ihre *Schmuckstücke*, wie er es nannte, zu begutachten. Danach rief Mara Paul an, um ihm den Termin durchzugeben.

Jetzt muss der alte Kram nur noch etwas wert sein, dachte sie.

Wieder zu Hause, verräumte Mara ihre Einkäufe. Mit der frisch befüllten Obstschale auf der Anrichte, den neuen Blumentöpfen auf dem Fenstersims und dem Nippes aus dem Krimskramsladen neben der Bäckerei sah es tatsächlich schon recht wohnlich aus. Zum ersten Mal fühlte Mara sich richtig zu Hause – trotz der negativen Gerüchte über das Weingut.

Als sie mit dem Dekorieren fertig war, zeigte die Küchenuhr kurz nach halb elf. Noch eine knappe halbe Stunde, bis Paul und der Antiquitätenhändler kommen würden. Mara beschloss, die Zeit für ein Telefonat mit ihrer besten Freundin Sabine zu nutzen. Ohne die wäre sie nie hierhergekommen, um ihr neues Leben zu beginnen. Sabine hatte ihr den Immobilienflyer zugesteckt und sie überhaupt erst auf die Idee gebracht, sich den Gutshof anzusehen. Sie war sogar bei der ersten Besichtigung dabei gewesen. Insofern war es nur recht und billig, sie über die neuesten Entwicklungen zu informieren.

Doch anstelle von Sabine meldete sich nur die roboterhafte Stimme ihres Ehemanns: »Leider sind wir im Moment nicht zu Hause. Bitte hinterlassen Sie uns eine Nachricht, wir rufen Sie dann so schnell wie möglich zurück.«

Der Standardspruch. Aber besonders geistreich war Hannes ihr noch nie vorgekommen.

Nach dem Signalton sagte sie, dass sie es später noch mal versuchen würde. Außerdem gab sie ihre neue Telefonnummer durch, damit Sabine sie gegebenenfalls zurückrufen konnte.

Kaum dass sie aufgelegt hatte, klingelte es an der Tür. Es war Paul.

»Ich bin etwas früher dran, weil der Papierkram im Büro mich vor Langeweile schier umgebracht hätte«, sagte er. »Bist du schon aufgeregt?«

»Aufgeregt nicht. Aber gespannt, was bei der Begutachtung herauskommt«, antwortete Mara. »Willst du etwas trinken?«

»Ein Wasser bitte.«

Sie gingen in die Küche im Erdgeschoss. Obwohl hier vor einigen Jahren umfangreiche Sanierungen durchgeführt worden waren, wirkte alles sehr alt und rustikal. Mara kam sich jedesmal vor wie vor hundert Jahren. Aus dem Hochschrank mit dem Keramikgriff holte sie ein Glas, das sie mit Leitungswasser befüllte.

»Ich habe gestern Abend im Internet nach Carola Danner recherchiert«, erzählte sie.

Paul nickte und nahm das Glas entgegen. »Das dachte ich mir schon. Was hast du herausgefunden?«

»Ich bin auf einen Zeitungsbericht von damals gestoßen. Viel mehr als das, was ich schon von dir wusste, stand zwar nicht drin, aber es wurde eine Freundin erwähnt, die mit Carola am Tag ihres Verschwindens unterwegs war. Die beiden Mädchen wollten wohl zu einer Sommerparty auf einem Waldspielplatz, der hier ganz in der Nähe sein muss.«

»Hainbuch. Das liegt etwa einen Kilometer von hier, weiter bergauf«, wusste Paul. »Ist bei den Jugendlichen in der Umgebung sehr beliebt, weil man dort halbwegs ungestört ist und in Ruhe trinken, kiffen und knutschen kann.«

»Laut Zeitungsbericht heißt Carolas Freundin Ulrike. Sie soll die Letzte gewesen sein, die sie lebend gesehen hat, nicht weit von meinem Haus entfernt. Weißt du, wer sie ist?«

Paul nickte. »Ulrike Kemmler. Ich glaube, sie wohnt am Sportplatz, zumindest hat sie das damals. Willst du sie etwa befragen?«

»Warum nicht?«

»Weil ich denke, dass die Polizei das schon zur Genüge getan hat.«

»Aber schaden kann es ja wohl auch nicht«, hielt Mara

dagegen. »Ich will mir gerne ein eigenes Bild über den damaligen Vorfall machen, das ist alles.«

Sie bedachte Paul mit einem verschwörerischen Blick und fügte verschmitzt hinzu: »Ich bin Reporterin, schon vergessen?«

KAPITEL 17

Leopold Mainhardt war ein großer Mann mit fassförmigem Körperbau, angehender Glatze und Stoppelbart. Er trug einen blauen Arbeitsoverall und dazu ein rot-schwarz kariertes Flanellhemd mit bis zu den Ellbogen hochgekrempelten Ärmeln. Als er Mara zur Begrüßung seine prankige Hand reichte, fielen ihr eine Vielzahl von Tattoos auf seinem rechten Unterarm auf – Totenköpfe, Tränen, Blutstropfen, Dämonen. Besonders vertrauenserweckend wirkte das nicht auf sie, und auch die Ohrringe sowie das Piercing in der Augenbraue fand sie bei einem Mann Mitte fünfzig eher unpassend. Aber sie versuchte, sein Äußeres nicht überzubewerten. Hauptsache, er hatte einen dicken Geldbeutel dabei.

Als Mara ihn hereinbat, musste er sich bücken, um mit dem Kopf nicht den Türrahmen zu streifen.

»Wo haben Sie Ihre Schätze denn gelagert?«, fragte er.

»Kommen Sie mit.«

Mara stellte ihm Paul vor und ging mit den beiden in eines der ungenutzten Zimmer neben dem Wohnbereich, wo sich alles aus dem Waschraum befand, was nicht auf dem Haufen für den Sperrmüll gelandet war.

»Das hier ist es«, sagte sie mit einer ausladenden Handbewegung. »Sehen Sie es sich in Ruhe an.«

Mainhardt näherte sich mit schweren Schritten der Auslage auf dem Tisch – dort hatte Mara die kleineren Gegenstände deponiert: Schmuckstücke, ein paar Teller und Tassen, einen Kerzenhalter aus Messing, diversen Kleinkram. Mainhardt nahm die Sachen der Reihe nach in die Hand, betrachtete sie von allen Seiten und runzelte gelegentlich die Stirn, sagte aber nichts. Ab und zu gab er ein kurzes Brummen von sich. Ob das ein gutes oder ein schlechtes Zeichen war, konnte Mara nicht deuten.

Sie warf Paul einen fragenden Blick zu. Der zog nur die Mundwinkel nach unten und zuckte mit den Schultern. Offenbar ging es ihm genauso.

Nachdem Mainhardt die Tischauslage in Augenschein genommen hatte, widmete er sich den größeren Gegenständen. Darunter befanden sich ein paar Stühle, ein kleiner Beistelltisch mit hübschen, wenn auch zerkratzten Intarsien, eine massive Kommode, ein großer Spiegel mit verschnörkelter Einfassung und ein altes Grammophon. Auch diese Sachen nahm er kritisch unter die Lupe. Er öffnete die Schubladen, prüfte die Gängigkeit der Scharniere, suchte nach Echtheitsstempeln. Als er damit fertig war, nickte er nachdenklich und überlegte.

»Das alles ist in keinem besonders guten Zustand«, sagte er schließlich. »Die Kommode ist wurmstichig, der Tisch wurde nicht fachmännisch repariert, die Stühle sind abgewetzt.«

»Was ist mit dem Schmuck und den anderen Kleinteilen?«

»Der Schmuck ist zweifellos echt. Aber nach meiner Erfahrung ist es schwierig, so etwas zu verkaufen. Nur Sammler würden wirklich Geld dafür bieten, die sind jedoch rar.«

Mara seufzte stumm in sich hinein. Das waren die typischen Händlerfloskeln, um den Preis zu drücken.

Sie sah, wie Paul die Augenbrauen hob, und überließ ihm die Verhandlung. Schließlich war die ganze Sache ja auch seine Idee gewesen, und als Sohn eines Antiquitätenhändlers verstand er viel mehr von der Materie als sie.

Eine Viertelstunde lang diskutierte er mit Mainhardt noch einmal alle Positionen durch. Wo der Händler etwas auszusetzen hatte, führte Paul Argumente wie Echtheit, Alter und Seltenheitswert ins Feld. Es war ein interessanter Schlagabtausch.

Schließlich nannte Mainhardt sein erstes Angebot. Zweihundert Euro. Dabei zog er ein Gesicht, als müsse er dafür die nächsten zwei Wochen trockenes Brot essen.

Paul ignorierte das Schauspiel mitleidlos. Er forderte einen mindestens vierstelligen Betrag, am Ende einigten sie sich auf siebenhundert Euro – für Mara erstaunlich viel Geld, denn für sie war das alles nur wertloser Kram.

Paul half Mainhardt, den Tisch auf den Anhänger zu tragen. Als sie wieder zurückkamen, fiel Mara auf, dass sie bei der Begutachtung einen Gegenstand übersehen hatten, weil er auf der Truhe in der hinteren Ecke lag: das mit Lederriemen und Ketten verbundene Eichenholzgestell.

»Das hier haben wir in einer alten Kommode gefunden«, sagte sie und hielt dem Antiquitätenhändler die sonderbare Apparatur hin. »Leider wissen wir nicht, was das ist. Vielleicht braucht man das für die Weinherstellung. Haben Sie so was schon mal gesehen?«

Mainhardt warf einen Blick darauf, während seine Augenbrauen sich immer weiter zusammenzogen, als könne er nicht glauben, was er da sah.

»Wollen Sie mich verarschen?«, fragte er ruppig.

KAPITEL 18

Mara und Paul sahen Mainhardt nach, wie er mit seinem Anhänger vom Schotterplatz fuhr und auf der Serpentinenstraße hinter den Bäumen verschwand. Das Geld hatte er Mara übergeben, sie hielt die Scheine noch in der Hand.

»Die Hälfte davon bekommst du«, sagte sie zu Paul.

Der wehrte jedoch ab. »Kommt gar nicht in Frage. Die Sachen gehörten mir ja gar nicht.«

»Aber ohne dich hätte ich sie einfach weggeworfen.«

Dennoch weigerte Paul sich, das Geld anzunehmen. »Behalte es und lade mich irgendwann mal zum Essen ein, okay?«, forderte er frech.

Mara willigte schmunzelnd ein. Selbstbewusstsein hatte er, das musste man ihm lassen.

Sie gingen wieder nach drinnen, wo Mara das Geld in ihrer Handtasche verstaute. Pauls Blick fiel dabei auf das *Ding*, das Mainhardt partout nicht hatte kaufen wollen. Es befand sich auf der Anrichte, wo Mara es zuletzt hingelegt hatte.

»Was machst du jetzt damit?«, fragte er.

»Ich fürchte, es kommt nun doch zu den anderen Sachen auf den Sperrmüll«, sagte Mara. »Auch wenn es natürlich schade um so ein außergewöhnliches Stück ist.«

Beide mussten lachen.

»Ein Sado-Maso-Gerät aus der Biedermeierzeit«, sagte

Paul. »Ich hätte vermutet, dass du dafür ein Vermögen bekommst.«

»Das war Mainhardt dann wohl doch ein bisschen zu speziell, glaube ich.«

Paul nickte. »Eigentlich erstaunlich, dass er sofort gewusst hat, was das ist. Das sagt einiges über ihn aus, findest du nicht?«

Er nahm die Apparatur in die Hand und experimentierte damit herum.

»Ich frage mich, wie das funktioniert«, murmelte er. »Ich schätze, man muss sich das hier irgendwie umbinden …«

Er tat es und sah dabei ziemlich lächerlich aus.

»Was jetzt?«

Er versuchte, die daran befindlichen Schnallen an sich festzuzurren. Zudem gab es zwei Schlingen.

»Eine davon kommt wohl um den Hals«, meinte er. »Und die hier ist scheinbar für die Kronjuwelen.«

Mara prustete los. »Kronjuwelen?«

»Wie soll ich es sonst nennen, ohne dass es peinlich wird?«

»Du hast recht, entschuldige. Hauptsache, du demonstrierst mir nicht auch noch die Funktionsweise dieser Schlinge.«

»Keine Sorge, so dreist bin ich nun auch wieder nicht.« Dennoch machte er weiter, bis er schließlich die komplette Apparatur angelegt hatte. Es sah aus wie eine Art Pferdegeschirr aus Leder und Holz.

»Die Riemen an den Handgelenken können offenbar ineinander eingehakt werden«, stellte Paul fest. »Wahrscheinlich hinter dem Rücken, so dass man sich nicht wehren kann. Irgendwie unheimlich, findest du nicht?«

Mara konnte nur beipflichten.

An einem Holzstück vor der Brust war eine Metallöse angebracht.

»Was denkst du, wofür die gut ist?«, fragte Paul.

»Keine Ahnung«, sagte Mara. »Sieht so aus, als könnte man dort ein Seil durchziehen oder einen Karabinerhaken einklinken.«

»Vielleicht ist diese Apparatur dafür gedacht, jemanden von der Decke baumeln zu lassen.«

Mara versuchte, sich das vorzustellen, konnte es aber weder aufregend noch erotisch finden. Wer immer in dieses Ding hineingezwängt worden war – zwefellos nackt –, musste komplett wehrlos gewesen und sich maßlos erniedrigt vorgekommen sein.

»Ich glaube, ich ziehe das besser wieder aus«, sagte Paul. »So richtig bequem ist es nämlich nicht. Was, denkst du, hat Friedrich Rossknecht damit gemacht? Ob er sich dieses Ding heimlich selbst übergestreift hat – der alte Lustmolch?«

Mara zuckte mit den Schultern. »Ich weiß nicht, ob ich mir das wirklich vorstellen will«, sagte sie.

Allerdings drängte sich ihr eine andere Frage auf – eine, über die sie eigentlich noch viel weniger nachdenken wollte: Was, wenn Friedrich Rossknecht diese Apparatur gar nicht an sich selbst, sondern an anderen Menschen ausprobiert hatte?

Zum Beispiel an Carola Danner?

KAPITEL 19

Mittlerweile war es schon nach zwölf Uhr.

»Hast du Hunger?«, fragte Mara. »Dann mache ich uns ein paar belegte Brote.«

Paul hob die Augenbrauen. »Meine Einladung zum Essen? Du bist wirklich von der schnellen Sorte!«

Mara lächelte. »Für den Verkauf der Antiquitäten bekommst du etwas Besseres als belegte Brote. Dafür lade ich dich mal richtig schön zum Essen ein. Das hier ist nur gegen den Hunger.«

»Na dann – gerne.«

Während sie aßen, unterhielten sie sich über Maras Zeit als Reporterin bei der FAZ und Pauls Jurastudium. Dabei erwies Paul sich als amüsanter Geschichtenerzähler. Außerdem stellte sich heraus, dass er beileibe nicht so bieder war, wie sein Äußeres vermuten ließ: Er hatte bei mehreren Prüfungen geschummelt und in den ersten Semestern sogar mit Haschisch gedealt.

»Aber das darfst du niemandem verraten, sonst muss ich dich leider umbringen«, sagte er in gespieltem Ernst. »Wenn meine ehemalige Dealer-Karriere auffliegt, könnte mich das meine Anwaltslizenz kosten. Das kann ich unmöglich zulassen.«

»Bei mir ist dein kleines Geheimnis in guten Händen«, versprach Mara und versuchte dabei, seine Miene zu kopieren. »Vielleicht erpresse ich dich aber auch eines Tages damit – ich bin mir noch nicht sicher.«

Beide lachten.

»Wie hat Leni auf den Kindergarten reagiert?«, fragte Paul.

»Sie war natürlich aufgeregt und wollte mich am Anfang nicht gehen lassen«, antwortete Mara. »Aber im Grunde hat heute Morgen alles reibungslos geklappt. Die Erzieherinnen haben sich auch wirklich viel Mühe gegeben. Und soweit ich es beurteilen kann, sind die Kinder in Lenis Gruppe auch allesamt sehr nett.«

»Wann wirst du sie abholen?«

»Gegen drei.«

»Und was machst du bis dahin?«

Mara zuckte mit den Schultern. »Ein bisschen den Keller ausmisten«, sagte sie.

»Bist du denn mit den Kartons schon fertig?«

»So einigermaßen. Was jetzt noch verpackt ist, brauche ich vorläufig nicht – das soll unten eingelagert werden. Dazu muss ich erst mal Platz schaffen.«

»Wenn ich dir dabei zur Hand gehen kann, brauchst du es nur zu sagen«, bot Paul an. »Ich vermute, im Keller sind viele sperrige Sachen. Die bekommst du alleine gar nicht da raus.«

Seine Hilfsbereitschaft war Mara schon beinahe unangenehm. »Auf dich wartet bestimmt noch eine Menge Arbeit im Büro«, sagte sie.

»Die läuft nicht weg«, winkte Paul ab. »Um halb fünf habe ich einen Mandantentermin, den ich noch vorbereiten muss, aber dazu reicht mir eine Stunde. Bis du Leni vom Kindergarten abholst, könnte ich mit anpacken.«

Mara war hin und her gerissen. Einerseits wollte sie Pauls Hilfsbereitschaft nicht ausnutzen, nur, weil er offensichtlich ein Auge auf sie geworfen hatte. Andererseits konnte sie ein zweites Paar Hände bei der Entrümpelung gut gebrauchen.

»Dann vielen Dank für das Angebot«, sagte sie. »Komm mit.«

Als sie nach unten gingen, kamen sie auf halber Strecke an der Waschküche vorbei, die inzwischen beinahe leerstand. Von dort ging es über die Steintreppe weiter hinab.

Die Mittagssonne fiel in breiten Streifen durch die Oberlichter in das riesige Gewölbe und ließ die alten Eichenfässer, die hier unten zwischen all dem Gerümpel lagerten, surreal aufleuchten. Feiner Staub tanzte träge in der Luft. Es war ein wundersamer Anblick – als würde man eine andere Welt betreten.

»Ganz schön frisch hier unten«, stellte Paul fest.

Auch Mara kroch die Kälte sofort unter die Haut. »Ich werde dafür sorgen, dass dir warm wird«, sagte sie. »Beginnen wir dort drüben.«

Sie deutete auf eine Nische unter einem Gewölbebogen, die mit einer Art Heukarren zugestellt war. Darauf standen alle möglichen verstaubten Gegenstände, eine Art Kleiderkoffer, etliche Gartengeräte und zwei mannshohe Kommoden, offenbar massiv.

Sonderbar, dachte Mara. Warum hatte Friedrich Rossknecht zwei so klobige Möbelstücke auf den alten Karren gehievt? Wäre es nicht viel einfacher gewesen, die beiden Kommoden auf dem Boden stehen zu lassen und nur die leichteren Sachen auf den Wagen zu packen?

Dann fiel ihr auf, dass der Karren in der Art, wie er dort stand, exakt in die Abmessungen der Nische passte. Auch der Hohlraum unter der Ladefläche war beinahe zentimetergenau mit alten Koffern und Kisten befüllt – gerade so, als hätte Rossknecht die Nische möglichst vollständig zustellen wollen.

Aber warum?

Wahrscheinlich hat er nur Platz sparen wollen. So, wie es hier unten aussieht, war er ein echter Messie.

»Der Karren wurde früher bestimmt zum Transport der Fässer verwendet«, mutmaßte Paul.

»Hätte man die nicht viel leichter über den Boden rollen können?«, erwiderte Mara.

Paul zog abwägend die Mundwinkel nach unten. »Wofür hätte man hier unten sonst einen so großen Karren gebrauchen können?«

»Keine Ahnung. Für mich sieht es so aus, als bestünde der einzige Sinn dieses Ungetüms darin, die Nische zu verbarrikadieren. Aber wir werden gleich sehen, was sich dahinter verbirgt. Der ganze Krempel soll nämlich raus. Ich will mir hier unten eine kleine Dunkelkammer einrichten. Diese Nische ist dafür wie geschaffen.«

»Du fotografierst?«

»Das hat früher zu meinem Job gehört. Später ist es irgendwann ein Hobby geworden, aber in Frankfurt hatte ich keinen Platz für eine Dunkelkammer. Also habe ich dort nur noch mit dem Smartphone Bilder geschossen. Aber das ist nicht dasselbe. Ich dachte, hier wäre die ideale Gelegenheit für mich, wieder mit dem Fotografieren anzufangen.«

»Na dann, lass es uns anpacken!«

Gemeinsam schafften sie zuerst das Gerümpel unter der Ladefläche weg – so konnten sie mit dem Karren ein bisschen rangieren. Als sie an dem schweren Gefährt zogen, um es in Bewegung zu setzen, ächzte es wie ein altes Türscharnier.

»Ich schätze, die Kellerluft hat das Holz morsch werden lassen«, sagte Paul. »Besser, wir laden die Kommoden ab, bevor uns der ganze Mist zusammenbricht und uns unter sich begräbt.«

Mara nickte. Auch sie hielt dieses quietschende Vehikel für gefährlich instabil.

»Also gut, laden wir ab.«

Der Wagen stand mittlerweile schräg zwischen den Steinpfeilern. Mara kletterte auf die Ladefläche, während Paul sich in den freien Raum hinter dem Karren zwängte, um das Gewicht der Kommoden beim Abladen abzufangen.

»Wir sollten zuerst die Füße an den Rand schieben. Dann kippst du die Kommode zu dir, und wir lassen sie anschließend nach unten abrutschen«, schlug Paul vor.

Mit vereinten Kräften ruckelten und zogen sie an dem massiven Möbelstück, aber es bewegte sich keinen Millimeter.

»Scheint sich irgendwie verklemmt zu haben«, keuchte Mara, die durch die körperliche Anstrengung ordentlich aus der Puste gekommen war.

»Noch ein Versuch!«, forderte Paul.

So fest sie konnten zerrten sie an der Kommode, und tatsächlich löste sich der Widerstand jetzt – allerdings viel zu plötzlich, als dass sie die Bewegung noch kontrollieren konnten. Wie auf Schienen glitt das hölzerne Monster bis zum Rand der Ladefläche. Zwei Füße schoben sich über die

Kante, etwas knackte. Anstatt weiterzurutschen und schräg an der Ladefläche zu Boden zu gleiten, wie Paul es prognostiziert hatte, kippte das Möbelstück ganz langsam vom Wagen.

»Weg da!«, rief Mara, die in Pauls weit aufgerissenen Augen erkannte, dass auch er nicht mit dieser Wendung gerechnet hatte. Paul stieß einen heiseren Schrei aus, blieb aber wie zu Stein erstarrt auf der Stelle stehen, während die schwere Kommode sich nun immer schneller zur Seite neigte.

Genau auf ihn zu.

KAPITEL 20

Erst im allerletzten Moment kehrte Pauls Reaktionsvermögen zurück, und er hechtete aus der Nische – gerade noch rechtzeitig, denn schon krachte die Kommode gegen die dahinterliegende Wand und von dort aus zu Boden. Mit einem lauten Klirren zerbarsten die Glaseinsätze. Graue Staubwolken wirbelten wie Gespenster durch die Luft.

Dann war der ganze Spuk vorbei.

»Ist mit dir alles in Ordnung?«, rief Mara.

Paul wälzte sich auf den Rücken, von oben bis unten verdreckt.

»Alles okay«, hustete er.

Während Mara vom Karren stieg, kam er wieder auf die Beine und klopfte sich den Staub ab. Beiden war klar, dass dieser Zwischenfall auch ganz anders hätte ausgehen können.

»Hey, was ist das denn?«

Paul deutete mit dem Finger in die Nische. Dort, wo die Kommode gegen die Mauer gekracht war, klaffte in etwa zwei Metern Höhe ein handballgroßes Loch.

»Ich hoffe, das bedeutet nicht, dass das ganze Fundament auf wackligen Beinen steht«, murmelte Mara, die schon eine Kernsanierung befürchtete. Sie zog ihr Smartphone aus der Tasche und leuchtete damit die schattige Nische aus.

»Hinter der Mauer ist irgendwas«, sagte Paul. »Siehst du?

Hinter den Steinen kommt keine Erde, sondern ein Hohlraum.«

Er hatte recht. Vom Boden aus konnte man allerdings nicht viel erkennen.

Mara stieg auf die vor ihr liegende Kommode, die den Sturz, abgesehen vom Glasbruch, unversehrt überstanden hatte, und stellte sich auf die Zehenspitzen, um in das Loch blicken zu können. Doch es erwies sich als zu klein – man konnte nicht gleichzeitig reinschauen und es ausleuchten.

»Ich versuche, auf gut Glück ein paar Bilder zu schießen«, sagte sie. Sie aktivierte die Fotofunktion, hielt das Handy in den Durchbruch und machte einige Aufnahmen. Jeder Blitz ließ das Loch dabei wie ein glühendes Auge erstrahlen.

Als würde ein böser Dämon hinter der Mauer lauern.

»Und? Kann man auf den Fotos etwas erkennen?«, fragte Paul von unten.

Mara sprang von der Kommode, damit sie sich die Bilder gemeinsam ansehen konnten.

Da sie die Aufnahmen gewissermaßen blind hatte schießen müssen, waren sie natürlich miserabel. Aber durch das Blitzlicht und die hohe Auflösung des Smartphoneobjektivs konnte man trotz der willkürlichen Bildausschnitte einiges erkennen.

Hinter der Wand verbarg sich ein kleiner Raum, so breit wie die Nische und auch genauso hoch, aber nur etwa einen Meter tief. Dann kam schon die nächste Wand, vermutlich die Außenmauer. Einen Zugang zu dieser Kammer schien es nicht zu geben, gleichwohl war der Boden bedeckt mit Unrat – haufenweise Erde oder Rattenkot, aber auch Bonbonpapiere, ein Goldring sowie ein alter Schuh.

»Was ist das?«, fragte Paul und deutete auf einen Gegenstand am unteren Bildschirmrand.

Die Form kam Mara irgendwie bekannt vor, aber im Moment wusste sie nicht, woher.

»Vielleicht kann man das auf einem anderen Bild besser sehen«, sagte sie und wischte mit dem Finger über das Display. Tatsächlich brachte schon das nächste Foto Klarheit: Eingebettet in tierische Fäkalien war nun eindeutig die Kontur eines menschlichen Unterarmknochens zu erkennen.

»Das gibt's doch nicht!«, murmelte Paul fassungslos.

Mara musste die aufkommende Übelkeit wegschlucken. Was zum Teufel war in diesem Keller geschehen?

»Wir müssen die Mauer weiter aufbrechen«, sagte sie. Obwohl sie befürchtete, sich womöglich übergeben zu müssen, war die Neugier größer.

Gemeinsam suchten sie nach einem geeigneten Werkzeug. Schließlich fand Mara einen alten Hammer, mit dem früher vermutlich die alten Weinfässer bearbeitet worden waren. Paul griff nach einer in der Ecke lehnenden Eisenstange.

Mit vereinten Kräften vergrößerten sie das Loch, wobei sie darauf achteten, dass die Ziegelsteine nicht nach innen fielen. Mara lockerte das Mauerwerk mit dem Hammer, Paul brach die Steine aus der Wand. Immer wieder ließ der aufgewirbelte Staub sie husten, hin und wieder mussten sie deshalb sogar die Arbeit unterbrechen. Aber schließlich befand sich in der Mauer vor ihnen ein mannshoher Durchgang.

Als der Staub sich legte, bot sich ihnen ein Bild, noch schauriger, als die Fotos es hatten ahnen lassen: In dem winzigen Raum lagen neben dem skelettierten Unterarm auch noch die Überreste eines Hüftknochens, ein Stück von einem Rückgrat sowie ein halb zerschmetterter Totenschädel mit strohigem Haar daran. In dieser Kammer war ohne jeden Zweifel ein Mensch gestorben.

Was ihm wohl zugestoßen war? Wie hatte er überhaupt in diesen Raum geraten können? Mit dem Smartphone leuchtete Mara die Decke ab.

Vielleicht ist er durch eine Art Schacht gefallen und wurde nie gefunden. Dann muss er hier unten einen fürchterlich einsamen Tod erlitten haben.

Erst jetzt fielen ihr die rostigen Eisenringe an der Wand auf. Die daran befindlichen Ketten mündeten in alte Handschellen. Das alles war so verwittert, dass es an der modrigen Mauer kaum auffiel.

Dennoch begriff Mara plötzlich, was das hier bedeutete, und ein eiskalter Schauder jagte ihr über den Rücken.

»Denkst du dasselbe wie ich?«, fragte Paul mit tonloser Stimme.

Mara schluckte. »Hier unten wurde jemand lebendig eingemauert«, sagte sie.

KAPITEL 21

»Wir müssen die Polizei informieren«, murmelte Paul.

Mara nickte geistesabwesend. Irgendetwas in ihr weigerte sich zu glauben, was für einen Fund sie da gemacht hatten. Pures Adrenalin jagte durch ihren Körper. Sie spürte, wie sie am ganzen Leib zitterte. In ihrem Job als Reporterin hatte sie schon einiges erlebt, aber das hier stellte alles andere in den Schatten.

Im negativen Sinn.

Um den Tatort nicht weiter zu verändern, gingen sie wieder nach oben, wo Mara sich mit dem Naunheimer Polizeirevier verbinden ließ.

»Ich möchte eine Meldung machen«, sagte sie.

»Kommissar Casale ist zurzeit außer Haus«, entgegnete die Frauenstimme am anderen Apparat. »Wenn Sie wollen, kann ich ihm eine Nachricht zukommen lassen. Worum geht es?«

Mara schilderte, was vorgefallen war.

»Wie lange wird es dauern, bis jemand von der Polizei hier ist?«, fragte sie.

»Etwa ein oder zwei Stunden. Die Kollegen sind zurzeit bei einem Verkehrsunfall. Danach wird Kommissar Casale zu Ihnen kommen.«

Mara wäre es zwar lieber gewesen, die Angelegenheit so schnell wie möglich hinter sich zu bringen, aber sie sah ein, dass es bei ihr nicht um einen Notfall ging. Sie bedankte sich und legte auf.

»Merkwürdiges Gefühl zu wissen, dass im Keller ein Toter liegt«, sagte sie zu Paul. Aus irgendeinem Grund hatte sie das Bedürfnis, die Küchentür abzuschließen, die nach unten führte. Als könne sie damit das Böse wegsperren, das sich einen Stock tiefer in diesem Haus zugetragen hatte. Zumindest hoffte sie, sich danach besser zu fühlen.

Doch die Tatsache, dass in diesen vier Wänden ein so unfassbar schreckliches Verbrechen verübt worden war, ließ sich nicht so einfach aus ihrem Kopf vertreiben. Die Vorstellung, wie jemand dort unten an die Mauer gefesselt worden war, um mutterseelenallein in einem winzigen Raum auf seinen Tod zu warten, trieb Mara eine Gänsehaut über den Rücken.

Um die Nerven zu beruhigen, ließ sie noch einmal Kaffee durch. Paul, der ebenfalls sichtlich erschüttert war, versuchte, sie mit belanglosen Anekdoten aus dem Dorf abzulenken, aber das gelang ihm nicht. Der Fund im Keller zog immer wieder ihre Aufmerksamkeit auf sich, wie ein Bann, dem sie nicht entfliehen konnte.

Als würde der Teufel persönlich ihre Gedanken manipulieren.

Irgendwann sah Mara auf die Uhr. Es war kurz vor drei.

»Verdammt, ich muss Leni vom Kindergarten abholen«, presste sie hervor. In der Aufregung hatte sie das beinahe vergessen. »Kannst du noch kurz hierbleiben, für den Fall, dass die Polizei eintrifft?«

»Kein Problem« antwortete Paul. »Wenn Casale kommt, führe ich ihn in den Keller.«

Beinahe hätte Mara ihm einen Kuss auf die Wange gegeben. Obwohl sie sich erst seit wenigen Tagen kannten, erwies er sich bei jeder Begegnung als wahrer Freund.

»Ich bin in spätestens einer halben Stunde zurück«, sagte sie und machte sich auf den Weg.

Als sie zurückkam, fuhr zeitgleich mit ihr ein Polizeiwagen auf den Schotterparkplatz neben dem Haus ein. Mara schnallte Leni vom Kindersitz ab und wartete, bis der Polizist hinter dem Steuer ausgestiegen war.

»Kommissar Casale«, stellte er sich vor und schüttelte ihr die Hand.

Leni klammerte sich verängstigt an ihre Mutter. Mara konnte ihr das nicht einmal verdenken: Casale war zwar nicht besonders groß, dafür sah er mit seinem schwarzen Vollbart und den durchdringenden, dunklen Augen ziemlich furchteinflößend aus. Auch die schwarze Bomberjacke und seine bärenhafte Statur passten dazu. Überdies schien er verlernt zu haben, wie man lächelte. Nicht einmal, als er Leni zur Begrüßung über den Kopf streichelte, verzog er die Mundwinkel. Alles an ihm wirkte düster und bedrohlich. Ohne das Polizeiauto hätte Mara ihn für einen Schwerverbrecher gehalten.

»Haben Sie den Leichenfund gemeldet?«, fragte er.

Leni zuckte auf Maras Arm zusammen. Wahrscheinlich wusste sie noch gar nicht, was eine Leiche war, zumindest nicht wirklich. Aber die raue Stimme des Polizisten erschreckte sie.

Mara nickte. »Kommen Sie mit.«

Sie öffnete die Tür, und sie traten ein.

»Ich bringe nur kurz meine Tochter nach oben, dann zeige ich Ihnen den Keller«, sagte sie.

»Was ist in unserem Keller, Mama?«, fragte Leni verschüchtert.

Mara lächelte beschwichtigend. »Das erkläre ich dir später«, sagte sie. Im Moment hatte sie ohnehin keine passende Antwort parat. »Wir wollen den Kommissar doch nicht warten lassen!«

Sie musste sich für Leni unbedingt eine gute Erklärung einfallen lassen. Die Wahrheit schied aus, so viel stand fest. Was sie brauchte, war eine kindgerechte, plausible Geschichte.

Gar nicht so einfach!

Paul kam zu ihnen, weil er die Tür gehört hatte.

»Ah, die Kavallerie ist da«, sagte er und schüttelte dem Polizisten die Hand.

Casale erwiderte nichts, aber obwohl es beinahe unmöglich schien, verdüsterte sich seine Miene, als wolle er Paul für seinen flapsigen Spruch am liebsten gleich wegen Beamtenbeleidigung verhaften.

Oder ihn erwürgen!

Aber das behielt Mara lieber für sich.

»Bringst du Kommissar Casale bitte schon mal runter?«, fragte sie.

Paul nickte und verschwand mit dem Polizisten in Richtung Küche. Mara trug Leni nach oben, wo sie ihr das Versprechen abnahm, in ihrem Zimmer zu bleiben.

»Dann bekommst du als Abendessen Pfannkuchen«, versprach sie, weil sie wusste, dass die Kleine dann brav sein würde. Pfannkuchen mit Zucker waren ihr Leibgericht.

Im Keller hatte Kommissar Casale bereits begonnen, sich einen Überblick zu verschaffen. Als Mara herunterkam, erzählte Paul ihm gerade, wie es zu dem grauenhaften Fund gekommen war.

Casale machte ein paar Bilder mit seinem Handy und untersuchte die Fundstelle auffallend behutsam, um sie nicht noch mehr zu verändern, als Mara und Paul es bereits getan hatten. Aus seinem Gesichtsausdruck wurde Mara nicht schlau.

»Es wird etwa eine halbe Stunde dauern, bis die Spurensicherung aus Landau hier ist«, schätzte er. »Ich fürchte, für die Dauer der Untersuchung muss ich Ihnen den Zugang zum Keller untersagen. Aber ich gehe davon aus, dass die Kollegen im Lauf des morgigen Tages mit der Arbeit fertig werden.«

Ein Spurensicherungsteam im Haus – das hatte Mara gerade noch gefehlt! Vor allem sorgte sie sich um Leni, vor deren kindlicher Neugier sie den Tumult ganz sicher nicht würde geheim halten können.

Mara hörte schon ihre Fragen.

Fragen, auf die sie im Moment keine Antworten wusste.

KAPITEL 22

Während Casale seine Kollegen aus Landau informierte und ein paar vorbereitende Maßnahmen für die Spurensuche traf, verabschiedete Paul sich von Mara wegen seines Mandantentermins.

»Kann ich dich hier überhaupt allein zurücklassen?«, fragte er und drückte sanft ihre Schultern. »Du siehst nicht gerade so aus, als wärst du der Situation gewachsen.«

»Mach dir um mich keinen Kopf«, winkte Mara ab, obwohl sie ihn am liebsten hierbehalten hätte. »Ich komme zurecht.«

Er bedachte sie mit einem intensiven Blick. Seine warmen, leuchtenden Augen schienen ihr neue Kraft einzuflößen.

»Ich melde mich später noch mal, um zu hören, wie es hier läuft«, sagte er.

Mara nickte. Als Paul sie zum Abschied in den Arm nahm, ließ sie es dankbar geschehen.

Bis zum Eintreffen der Spurensicherung gingen Mara und Casale ins obere Stockwerk, um Stichworte für das Polizeiprotokoll aufzunehmen. Während Mara erzählte, machte er sich auf seinem Block Notizen.

Ab und zu linste Leni aus ihrem Zimmer, weil sie wissen wollte, was ihre Mutter mit der Polizei besprach. Aber Mara schickte sie immer wieder zurück und ließ sie die Türe schließen, weil sie nicht wollte, dass die Kleine etwas davon mitbekam.

Kaum dass Casale seine Stichwortsammlung fertiggestellt hatte, kam auch schon die Spurensicherung an: ein vierköpfiges Team und ein Fotograf. Gemeinsam schleppten sie allerlei Ausrüstung in den Keller. Von da an war Mara der Zugang zum Tatort verwehrt.

»Kümmern Sie sich um Ihre Tochter«, sagte Casale in der Küche. »Ich glaube, die kann ein bisschen Ablenkung jetzt ganz gut vertragen. Falls wir Hilfe brauchen, weiß ich, wo ich Sie finde.«

Zum ersten Mal brachte er den Ansatz eines Lächelns zustande, was ihm ein beinahe freundliches Aussehen verlieh. Dann war der Moment jedoch schnell wieder vorbei, und Casale folgte dem Spurensicherungsteam in den Keller.

Seinem Rat folgend, blieb Mara oben. Mit schwerem Herzen betrat sie das Zimmer ihrer Tochter.

»Ist der Mann wieder weg?«, fragte die Kleine. Sie saß vor ihrem Puppenhaus auf dem Teppich und kämmte gerade eine ihrer Barbies.

»Der Mann ist Polizist«, erklärte Mara. »Und er ist noch nicht weg – leider. Im Gegenteil, es sind sogar noch ein paar seiner Kollegen dazugekommen, weil sie sich unseren Keller anschauen wollen.«

Leni legte den Puppenkamm beiseite und klipste ihrer Barbie die Haare mit einer Miniaturspange zusammen.

»Warum schauen diese Leute sich unseren Keller an, Mama?«, wollte sie wissen.

»Paul und ich haben da unten ein bisschen Ordnung machen wollen«, sagte Mara. »Dabei ist uns ein Schrank umgefallen, und der hat ein Loch in die Mauer gemacht. Dahinter befindet sich ein kleiner Raum, den die Polizisten jetzt begutachten. Eine Art versteckte Kammer.«

»Und die Polizisten wollen wissen, was es mit dieser Geheimkammer auf sich hat?«

»Ja, genau.«

Ein Stein der Erleichterung fiel Mara vom Herzen, als sie feststellte, dass die Sache für Leni damit abgeschlossen zu sein schien.

»Hilfst du mir jetzt beim Pfannkuchenbacken?«, fragte sie.

Leni strahlte über das ganze Gesicht. »Ich dachte schon, du hättest das vergessen«, sagte sie.

Nach dem Essen – Mara und Leni erledigten gerade den Abwasch – kam Kommissar Casale herauf und bat Mara um ein paar Getränke für sich und seine Kollegen.

»Ich bringe Ihnen gleich etwas«, sagte Mara.

Sie hoffte, auf diese Weise etwas über den Fortschritt bei der Spurensicherung zu erfahren, denn trotz des damit verbundenen Grusels blieb sie im Herzen doch eine Reporterin. Sie wollte unbedingt wissen, was die Spurensicherung schon alles gefunden hatte. Aber als sie mit den Getränken ins Erdgeschoss kam, wartete Casale bereits in der Küche auf sie und nahm ihr das Tablett ab.

»Der Keller ist so lange für Sie tabu, bis ich ihn wieder freigebe«, sagte er wieder bierernst.

Mara nickte mit einem Seufzen. Vielleicht war es besser so. Wer wusste schon, was für schreckliche Dinge sie da unten zu Gesicht bekommen würde? Das wenige, das sie zusammen mit Paul gesehen hatte, war im Grunde mehr als genug für sie gewesen.

Zurück im Obergeschoss, spielte sie mit Leni, bis diese ins Bett musste, danach setzte sie sich vor den Fernseher. Aber obwohl eine interessante Dokumentation über Genmanipulation kam, wanderten ihre Gedanken immer wieder zu der Leiche im Keller.

Lebendig eingemauert – wer zum Teufel kam auf so eine abscheuliche Idee? Sie hatte gedacht, dass so etwas seit dem Mittelalter nicht mehr praktiziert wurde.

Gegen neun Uhr hörte sie unten Stimmen und Schritte. Nachdem sie sich vergewissert hatte, dass Leni schlief, ging sie ins Erdgeschoss, wo die Leute von der Spurensicherung ihre Ausrüstung und ihre chromfarbenen Metallkoffer zum Einsatzwagen zurücktrugen, der draußen vor der Tür parkte.

»Meine Kollegen und ich sind jetzt fertig«, sagte Kommissar Casale. »Wir packen nur noch unsere Sachen zusammen, dann lassen wir Sie wieder allein.«

»Heißt das, dass ich ab sofort auch wieder in den Keller kann?«, fragte Mara.

»Sobald wir da unten aufgeräumt haben. Allerdings würde ich Ihnen empfehlen, eine professionelle Firma mit der Tatortreinigung zu beauftragten. Wenn Sie wollen, kann ich Ihnen eine Adresse geben.«

Mara nickte mechanisch. Tatortreinigung – das hörte sich nicht so an, als sei schon wieder alles in Ordnung. »Müssen Sie auch noch den Rest des Hauses nach Spuren absuchen?«, fragte sie.

»Im Moment jedenfalls nicht. Die Leiche lag schon jahrelang im Keller. Ich denke, wir konnten alles sicherstellen, was für den Fall wichtig ist. Morgen Vormittag werde ich meinen Bericht dazu schreiben. Wären Sie so nett, im Lauf des Nachmittags bei mir auf dem Revier vorbeizuschauen, um Ihre Aussage zu unterschreiben?«

»Gerne. So gegen halb drei?«

»Einverstanden«, sagte Casale. »Und richten Sie Paul Brunner bitte aus, dass ich auch ihn in den nächsten Tagen als Zeuge auf dem Revier sehen will.«

»Wird gemacht.«

Sie schüttelten sich die Hand, und Mara begleitete Casale zur Tür.

»Ich weiß, Sie dürfen nicht über laufende Ermittlungen sprechen«, sagte sie, bevor er das Haus verließ. »Kann ich Sie dennoch etwas fragen?«

Er nickte, ohne die Miene zu verziehen. »Schießen Sie los, vielleicht kann ich Ihnen ja weiterhelfen.«

»Ich habe mitbekommen, dass vor ein paar Jahren ganz in der Nähe dieses Hauses eine Schülerin verschwunden ist. Carola Danner. Halten Sie es für möglich, dass sie die Leiche in meinem Keller ist?«

Die Frage beschäftigte sie schon seit Stunden, nur hatte sich bisher noch keine Gelegenheit geboten, sie zu stellen.

In Casales Gesicht erkannte sie jedoch sofort, dass sie ihn besser nicht darauf angesprochen hätte. Er wirkte plötzlich blass, beinahe wie versteinert. Als habe sie einen Fluch über ihn verhängt.

Carola Danner.

»Wir sehen uns in meinem Büro«, zischte er mit zusammengebissenen Zähnen und ließ Mara ratlos in der Tür stehen.

KAPITEL 23

Am Dienstagmorgen fühlte Mara sich wie durch den Fleischwolf gedreht. Die halbe Nacht hatte sie über Carola Danner, über die Leiche im Keller und über Friedrich Rossknecht, den Vorbesitzer des Gutshofs, nachgedacht. Gab es da einen Zusammenhang? Wenn ja, welchen?

Eigenartigerweise sah Mara die sonderbaren Vorkommnisse im Zusammenhang mit ihrem Haus an diesem Morgen nicht mehr nur negativ. Sie empfand auch eine Art morbider Freude. Was ihr in den letzten Jahren in ihrem Job als Reporterin gefehlt hatte – ein ungewöhnlicher, herausfordernder Fall –, bot sich ihr nun ausgerechnet hier, in ihrem neuen Heim. Es war beinahe wie ein Wink des Schicksals. Sie hatte schon lange vor, ein Buch zu schreiben, nur waren ihre Ideen dazu bislang eher vage gewesen. Jetzt hatte sie endlich eine konkrete Vorstellung davon: ein Tatsachenroman, basierend auf den Ereignissen, die sich in diesem Haus abgespielt hatten. Beim Frühstückskaffee fasste sie den endgültigen Beschluss, dieses Vorhaben in die Tat umzusetzen.

Dabei hatte sie das gar nicht so schnell beabsichtigt. Sie war hierhergekommen, um Ruhe und Abgeschiedenheit zu finden, um eine bessere Mutter für Leni zu sein und um kürzerzutreten, weil Job und Erziehung in den letzten Monaten immer mehr zu einer Herkulesaufgabe ausgeufert waren. Der Stress der letzten Wochen hatte sie zusätzlich belastet.

Jetzt fühlte sie sich plötzlich voller Tatendrang.

Eine bessere Inspiration für mein Buch hätte ich mir gar nicht wünschen können. Dieses Haus ist in jeder Hinsicht der reinste Glücksfall.

»Sind die Polizisten jetzt weg?«, fragte Leni, als sie das Haus verließen.

»Die sind gestern Abend schon wieder gegangen«, antwortete Mara. »Nachher muss ich erst mal den Keller aufräumen. Die haben bestimmt eine Menge Unordnung hinterlassen.«

Oder ich beauftrage eine Tatortreinigungsfirma.

Der Gedanke trieb ihr einen Schauder über den Rücken.

»Aha«, machte Leni, die sich aber schon wieder mit dem nächsten Thema beschäftigte. »Was gibt's heute zum Abendessen?«

»Wie wäre es mit Ravioli?«

Das ging schnell und schmeckte.

»Au ja, Ravioli! Ravioli! Ravioli!«, jubelte Leni und rannte zum Auto.

Während sie die Serpentinenstraße nach Naunheim hinabfuhren, beobachtete Mara im Rückspiegel, dass Leni immer ernster wurde. Wie bei den meisten Kindern lagen Freud und Leid bei ihr nah beisammen.

»Ist bei dir alles klar?«, fragte Mara.

»Mhm«, machte Leni.

»Freust du dich auf die anderen Kinder?«

»Mhm.«

Da sie offenbar nicht von sich aus herausrücken wollte, hakte Mara nach.

»Dir liegt doch etwas auf dem Herzen, oder?«

Leni sog hörbar die Luft ein, schwieg aber beharrlich.

»Komm schon, Süße«, drängte Mara. »Wo drückt der Schuh? Wenn du es mir nicht sagst, dann kann ich dir nicht helfen.«

Die Kleine zögerte noch einen Moment, bis sie mit der Sprache herausrückte.

»Wird Paul mein neuer Papa?«, fragte sie.

Mara fühlte sich wie vor den Kopf gestoßen. Sie hatte mit allem gerechnet, nur nicht damit.

»Aber nein, mein Schatz«, sagte sie. »Wie kommst du denn darauf?«

»Weil er am Sonntag da war und gestern auch. Außerdem schaut er dich immer so komisch an, wenn er denkt, dass ich es nicht bemerke.«

»Komisch?«, wiederholte Mara. »Wie meinst du das?«

»Als wärst du eine Barbie-Puppe, die er gerne haben möchte.«

Unwillkürlich musste Mara lächeln. Sie hatte schon seit ihrer ersten Begegnung das Gefühl, dass Paul sie mochte – dass er vielleicht sogar ein bisschen in sie verschossen war –, aber sie hatte nicht erwartet, dass das sogar Leni auffallen würde.

»Paul ist der Anwalt hier im Ort«, sagte sie. »Ich habe ihn aufgesucht, weil ich seinen Rat benötige. Und weil ein Umzug eine anstrengende Sache ist, hat er angeboten, ein bisschen zu helfen. Er ist ein netter Mensch, das ist alles.«

Leni ließ sich die Worte durch den Kopf gehen. »Also wird Paul *nicht* mein neuer Papa?«, hakte sie nach.

»Nein, mein Schatz. Niemand wird je die Stelle deines Vaters einnehmen.«

Obwohl der ja nur noch durch Abwesenheit glänzt, fügte

Mara in Gedanken hinzu. Aber Leni gegenüber wollte sie nicht schlecht über Thorsten reden – das hatte sie noch nie getan, selbst bei allem, was vorgefallen war. Leni sollte nicht mehr als unbedingt nötig unter der Trennung leiden.

Allerdings musste Mara sich eingestehen, dass sie immer mehr Gefallen an Paul fand. Natürlich wollte sie nichts überstürzen, sie kannte ihn ja erst seit ein paar Tagen. Aber dafür, dass er gar nicht ihr Typ war, hatte er es erstaunlich schnell geschafft, sie für sich einzunehmen.

Mal sehen, wie sich die Sache weiterentwickelt. Sollte ich im Lauf der Zeit stärkere Gefühle für ihn empfinden, werde ich Leni das schon irgendwie beibringen.

Sie fuhren in den Kindergarten, wo Mara wie am Vortag wartete, bis ihre Tochter ins Spielen vertieft war. Anschließend erledigte sie wieder ein paar Einkäufe, danach kehrte sie zurück nach Hause.

Wie der Keller wohl aussah? Hatten die Leute von der Spurensicherung die Knochenfunde überhaupt mitgenommen? Niemand hatte mit ihr darüber gesprochen. War das der Grund, warum Casale ihr eine professionelle Tatortreinigung nahegelegt hatte?

Aber wäre der Keller überhaupt von ihm freigegeben worden, wenn dort noch Skelettteile herumlägen?

Mara verschob den Gang nach unten auf später und beschloss, lieber erst einmal mit Sabine zu telefonieren. Gestern hatte sie ihr nur auf den Anrufbeantworter sprechen können. Sabine hatte aber weder zurückgerufen noch eine WhatsApp-Nachricht geschickt. Ziemlich ungewöhnlich, aber sie war ja schon während des Umzugs so merkwürdig drauf gewesen.

Ob sie aus irgendeinem Grund mit mir beleidigt ist? Höchste Zeit, die Situation zu klären!

Diesmal sprang nicht der AB an, sondern Hannes ging an den Apparat.

»Neusser.«

An seinem Tonfall erkannte Mara sofort, dass etwas nicht stimmte.

»Ich bin's, Mara«, sagte sie. »Kann ich mit Sabine sprechen?«

Es entstand eine unangenehm lange Pause. Am anderen Apparat hörte sie etwas, das gar nicht zu Hannes passte: wimmern.

»Du weißt es noch gar nicht?«, murmelte er.

»Was weiß ich nicht?«

Er zögerte und räusperte sich umständlich. Schließlich sagte er mit zitternder Stimme: »Sabine ist tot.«

KAPITEL 24

Die Neuigkeit traf Mara wie ein Keulenschlag. Ihr Kopf war mit einem Mal leer, ihre Augen füllten sich mit Tränen, und ihre Knie begannen, unkontrolliert zu zittern. Sie fühlte sich so schwach, als würde sie jeden Moment die Besinnung verlieren. Mit dem Handy am Ohr tastete sie nach einem Küchenstuhl, um sich zu setzen.

»Tot?«, wiederholte sie kraftlos. »Wie kann das sein?«

»Selbstmord«, sagte Hannes. Es war kaum mehr als ein Flüstern. »Sie ist aus dem Fenster gesprungen. Gestern, als ich bei der Arbeit war.«

Mara kannte Sabine als sensiblen Menschen mit einem gewissen Hang zum Unglücklichsein. Sie wusste auch, dass Sabine vor ein paar Jahren im Rahmen ihrer psychiatrischen Behandlung Antidepressiva verschrieben bekommen hatte. Aber davon hatte sie schon lange nichts mehr erzählt. Mara war fest davon überzeugt gewesen, dass sie dieses Tief längst überwunden gehabt hatte.

Wie konnte ich mich in meiner besten Freundin so täuschen? Habe ich mich in letzter Zeit so sehr auf mich selbst konzentriert, dass ich kein offenes Ohr mehr für sie hatte? War Sabine beim Umzug deshalb so still gewesen? Weil sie rückfällig geworden ist und mit niemandem darüber sprechen konnte? Nicht einmal mit mir?

Plötzlich fühlte Mara sich schuldig.

»Warum hat sie das getan?«, schluchzte sie.

»Ich ... weiß es nicht ...«, stammelte Hannes. »Ich wünschte, ich hätte es kommen sehen ... aber ... aber ...«

Mehr brachte er nicht heraus.

Zum ersten Mal, seit sie sich kannten, empfand Mara Mitleid mit ihm. Normalerweise hielt sie ihn für einen arroganten Gockel, der es liebte, seine Überlegenheit zu demonstrieren – vor allem gegenüber Frauen. Er war ein Macho der schlimmsten Sorte. Heute lernte sie eine ganz neue Seite an ihm kennen.

»Am Sonntag ... haben wir uns einen schönen Tag gemacht«, erzählte Hannes, dem das Reden offenbar guttat. »Wir waren essen und anschließend im Kino. Sabine wollte gerne den neuen Film mit Brad Pitt sehen ... du weißt ja, dass sie auf den steht. Danach sind wir wieder nach Hause gefahren, haben einen Schlummertrunk zu uns genommen und uns unterhalten. Alles war in bester Ordnung ... Auch am Montagmorgen, als wir uns voneinander verabschiedet haben. Da hat absolut nichts darauf hingedeutet, dass sie eine solche Dummheit begehen würde ... Und dann ... dann rief unser Nachbar mich kurz vor der Mittagspause im Büro an. Ich soll ganz dringend kommen, hat Gregor gesagt. Es sei etwas Schreckliches passiert ...«

Hannes schniefte so herzerweichend, dass es Mara durch und durch ging.

»Etwas *Schreckliches*«, wimmerte er. »Mehr hat Gregor nicht gesagt. Konnte nur noch herumstottern, weil er selbst unter Schock stand. Da habe ich es natürlich mit der Angst zu tun bekommen. Habe alles stehen und liegen gelassen und bin so schnell wie möglich nach Hause gefahren ... Als ich ankam, war die Polizei schon da. Und der Notarzt –

aber der konnte nichts mehr für sie tun ... Es war ein fürchterlicher Anblick!« Seine Stimme brach ab und ging über in ein erbärmliches Schluchzen.

Auch Maras Tränen flossen jetzt hemmungslos aus ihr heraus. Eine Minute lang weinten sie, jeder für sich, hundert Kilometer voneinander entfernt – und doch irgendwie zusammen. Mara spürte, wie gut es ihnen beiden tat, den Schmerz zu teilen.

Dennoch hinterließ Sabines Tod bereits jetzt eine klaffende Lücke in ihrem Herzen.

Was trieb einen Menschen zu einer solchen Tat – ein Fenster im fünften Stock zu öffnen und sich hinauszustürzen? Wie groß musste die Verzweiflung sein, wie heftig der Schmerz?

»War Sabine krank?«, fragte Mara auf der Suche nach einer Erklärung.

»Krank?«, wiederholte Hannes. »Keine Ahnung. Gesagt hat sie nichts.«

»War sie in den vergangenen Wochen öfter beim Arzt oder im Kankenhaus?«

Ein unheilbares Krebsleiden oder eine andere fatale Krankheitsdiagnose konnte einen labilen Charakter durchaus in den Selbstmord treiben – vor allem, wenn ein qualvolles Ende drohte.

»Beim Arzt? Nein, das kann ich mir nicht vorstellen«, murmelte Hannes.

»Oder war Sabine in letzter Zeit wieder psychisch instabil?«

Noch während Mara die Frage stellte, zuckte sie innerlich zusammen, denn sie wusste sofort, wie Hannes darauf reagieren würde. Er war der Grund für Sabines psychiatrische Behandlung gewesen, das hatte sie Mara bei einem ihrer vielen gemeinsamen Mädelsabende anvertraut. Er hatte sie wegen ihres geringen sexuellen Verlangens unter massiven Druck gesetzt, sie als frigide bezeichnet und ihr mit Trennung gedroht. Ein paarmal hatte er sie auch mit Gewalt genommen. *Seine ehelichen Rechte durchgesetzt* – so hatte er es gerechtfertigt. Auch wenn das schon Jahre zurücklag und die Behandlung längst abgeschlossen war, hatte Sabine diese Erfahrung nachhaltig geprägt.

Prompt änderte sich Hannes' Tonfall. Das Wispern verebbte. Mara spürte, wie er plötzlich ernst wurde.

Und jetzt wieder ganz der alte Hannes war.

»Ich weiß, dass du mich nicht leiden kannst«, zischte er kalt. »Und ich weiß auch, dass du die Schuld an Sabines Tod mir geben wirst, weil ich nun mal kein Vorzeige-Ehemann war. Das gebe ich sogar zu: Sabine hätte einen besseren Mann verdient als mich. Wir hatten unsere Probleme. Sogar so große, dass unsere Ehe um ein Haar daran zugrunde gegangen wäre. Aber wir haben die Krise überwunden, und ich habe Sabine geliebt. Niemanden trifft ihr Tod mehr als mich, hörst du? Und jetzt will ich, dass du auflegst und dich nie wieder hier meldest!«

KAPITEL 25

Mara saß wie betäubt auf ihrem Küchenstuhl - mit einem Gefühl, als würde ihr ein unsichtbarer Schraubstock die Luft aus dem Brustkorb quetschen. Das Gespräch mit Hannes hatte ihr beinahe den Boden unter den Füßen weggezogen.

Sabine – tot.

Sie konnte es immer noch nicht glauben.

Während sie reglos auf ihrem Stuhl saß und versuchte, mit der Realität klarzukommen, kamen und gingen die Erinnerungen an ihre beste Freundin wie Szenen aus einem Film, den man schon ein Dutzend Mal gesehen hatte. Mara kannte Sabine, seit sie nach Frankfurt gezogen war. Gemeinsam hatten sie alle denkbaren Höhen und Tiefen durchlebt.

Unfassbar, dass das jetzt vorbei sein sollte.

Ihr kam ein Gespräch in den Sinn, das sie bei einem ihrer abendlichen Treffen in Frankfurt geführt hatten.

»Er hat mich vergewaltigt«, hatte Sabine mit zitternder Stimme erzählt. »Ich meine damit nicht einfach nur harten Sex. Hannes hat mich gegen meinen Willen genommen. Hat mir ins Gesicht geschlagen, mich ans Bett gefesselt, mich mit einem Tuch geknebelt, damit ich nicht so laut schreien kann. Er hat mich missbraucht und mich dabei fast erwürgt. Er war wie besessen. Zum ersten Mal in meinem Leben hatte ich Angst zu sterben. Ich dachte, mein eigener Mann bringt mich um!«

Mara – jetzt wieder in der Gegenwart – legte den Telefonhörer ab und fuhr sich mit beiden Händen übers Gesicht, um die Tränen wegzuwischen. Sie fragte sich, ob Hannes ihr am Telefon die Wahrheit gesagt hatte. War der Sonntag tatsächlich so harmonisch verlaufen, wie er es behauptete? Oder war es wieder zum Eklat gekommen – diesmal mit fatalem Ausgang?

Hat Hannes Sabine womöglich sogar aus dem Fenster gestoßen?

Der Verdacht war so unerhört, dass Mara ihn gleich wieder verwarf. So schlecht war Hannes bestimmt nicht. Außerdem hatte sein Nachbar ihn im Büro angerufen.

Oder war dieses Telefonat am Ende nur erfunden?

Mara wusste nicht mehr, was sie denken sollte! Wie aus dem Nichts kamen ihr wieder die Tränen, bis sie von einem regelrechten Heulkrampf geschüttelt wurde. Sie musste sich dringend ablenken, um nicht vom Schmerz zerfressen zu werden.

Bei einer Tasse Tee beschloss sie, weitere Nachforschungen zu den eigenartigen Vorfällen rund um ihr Haus anzustellen – nicht im Internet, sondern unten im Ort. Sie wollte Ulrike Kemmler befragen, die letzte Person, die Carola Danner lebend gesehen hatte. Zwar ging es dabei schon wieder um das Thema Tod, dennoch würden die Recherchen sie auf andere Gedanken bringen.

Hoffentlich.

Im Internet fand Mara keine Anschrift, sondern nur eine Telefonnummer. Kurz entschlossen rief sie dort an, allerdings nur, um sicherzugehen, dass Ulrike Kemmler zu Hause war. Als die junge Frau sich am anderen Apparat meldete, legte Mara rasch wieder auf. Sie bevorzugte das persönliche Gespräch, das nach ihrer Erfahrung meist viel ergiebiger war als ein Telefonat. Jetzt brauchte sie nur noch die Adresse.

Da es ein kühler Tag war, zog sie eine Jacke über und fuhr nach Naunheim, wo sie in der Bäckerei Tritschler ein paar Brötchen fürs Abendessen kaufte. Der eigentliche Grund für ihren Besuch war jedoch ein ganz anderer: Paul hatte erzählt, dass die Bäckerin gewissermaßen die Auskunftei der Ortschaft war. Das wollte Mara ausnutzen.

»Ich habe gehört, dass Ulrike Kemmler in der Nähe des Sportplatzes wohnt«, sagte sie – auch das hatte Paul ihr erzählt. »Stimmt das?«

»Ja. Draußen, am Waldrand«, antwortete die Bäckerin. »Direkt am Wanderpfad nach Elmstein.«

»Ihre Adresse kennen Sie nicht zufällig?«

Die Bäckerin schüttelte den Kopf. »Wenn ich einen Stadtplan hätte, könnte ich es Ihnen zeigen. Aber so …?«

Mara zog ihr Handy aus der Jackentasche und öffnete Google Maps.

»Dieser blaue Punkt hier, das sind wir«, erklärte sie.

Die Bäckerin kam um die Theke herum, damit sie gemeinsam auf das Display schauen konnten.

»Wenn wir hier sind« – die Bäckerin deutete auf die Standortmarkierung – »wo ist dann das Rathaus?«

Mara zeigte es ihr.

»Ah. Dann muss das hier die Brücke über den Argenbach sein«, murmelte Frau Tritschler und tippte mit ihrem dürren Zeigefinger auf die Karte. »Dann wohnt Fräulein Kemmler ziemlich genau hier.«

Immer noch in tiefer Trauer um Sabine, fuhr Mara in den Niederweg, wo sie parkte und die Türschilder absuchte, bis sie den richtigen Namen fand. Als sie klingelte, öffnete ihr eine etwa zwanzigjährige Frau mit einem brünetten Lockenkopf und einer hübschen, kleinen Stupsnase. Über ihrem roten Strickpulli trug sie eine Jeanslatzhose.

»Tut mir leid, aber ich kaufe nichts«, sagte sie und wollte die Tür schon wieder schließen.

»Ich bin keine Vertreterin«, entgegnete Mara schnell. »Sind Sie Ulrike Kemmler?«

Die junge Frau nickte, ihre Locken wippten dabei mit. »Was wollen Sie von mir?«

»Ich bin am Samstag in das Weingut oben am Berg eingezogen. An der Straße nach Maikammer«, sagte Mara. »Ich habe das Haus gekauft. Allerdings sind mir da inzwischen ein paar Gerüchte zu Ohren gekommen – nämlich, dass jemand in der Nähe des Hauses verschwunden ist. Ich denke, Sie wissen, wen ich meine, nicht wahr?«

Ulrike Kemmlers Gesichtsausdruck wurde plötzlich auffallend ernst. Sie nickte. »Carola. Aber ich möchte darüber nicht mit Ihnen sprechen. Ich habe der Polizei damals alles erzählt, was ich weiß.«

»Das glaube ich Ihnen, und ich verstehe, dass Sie nicht wieder daran erinnert werden wollen. Aber bitte stellen Sie sich vor, wie ich mich im Moment fühle. Kaum eingezogen, höre ich von allen Seiten nur sonderbare Geschichten über mein neues Zuhause. Der Vorbesitzer sei nicht zurechnungsfähig gewesen. Eine Schülerin ist auf dem Weg zum Waldspielplatz spurlos verschwunden.« Noch dazu der Knochenfund im Keller, aber der ging im Moment niemanden etwas an. »Da macht man sich schon seine Gedanken. Ich habe eine Tochter, die ist fünf, und ich weiß nicht, wie ich sie darauf vorbereiten soll, dass andere Kinder sie mit diesen Geschichten konfrontieren. Finden Sie nicht, ich habe ein Recht darauf, zu erfahren, was sich hier zugetragen hat?«

Ulrike Kemmler blieb einen Moment unentschlossen im Eingang stehen. Schließlich gab sie sich einen Ruck und ließ Mara herein. Im Wohnzimmer setzten sie sich auf die Eckcouch. Aus der Küche roch es nach frisch gebackenem Kuchen.

»Meinetwegen kann ich Ihnen noch mal alles erzählen, aber ich weiß nicht, was Sie sich davon versprechen«, begann Ulrike kalt.

»Ich möchte nur aus erster Hand erfahren, was sich damals zugetragen hat«, sagte Mara. »Sie waren Carolas beste Freundin und die Letzte, die sie vor ihrem Verschwinden gesehen hat. Deshalb gibt es niemanden, der mir besser Auskunft geben könnte. Alles, was ich will, ist, mir ein eigenes Bild über die damaligen Ereignisse zu machen.«

»Von mir aus.« Ulrike Kemmler zuckte gleichgültig mit den Schultern. »Wo soll ich anfangen?«

»Ich habe in der Zeitung gelesen, dass Carola verschwunden ist, als sie auf dem Weg zu einem Waldspielplatz war.«

»Wir waren zu zweit auf dem Weg dorthin«, korrigierte die junge Frau. »Zum Hainbuch-Spielplatz. Wir hatten Schulferien, und ein paar Jungs aus unserer Klasse haben dort eine Grillparty organisiert. Ich habe Carola gegen drei Uhr bei sich zu Hause abgeholt. Sie wohnte ein Stück weiter stadteinwärts, und ich habe sie auf dem Mofa mitgenommen. Als wir die Serpentinen hochfuhren, hat sie mir die ganze Zeit die Ohren vollgequatscht. Das ging mir irgendwann so auf den Keks, dass wir uns stritten. Deshalb habe ich sie ein Stück oberhalb des Sondecker-Hauses abgesetzt und ihr gesagt, dass sie den Rest des Wegs zu Fuß gehen kann.«

Das kam Mara sonderbar vor. »Vom Tal bis zu meinem Haus sind es auf dem Mofa höchstens drei Minuten. Was ist zwischen euch beiden vorgefallen?«

Ulrikes Blick geisterte ziellos über den Wohnzimmertisch. »Na ja, es gab da so einen Jungen in unserer Klasse. Jochen. Alle Mädchen waren in den verschossen. Carola auch. Die ganze Fahrt hat sie nur von ihm geschwärmt. Wie toll er ist. Und dass er sie neulich geküsst hat. Dabei weiß ich ganz genau, dass zwischen den beiden nichts gelaufen ist. Das hat sie nur behauptet, um mich zu ärgern.«

Mara begriff. »Hat Jochen Ihnen auch gefallen?«

Ulrike nickte. »Ich war eifersüchtig, deshalb habe ich Carola unterwegs abgesetzt. Hätte ich gewusst, wohin das führt ...« Sie brach mitten im Satz ab, zögerte. »Ich mache mir bis heute Vorwürfe, dass ich das getan habe. Hätte ich Carola ihr Glück gegönnt, wäre sie vielleicht nie verschwunden.«

Ulrike tat Mara leid. »Sie sollten nicht zu hart mit sich ins Gericht gehen«, sagte sie. »Es war ein Streit unter Mädchen, das kommt vor. Sie konnten nicht ahnen, was passieren würde. Sind Sie anschließend zu der Grillparty gefahren?«

»Ja, aber Carola kam nicht nach. Ich dachte, sie sei wieder umgekehrt – wegen unserer Auseinandersetzung. Am nächsten Tag stellte sich dann heraus, dass sie nicht nach Hause gegangen war. Niemand wusste etwas über ihren Verbleib.«

»Hatte Carola kein Handy dabei?«

»Das hat sie daheimgelassen, weil der Akku leer gewesen war.«

Also endete die Spur genau dort, wo Ulrike Carola vom Mofa hatte absteigen lassen. Von da an war Carola auf sich allein gestellt gewesen.

Obwohl immer noch viele Fragen offen waren, hatte Mara jetzt eine wesentlich klarere Vorstellung von den damaligen Ereignissen als nach der Lektüre des Zeitungsartikels. In ihren Gedanken formten sich schon die ersten Passagen ihres geplanten Romans. Natürlich würde sie die Namen ändern, um keine Persönlichkeitsrechte zu verletzen. Die Geschichte an sich war jedoch mysteriös genug, um sie als Thema für ihr Buch zu wählen. Daraus konnte man etwas machen.

»Was, glauben Sie, ist damals vorgefallen?«, fragte sie. »Sie haben sich doch bestimmt schon tausendmal Gedanken dazu gemacht.«

Ulrike zögerte einen Moment, ehe sie antwortete. »Die meisten Leute denken, dass Carola etwas zugestoßen ist«, sagte sie. »Dass sie überfallen und umgebracht wurde, von irgendeinem Verrückten. Eine Zeitlang stand der Vorbesitzer Ihres Hauses ganz oben auf der Verdächtigenliste. Friedrich Rossknecht. Was man so hört, war der auch wirklich kein einfacher Mensch. Aber ich glaube nicht, dass er etwas mit Carolas Verschwinden zu tun hatte. Ehrlich gesagt, glaube ich nicht mal, dass ihr etwas zugestoßen ist. Wenn Sie mich fragen, dann hat Carola ganz einfach die Gelegenheit genutzt, um von zu Hause zu fliehen.«

»Hätte sie denn Grund dazu gehabt?«

»Carolas Mutter ist gestorben, als sie noch klein war. Von da an hat sie bei ihrem Vater gelebt. Er ist der Metzger, hier im Ort. Und er ist mindestens genauso sonderbar wie Friedrich Rossknecht es war. Carola wollte schon lange weg von zu Hause, das hat sie mir immer wieder erzählt. Ich schätze, unser Streit ist ihr da gerade recht gekommen. Sie wollte ihrem Vater eins auswischen. Wollte ihn darüber im Unklaren lassen, was mit ihr passiert ist, und ihm damit ein schlechtes Gewissen machen.«

»Haben Sie das auch der Polizei erzählt?«

»Klar. Aber die hat mir nicht geglaubt.«

Mara dachte nach. Lohnte es sich, diese Spur weiterzuverfolgen? Zumindest konnte es nicht schaden, in dieser Richtung ein bisschen weiter zu recherchieren.

»Vielleicht sollte ich mich auch einmal mit Metzger Danner unterhalten«, sagte sie.

Ulrike Kemmler nickte. »Tun Sie das. Aber seien Sie auf der Hut vor ihm«, warnte sie. »Danner ist ein aufdringlicher, alter Bock.«

KAPITEL 26

Als Mara die Wohnung von Ulrike Kemmler verließ, war es kurz vor halb zwölf. Mit dem Auto war sie schon mehrmals an der Metzgerei Danner vorbeigefahren – die lag gleich hinter der Brücke. Dort hatte sie am vergangenen Wochenende auch das Essen für die Umzugshelfer besorgt.

Vielleicht ist Danner bereit, einen Teil seiner Mittagspause für mich zu opfern. Immerhin geht es um seine Tochter.

Kurz entschlossen fuhr Mara hin. Sie fand einen Parkplatz direkt vor dem Laden und wollte gerade eintreten, als ein Mann im weißen Kittel auf der anderen Seite der Glastür erschien, um abzuschließen.

»Sind Sie Herr Danner?«, rief sie.

»Ja, warum?«

»Kann ich Sie einen Augenblick sprechen?«

Die Gestalt im Laden war nur schemenhaft zu erkennen, weil die Sonne sich im Türglas spiegelte. Aber der Mann schien nicht so alt zu sein, wie Mara es erwartet hatte.

»Wollen Sie etwas bei mir kaufen?«

»Nein, ich habe nur ein paar Fragen an Sie.«

Er legte die Stirn in Falten. »Wer sind Sie?«

»Die neue Bewohnerin des Sondecker-Hauses«, sagte Mara. »Oben am Berg.«

Danner setzte die Brille auf, die an einer Schnur um seinen Hals hing, und betrachtete Mara durch die Glastür genauer. Etwas in seiner Miene änderte sich, wurde milder. Es schien, als würde ihm gefallen, was er sah.

Mara beschloss, das zu ihrem Vorteil zu nutzen. Sie ging etwas mehr ins Hohlkreuz, um ihre Oberweite besser zur Geltung zu bringen. Prompt wanderte Danners Blick auf ihr Dekolleté.

»Es wird nicht lange dauern«, sagte sie, wohl wissend, dass sie ihn bereits am Haken hatte. »Ich bin Schriftstellerin und recherchiere zu einer Buchidee. Bitte – können wir miteinander reden? Ich lade Sie zum Mittagessen ein.«

»Mein Mittagessen steht schon auf dem Herd«, entgegnete Danner. »Hinten, in der Küche. Wenn Sie unbedingt mit mir reden wollen, dann lassen Sie uns das hier tun.«

Er öffnete die Tür und ließ Mara herein. Hinter ihr schloss er wieder ab. Mara fiel auf, dass außer ihnen niemand im Laden war.

Danner schien ihre Gedanken zu erraten. »Meine beiden Verkäuferinnen sind über die Mittagspause nach Hause gegangen. Die kommen erst wieder um kurz vor halb drei. So lange sind wir zwei Hübschen vollkommen ungestört.«

Er sagte das auf eine sonderbar süffisante Art, die noch dazu dadurch betont wurde, dass er den Schlüssel ein zweites Mal im Schloss herumdrehte. Als wolle er damit andeuten, dass er sich eine schnelle Nummer mit ihr vorstellen könne.

Oder bildete Mara sich das nur ein?

Jedenfalls war ihr der Mann nicht ganz geheuer.

»Kommen Sie mit«, sagte Danner und ging voraus, quer durch den Laden, wo die Theke von einem Durchgang unterbrochen wurde. Er war jünger als erwartet, etwa Mitte vierzig, und sah gar nicht mal schlecht aus. Sein kurzes Haar war an den Seiten etwas angegraut, dichte Bartstoppeln bedeckten sein markantes Kinn. Außerdem hatte er einen auffallend athletischen Körperbau. Alles in allem wirkte er weniger wie der von Ulrike Kemmler beschriebene, lüsterne Greis, sondern vielmehr wie ein Sportmode-Model für den Mann in den besten Jahren.

Als Danner seine Schürze aufhängte, fiel Maras Blick in einen bis oben hin weiß gekachelten Raum mit Milchglasfenstern an der linken Wand. Von der Decke baumelte eine Kalbshälfte an einem Metzgerhaken. Mara hatte das zwar schon auf Bildern und in Fernsehreportagen gesehen, und sie aß normalerweise auch gerne ein gutes Stück Fleisch. Aber einem zersägten Kalb auf nur drei Meter Entfernung in der Realität gegenüberzustehen, verursachte dann doch ein unangenehmes Kribbeln in ihrem Magen.

Ein süßlicher Geruch stieg ihr in die Nase. War das Blut oder etwas anderes? Jedenfalls musste sie sich zusammenreißen, um die aufkommende Übelkeit zu verdrängen.

»Hier entlang«, sagte Danner und führte sie in einen Nebenraum – eine kleine, ebenfalls ganz in weiß gekachelte Küche. An der Wand hingen ein paar Bilder von barbusigen Pin-up-Girls aus einem Playboy-Kalender. Auf dem Herd garte etwas in einem Topf mit kochender Brühe. Obwohl die Dunstabzugshaube auf Hochtouren lief, war Mara klar, dass der süßliche Duft von dort kam.

Danner schaltete die Kochplatte aus, stach mit einer Gabel in den Topf und fischte ein handballgroßes Stück Fleisch heraus, das er auf ein Holzbrett legte. Mit einem langen Messer schnitt er eine dicke Scheibe davon ab.

»Auch ein Stück?«, fragte er, wobei sein Blick wieder ungeniert Maras Brüste abtastete.

»Nein, danke.«

Er zuckte beiläufig mit den Schultern, schaufelte sich etwas Suppengrün und zwei Kartoffeln aus dem Topf in den Teller und setzte sich an den Ecktisch.

»Bitte, nehmen Sie Platz, und verraten Sie mir, was ich für Sie tun kann. Schreiben Sie ein Kochbuch?«

Mara schluckte. Jetzt war also der Moment der Wahrheit gekommen. »Nein«, sagte sie. »Es geht um Ihre Tochter.«

Danners Miene wurde plötzlich hart. »An was für einer Art von Buch schreiben Sie?«, wollte er wissen.

»Ich weiß es noch nicht genau«, gestand Mara. »Vielleicht ein Roman, der auf Tatsachen basiert.«

»Ein Roman, der auf Tatsachen basiert«, wiederholte Danner, als handle es sich dabei um eine ansteckende Krankheit. »Sie wollen aus dem Schicksal meiner Tochter Kapital schlagen! Darum geht es doch, oder etwa nicht? Und ich soll Ihnen dabei auch noch helfen!«

»Ich will herausfinden, was damals passiert ist. Interessiert Sie das nicht?«

»Wagen Sie nicht, das auch nur zu denken!«, zischte Danner mit mühsam unterdrückter Wut in der Stimme. »Ich würde alles dafür geben, um zu erfahren, was Carola zugestoßen ist. Aber woher zum Teufel nehmen Sie die Dreistigkeit zu glauben, dass Sie dazu in der Lage sind? Die Polizei hat monatelang nach meinem Mädchen gesucht. Die hat nach ihr gefahndet, hat alle möglichen Leute verhört. Ein Suchtrupp hat die ganze Gegend nach ihr durchkämmt. Nichts! Sie blieb wie vom Erdboden verschwunden.«

Während er sprach, war sein Blick starr auf seinen Teller gerichtet, als würde die kleinste Abweichung davon eine emotionale Katastrophe auslösen. Selbst Maras Oberweite interessierte ihn nicht mehr.

»Monatelang habe ich mir Vorwürfe gemacht«, fuhr Danner fort. Seine Augen füllten sich mit Tränen. »Immer wieder habe ich mir gesagt, dass das nicht hätte passieren müssen, wenn ich besser auf mein Mädchen aufgepasst hätte. Wenn ich sie nicht mit dieser falschen Schlange hätte fahren lassen.«

Damit meinte er offenbar Ulrike Kemmler.

»Erst mit der Zeit wurde der Schmerz allmählich erträglicher. Die Wunden verheilten nach und nach, bis am Ende nur noch Narben übrig waren. Und jetzt kommen auf einmal Sie daher und reißen alles wieder auf!«

Wie aus dem Nichts donnerte er die geballte Faust auf den Tisch – so heftig, dass das Geschirr klirrte. Mara zuckte zusammen. Einen Moment lang glaubte sie, Danner würde handgreiflich werden, aber anstatt sie zu packen und hinauszuwerfen, schlug er nur die Hände vors Gesicht und brach wimmernd in Tränen aus.

KAPITEL 27

Die Minuten, die verstrichen, bis der Metzger sich wieder beruhigt hatte, gehörten zu den längsten in Maras Leben. Sie wusste nicht, was sie sagen sollte, spürte, dass es nichts gab, was ihn trösten konnte.

Sie hätte nicht herkommen dürfen, jedenfalls nicht unangemeldet. Aber hinterher war man ja immer schlauer.

Während sie einfach nur dasaß und ausharrte, wurde ihr klar, wie egoistisch sie gehandelt hatte. Sie wollte für ihr Buchprojekt recherchieren, um dem Geheimnis, das ihr Haus umgab, ein Stück näher zu kommen, aber sie durfte dabei nicht vergessen, dass sie andere Menschen damit verletzen konnte. Menschen, mit denen sie künftig zusammenleben musste. Sie nahm sich vor, ab sofort mehr Fingerspitzengefühl zu zeigen – eine Eigenschaft, die normalerweise zu ihren Stärken zählte, sonst wäre sie als Reporterin bei der FAZ niemals so erfolgreich geworden.

Keine Ahnung, was heute in mich gefahren ist.

Endlich wischte Danner sich die Tränen aus dem Gesicht und bat sie zu gehen. Ganz höflich, mit leiser Stimme. Dann begleitete er sie ohne ein weiteres Wort zum Hinterausgang. Ein Stein der Erleichterung fiel Mara vom Herzen, als sie wieder in ihrem Auto saß.

Was jetzt?

Nach der schockierenden Nachricht von Sabines Tod und

dem entgleisten Gespräch mit Metzger Danner brauchte sie jetzt dringend jemanden, dem sie sich anvertrauen konnte. Der Einzige in Naunheim, der dafür in Frage kam, war Paul. Sein Büro lag nur ein paar Querstraßen weiter – der Vorteil eines so beschaulichen Örtchens. Aber als Mara bei ihm klingelte, öffnete niemand die Tür.

Vielleicht hatte er einen Termin bei einem Mandanten.

Ausgerechnet jetzt, wo ich ihn brauche.

Andererseits nahm sie seine Hilfe sowieso schon viel zu oft in Anspruch, und das, obwohl sie sich erst seit wenigen Tagen kannten. Sie musste lernen, alleine mit sich und der Situation zurechtzukommen.

Reiß dich zusammen! In Frankfurt warst du eine gefeierte Reporterin! Du hast Skandale aufgedeckt und Politiker zu Fall gebracht. Da wirst du ja wohl auch hiermit fertig!

Allerdings war es in ihrem Job als Reporterin noch nie um persönliche Dinge gegangen. Nicht um ein vermisstes Mädchen, das zuletzt in der Nähe ihres Hauses gesehen worden war. Nicht um die beste Freundin, die sich scheinbar grundlos in den Tod gestürzt hatte. Und nicht um die sprichwörtliche Leiche im Keller.

Du bist wirklich ein unverschämter Glückspilz!

Babsis Worte vom Tag des Umzugs geisterten ihr durch den Kopf. Mittlerweile war Mara sich dessen nicht mehr so sicher. Im Gegenteil: Seit sie hier wohnte, schien sich alles gegen sie verschworen zu haben.

Sie fuhr nach Hause, aß zu Mittag und legte sich mit den Werbeprospekten aus dem Briefkasten auf die Couch. Dabei wurde sie so müde, dass sie einschlief.

Um Viertel nach zwei Uhr wachte sie wieder auf –

schweißgebadet, weil sie geträumt hatte, dass Danner sie in seiner kleinen Metzgerküche vergewaltigen wollte, während der Topf auf dem Herd zischend überkochte und die Blicke der Pin-up-Girls lasziv über ihren Körper wanderten.

Mara fühlte sich so schmutzig, dass sie am liebsten geduscht hätte, aber dazu blieb ihr keine Zeit mehr – um halb drei musste sie bei der Polizei ihre Aussage von gestern unterschreiben.

Im Badezimmer wusch sie sich wenigstens das Gesicht, anschließend fuhr sie mit dem Auto in die Stadt.

Das Polizeirevier lag in einem alten, heruntergekommenen Gebäude hinter dem Rathaus und war nur unwesentlich größer als Paul Brunners Kanzlei. Mara meldete ihren Besuch im Vorzimmer an, kurz darauf kam Kommissar Casale zu ihr und führte sie in sein klaustrophobisches Büro, wo sie sich an seinen Schreibtisch setzten.

»Wie besprochen, habe ich Ihre Aussage zu Protokoll gebracht«, sagte er und nahm ein Stück Papier zur Hand, das neben der Computertastatur auf seinem Schreibtisch lag. »Ich möchte, dass Sie sich das gründlich durchlesen. Wenn alles stimmt, bitte ich Sie, rechts unten zu unterschreiben. Lassen Sie sich Zeit. Falls sich ein Fehler eingeschlichen hat, geben Sie mir Bescheid. Dann können wir ihn gemeinsam korrigieren und die neue Fassung ausdrucken.«

Mara nahm den Bericht entgegen und las ihn aufmerksam durch. Inhaltlich gab es nichts daran auszusetzen, und auf die Rechtschreibfehler wollte sie Casale lieber nicht hinweisen. Sie ließ sich einen Stift geben, unterschrieb ihre Aussage und gab ihm das Blatt zurück.

»Gibt es schon irgendwelche Erkenntnisse, wer der Tote in meinem Keller war?«, fragte sie.

»Im Moment noch nicht. Die sichergestellten Knochenfunde werden gerade im pathologischen Institut in Speyer untersucht. In ein paar Tagen wissen wir mehr.«

»Sind Sie nach wie vor der Meinung, dass es sich nicht um die sterblichen Überreste von Carola Danner handelt?«

Mara wusste zwar, dass sie damit einen wunden Punkt bei dem Polizisten traf, aber sie brauchte Gewissheit.

Casale nahm einen tiefen Atemzug. »Nach den ersten Schätzungen des Pathologen ist der Leichenfund in Ihrem Keller schon fünfzig Jahre alt«, sagte er. »Vielleicht sogar älter. Die abgeschlossene Atmosphäre in der zugemauerten Kammer hat die Knochen konserviert. Ich gehe davon aus, dass es sich um ein Mitglied der Familie Albrecht handelt, die kurz vor dem Ende des Zweiten Weltkriegs in dem Haus lebte. Die wurden allesamt umgebracht.«

Das Engegefühl in Maras Brust verstärkte sich wieder. Die Gruselgeschichten nahmen kein Ende.

Im Moment wusste sie nicht, ob sie sich darüber freuen oder es doch eher mit der Angst zu tun bekommen sollte. Für ihr geplantes Buchprojekt war die Neuigkeit ein wahrer Segen. Aber Mara musste sich eingestehen, dass ihr die Konzentration der Gewalttaten zu denken gab, die mit ihrem neuen Haus in Verbindung standen.

Als habe das Gebäude eine schlechte Aura – wie in einem Horrorfilm.

Das Unglückshaus.

Die angeblichen Dorfgerüchte waren leider nur allzu zutreffend.

»Haben Sie etwas dagegen, wenn ich ein paar Erkundigungen über diese Familie einziehe?«, fragte Mara.

»Über die Albrechts?« Casale schüttelte den Kopf. »Das ist ein historischer Fall. Dazu können Sie recherchieren, so viel Sie wollen. Nur was Carola Danner betrifft, muss ich darauf bestehen, dass Sie sich aus der Sache heraushalten, weil die Ermittlungen dazu noch nicht abgeschlossen sind.« Als Mara nicht darauf reagierte, fügte er mit finsterer Miene hinzu: »Ich habe mich über Sie informiert, Frau Flemming. Ich weiß, dass Sie bei der FAZ in Frankfurt eine große Nummer waren. Aber das Letzte, was ich hier brauche, ist eine neugierige Reporterin, die glaubt, sie kann einen Vermisstenfall besser lösen als meine Kollegen und ich. Also, tun Sie mir den Gefallen, und halten Sie sich aus der Angelegenheit heraus. Sonst werde ich Sie wegen Behinderung unserer Arbeit belangen – das meine ich ernst.«

KAPITEL 28

Später aß Mara mit Leni an der Pommesbude auf dem Rathausplatz eine Currywurst. Mara nutzte die Gelegenheit, um ihre Tochter zu befragen, wie die anderen Kinder sich ihr gegenüber verhielten.

»Die sind alle ganz nett zu mir«, sagte Leni. »Bis auf Benjamin, der schubst dauernd. Das macht er mit allen Mädchen. Zoe sagt, er hat eine größere Schwester, die ihn dauernd verprügelt, deswegen rächt er sich an uns.«

»Ah«, machte Mara. »Und Zoe – ist das deine neue Freundin?«

Leni nickte. »Zoe und Kathi, mit denen verstehe ich mich am besten. Und mit Tina.«

Mara lächelte, erleichtert darüber, dass die anderen Kinder Leni nicht mit Gruselgeschichten über das Haus verängstigten. Hoffentlich würde das auf Dauer so bleiben.

Nach dem späten Mittagessen fuhren die beiden nach Hause. Als sie dort ankamen, stand Haushälterin Regina bereits vor der Tür. An die hatte Mara gar nicht mehr gedacht.

»Tut mir leid, dass Sie warten mussten«, sagte sie. »Das wird nicht wieder vorkommen, versprochen.«

Regina sah sie mit ihrem typischen, scheuen Blick an. »Das nächste Mal kann ich den Schlüssel nehmen, wenn Ihnen das recht ist. Dann könnte ich schon mit der Arbeit beginnen, wenn Sie nicht da sind. Ich wollte nur nicht ohne Ihre Erlaubnis ins Haus.«

Mara benötigte einen Moment, ehe sie verstand. »Sie haben einen Schlüssel fürs Haus?«

Regina nickte verunsichert. »Herr Rossknecht hat ihn mir anfertigen lassen, als ich für ihn saubergemacht habe. Als er weggezogen ist, hat keiner danach gefragt. Und nachdem die Immobilienmaklerin mir zugesichert hat, dass ich weiter hier arbeiten darf, habe ich ihn einfach behalten. Ich hoffe, Sie sind deswegen nicht böse auf mich.«

Mara schüttelte den Kopf. Böse war der falsche Begriff. *Unangenehm überrascht* traf die Sache eher. Immerhin kannten sie sich kaum. Und auch wenn Friedrich Rossknecht offenbar große Stücke auf Regina gehalten hatte, war an ihrem ersten Arbeitstag bei Mara doch gleich die Kette mit dem Silberdöschen verschwunden.

Sie gingen nach drinnen, wo Mara sie offen darauf ansprach – ganz freundlich, weil es ja keine Beweise für ihren Verdacht gab.

»Leni hat mir erzählt, dass sie Ihnen am Samstag ihren Glücksbringer gezeigt hat«, sagte sie und beschrieb, wie er aussah. »Erinnern Sie sich?«

Regina hob die Augenbrauen. »Eine wundervolle Kette«, entgegnete sie. »Leni hat erzählt, dass sie ein Erbstück ist.«

Mara nickte. »Genau das macht sie für mich so wertvoll. Leider kann Leni sich nicht erinnern, wo sie die Kette hingelegt hat. Sie wissen nicht zufällig etwas darüber?«

Einen Moment lang herrschte Schweigen, und Mara war sicher, dass Regina trotz ihrer etwas naiven Art ganz genau verstand, wie sie die Frage meinte. Ihr Gesicht wurde kalkweiß, aber sie schüttelte den Kopf.

»Ich habe keine Ahnung, wo die Kette steckt – das schwöre ich«, sagte sie. »Leni hat sie mir gezeigt, und ich habe sie sogar in die Hand genommen, um sie genauer zu begutachten. Leni wollte, dass ich das Silberdöschen öffne, um das Bild ihrer Uroma zu bewundern. Auch das leugne ich nicht. Aber ich habe ihr die Kette danach zurückgegeben.«

Mara beschloss, ihr zu glauben. Wahrscheinlich hatte Leni das gute Stück wohl doch eher in eine Spielzeugkiste oder ins Barbiepuppenhaus gelegt. Ihr würde nichts anderes übrigbleiben, als das Kinderzimmer noch einmal gründlich zu durchsuchen.

KAPITEL 29

Der Rest des Tages verlief ruhig, und auch in der Nacht gab es keine Zwischenfälle. Mara schlief wie ein Stein. Als sie am nächsten Morgen aufwachte, fühlte sie sich gut erholt.

Bis sich wieder Sabines Tod in ihr Bewusstsein drängte.

Sofort kehrte die Trauer zurück, wie ein gieriges Tier, das sich immer tiefer in ihr Herz fraß.

»Ist mit dir alles in Ordnung?«, fragte Leni, als Mara sich beim Frühstück mit einem Taschentuch die Tränen aus den Augen wischte.

»Alles gut, mein Schatz«, beschwichtigte Mara sie mit einem erzwungenen Lächeln. »Das ist nur mein Heuschnupfen.«

Nachdem sie später ihre morgendlichen Einkäufe erledigt hatte, rief sie bei einer zweiten Tasse Kaffee ihre ehemalige Chefin Barbara Reetmann an und erzählte ihr von Sabines tragischem Tod.

»Das ist ja grauenhaft!«, sagte Babsi. »Ich kannte sie zwar nicht so gut wie du, aber sich aus dem Fenster zu stürzen ... gütiger Himmel! Niemand sollte so sterben. Hast du das kommen sehen?«

»Nein. Ihr Mann angeblich auch nicht. Aber ich bin nicht sicher, ob er sie nicht letztlich in den Selbstmord getrieben hat.«

Sie erzählte von Sabines und Hannes' Eheproblemen, und davon, dass er ihr verboten hatte, sich noch einmal bei ihm zu melden.

»Vielleicht hat er nur überreagiert«, sagte Babsi. »Ich meine, so kurz nach dem Tod seiner Frau ...«

Mara schnäuzte in ihr Taschentuch. »Schon möglich. Tust du mir trotzdem einen Gefallen?«

»Natürlich, schieß los.«

»Falls Hannes es ernst gemeint hat, wird er mich nicht darüber informieren, wann Sabine beerdigt wird. Ich will aber bei dem Begräbnis dabei sein. Kannst du die Augen offenhalten und mir Bescheid geben, wenn du etwas herausfindest?«

»Klar, mach ich. Und bevor dir in deinem Weindorf die Decke auf den Kopf fällt, schnapp dir deine Tochter und besuch mich für ein paar Tage in Frankfurt. Meine Wohnung ist groß genug.«

Mara lächelte und wischte sich noch einmal die Augen trocken. »Ich danke dir«, sagte sie. »Falls ich es nicht mehr aushalte, melde ich mich.«

Um sich von der Trauer abzulenken, beschloss sie, ein wenig die Gegend zu erkunden – nicht mit dem Auto, sondern zu Fuß. Sie schulterte ihre Fototasche, überprüfte die Digitalkamera und machte sich auf den Weg. Sobald sie ihr Fotostudio eingerichtet hatte, würde sie auch wieder mit ihrer alten Spiegelreflexkamera fotografieren – damit konnte man Effekte erzielen, die keine Digitalkamera der Welt zustande brachte. Bis dahin würde sie sich allerdings noch gedulden müssen.

Es war wieder ein wundervoller Morgen, noch kühl, aber ohne eine Wolke am Himmel. Vom Parkplatz führte am oberen Rand der Weinfelder ein Pfad entlang des Waldrands. Mara folgte ihm ein Stück weit, schoss Bilder ins Tal hinunter und machte ein paar geradezu mystische Aufnahmen vom Nebel, der aus den Weinbergen herausdampfte. Das alles bei strahlendem Sonnenschein – es war eine Inspiration.

Ziellos schlenderte sie weiter, ging ein Stück bergab durchs Rebenfeld, dann wieder hinauf in den Wald. Das durchs dichte Laub fallende Sonnenlicht rief eine nahezu märchenhafte Stimmung hervor, die sie unbedingt in ihren Bildern einfangen wollte.

An einer steilen Stelle, an der der nackte Fels unter dem Waldboden hervorstach, steckte ein kleines Holzkreuz im Boden, umsäumt von einem geflochtenen Kränzchen mit eingearbeiteten rosafarbenen Bändchen. Darauf lag eine rote Rose. Alles wirkte so frisch, als sei es eben erst so arrangiert worden.

Mara ging in die Hocke und machte auch davon einige Aufnahmen. Auf dem Holzkreuz stand ein Name:

APHRODITE

Darunter klebte ein in Folie eingeschweißtes Foto eines Rauhaardackels. Jemand musste dieses Tier sehr geliebt haben.

Mara stand wieder auf und kehrte zum Wanderpfad zurück. Zweihundert Meter weiter gelangte sie an eine Ausbuchtung im Waldrand, in der ein gemauertes, kleines Häuschen und ein paar Holzschuppen standen. Mara wusste, dass dieses Land zu ihrem Besitz gehörte – die Immobilienmaklerin hatte das erwähnt –, aber bislang war sie noch nicht dazu gekommen, die Gebäude zu inspizieren.

Ob auch hier irgendwelche unheimlichen Geheimnisse verborgen lagen? Mara musste sich eingestehen, dass sie tatsächlich ein bisschen nervös war, als sie bei dem gemauerten Häuschen die Türklinke herunterdrückte.

Abgeschlossen.

Sie suchte unter ein paar herumliegenden Steinen und einem Stapel alter Bretter nach dem Schlüssel, fand ihn aber nicht.

Bestimmt ist er in irgendeiner Schublade im Haus. Genug Möbel hat Friedrich Rossknecht mir ja hinterlassen.

An einer Seite gab es ein winziges Fenster. Mara versuchte hindurchzuspähen, konnte aber nichts erkennen, weil die Scheibe vor Dreck strotzte und es drinnen viel zu dunkel war. Sie probierte ihr Glück auch noch bei den drei Schuppen, ebenfalls ohne Erfolg. Bei allen war ein Riegel mit einem Schloss vorgeschoben. Sie nahm sich vor, ein andermal wiederzukommen, wenn sie die Schlüssel gefunden hatte.

Da die alten Gebäude vor dem Wald ein hübsches Motiv abgaben, fotografierte Mara sie aus den unterschiedlichsten Blickwinkeln. Je mehr Bilder sie schoss, desto besser wurde ihre Laune, denn mit jedem Foto formte ihre Phantasie ein paar weitere Szenen in ihrem geplanten Buch. Sie musste sich ja nicht sklavisch genau an die Realität halten, erst recht nicht bei einem Roman, selbst wenn er auf Tatsachen basierte.

Sie dachte auch schon über einen möglichen Titel nach.

Tod in der Pfalz. Ein Krimi von Mara Flemming, beruhend auf realen Ereignissen.

Das taugte zumindest als vorläufiger Arbeitstitel.

Der größte Vorteil eines Romans war, dass man alle Wissenslücken mit Versatzstücken der eigenen Phantasie auffüllen konnte. Ob Carola Danner nur vor ihrem Vater getürmt war, oder ob ein psychopatischer Serienmörder sie getötet hatte - es spielte keine Rolle, so lange man es nicht als Wahrheit verkaufte. Ein Roman ließ Platz für Spekulation, und Mara hatte mittlerweile eine ganze Reihe an Ideen, wie sie diesen Platz füllen konnte. Am liebsten hätte sie sofort mit dem ersten Kapitel begonnen.

Dennoch setzte sie an diesem herrlichen Vormittag vorerst ihren Spaziergang fort. Alle Fotos, die sie schoss, würden ihr später helfen, einen umfassenden Eindruck von der Umgebung ihres Hauses zu gewinnen. Beim Schreiben würde ihr das bestimmt zugutekommen.

Während sie auf dem Trampelpfad entlang des Waldrands weitermarschierte, fügten sich vor ihrem geistigen Auge schon ein paar potentielle Szenen für ihren Roman zusammen: Carola Danner, die - auch wenn das nicht mit der Realität übereinstimmte - im Keller des Gutshofs eingemauert worden war. Davor käme freilich ein Kapitel mit Friedrich Rossknecht, der sie unter irgendeinem Vorwand ins Haus gelockt und sie dann überfallen hatte. Ganz besonders viel Wert wollte Mara darauf legen, die Angst zu beschreiben, die Carola, stellvertretend für das echte Opfer, empfunden haben musste, als sie, angekettet mit eisernen Fesseln, Stein um Stein eingemauert worden war. Sie malte sich aus, wie Carola schrie und mit aller Kraft versuchte, sich von den massiven Ketten loszureißen. Ab welchem Zeitpunkt hatte sie die Hoffnung aufgegeben? Und was war ihr dabei durch den Kopf gegangen?

Ein Rascheln im Unterholz ließ Mara zusammenschrecken.

Bestimmt nur ein Vogel oder eine Maus, dachte sie, ohne das Geräusch genauer lokalisieren zu können. Allerdings war es zu laut für ein kleines Tier. Und es kam rasch näher.

Hätte Mara sich nicht so intensiv mit den Schrecken ihres Romans befasst, hätte sie das Geräusch vermutlich ignoriert. So aber stieg sofort ein mulmiges Gefühl in ihr auf. Ob sich Carola Danners Schicksal am Tag ihres Verschwindens genauso angekündigt hatte?

Noch ehe Mara sich über die Ursache des Geräuschs klarwerden konnte, erkannte sie hinter den herbstlich verfärbten Blättern des Waldrands die Silhouette eines Menschen. Er trug helle Kleidung und hielt etwas in der Hand. Etwas Langes, das durchs Gebüsch wie ein langes Messer aussah.

Eine Machete?

Unsinn! Mach dich nicht verrückt! Deine Phantasie geht mit dir durch!

Dennoch kostete es sie Überwindung, Ruhe zu bewahren und nicht schreiend davonzulaufen. Erst als sie erkannte, wer da vor ihr aus dem Unterholz trat, atmete sie erleichtert auf: ein Wanderer mit Kniebundhosen, beiger Jacke und einem Sonnenhut auf dem Kopf. Die vermeintliche Machete war nichts anderes als ein Gehstock, wie man ihn fürs Nordic Walking benutzte.

Aber selbst mit einem Buschmesser wäre dieser Mann nicht besonders gefährlich gewesen. Mara schätzte ihn auf mindestens achtzig Jahre, sein Gang war gebeugt, seine ganze Statur ausgemergelt wie bei jemandem, dem das Leben zu viel Kraft abverlangt hatte. Im Vorbeigehen nickte er Mara freundlich zu und murmelte einen Gruß. Dann setzte er seinen Weg am Weinberg fort, ohne sie weiter zu beachten.

KAPITEL 30

Mara war gerade dabei, ein Försterhaus zu fotografieren, das in einem ziemlich verwunschenen Teil des Waldes, gut einen Kilometer oberhalb ihres Hauses, stand, als ihr Handy klingelte. Paul rief aus Sankt Martin an, wo er einen Mandantentermin hatte. Er fragte, ob er sie in der Mittagspause besuchen solle und bot an, etwas vom neueröffneten Chinesen aus Edenkoben mitzubringen.

Eine halbe Stunde später saßen sie auf Maras Terrasse und genossen beim Essen die Aussicht ins Tal. Die Sonne schien jetzt so kräftig, dass Paul sein Jackett auszog und die Ärmel hochkrempelte. Mara hatte ihre lange Bluse gegen ein T-Shirt eingetauscht.

»Was ist los mit dir? Du siehst so nachdenklich aus«, sagte Paul.

»Mir gehen im Moment viele Dinge durch den Kopf.«

»Zum Beispiel?«

Mara seufzte. »Zum Beispiel, dass meine beste Freundin am Montag gestorben ist.«

Während sie Paul davon erzählte, spürte sie, wie die Trauer sie wieder übermannte. Ihre Augen wurden wässrig, Tränen rannen ihr über die Wangen. Sie war froh, als Paul sie einen Moment lang in den Arm nahm, um sie zu trösten.

Nach einer Weile beruhigte sie sich wieder, und sie aßen ihr mittlerweile ausgekühltes Essen weiter.

»Ich war gestern übrigens bei Ulrike Kemmler«, erzählte Mara, um ein anderes Thema anzuschneiden. »Ich wollte ihre Version der Geschichte hören. Es scheint, dass sie nicht von einer Entführung oder gar von Mord ausgeht. Sie glaubt, dass Carola vor ihrem Vater geflohen ist.«

»Was mich nicht wundern würde. Der ist ein ziemlich merkwürdiger Typ«, entgegnete Paul.

»Das ist mir auch aufgefallen. Nach meinem Besuch bei Ulrike Kemmler war ich nämlich bei ihm. Wenn ich seine Tochter gewesen wäre, hätte ich womöglich auch mit dem Gedanken gespielt, von hier zu verschwinden.« Mara nahm einen Bissen von ihrem Chop Suey. »In seiner Metzgerei ist eine kleine Küche, in der er zu Mittag gegessen hat. Dort hängen lauter Playboy-Bilder an den Wänden. Und wie dreist er mir die ganze Zeit auf die Oberweite gestarrt hat ...«

Paul nickte. »Ich habe schon gerüchteweise gehört, dass ein paar Frauen im Ort sich über sein Verhalten geärgert haben. Aber beschwert hat sich bisher noch niemand, weder bei mir noch bei der Polizei, soweit ich weiß.«

»Weil Kommissar Casale die Vertrauenswürdigkeit eines Schwerverbrechers ausstrahlt«, sagte Mara. »Kein normaler Mensch würde sich an ihn wenden, wenn es nicht sein muss. Der zieht ständig ein Gesicht, mit dem man Gespenster erschrecken könnte. Wenigstens hatte er gestern etwas bessere Laune als am Wochenende.«

»Du warst noch mal bei ihm?«

»Um meine Aussage zu unterschreiben. Aber warm geworden bin ich mit ihm noch lange nicht. Du sollst übrigens auch zu ihm aufs Revier kommen, um auszusagen.«

Paul trank einen Schluck alkoholfreies Bier. »Mach ich, obwohl ich ihm offen gesagt lieber aus dem Weg gehen würde.«

»Was ist zwischen euch beiden vorgefallen?«

»Er hat mir die Freundin ausgespannt. Von dem Moment an war er für mich unten durch. Allerdings darf man bei aller Antipathie nicht vergessen, dass er in Naunheim keinen leichten Stand hat. Vor ein paar Jahren ist er betrunken von Edenkoben hierhergefahren und hat auf der Argenbachbrücke den Bürgermeister gerammt. Hat ihm ein paar Blutergüsse verpasst und ein Bein gebrochen. Seitdem macht der ihm das Leben schwer. Ich denke, das ist auch der Grund, warum Nerio so schroff ist.«

Ihr Handy klingelte. Auf dem Display erschien Babsis Name.

»Da muss ich kurz ran«, sagte Mara und nahm das Gespräch entgegen. »Hallo Babsi, das ging aber schnell. Steht der Beerdigungstermin schon fest?«

»Nein, deswegen rufe ich nicht an.«

»Warum dann?«

»Weil ich vorhin mit einem alten Bekannten telefoniert habe, der bei der Frankfurter Kripo arbeitet. Ich habe ihn gebeten, mir Bescheid zu geben, wenn er etwas über Sabines Selbstmord erfährt.«

»Und?«

»Er hat mich gerade zurückgerufen. Rate mal, was er mir berichtet hat.«

»Spann mich nicht länger auf die Folter, Babsi!«

»Na schön, dann eben die Kurzfassung. Mein Bekannter hat gesagt, dass Sabines Leichnam einer Obduktion unterzogen wurde, weil sich an ihren Armen Hämatome und Schürfwunden befanden, die nicht von dem Sturz stammen können.«

»Ich habe dir ja gesagt, dass Hannes sie hin und wieder geschlagen hat.«

»Diese Verletzungen waren aber noch ganz frisch, als der Notarzt eintraf. Außerdem wurden an ihrem Hals Würgemale gefunden. Mit anderen Worten: Es könnte gut sein, dass sie gar keinen Suizid begangen hat.«

»Willst du damit behaupten, dass Sabine vielleicht *ermordet* wurde?«

»Nicht ich behaupte das, sondern die Polizei«, sagte Babsi. »Es sieht so aus, als sei Sabine nicht freiwillig aus dem Fenster gesprungen. Sie wurde mit Gewalt dorthin gezerrt und gestoßen.«

KAPITEL 31

»**Hannes!** Dieser Bastard!«

Zorn kochte in Mara hoch, stärker noch als die Trauer. Hannes hatte Sabine nicht nur sexuell missbraucht, er war auch ein verdammter Choleriker. Mara hatte ihn schon ein paarmal in Aktion erlebt. Wenn er sich provoziert fühlte, gab es irgendwo in seinem degenerierten Paviangehirn einen Kurzschluss, den niemand mehr kontrollieren konnte. Am allerwenigsten Sabine.

»Ich weiß, dass du Hannes nicht magst«, sagte Babsi. »Aber in diesem Fall scheint er wirklich unschuldig zu sein. Er hat ein wasserfestes Alibi.«

»Er war zur Tatzeit im Büro«, murmelte Mara. »Das hat er mir am Telefon erzählt.«

»Und es sieht ganz so aus, als würde seine Geschichte stimmen. Er hat ein Dutzend Kollegen, die beschwören, dass er zur fraglichen Zeit an einem Meeting teilgenommen hat.«

Mara wusste, dass sie eigentlich froh über Babsis Verbindungen zur Polizei sein sollte. Dennoch fühlte sie sich irgendwie betrogen. Hannes hätte einen perfekten Täter abgegeben. Vor allem hätte er eine Strafe verdient – wenn schon nicht für den Mord, so doch wenigstens für alles, was er Sabine im Lauf der Jahre angetan hatte.

»Danke, dass du mir Bescheid gegeben hast«, raunte

Mara. »Halt mich weiter auf dem Laufenden, auch wegen der Beerdigung, okay?«

Nach dem Gespräch mit Babsi erzählte sie Paul von den jüngsten Neuigkeiten. Ihr Chop Suey ließ sie stehen, sie brachte jetzt keinen Bissen mehr herunter.

Ihre beste Freundin war ermordet worden.

Das war noch viel unglaublicher als der ursprüngliche Verdacht auf Selbstmord. Trotz der spätsommerlichen Hitze auf der Terrasse lief es Mara eiskalt über den Rücken.

Die Dinge gerieten immer mehr aus dem Ruder. Eine spurlos verschwundene Schülerin. Ein fünfzig Jahre altes Skelett im Keller. Und jetzt die Ermordung Sabines. Es gab keinen Zusammenhang zwischen diesen drei Ereignissen – nur Maras Einzug in das Gutshaus. Als wäre sie ein Katalysator, der das Böse in diesem Haus erst vollends zur Geltung brachte.

Ein sonderbarer Gedanke, aber aus irgendeinem Grund wurde sie ihn nicht mehr los. Er beschäftigte sie noch, als Paul längst wieder weg war.

Um zwei Uhr klingelte es an der Tür. Zuerst dachte Mara, Paul habe etwas vergessen. Als sie öffnete, stand jedoch Metzger Danner im Eingang. Er hatte blutunterlaufene Augen und wirkte irgendwie desorientiert, als wisse er selbst nicht so recht, wie er hierhergekommen war.

»Mein Laden öffnet in einer halben Stunde. Bis dahin sollte ich dort sein«, sagte er. »Aber ich wollte vorher noch mal mit Ihnen reden. Darf ich reinkommen?«

Mara zögerte. Sie war heilfroh, dass sie gestern ungeschoren davongekommen war. »Was wollen Sie?«, fragte Mara.

»Ich fürchte, ich war nicht nicht besonders höflich zu Ihnen«, gab er zu. Sein Lächeln wirkte ehrlich, gleichzeitig aber auch ein bisschen gekünstelt – so, als habe er es einstudiert. »Ich hatte gestern nicht damit gerechnet, dass Sie mich auf Carola ansprechen würden. Sie haben mich auf dem linken Fuß erwischt. Nach der langen Zeit hätte ich nicht gedacht, dass mir das noch so viel ausmacht. Aber das tut es.«

»Nett, dass Sie extra herkommen, um sich zu entschuldigen.«

»Nicht nur deshalb, sondern auch, weil ich gestern nicht ganz ehrlich zu Ihnen war.«

»Wie meinen Sie das?«

»Ich habe Sie angelogen. Zumindest teilweise. Aber ich möchte, dass Sie die Wahrheit erfahren.«

Jetzt hatte er Maras volle Aufmerksamkeit.

»Lassen Sie uns auf die Terrasse gehen«, sagte Mara. »Dort können wir ungestört reden.«

Und zur Not kann ich von dort wegrennen, falls das hier nur ein Trick ist, um mich in Sicherheit zu wiegen.

Sie führte Danner durchs Wohnzimmer auf die Terrasse und bot ihm einen Platz an.

»Wollen Sie etwas trinken? Einen Kaffee oder ein Radler vielleicht?«

»Ja, gerne«, sagte er. »Ein Radler bitte, um die Stimme zu ölen. Ist schon lange her, dass ich über Carola gesprochen habe.«

Mara ging nach drinnen und kam mit zwei Flaschen in der Hand zurück. Als sie Danner das Getränk hinstellte, tat sie es so, dass er das Messer nicht sehen konnte, das sie sich hinten in den Hosenbund gesteckt hatte.

Nur zur Sicherheit.

Im Moment wirkte der Metzger zwar harmlos, aber taten das nicht alle Psychopathen, bis sie ihre monströse Seite offenbarten? Sensibilisiert durch die Ereignisse der letzten Tage, wollte Mara lieber kein Risiko eingehen.

»Stimmt es, dass Sie ein Buch schreiben?«, fragte Danner.

Mara setzte sich und spürte dabei den Messerknauf im Rücken. »Das habe ich vor. Im Moment recherchiere ich noch. Deshalb war ich gestern bei Ihnen.«

Danner seufzte. Offenbar fiel ihm dieses Gespräch nicht leicht. »Sie haben auf mich einen vertrauenswürdigen Eindruck gemacht«, sagte er. »Deshalb habe ich noch mal nachgedacht. Ich glaube, Ihr Buch könnte mir helfen, mit der Sache von damals besser klarzukommen. Alles andere hat jedenfalls nicht gewirkt.«

Tränen traten ihm in die Augen, aber er war zu stolz, sie wegzuwischen.

»In Naunheim grassieren die unterschiedlichsten Gerüchte über den Verbleib meiner Tochter«, sagte er. »Bestimmt sind Ihnen ein paar davon zu Ohren gekommen. Es gibt Leute, die behaupten, Carola habe jemanden kennengelernt, mit dem sie durchgebrannt sei. Andere sagen, sie sei heroinabhängig gewesen und in die nächste Stadt gegangen, um sich dort auf dem Strich das Geld für Drogen zu verdienen ...« Er schluckte trocken, seine Stimme brach ab. Er nahm einen Schluck Radler, um weitersprechen zu können. »Aber das ist nicht wahr. Carola hat nie Drogen genommen. Nicht mal Alkohol hat sie getrunken. Das erzählen die Leute nur, weil sie sich gerne das Maul über andere zerreißen ...« Wieder nippte er an seiner Flasche. »Dann gibt es noch das Gerücht, dass ich sie missbraucht hätte«, sagte er. »Böse Zungen behaupten sogar, ich hätte meine Frau nur geheiratet, weil ich in ihre Tochter verschossen gewesen sei.«

»Carola ist also nicht ihr leibliches Kind?«

Danner schüttelte den Kopf. »Meine Frau hat sie aus ihrer ersten Ehe mitgebracht. Aber ich schwöre, dass ich sie geliebt habe wie mein eigen Fleisch und Blut – und zwar wie ein Vater, nicht wie jemand, der sich an seinem eigenen Kind vergeht. Es mag Drecksäue geben, die so was machen, aber ich gehöre nicht dazu.«

Er hielt einen Moment inne, seine Kiefer mahlten. »Und schließlich kursiert im Dorf noch eine andere Erklärung für Carolas plötzliches Verschwinden«, fuhr er fort. »Nämlich die, dass sie entführt wurde. Von einem Verrückten ... Leider ist das auch die Wahrheit.«

Mara brauchte einen Moment, um die Tragweite seiner Aussage zu begreifen.

»Ich dachte, niemand weiß, was mit Carola passiert ist.«

Danners Lippen verzogen sich zu einem freudlosen Lächeln. »Kommissar Casale hat die Ermittlungen damals geleitet«, sagte er. »Eine ganze Hundertschaft der Polizei hat nach Carola gesucht. Grundgütiger, man kann wirklich nicht behaupten, die Polizei habe sich keine Mühe gegeben. Wochenlang ging das so, bis sie die Suchaktion schließlich abbrachen, weil es so gut wie keine Erfolgsaussichten mehr gab. Einige Tage später tauchte dann ein Foto von Carola auf.«

Wieder griff er zur Flasche, um etwas zu trinken. Seine Finger zitterten – das konnte kein Schauspiel sein.

»Was für ein Foto?«, fragte Mara.

»Es war in meinem Briefkasten. In einem Kuvert.« Danners Blick richtete sich auf irgendeinen entfernten Punkt im Tal, als würde er Abstand brauchen, um darüber sprechen zu können. »Auf dem Kuvert stand nur mein Name. Keine Adresse, kein Absender, kein Poststempel. Die Polizei hat das Kuvert und das Foto auf Spuren untersucht, aber nichts gefunden – keine Fingerabdrücke, kein Haar, keine Kleidungsfasern oder irgendetwas anderes, das einen Hinweis auf diesen Perversen gab. Er muss verdammt vorsichtig vorgegangen sein. Hat Handschuhe benutzt und darauf geachtet, dass niemand ihn um mein Haus herumschleichen sah. Wer immer das war, hat Carola nicht spontan entführt. Er hat es geplant, bis ins kleinste Detail.«

Mara musste nun ebenfalls einen Schluck trinken. Mit dieser Neuigkeit hatte sie nicht gerechnet.

»Haben Sie eine Lösegeldforderung bekommen?«, hakte sie nach.

Danner schüttelte traurig den Kopf, sein Kinn zitterte.

»Es kam keine Lösegeldforderung, weil der Täter es nicht auf ein Lösegeld abgesehen hatte. Er wollte Carola leiden sehen, und mich wohl auch.«

Er sagte das so weinerlich, dass auch Mara beinahe die Tränen kamen. »Was ist das für ein Foto, das er Ihnen in den Briefkasten gesteckt hat?«, fragte sie.

Danner brauchte eine Minute, bis er einen Umschlag aus seiner Jackentasche gefischt und ihn Mara über den Tisch geschoben hatte.

»Wenn Sie wollen, schauen Sie es sich an. Aber ich warne Sie. Das ist kein schöner Anblick.«

Mara zögerte, wenngleich sie wusste, dass ihre Neugier am Ende siegen würde. Sie nahm den Umschlag an sich und zog das Foto heraus.

Was sie dann sah, ließ ihr das Blut in den Adern stocken: Carola Danner lag auf einem Bett, genauer gesagt, auf einer dreckigen Matratze, nur in Unterwäsche gekleidet. Ihr Entführer hatte ihr alle viere an die Eckpfosten eines Betts gefesselt, mit zerfransten, zu engen Schlingen zusammengeknoteten Seilen. Ihre Augen standen offen, doch ihre ausdruckslose Miene ließ vermuten, dass sie tot war. Als Maras Blick an Carolas Armen entlangwanderte, *hoffte* sie sogar, dass das Mädchen bei der Aufnahme des Bildes nicht mehr gelebt hatte – denn die Finger an beiden Händen waren nur noch verkohlte, schwarze Stummel.

KAPITEL 32

Mara fühlte sich wie gelähmt, sie bekam kaum noch Luft. Dieses Bild war das Grausamste, was sie jemals gesehen hatte. Dagegen waren selbst die Skelettreste in ihrem Keller harmlos. Beinahe wünschte sie sich, Danner hätte das Bild nicht mitgebracht.

»Wie kommt es, dass niemand im Ort weiß, was damals vorgefallen ist?«, fragte sie. Ihre Stimme hörte sich plötzlich eigenartig fremd an.

»Die Polizei weiß es. Und ich«, murmelte Danner. »Wir kamen damals überein, dass das nicht an die Öffentlichkeit kommen sollte. Erstens, weil es niemanden etwas angeht, und zweitens, weil der Verdacht bestand, dass der Täter aus Naunheim oder zumindest aus der Umgebung kommt. Kommissar Casale hatte die Hoffnung, dass dieser Wahnsinnige sich irgendwann selbst verraten würde – indem er irgendein Detail über die Entführung oder den Mord erwähnt, das er eigentlich nicht wissen kann. Aber es hat leider nicht funktioniert.«

Danner schnaubte, als wolle er damit seine Verachtung für die Polizei zum Ausdruck bringen.

»Wussten Sie, dass Casale selbst eine Zeitlang unter Verdacht stand?«, fragte er.

Das war Mara neu. »Ich dachte, man hatte Friedrich Rossknecht im Visier.«

»Den auch, aber nur, weil er als Sündenbock nahelag. Das Problem war, dass er ein Alibi hatte. Auch wenn es vielen in Naunheim recht gewesen wäre – Friedrich Rossknecht war unschuldig.«

»Und wieso geriet Kommissar Casale in Verdacht?«

Danner zuckte mit den Schultern. »Keine Ahnung. Darüber hat nie jemand mit mir gesprochen. Aber offenbar konnte man auch ihm nichts nachweisen, sonst würde er nicht immer noch frei herumlaufen.«

Er stieß einen Seufzer aus, wischte sich endlich die Tränen aus dem Gesicht und ließ seinen Blick langsam über das Tal gleiten.

»Wie friedlich es von hier oben aussieht«, sagte er schließlich. »So schön und idyllisch, dass einem alles Böse unendlich weit entfernt erscheint, nicht wahr? Und doch hat irgendein perverses Arschloch vor vier Jahren meine Tochter entführt. Er hat sie halbnackt an ein Bett gefesselt, sie verstümmelt und getötet und mir dann ein Foto von ihr in den Briefkasten geworfen. Kann man kaum glauben, wenn man das hier so sieht.«

Er griff noch einmal zu seiner Flasche und leerte sie in einem Zug.

»Wollen Sie sehen, an welcher Stelle Carola entführt wurde?«

Mara zögerte. Die Neugier war groß, aber wollte sie das wirklich?

»Ich dachte, Sie müssen um halb drei wieder in Ihrem Laden sein?«, sagte sie.

»Das hatte ich eigentlich vor, aber jetzt scheint mir das hier wichtiger«, antwortete Danner. »Meine zwei Verkäuferinnen haben alles im Griff. Außerdem dauert das ja nicht lange. Zu Fuß sind es keine fünf Minuten von hier. Also, was ist?«

Der Tatort von 2016 war eine Parkbucht etwas oberhalb des Weinguts, kurz vor der Stelle, wo der Wald in offenes Feld überging. Büsche und Farne wucherten auf die asphaltierte Fläche. Am unteren Ende der Parkbucht führte eine schmale, mit Rindenmulch ausgelegte Schneise zu dem Fuß- und Fahrradweg, der parallel zur Straße verlief und von hier aus zum Ramberger Forst führte, wo der Waldspielplatz Hainbuch lag. Der war an jenem verhängnisvollen Tag Carolas Ziel gewesen.

»Ulrike hat Carola ein Stück weiter unten vom Mofa abgesetzt«, erzählte Danner. »Ungefähr auf der Höhe Ihres Hauses. Der Entführer ist wahrscheinlich die Serpentinenstraße von Naunheim heraufgekommen und hat Carola auf dem Gehweg gesehen. Das Gebüsch zwischen der Straße und dem Gehweg ist hier nicht besonders dicht. Ich stelle es mir ungefähr folgendermaßen vor: Der Kerl fährt von Naunheim herauf in Richtung Maikammer, als er Carola sieht – ein junges Mädchen, allein auf dem Wanderweg. Weit und breit ist kein anderer Mensch zu sehen. Da er auf der Straße nicht halten kann, lenkt er seinen Wagen in diese Parkbucht. Er fährt ein unauffälliges Auto, denn später wird niemand sich auf den Aufruf in der Zeitung melden und der Polizei einen Hinweis geben. Er muss auch nicht lange warten, denn schon kurz darauf kommt Carola vorbei. Vielleicht spricht er sie an. Oder er lauert ihr hinter dem Gebüsch auf, und sie bemerkt ihn gar nicht. Jedenfalls greift er sie an, irgendwo hier, im Umkreis von höchstens zehn oder zwanzig Metern. Er überwältigt sie, indem er sie bewusstlos schlägt oder sie betäubt. Dann schafft er sie in sein Auto, wobei er diesen Fußweg hier nimmt.« Danner deutete auf die Schneise mit dem Mulch. »Das Ganze dauert nicht mal eine Minute. Dann ist der Spuk vorbei, und von Carola wird man nie wieder etwas sehen – abgesehen von diesem verfluchten Foto in meinem Briefkasten.«

Mara hatte während Danners Erzählung den Atem angehalten. Seine Schilderung der Tat war so plastisch, als sei er selbst mit dabei gewesen.

»Woher wissen Sie das denn so genau?«, fragte Mara.

»Weil es keine andere vernünftige Erklärung dafür gibt«, sagte Danner. »Ulrike Kemmler hat den Ort, wo sie und Carola sich getrennt haben, eindeutig benannt. Das war ungefähr zwanzig Meter oberhalb der Einfahrt zu Ihrem Grundstück. Und hier – genau hier« – er ging einen Schritt auf die Schneise im Gebüsch zu und deutete mit dem Finger auf eine Stelle am Boden – »hat man einen von Carolas Ohrringen gefunden. Der Entführer muss also diesen Weg eingeschlagen haben, und das ergibt nur Sinn, wenn sein Auto hier stand. Oder sehen Sie das anders?«

KAPITEL 33

Danners Beschreibung ging Mara den ganzen Tag nicht mehr aus dem Kopf. Am Nachmittag wurde sie zwar von Leni abgelenkt, aber als die Kleine abends im Bett lag und der Film im Fernsehen seine Längen bekam, drifteten Maras Gedanken wieder ab.

Ob die Version, die Danner sich zusammengesponnen hatte, wirklich stimmte? Wenn Mara gründlich darüber nachdachte, kamen ihr leise Zweifel, weil sie einen Widerspruch sah, den sie sich nicht erklären konnte: Einerseits schien die Tat genau geplant gewesen zu sein, weil – abgesehen von dem Ohrring – keinerlei Spuren am Tatort gefunden worden waren. Auch das Foto in Danners Briefkasten deutete auf eine vorbereitete, zielgerichtete Aktion hin. Andererseits war die Tat nach Danners Schilderung doch eher spontan verübt worden – auf einem Parkplatz, der von der Straße her ziemlich gut einsehbar war. Gewiss – Naunheim lag einige Kilometer von den Touristenstädtchen Maikammer und Edenkoben entfernt, in einem eher entlegenen Seitental des Pfälzer Walds. Dennoch konnten hier jederzeit Autos vorbeikommen, vor allem mitten am Tag. Würde ein Entführer dieses Risiko bewusst in Kauf nehmen?

Nur, wenn sein krankes Verlangen stark genug ist. Vielleicht war es einfach nur Glück für ihn, dass in dieser schicksalhaften Minute niemand dort entlanggefahren ist.

Selbst am nächsten Morgen kam Mara nicht aus dem Grübeln heraus, und das Foto, das Metzger Danner ihr gezeigt hatte, geisterte immer noch wie ein rastloser Dämon durch ihren Kopf. Die verstümmelten Hände mit den verkohlten Fingerstümpfen ... entsetzlich!

Carolas Schicksal bereitete ihr mittlerweile ein so großes Unbehagen, dass sie beschloss, ihr Buch *nicht* darüber zu schreiben. Solange der Fall unklar gewesen war und Mara sich alles Mögliche zusammenreimen konnte, hatte das Verschwinden der jungen Frau sie inspiriert. Jetzt war sie von dem Fall nur noch angewidert.

Nachdem sie Leni im Kindergarten abgegeben hatte, ging sie an diesem Tag nicht in den Supermarkt, sondern ins Rathaus. Genauer gesagt ins Gemeindearchiv, denn beim Frühstück war ihr klargeworden, dass der Leichenfund in ihrem Keller sich wesentlich besser für ihren Roman eignete als der Fall Carola Danner. Erstens belastete die Tat sie nicht so sehr, weil sie schon so lange zurücklag. Zweitens hatte Kommissar Casale ihr die Recherchen dazu ausdrücklich erlaubt. Und drittens war ein lebendig eingemauertes Opfer doch ein ziemlich abgefahrenes Thema. Mara zweifelte nicht daran, dass sie damit eine Menge Leser in ihren Bann ziehen würde.

Von der jungen Beamtin am Empfang ließ Mara sich den Aufbau des Archivs erklären. Außerdem musste sie eine Nutzungsgebühr bezahlen und eine Erklärung unterschreiben, in der sie sich verpflichtete, sorgsam mit den alten Dokumenten umzugehen. Anschließend begann sie, in den Jahrbüchern ab 1940 nach Hinweisen auf die ehemaligen Bewohner ihres Gutshauses zu suchen.

Die Familie Albrecht.

Tatsächlich tauchte der Name immer wieder in den Unterlagen auf. Zwar nur verstreut, aber immerhin so, dass sich für Mara allmählich ein mosaikhaftes Bild zusammensetzte.

Hans Albrecht hatte das Sondecker-Haus und die dazugehörigen Weinberge im Sommer 1931 gekauft, zu einer Zeit, in der die Weimarer Republik bereits dem Untergang geweiht und der Nationalsozialismus in Deutschland auf dem Vormarsch gewesen war. Innerhalb weniger Jahre war es ihm gelungen, das damals schlechtlaufende Unternehmen wieder auf Vordermann zu bringen und seine Winzerei zu einer der erfolgreichsten der ganzen Region zu machen. Vor allem seine Weißweine galten unter Kennern als exquisit, im Nazideutschland belieferte er die umliegenden Offiziersmessen der Wehrmacht ebenso wie einige der angesehensten Hotels der Pfälzer Region. Obwohl er kein überzeugter Anhänger der NSDAP war, genoss er in der Gemeinde ein hohes Ansehen. Sein Wort hatte bei Bürgerversammlungen Gewicht.

Als 1939 der Zweite Weltkrieg ausbrach, war Hans Albrecht erst fünfunddreißig Jahre alt, aber im Gegensatz zu vielen seiner Freunde im Ort wurde er nicht zum Militärdienst eingezogen. Grund dafür war ein Fahrradsturz, wenige Jahre zuvor. Dabei hatte er sich ein Kniegelenk so unglücklich gebrochen, dass sein rechtes Bein steif geblieben war.

In den Jahren 1939 bis 1940 berichteten die Archivdokumente hauptsächlich über den Verlauf des Krieges. Hans Albrecht wurde nur einmal erwähnt, nämlich, weil seine Frau Gertrud ihm am 12. Mai 1940 einen gesunden Sohn namens Klaus gebar.

Was Mara eigentlich suchte, fand sie in einer Sammlung von Zeitungsberichten vom Februar 1945. Zu dieser Zeit galt der Krieg schon beinahe als verloren, wenngleich die deutschen Linien noch vielerorts mit eiserner Disziplin gehalten wurden. Naunheim war von den Bombenangriffen der Alliierten weitgehend verschont worden, ganz einfach, weil es zu weit abgelegen war, um ein sinnvolles Ziel zu bieten. Abgesehen davon, dass einige Söhne des Städtchens an der Front gefallen waren und man sich wie überall in Deutschland die Frage stellte, was wohl geschehen würde, falls Hitler kapitulierte, war es in Naunheim so friedlich, wie es das in Kriegszeiten nur sein konnte.

Bis in der Nacht von Faschingsdienstag auf Aschermittwoch ein paar Unbekannte im Sondecker-Haus ein Blutbad anrichteten.

Was genau damals vorgefallen war, wusste niemand, aber als die Haushälterin am Morgen die Arbeit aufnehmen wollte, fand sie Hans Albrecht mit abgehackten Händen in seinem Wohnzimmer. Sein vierjähriger Sohn hing erdrosselt am Lüster. Gertrud Albrechts Schicksal blieb unklar, denn obwohl an mehreren Stellen im Haus blutige Kleidungsstücke von ihr gefunden wurden, war sie selbst wie vom Erdboden verschwunden. Seit jener verhängnisvollen Nacht im Jahr 1945 hatte niemand in Naunheim sie je wieder zu Gesicht bekommen.

Mara klappte das Jahrbuch zusammen und warf einen Blick aus dem Fenster. Das Gemeindearchiv lag im obersten Stock des Rathauses, so dass man eine hübsche Aussicht auf das Zentrum der Ortschaft hatte. Mit seinen Fachwerkhäusern rund um den Marktplatz, dem Brunnen und den frisch gestrichenen Sitzbänken unter den beiden Buchen wirkte das Städtchen wie ein kleines, vergessenes Paradies.

Doch genau in diesem Paradies schien immer wieder der Teufel umzugehen.

KAPITEL 34

Während Mara nachdenklich aus dem Fenster starrte, kam ihr in den Sinn, dass ihr Großvater einmal von den damaligen Ereignissen erzählt hatte, es musste kurz vor seinem Tod gewesen sein. Sie erinnerte sich nur noch bruchstückhaft daran, aber eines wusste sie noch ganz genau: *Feige Hurenböcke* hatte er die Täter genannt. *Drecksäue, denen man am besten die Bäuche aufschlitzen sollte.*

Sonst hatte er nie solche Schimpfwörter benutzt. Mara glaubte, dass ihm das nur über die Lippen gerutscht war, weil er zu viel getrunken hatte. Mit zunehmendem Alter war der Alkohol sein größtes Laster geworden.

Gegen zwölf Uhr beendete Mara ihre Recherchen, weil das Gemeindearchiv über Mittag schloss. Da sie nicht alleine essen wollte, schaute sie kurzerhand bei Paul vorbei, dessen Kanzlei nur eine Querstraße entfernt lag. Ihm war am Gesicht abzulesen, wie sehr er sich über ihren Besuch freute, und er schlug ein kleines Restaurant gleich um die Ecke vor.

Bei Flammkuchen und Weinschorle erzählte Mara ihm von ihren Nachforschungen.

»Weißt du schon, ob das als Thema für dein geplantes Buch taugt?«, wollte er wissen.

Diese Frage hatte Mara sich im Lauf des Vormittags immer wieder gestellt.

»Heute Morgen war ich davon überzeugt, aber ehrlich gesagt, bin ich mir jetzt nicht mehr ganz sicher«, gestand sie. »Der Fall ist zweifellos spannend, und wenn es stimmt, dass der Knochenfund in meinem Keller etwas mit den Begebenheiten von damals zu tun hat, dann wäre das natürlich ein hervorragender Aufhänger für meinen Roman. Aber die Nazizeit und der Zweite Weltkrieg sind eigentlich überhaupt nicht mein Ding.«

Sie schämte sich beinahe, das zuzugeben, weil es so klang, als sei die deutsche Vergangenheit kein Thema für sie. Das war aber nicht der Fall. Sie konnte sich nur leider schwer für die jüngere Geschichte begeistern – weder für die deutsche noch für die irgendeiner anderen Nation. Im Vergleich dazu waren das Mittelalter oder die alten Ägypter für sie tausendmal spannender. Das war schon zu Schulzeiten so gewesen.

»Vielleicht wäre das ja eine gute Gelegenheit, eine alte schwärende Wunde im Dorf aufzuarbeiten«, meinte Paul, während er sich ein Stück Flammkuchen abschnitt und es sich in den Mund steckte.

»Ich glaube nicht, dass es in Naunheim noch viele Menschen gibt, die sich an den Fall erinnern«, entgegnete Mara. »Der liegt mittlerweile fast fünfundsiebzig Jahre zurück.«

»Kommissar Casale kennt den Fall.«

»Weil er Polizist ist. Da kommt man mit solchen Sachen viel eher in Berührung als andere Menschen.«

»Ich habe aber auch schon von den Morden an den Albrechts gehört«, sagte Paul. »Frau Tritschler hat mir davon erzählt, die Bäckerin. Und wenn die es weiß, weiß es halb Naunheim.«

Während auch Mara einen großen Bissen von ihrem Flammkuchen nahm, überlegte sie, ob Paul vielleicht recht hatte. Ihr selbst war die Geschichte ja ebenfalls schon zu Ohren gekommen – über ihren Großvater –, obwohl sie in Edenkoben aufgewachsen war. Offenbar hatten die Morde an den Albrechts nicht nur in Naunheim, sondern in der ganzen Umgebung Aufsehen erregt. Aber würden sie auch außerhalb der Region Interesse wecken? Ein ganzes Menschenleben später?

»Was hast du heute noch vor?«, fragte Paul.

Einen konkreten Plan für den Nachmittag hatte Mara nicht.

»Offen gestanden steht mir der Sinn heute nicht nach Aufräumen, Putzen oder Zimmereinrichten«, sagte sie und nippte an ihrer Schorle, die sie schon ganz beschwipst machte. Sie fragte sich, ob sie überhaupt noch Auto fahren konnte. »Ich will lieber etwas Schönes machen. Einen Plan für meine Dunkelkammer zum Beispiel.«

»Hast du immer noch vor, in dieser Kellernische deine Fotos zu entwickeln? Alle Achtung, du hast Nerven!«

Mara winkte ab. »Nein, im Keller könnte ich nicht mehr arbeiten – ich müsste die ganze Zeit an den Knochenfund denken«, sagte sie. »Aber im Erdgeschoss gibt es neben der Bibliothek einen kleinen, leerstehenden Raum, den man herrichten könnte. Nicht nur als Dunkelkammer, sondern als richtiges kleines Studio. Das habe ich mir schon immer gewünscht. Ich werde den Raum heute ausmessen, damit ich mich bei nächster Gelegenheit nach einer geeigneten Einrichtung umschauen kann.«

»Brauchst du dabei Hilfe?«, fragte Paul. »Oder verdammst

du mich zurück in mein miefiges, kleines Büro, in dem ich dann für den Rest des Tages Akten wälzen muss?«

»Helfen kannst du mir eigentlich nicht«, lächelte Mara. »Aber ein bisschen Gesellschaft kann natürlich nie schaden.«

Nach dem Essen fuhren sie zum Weingut, und Mara zeigte Paul das Zimmer, das als Fotostudio in Betracht kam. Es war zwar ein bisschen verwinkelt, und es verfügte nur über ein kleines Fenster, abgesehen davon eignete es sich aber perfekt, vor allem, weil es einen eigenen Wasseranschluss hatte.

»Das muss früher mal ein Badezimmer gewesen sein«, mutmaßte Mara. »Oder ein Schlafzimmer mit Waschmöglichkeit. Für die Zeit, in der das Haus gebaut wurde, war das echter Luxus.«

Um das Fotostudio besser planen zu können, zog Mara den Gebäudegrundriss zurate, den sie von der Immobilienmaklerin erhalten hatte. Sie ging damit in die Bibliothek, wo sie mittlerweile ihre Computerausstattung installiert hatte, und fertigte mit dem Scanner eine Kopie an, in der sie herumkritzeln konnte.

»Leider fehlen darauf die meisten Maßangaben«, stellte sie fest. Nur die maximale Raumbreite und -länge standen in dem Grundriss – bis jetzt war ihr das gar nicht aufgefallen. »Für die Planung müssen wir erst mal die restlichen Maße ergänzen, damit ich weiß, wie groß die einzelnen Möbelstücke werden dürfen.«

Aus dem Werkzeugkasten holte sie einen Meterstab. Paul übernahm das Herumkrabbeln auf dem Boden, Mara notierte auf ihrer Unterlage die Maße, die er ihr nannte. Als sie prüfte, ob die Summen der von ihnen gemessenen Abschnitte den Vorgaben des Architekten entsprachen, kam es jedoch zu deutlichen Abweichungen.

»Das gibt's doch nicht«, sagte Paul mit gerunzelter Stirn und stand auf. »Bist du sicher, dass du dich nicht verrechnet hast?«

Rasch überprüfte er Maras Einträge und addierte die Maße der Teilabschnitte, die zusammen die Länge einer Wand ergeben mussten. Doch die Differenz betrug beinahe einen Meter.

»Wenn ich mich nicht verrechnet habe, musst du dich wohl vermessen haben«, foppte Mara ihn mit einem spitzbübischen Grinsen. »Könnt ihr Anwälte nicht mal mit einem Meterstab umgehen?«

»Sehr witzig«, sagte er betont ernst und inspizierte den Meterstab, als wolle er sichergehen, dass nicht ein Teil davon abgebrochen war. Dann kniete er sich wieder hin und nahm noch einmal Maß, diesmal mit dem Papiergrundriss neben sich, um alle Einträge mit eigenen Augen kontrollieren zu können.

Noch bevor er damit fertig war, sprang er plötzlich mit dem Plan in der Hand auf.

»Sieh dir das an!«, rief er lauter als nötig. »Das *kann* gar nicht stimmen! Der Abstand zwischen dem Fenster und dieser Mauer hier« – er klopfte mit der Faust gegen die Wand – »ist in der Realität viel geringer als auf dem Grundriss. Schau her!«

Er hielt Mara den Plan hin, damit sie sich selbst davon überzeugen konnte.

»Also hat keiner von uns einen Fehler gemacht«, sagte

er. »Die Schuld liegt eindeutig beim Architekten. Der muss wohl einen Knick in der Optik gehabt haben.«

Er deutete mit dem Finger auf das Datum und die Signatur auf der Grundrisskopie.

12. April 1885
Büro Wieland Borchert,
Stübergasse 12, Mannheim

»Herr Borchert war ein Stümper«, sagte Paul. »Er hat nur zwei Maße eingetragen, und die sind auch noch falsch. Von wegen deutsche Gründlichkeit!«

Er war dabei so unwiderstehlich süß in der Art, wie er sich über diese Nichtigkeit aufregte, dass Mara nicht anders konnte und ihn küsste.

KAPITEL 35

Im ersten Moment war sie so von sich selbst überrascht, dass sie wieder von Paul abließ. Angespornt von ihrem spontanen Vorstoß, setzte der jedoch nach. Gleichermaßen sanft wie fordernd nahm er ihr Gesicht zwischen die Hände, fuhr ihr mit den Fingern durchs Haar und küsste sie. Als ihre Zungen sich berührten, war es, als würde ein Damm brechen. Eine Flut der sinnlichsten Gefühle schwappte in Wellen durch ihren Körper, sie war dagegen machtlos.

Paul drängte sie einen Schritt zurück gegen die Wand – die, die der Architekt falsch in den Plan eingezeichnet hatte. Er drückte sich gegen Mara, zwängte sie ein, ließ keinen Zweifel daran, dass er sie begehrte.

Obwohl ein Teil von ihr die Beherrschung behalten wollte, sehnte sie sich auch gleichzeitig danach, sich fallen zu lassen. Sich diesem so bieder wirkenden Anwalt mit dem karierten Pullunder hinzugeben, obwohl sie ihn erst seit wenigen Tagen kannte. Das war ungewöhnlich für sie und in gewisser Weise auch unheimlich, weil sie nicht wusste, worauf genau sie sich dabei einließ, andererseits fand sie es aber auch über die Maßen aufregend und schön, sich in dieses Abenteuer zu stürzen.

Pauls Hände ließen von ihrem Gesicht ab, wanderten über ihren Hals tiefer bis zu den Schultern und dann weiter bis zu den Hüften. Sie legten sich auf ihren Po, strichen an ihren Flanken wieder hinauf, bis zu ihren Brüsten, begannen, ihr die Bluse aufzuknöpfen.

Eigentlich ging Mara das nun doch etwas zu schnell. Aber waren sie beide nicht erwachsene Menschen? Paul wollte es offensichtlich, und sie wollte es irgendwie auch. Die Pille hatte sie trotz der Trennung von Thorsten nie abgesetzt, um zumindest in dieser Hinsicht jederzeit für die nächste Beziehung gewappnet zu sein. Jetzt war die Gelegenheit endlich da. Also wollte sie sie auch ergreifen ...

Eine halbe Stunde später lagen sie nackt auf dem Parkettboden, verschwitzt, erschöpft und befriedigt. Paul hatte sich als wundervoller Liebhaber entpuppt – zärtlich, wenn Zärtlichkeit angebracht war, und bestimmend, wenn Mara von ihm beherrscht werden wollte.

Gott, wie sehr sie guten Sex vermisst hatte! In den letzten Monaten war ihr das nicht einmal bewusst gewesen.

»Zum Glück ist heute nicht Dienstag«, sagte Mara, während ihre Finger sanft über Pauls Brust streiften.

»Warum? Was ist dienstags?«, fragte er mit trägen Lidern.

»Da kommt meine Haushälterin«, antwortete Mara. »Dienstags und samstags – und sie hat einen Schlüssel. Ich will mir nicht ausmalen, wie es wäre, wenn sie uns *dabei* ertappen würde.«

Eine Weile lagen sie schweigend auf dem Boden.

»Hast du schon etwas von Thorstens Anwälten gehört?«, fragte Mara schließlich.

Paul schüttelte den Kopf. »So etwas kann sich erfahrungsgemäß ganz schön in die Länge ziehen. Aber ich gebe dir Bescheid, sobald ich eine Antwort erhalte.«

Mara nickte. Sie würde drei Kreuze schlagen, wenn Thorsten endlich Ruhe gab und seine Zahlungen fortsetzte. Sie hoffte nur, dass er es nicht auf eine gerichtliche Auseinandersetzung ankommen lassen würde, denn darauf verspürte sie ungefähr so viel Lust wie auf eine Blinddarmoperation ohne Narkose.

Sie warf einen Blick auf ihre Armbanduhr. Schon zwei Uhr. In einer Stunde musste sie am Kindergarten sein.

»Ich hoffe, das kommt jetzt nicht blöd rüber«, sagte sie. »Aber würde es dir sehr viel ausmachen zu gehen, bevor ich Leni abhole? Für sie war der Umzug eine riesige Umstellung, da will ich sie nicht auch noch zusätzlich mit einem neuen Mann an meiner Seite konfrontieren. Lass mir noch ein paar Tage Zeit. So lange sollten wir unsere Beziehung geheim halten. Wie denkst du darüber?«

Paul nickte und grinste. »Wenn unsere Heimlichtuerei so weitergeht wie heute, habe ich nichts dagegen«, sagte er. »Abgesehen natürlich von dienstags und samstags.«

Am Abend – Paul war längst wieder weg – durfte Leni wie üblich fernsehen, während Mara in der Bibliothek ihre Notizen aus dem Gemeindearchiv in Reinform bringen wollte.

Sie startete ihren Computer und tippte ihre handschriftlichen Aufzeichnungen in ein Word-Dokument, sauber und klar strukturiert, in chronologischer Reihenfolge.

Zwanzig Minuten später war sie damit fertig – eine geringe Ausbeute, wenn man bedachte, wie lange sie im Gemeindearchiv gesessen hatte. Um die Geschichte als Stoff für ihren Roman zu verwerten, musste sie entweder noch sehr viel mehr darüber in Erfahrung bringen oder aber ihre

Phantasie bemühen. Wahrscheinlich würde es auf eine Mischung aus beidem hinauslaufen.

Sie lehnte sich in ihren Bürostuhl zurück, überflog noch einmal den Computertext, dachte nach. Dabei geisterte ihr Blick gedankenverloren durch den Raum – ihre hauseigene, kleine Bibliothek.

Ihr kam eine Idee: Hier gab es so viele Bücher – nach dem Aussehen zu urteilen, auch ziemlich alte Werke. Konnte es da nicht sein, dass auch etwas über die Albrechts dabei war? Immerhin hatten die früher hier gewohnt.

Zumindest konnte es nicht schaden, ein wenig herumzustöbern.

Sie stand auf und ging die Regale ab, in der Hoffnung, eine Systematik zu erkennen. Offenkundig zusammengehörige Werke – Jahrbände zum Beispiel oder Reihenausgaben – standen immer beisammen, abgesehen davon waren die verschiedenen Themengebiete jedoch wild durchmischt. An die Kochbücher schloss eine Sammlung von philosophischen Werken an, danach kamen ein paar Bibelausgaben, an die wiederum diverse karthographische Werke anknüpften. Einen nachvollziehbaren Sinn konnte Mara darin nicht erkennen.

Zwischen einem Abschnitt über die Geschichte der Antike und einigen englischsprachigen Ausgaben von Jane-Austen-Romanen stieß Mara schließlich auf einige Wein- und Wanderführer aus der Nachkriegszeit. Zu dem, was sie suchte, fand Mara nichts.

Im Anschluss daran folgte eine Reihe von Klassikern: Kleist, Goethe, Schiller, Brontë, Hoffmann, Möricke, Lessing, Albrecht, Fontane, Heine ... Mara wollte sich schon dem nächsten Regal widmen, als etwas sie zögern ließ. Eine Auffälligkeit, die ihr beim raschen Überfliegen der Titel nur unterbewusst aufgefallen war.

Ihr Blick schweifte zurück. Da war es.

Albrecht.

Ein Name, der hervorstach, weil er der Einzige war, den Mara nicht mit den alten Klassikern in Verbindung bringen konnte.

Sie nahm das Werk in die Hand – einen fingerdicken Band, eingeschlagen in einen schwarzen Karton mit goldenen Lettern. Auf der Vorderseite des Umschlags stand der Titel des Buchs:

Über die Liebe und das Leben

Darunter war der volle Name des Verfassers zu lesen. Besser gesagt, der Verfasserin:

Gertrud Albrecht

Hans Albrechts Ehefrau.

Mara schlug das Buch auf und blätterte darin herum. Offenbar handelte es sich um eine Sammlung von eher lapidaren Gedichten, wenigstens ließen das die Überschriften vermuten. *Wie eine Biene im Mai* hieß eines davon, *Rosenduft und Kerzenschein* ein anderes. Der erste Eindruck bestätigte sich, als Mara ein paar Verse daraus las. Das hier war keine kunstvolle Lyrik, sondern vielmehr der Versuch eines einfachen Menschen, seine einfachen Beobachtungen in Gedichte zu verpacken.

Mara schob das Büchlein wieder zurück ins Regal, denn es verriet nur, dass die Frau des Hauses eine poetische Ader gehabt hatte. In Bezug auf ihre Recherchen half es Mara nicht weiter.

Tiefer unten im Regal stieß sie auf ein anderes Werk, das ihre Aufmerksamkeit erregte, weil es aus der Reihe der ansonsten exakt nebeneinander stehenden Buchrücken ein deutliches Stück hervorstand. Als Mara es zurückschieben wollte, stellte sie fest, dass das nicht ging, weil das Buch ein anderes Format besaß.

Sie nahm es heraus, um einen passenderen Platz dafür zu suchen. Dabei fiel ihr die außergewöhnliche Machart auf – in hochwertiges Leder gebunden, ohne die Angabe eines Verfassers oder eines Verlags. Lediglich der Titel war auf dem Einband vermerkt, in wuchtigen, schwarzen Lettern mit dicken Serifen:

MORBUS

Der lateinische Begriff für Krankheit – offenbar eine medizinische Abhandlung.

Mara drehte das Buch um. Auch auf der Rückseite fehlten jegliche Angaben, es gab weder einen Preis noch eine Inhaltsangabe noch eine ISBN. Dabei fühlte sich das Buch gar nicht so an, als stamme es aus einer Zeit, bevor all das eingeführt worden war.

Wahrscheinlich handelte es sich um einen Sonderdruck. Bei der FAZ waren auf diese Weise Festschriften für prominente Jubilare aus Politik und Wirtschaft hergestellt worden. Insofern fand Mara die Machart des Buchs noch nicht einmal ungewöhnlich. Auch als sie auf den ersten Seiten vergeblich nach einem Inhaltsverzeichnis suchte, wunderte sie sich nicht, obwohl sie das bei einem medizinischen Werk erwartet hätte.

Erstaunlich fand sie hingegen die Aufbereitung des Buchs in Gedichtform. Auch die Überschriften gaben Rätsel auf: Jeder neue Abschnitt begann mit »Morbus« und einer Nummer, darunter standen ein oder mehrere Schlagworte, die offenbar den Inhalt des jeweiligen Kapitels beschrieben. Ein Zusammenhang mit irgendwelchen Arten von Krankheiten ließ sich dabei allerdings nicht erkennen.

Aber vielleicht klärte sich die Bedeutung durch den Text. Obwohl Mara eigentlich etwas ganz anderes vorgehabt hatte, begann sie zu lesen.

KAPITEL 36

Morbus 23
Engelsgesicht

Flehende Augen, voller Tränen,
bitter, sich kurz vor dem Ende zu wähnen.
…
Sie hat Haar wie aus Gold, ein Engelsgesicht,
doch vom baldigen Tod handelt dies Gedicht.
…
Von der Decke herab gespannt ist die Schlinge
um ihren Hals, die den Tod ihr bringe.
…
Hier wird sie sterben, wird grausam ersticken,
als rechte Strafe für das grausame Ficken.

Die Zeilen berührten Mara auf unangenehme Weise und brachten sie ins Grübeln. Ein Gedicht über einen Mord? Und auch in allen anderen Gedichten schien es ums Morden zu gehen. Was sollte sie davon halten?

Diese Frage beschäftigte sie auch noch, als ihre Tochter längst im Bett lag und schlief, weshalb sie beschloss, Paul anzurufen.

»Was für eine nette Überraschung«, sagte er. »Ich habe heute Nachmittag viel an dich gedacht.«

»Ging mir genauso«, sagte Mara, das kleine Intermezzo auf dem Boden ihres künftigen Fotostudios war ihr noch lebhaft in Erinnerung.

Aber das Morbus-Buch hatte alles in den Hintergrund gedrängt.

»Warum rufst du an?«, fragte Paul. »Einfach so oder aus einem bestimmten Grund?«

»Ehrlich gesagt, habe ich heute in meiner Bibliothek ein ziemlich sonderbares Buch gefunden, das mich beschäftigt. Ich wollte mit dir darüber reden, wenn es gerade passt.«

»Du weißt ganz genau, dass ich für dich alles stehen und liegen lassen würde«, sagte Paul. »Worum geht's?«

Mara erzählte es ihm.

»Ich habe nur ein paar Seiten des Buches gelesen, weil ich es ziemlich abscheulich fand«, schloss sie. »Aber jedes Gedicht scheint vom Tod zu handeln. Besser gesagt, vom Todeskampf verschiedener Menschen in den letzten Minuten ihres Lebens. Was hältst du davon?«

»Das ist auf die Entfernung schwer zu beurteilen«, antwortete Paul. »Ich müsste mir das Buch selbst mal anschauen. Soll ich auf einen Sprung vorbeischauen? Dann können wir versuchen, das Rätsel gemeinsam zu lösen. Vorausgesetzt, ich kann mich in deiner Gegenwart überhaupt noch auf etwas anderes konzentrieren als auf dich.«

Eine Viertelstunde später hörte Mara, wie ein Auto auf dem Schotterparkplatz neben dem Haus hielt. Sie ging nach unten, um Paul zu öffnen. Die Tür zur oberen Etage ließ sie offen, für den Fall, dass Leni aufwachte und nach ihr rief.

Draußen war es mittlerweile stockfinster, und es schüttete wie aus Eimern. Der kurze Fußweg vom Wagen zum Eingang hatte ausgereicht, um Paul völlig zu durchweichen. Im Licht der Außenlampe über dem Briefkasten funkelten die Wassertropfen auf seiner Brille wie kleine Diamanten. Sein Trenchcoat war mit dunklen Sprenkeln übersät, sein Haar sah aus wie frisch gewaschen.

Wie heute Mittag.

Der Gedanke löste ein Kribbeln in Maras Magen aus. Sie spürte, wie trotz der kühlen Temperatur eine angenehme Wärme ihren Körper durchströmte. Aus irgendeinem Grund hoffte sie, dass er das nicht merkte – sie wollte im Moment lieber Herrin über ihre Gefühle bleiben.

»Du siehst aus wie ein begossener Pudel«, sagte sie. »Komm rein, sonst holst du dir noch eine Lungenentzündung.«

Als er sie anlächelte, ging es ihr durch und durch. Ihr war gar nicht bewusst gewesen, dass er eine solche Wirkung auf sie ausübte. Anfangs war das auch ganz bestimmt nicht so gewesen. Die Liebelei am Mittag schien jedoch etwas in ihr verändert zu haben.

Anstatt an ihr vorbei ins Haus zu gehen, blieb Paul stehen und küsste sie – so intensiv, dass in diesem Augenblick alles um sie herum unwichtig wurde. Sie versank in seinen Armen, ließ sich fallen, genoss es, alles loszulassen und einfach nur dahinzutreiben, weil sie wusste, dass Paul sie festhalten würde.

Sie war beinahe enttäuscht, als er sich wieder von ihr löste.

»Schön, dass du da bist«, murmelte sie.

»Ich freue mich auch«, sagte er und hängte seinen triefenden Trenchcoat an die Garderobe. Sie gingen in die Bibliothek, wo Mara ihm das Morbus-Buch zeigte. Paul nahm es an sich, um es von allen Seiten zu betrachten, er überflog die Seiten und verschaffte sich einen Eindruck über den Inhalt.

»Und? Was hältst du davon?«, fragte Mara nach ein paar Minuten.

Paul zog abwägend die Mundwinkel nach unten, während er das Buch weiter inspizierte.

»Die Anfangsseiten sind stärker verknittert als weiter hinten«, analysierte er. »Außerdem sind die Seitenränder im ersten Drittel leicht verfärbt – bestimmt vom vielen Umblättern. Friedrich Rossknecht scheint den Anfang ziemlich häufig gelesen zu haben. Weiter hinten hat er dann zunehmend das Interesse an den Schauerversen verloren.«

»Denkst du, dass das alles frei erfunden ist?«

»Du etwa nicht?«

Mara seufzte. »Es könnten auch die Aufzeichnungen eines Mörders sein«, sagte sie.

Paul hob die Augenbrauen. »Ich habe mir auf die Schnelle zwar nur einen groben Überblick verschaffen können, aber ich kann mir nicht vorstellen, dass das echt sein soll«, meinte er. »Das hat jemand geschrieben, der sich gerne kranke Geschichten ausdenkt, so wie Edgar Allan Poe. Morbide Geschichten. Deshalb der Titel – *Morbus*. Nur, dass er das im Gegensatz zu Poe in Versform getan hat. Ich halte den Autor dieses Gedichtbands zwar für nicht ganz richtig im Kopf, aber nicht für einen Mörder.«

»Vielleicht sollten wir das Buch trotzdem der Polizei geben«, sagte Mara. »Nur zur Sicherheit.«

Paul bedachte sie mit einem undefinierbaren Gesichtsausdruck. »Du hast das Buch entdeckt, in deinem Haus.

Deshalb ist es natürlich allein deine Entscheidung. Aber ich befürchte, dass dir das nur Häme und Spott einbringen würde.«

Er blätterte weiter und las vor.

»*Geschundener Körper, gebrochene Rippen – ein Mona-Lisa-Lächeln mit wulstigen Lippen.* Das klingt doch nicht echt. Oder hier: *Sie zu töten fiel mir sehr leicht – denn sie war hässlich und auch recht bleich.* Ich finde das eher stümperhaft als furchteinflößend. Da hatte jemand mit geringem poetischem Talent einen Haufen angestaute Aggressionen, die er sich von der Seele geschrieben hat.«

Mara nickte, obwohl sie noch nicht restlos überzeugt war. Aber sie legte auch keinen gesteigerten Wert darauf, schon wieder mit Kommissar Casale aneinanderzugeraten. Er würde ihren Buchfund nur wieder als unerwünschte Einmischung in seine Arbeit interpretieren und ihr das auch unmissverständlich zu verstehen geben. Auf einen solchen Anpfiff hatte sie keine Lust – genauso wenig wie auf eine Blamage, falls die Gedichte sich als pure Poesie herausstellten.

»Hast du dir auch schon die letzte Seite angesehen?«, fragte Paul. Er blätterte ganz nach hinten und reichte ihr das Buch.

Mara schüttelte den Kopf. »Nein, das ist mir noch gar nicht aufgefallen«, sagte sie, während sie den letzten Eintrag betrachtete:

Morbus 1 – EE23

Morbus 2 – FD11

Morbus 3 – BC35

Morbus 4 – CC55

Und so weiter. Zu jedem in dem Buch aufgeführten Gedicht gab es einen solchen Code – jeweils zwei Großbuchstaben und zwei Ziffern.

Mara hatte keine Ahnung, was das bedeuten sollte.

KAPITEL 37

Am nächsten Morgen regnete es nicht mehr, aber dichter Nebel lag über dem Naunheimer Tal wie ein schweres, graues Tuch. Als Mara das Haus verließ, um Leni in den Kindergarten zu bringen, konnte sie kaum von der Eingangstür bis zum Auto sehen, so trüb war es. Außerdem kroch ihr sofort die Kälte unter die Haut, deshalb wäre sie am liebsten daheim geblieben. Doch sie hielt es für wichtig, dass ihre Tochter sich von Anfang an an einen gewissen Rhythmus gewöhnte. Das würde ihr helfen, sich schnell in der neuen Umgebung einzugewöhnen.

Nach der üblichen Runde durch den Ort verstaute sie ihre Einkäufe in der Küche und setzte sich mit dem Laptop auf die Wohnzimmercouch. Heute wollte sie sich nicht mit dem Morbus-Buch beschäftigen, nicht mit dem Mord an der Familie Albrecht, nicht mit Carola Danner. Schon gar nicht mit Sabines Sturz aus dem Fenster. Heute wollte sie das alles so gut es ging verdrängen, wenigstens für einen Tag, und sich ausschließlich mit etwas Schönem beschäftigen: der Einrichtung ihres Fotostudios. Die Maße, die sie und Paul gestern zusammengestellt hatten, lagen neben ihr auf der Couch, jetzt brauchte sie nur noch die passenden Möbel und die Ausrüstung. Obwohl sie wusste, dass das bestimmt nicht billig würde, freute sie sich darauf, im Internet nach ein paar Schnäppchen Ausschau zu halten.

Kaum dass sie damit begonnen hatte, riss allerdings der Himmel über dem Tal auf. Zwischen den schwarzgrauen Wolkenbergen entfaltete die Sonne ein gleißendes Spiel aus Licht und Schatten, so unwirklich wie auf kitschigen Ölgemälden. Die Helligkeit stach Mara durch die Panoramascheibe so heftig in die Augen, dass sie den Vorhang zuziehen musste. Dabei wurde ihr die Einzigartigkeit der Lichtverhältnisse erst richtig bewusst: die dunklen Wolkentürme. Die Sonnenstrahlen, die in grellen Streifen auf die Erde fielen. Das nasse Tal, aus dem der Nebel aufstieg, als würde Gott die Seelen der Verstorbenen zu sich holen.

Eine solche Wetterkonstellation war Gold wert! Das wollte Mara sich auf gar keinen Fall entgehen lassen.

Rasch schlüpfte sie in ihre Gummistiefel und Steppjacke und schnappte sich ihre Digitalkamera. Vom Haus aus schlug sie dieselbe Route ein wie beim letzten Mal. Dabei fotografierte sie alles, was ihr vor die Linse kam, auch wieder die Schuppen auf der Lichtung am Waldrand. Von hier aus war die Aussicht über das Tal besonders phänomenal, weil die sich bewegende Wolkendecke immer neue Lichtkonstellationen vor ihren Augen entstehen ließ. Ein Wunderwerk für jeden Fotografen.

Als sie sicher war, das Naunheimer Tal in allen Facetten aufgenommen zu haben, widmete sie sich den weniger spektakulären Motiven, die durch das Lichtspiel jedoch ebenfalls neuen Reiz gewannen. Blüten mit Regentropfen, in denen sich das Sonnenlicht brach wie in tausend winzigen Prismen. Die vom Regen reingewaschenen Scheiben der vier Schuppen, in denen sich das Tal widerspiegelte. Ein Schmetterling auf einem nassen Blatt.

Mara schoss einfach drauflos. Aussortieren konnte sie später. Das war der größte Vorzug einer Digitalkamera – der nahezu unbegrenzte Speicherplatz. Mit Zelluloidfilmen musste man viel besser haushalten, sonst ging dieses Hobby verdammt schnell ins Geld.

Als der Himmel sich wieder zuzog, kehrte Mara nach Hause zurück. Erst jetzt merkte sie, wie durchgefroren sie war. Mit einer Tasse Tee setzte sie sich in der Bibliothek an den Computer, um die Bilder von der Kamera auf die Festplatte zu überspielen.

Danach löschte sie alle schlechten Fotos – also alle, die unscharf, verwackelt, zu dunkel oder auf andere Weise misslungen waren. Auch die Bilder vom Spaziergang davor sah sie durch, aber davon konnten nur die wenigsten mit den heutigen Aufnahmen mithalten. Bild für Bild wanderte in den digitalen Papierkorb.

Am Ende blieben rund hundert Aufnahmen übrig, die Mara noch einmal chronologisch durchklickte. Wieder faszinierte sie das spektakuläre Licht- und Schattenspiel im Tal. Die Fotos waren wirklich gut gelungen.

Ihr Blick blieb plötzlich auf einem eher durchschnittlichen Bild haften. Es zeigte die vier Hütten am oberen Rand der Weinberge und den Waldrand im Hintergrund. Es gab ein halbes Dutzend Fotos, die dieses Motiv in ähnlicher Weise zeigten. Mara zog den Mauszeiger auf den Papierkorb … und hielt inne.

Irgendetwas daran erregte ihre Aufmerksamkeit – aber was?

War es die Komposition, die das Bild besonders machte? Nein. Auch nicht die Ästhetik, das Schattenspiel oder der

Kontrast zwischen den verwahrlosten Hütten und der blühenden Natur. Es war ein kleines, scheinbar unbedeutendes Detail, das ihr ins Auge stach: Die Tür des hinteren Schuppens, die mit dem roten Anstrich. Besser gesagt das Vorhängeschloss daran. Auf dem Bild fehlte es, der Riegel war sogar zurückgeschoben. Bei ihrem ersten Spaziergang war die Tür jedoch definitiv abgeschlossen gewesen.

Natürlich musste das nichts zu bedeuten haben.

Wahrscheinlich hatte es nichts zu bedeuten.

Derjenige, der das Häuschen benutzte, hatte dort vielleicht etwas abgestellt oder herausgeholt. Möglicherweise ein Winzer, der seine Gerätschaften in dem Schuppen lagerte.

Andererseits hatte die Maklerin Mara versichert, dass die Lichtung ebenfalls zu ihrem Grundstück gehörte, inklusive der Schuppen. Das stand sogar ausdrücklich im Kaufvertrag.

Was sprach also dagegen, einen Blick in die Hütte zu werfen? War das nicht ihr gutes Recht?

Kurz entschlossen zog Mara sich an. Aber als sie wenig später den Schuppen untersuchen wollte, war die Tür wieder verriegelt und mit einem klobigen Vorhängeschloss abgesperrt. Jemand musste also erst vor kurzem hier gewesen sein.

Mara ließ ihren Blick schweifen. Weit und breit war niemand zu sehen.

Was hatte es mit diesem Schuppen auf sich?

Vielleicht redete sie sich nur etwas ein, und es steckte gar nichts dahinter. Aber merkwürdig fand sie die Sache irgendwie schon. Jemand benutzte widerrechtlich ihr Eigentum. Wozu?

Durchs Fenster des Schuppens war auch heute nichts zu erkennen, dafür waren die Scheiben von innen zu verstaubt. Auch als Mara ein paar Fotos mit dem Blitzlicht schoss, konnte man darauf nur Schmutz und Schlieren sehen.

Welche Optionen blieben ihr, wenn sie nicht unverrichteter Dinge wieder gehen wollte? Die Scheibe einzuschlagen hatte keinen Sinn – die war zu klein, um den Kopf durchstecken zu können, geschweige denn, um hineinzuklettern.

Also musste sie irgendwie durch die Tür kommen.

Sie ging zurück zum Haus und durchsuchte die Schubladen in der Garderobe nach Schlüsseln, die eventuell passen konnten, aber sie fand keine. Deshalb beschloss sie, die Tür aufzubrechen. Doch selbst der Schraubenzieher, den sie aus dem Keller holte, half nichts. Nachdem sie ein paar Minuten lang erfolglos damit herumhantiert hatte, sah sie ein, dass es so keinen Sinn hatte.

Sie zog ihr Handy aus der Tasche, rief Paul an und erklärte ihm die Situation.

»Ich will nur einen Blick in diese Hütte werfen«, sagte sie. »Weil ich das Gefühl habe, dass hier etwas nicht stimmt. Hast du etwas in deinem Werkzeugkasten, mit dem man ein Schloss aufknacken kann?«

KAPITEL 38

Einmal mehr erwies Paul sich als wahrer Freund. Innerhalb kürzester Zeit war er bei Mara – mit einem gewaltigen Bolzenschneider unter dem Arm.

»Denkst du, damit bekommen wir das Schloss auf?«, fragte Mara, obwohl allein die Größe des Geräts kaum einen Zweifel daran ließ.

»Damit könnte man die Gitterstäbe in einem Knast durchtrennen«, antwortete Paul.

»Und so was liegt bei dir im Werkzeugschrank herum?«

»Das habe ich von der Autowerkstatt hinter der Bäckerei ausgeliehen. Der Inhaber ist ein guter Freund von mir. Um welches Schloss geht es?«

»Erst mal um das an der roten Tür.«

Paul setzte das Gerät an, so dass die Schneidflächen den Schließbügel des Vorhängeschlosses in die Zange nahmen. Als er die langen Hebelenden zusammendrückte, brach das Metall mit einem hörbaren Knacken.

»Das war's schon.«

Er ließ den Bolzenschneider sinken, zog das zerbrochene Schloss aus dem Riegel und machte eine einladende Handbewegung.

»Bitte nach Ihnen, gnädige Frau.«

Langsam öffnete Mara die knarrende Holztür. Vor Aufregung beschleunigte sich ihr Puls, obwohl sie gar nicht recht wusste, warum. Wahrscheinlich hatte einer der Winzer nur beschlossen, den Schuppen für sich zu nutzen, anstatt ihn ungenutzt leerstehen zu lassen.

Aber was, wenn da vielleicht doch mehr war? Ein dunkles Geheimnis, da nur darauf wartete, gelüftet zu werden.

Die Hütte maß etwa drei auf vier Meter. Beim Betreten mussten Mara und Paul wegen des niedrigen Türsturzes die Köpfe einziehen.

Von draußen fiel genug Licht herein, um gut sehen zu können. An Dutzenden von Wandhaken hingen allerlei Geräte, wie man sie für den Weinbau benötigte – Schaufeln, Hacken, Rechen, Sensen, Scheren, Zangen und vieles mehr. In einer Ecke lehnte eine alte Schubkarre mit plattem Reifen. Über einem der beiden Griffe hing ein aufgerollter Wasserschlauch. Neben der Schubkarre standen ein paar rostige Gießkannen und vergilbte Säcke mit Dünger und Pestiziden. Auf den Wandregalen lagerten ein Werkzeugkasten, ein Erste-Hilfe-Koffer und diverse Blumentöpfe. Das alles war mit einer dicken Staubschicht und mit unzähligen Spinnweben überzogen, als sei die Hütte schon seit Jahren nicht mehr betreten worden.

Dennoch hatte erst kürzlich jemand diese Tür geöffnet.

Und sie im Laufe der letzten anderthalb Stunden auch wieder verschlossen.

Aus welchem Grund?

»Wenn diese Hütte benutzt wird, dann muss irgendwo der Staub weggewischt sein«, überlegte Mara. Sie schaltete ihr Handy ein, um die dunklen Ecken des Schuppens auszuleuchten.

»Sieh mal, was hältst du davon?«, sagte sie.

Auf dem groben Holzregal hinter der Tür stand eine Metallkassette, etwa so groß wie ein Schuhkarton.

»Da ist kaum Staub drauf«, stellte sie fest. »Außerdem hat die Box keinen Rost und keine Beulen. Sie scheint viel neuer zu sein als alles andere, was hier herumsteht.«

Mara nahm die Kassette an sich, um sie zu öffnen, aber sie war abgeschlossen und auch hierfür war kein Schlüssel im Schuppen zu finden.

»Was da wohl drin ist?«, murmelte Paul.

»Nach dem Gewicht zu urteilen, kann es nicht viel sein«, sagte Mara und schüttelte die Box. Etwas bewegte sich darin. Bei jeder Bewegung stieß es gegen die Seitenwände.

»Kriegst du dieses Ding auch mit deinem Bolzenschneider auf?«, fragte sie.

Paul schüttelte den Kopf. »Mit dem Bolzenschneider nicht. Wir bräuchten so etwas wie einen Schraubenzieher.«

»Ich habe einen in der Hosentasche«, sagte Mara. »Den habe ich von zu Hause geholt, weil ich damit das Vorhängeschloss knacken wollte.«

Sie reichte Paul das Werkzeug, und der suchte nach einem geeigneten Ansatzpunkt.

»Ich kann die Box aufbrechen, allerdings wirst du sie hinterher nicht mehr verwenden können«, sagte er.

Mara zuckte mit den Schultern. »Mich interessiert nur, was drin ist. Also los!«

Wieder dauerte es keine Sekunde, um das Schloss zu knacken. Als Paul den Deckel aufklappte, fanden sie darin eine Reihe von Fotos.

Mara nahm das oberste in die Hand und betrachtete es im Schummerlicht der Hütte. Es war das Porträt einer jungen Frau mit langem, blondem Haar und ernstem Gesicht. In ihren tränennassen Augen lag der Ausdruck tiefster Resignation.

Das nächste Bild zeigte nicht nur das Gesicht, sondern auch ihren Oberkörper. Die Frau trug ein dünnes, weißes Unterhemd, darunter zeichnete sich der Umriss ihres BHs ab. Ein Träger aus roter Spitze war ihr über die Schulter gerutscht. In ihrer Miene erkannte Mara nun nicht mehr nur Resignation, sondern vor allem Furcht. Und als sie die Schlinge sah, die von oben ins Bild hing, verstand sie auch den Grund dafür: Diese Aufnahmen dokumentierten einen Selbstmord.

KAPITEL 39

In was für einen Mist *bin ich da nur hineingeraten?*

Mara war mit Paul zum Haus zurückgekehrt. Die Metallkassette mit den Fotos stand offen auf dem Esstisch.

Wie ein silberner Totenschrein.

Mara lehnte am Fenster und ließ ihren Blick hinunter ins Tal schweifen. Ihr Reporterinstinkt funktionierte offenbar immer noch bestens. Sie hatte ein Gespür für sonderbare Begebenheiten. Dennoch – oder vielleicht gerade deswegen – drängte sich ihr der Eindruck auf, die ganze Welt habe sich gegen sie verschworen.

»Das ist doch nicht normal!« Tränen traten ihr in die Augen. »Was ich auch mache – überall lauert der Tod. Es ist wie verhext.«

Sie hörte, wie Paul sich ihr von hinten näherte, spürte seinen Körper an ihrem Rücken, genoss seine Wärme, als er sie in die Arme schloss.

»Ich gebe zu, das ist im Moment ziemlich viel«, sagte er. »Und es ist tatsächlich auch ein bisschen sonderbar, dass diese ganzen Dinge ausgerechnet jetzt hochkommen. Aber ich denke, das liegt einfach daran, dass noch nie eine FAZ-Reporterin in Naunheim gewohnt hat. Du bist jemand, der es gewohnt ist, den Dingen auf den Grund zu gehen.«

Beinahe wünschte Mara sich, dass die Lösung so einfach wäre, doch sie konnte nicht wirklich daran glauben.

»Jedenfalls rufe ich jetzt die Polizei an«, sagte sie. »Eine Fotoserie von einem Selbstmord – das müssen wir melden.«

Paul nickte mit einem Seufzen. »Ich denke, du hast recht«, sagte er. »Diesmal ist die Sachlage eindeutig.«

Kommissar Casale konnte leider erst am Abend vorbeikommen, als Paul längst wieder weg war und Mara mit Leni beim Abendessen saß.

»Tut mir leid, aber heute liefen die Vorbereitungen für das Herbstfest in Edenkoben«, erklärte er ihr an der Tür. »Die Polizei muss ein Sicherheitskonzept vorlegen, und aus unbegreiflichen Gründen werde immer ich dafür angefordert.« Seine Worte trieften vor Sarkasmus. Außerdem wirkten seine Augen glasig, als stünde er unter Drogen.

»Was ist los mit Ihnen?«, fragte Mara. »Fühlen Sie sich nicht gut?«

»Ich?« Er hob theatralisch die Augenbrauen. »Ich könnte mich gar nicht besser fühlen! Sicherheitsbeauftragter des Edenkobener Herbstfests, zum achten Mal in Folge – das ist genau die Art von Karriere, die ich mir immer erträumt habe.«

Er war angesäuselt, das stand fest. Mara überlegte, ob sie ihn lieber wieder abwimmeln solle. Die Fotos konnten auch noch bis morgen warten, auf einen Tag mehr oder weniger kam es jetzt auch nicht mehr an.

»Wollen Sie mich nicht reinbitten?«, fragte er, als habe er ihre Gedanken erraten. In seinem Blick lag etwas, das über den Sarkasmus eines Angetrunkenen hinausging. Reue vielleicht oder Selbstverachtung. Mara konnte es nicht genau deuten.

»Vielleicht wäre es besser, wenn ich morgen zu Ihnen aufs Revier komme«, entgegnete sie. »Dann bringe ich Ihnen meinen Fund vorbei, und wir können in Ruhe darüber reden.«

Er nickte, wobei er plötzlich ziemlich bedauernswert aussah.

»Ich weiß, ich hätte nichts trinken dürfen, bevor ich hierherkam«, seufzte er. »Und ich weiß auch, dass wir keinen glücklichen Start hatten. Das liegt nicht an Ihnen ... Keine Ahnung ... Sie sollten nur wissen, dass es mir leidtut. Ich hätte nicht so grob mit Ihnen umspringen dürfen.«

Mit einer Entschuldigung, noch dazu einer so aufrichtigen, hatte Mara nicht gerechnet. Sie beschloss, Casale eine zweite Chance zu geben.

»Kommen Sie rein«, sagte sie. »Am besten, wir setzen uns in die Bibliothek. Durchs Wohnzimmer durch, auf der rechten Seite. In einer Minute bin ich bei Ihnen. Ich muss nur noch kurz den Fernseher für meine Tochter einschalten.«

Als Mara kurz darauf wieder herunterkam, stand Casale vor den langen Regalreihen und ließ den Blick durch den Raum wandern.

»Eine Menge Bücher haben Sie da«, sagte er beeindruckt. »Sind das Ihre oder die Ihres Vorgängers?«

»Meine Bücher sind oben in einer Vitrine. Die hier gehörten Herrn Rossknecht.«

Mara überlegte, ob das der richtige Moment war, um das Morbus-Buch zu erwähnen. Aber solange sie selbst nicht wusste, was sie davon halten sollte, wollte sie Casale lieber nicht damit konfrontieren. Es schien ihr klüger, sich ihm gegenüber an die harten Fakten zu halten, sonst verblassten die womöglich im Licht der sonderbaren Gedichte.

»Darf ich Ihnen etwas zu trinken anbieten?«, fragte sie.

Casale befand sich offenbar in Gesprächslaune, und Mara wollte versuchen, das auszunutzen, um an ein paar Insiderinformationen heranzukommen. Zur Not würde sie ihm für die Heimfahrt ein Taxi besorgen. »Wie wäre es mit einem Bier oder einem Glas Wein?«

Casale wich ihrem Blick aus – offenbar haderte er mit sich. Doch die menschliche Schwäche siegte schnell.

»Ein Glas Rotwein würde ich nicht ablehnen«, sagte er.

Mara holte zwei Gläser und eine Flasche Dornfelder und schenkte beiden ordentlich ein. Sie wollte ihm demonstrieren, dass sie sich gerne Zeit für ihn nahm.

»Sie wissen, dass ich keine Dienstgeheimnisse preisgeben darf«, sagte Casale. Offenbar roch er den Braten. »Nur, damit Sie Ihren Wein später nicht bereuen.«

Mara prostete ihm mit einem Lächeln zu. »Wenn es Ihnen damit bessergeht, soll es mir den Wein wert sein.«

Sie nahmen auf den beiden Ledersesseln Platz, die im Zusammenspiel mit der alten Stehlampe eine gemütliche Leseecke bildeten. Die Flasche stellte Mara auf den kleinen Beistelltisch zwischen ihnen.

»Wollen Sie mir erzählen, was genau passiert ist? Ich meine: Warum werden Sie jedes Jahr zum Edenkobener Straßenfest abkommandiert?«

Casale nippte zögerlich an seinem Glas »Was hat Paul Ihnen über mich erzählt?«, fragte er.

»Nicht viel. Nur, dass Sie ihm vor einigen Jahren die Freundin ausgespannt haben.«

Auf Casales ernstes Gesicht legte sich ein bittersüßes Lächeln. »Das sieht ihm gleich«, sagte er. »Helena hat sich aus freien Stücken für mich entschieden, da musste ich gar nichts dazu beitragen. Sie ist regelrecht vor Paul geflohen – wegen seiner Spleens. Vor allem hat er geklammert wie eine Klette. Das gefiel Helena überhaupt nicht. An dem Abend, als sie bei mir Unterschlupf suchte, stand er irgendwann vor meiner Tür. Er hatte einen regelrechten Tobsuchtsanfall – wollte, dass ich auf die Straße komme und mich mit ihm prügle. Er hatte sogar einen Baseballschläger dabei.«

Dass Paul klammerte, glaubte Mara sofort. Auch ihr gegenüber zeigte er sich oft extrem anhänglich, wenngleich sie das im Moment noch als angenehm empfand. Aber sie konnte sich beim besten Willen nicht vorstellen, dass er mit einem Baseballschläger bewaffnet eine Schlägerei beginnen wollte – das passte nun wirklich nicht zu ihm.

»Er war so eifersüchtig, dass er die ganze Nachbarschaft zusammengebrüllt hat«, fuhr Casale fort. »Da können Sie jeden fragen, der bei mir in der Straße wohnt. Paul wirkt im Allgemeinen wie ein harmloser Biedermann, aber wenn bei ihm die Sicherungen durchbrennen, will man nicht in seiner Nähe sein.«

Mit jedem Wort wuchs Maras Skepsis – nicht nur gegenüber Paul, sondern auch gegenüber dem Polizisten.

»Warum erzählen Sie mir das?«, fragte sie.

»Sie sind neu in Naunheim«, antwortete er. »Ich finde, Sie haben ein Recht darauf zu erfahren, auf wen Sie sich da einlassen, auch wenn ich davon überzeugt bin, dass Sie das schon sehr bald selbst herausfinden würden.«

Mara wusste nicht, was sie davon halten sollte. Auf jeden

Fall ärgerte es sie, dass Casale sie in Bezug auf Paul verunsicherte. Sie hatte gerade erst eine Beziehung mit ihm begonnen – eine Beziehung, die sich trotz ihrer anfänglichen Zurückhaltung gut anfühlte.

Bis gerade eben.

Jetzt stand plötzlich wieder alles in Frage.

Aber warum sollte ich einem abgehalfterten Dorfpolizisten mehr vertrauen als meinem Instinkt?

»Sonst hat Paul nichts über mich erzählt?«, hakte Casale nach.

Mara zog abwägend die Mundwinkel nach unten. Im Moment fiel ihr nichts ein.

»Paul hat Ihnen also nicht verraten, dass ich eine Zeitlang im Verdacht stand, Carola Danner entführt zu haben?« Er wirkte plötzlich wieder so ernst, dass man Angst vor ihm bekommen konnte. »Sagen Sie mir die Wahrheit!«, forderte er. »Ich würde eine Lüge sowieso durchschauen.«

Mara fühlte sich in die Ecke gedrängt. »Paul hat mir das nicht erzählt, sondern Carolas Vater«, antwortete sie wahrheitsgemäß.

»Was genau hat er gesagt?«

»Nur, dass Sie unter Verdacht standen und kurz darauf wieder entlastet wurden.«

Casale nickte mit zusammengebissenen Zähnen. »Die meisten Bewohner im Ort denken, dass der Bürgermeister mich nicht leiden kann, weil ich ihn vor ein paar Jahren angefahren habe. Sie denken, das ist der Grund, warum die Drecksarbeit immer auf mich fällt – Sicherheitsvorkehrungen für die Dorffeste, Schichtdienste am Wochenende, Verkehrskontrollen bei strömendem Regen. Aber mit dem Unfall auf der Argenbachbrücke hat das nichts zu tun. Unser lieber Herr Bürgermeister war damals nämlich noch viel betrunkener als ich. Der konnte kaum noch geradeaus laufen, so dicht war der.«

Casale leerte sein Glas mit einem großen Schluck. Auf Mara wirkte es, als wolle er sich Mut antrinken. Sie schenkte ihm unaufgefordert nach.

»Ich war früher Hauptkommissar«, nahm er den Faden wieder auf. »Ist noch gar nicht so lange her. Ich war verantwortlich für den ganzen Bezirk – Edenkoben, Sankt Martin, Naunheim, Maikammer und Kirrweiler. Rund dreißigtausend Einwohner. Die Leute haben mich respektiert. Bis Carola Danner eines Tages verschwand. Mit Vermisstenfällen hatten wir bis dahin nichts zu tun. In den sechziger und siebziger Jahren gab es eine Reihe solcher Fälle. Aber nicht während meiner Amtszeit. Das soll keine Entschuldigung sein, ich hätte mir ja Hilfe aus Landau holen können. Aber ich war damals ehrgeizig genug, den Fall selbst lösen zu wollen. Leider sind mir dabei ein paar Fehler unterlaufen – Fehler, die mich zuerst selbst in Verdacht gebracht haben und später meine Unfähigkeit belegten, zumindest in den Augen des Gemeinderats. Es gab mehrere Anhörungen, später ein Disziplinarverfahren. Das Ende vom Lied war, dass ich vom Hauptkommissar zum Kommissar degradiert wurde, die Bezirksleitung abgeben musste und in diese unbedeutende Nebenstelle in Naunheim versetzt wurde. Seitdem trinke ich, um den Frust im Zaum zu halten. Traurig, aber wahr.«

Er prostete Mara mit bitterer Miene zu und nahm wieder einen kräftigen Schluck, als wolle er damit seine Schwäche unterstreichen.

Mara hatte ihm die meiste Zeit schweigend zugehört. Redselige Quellen sollte man nie unterbrechen – eine der wichtigsten Regeln für einen guten Reporter.

»Ich verstehe nicht so ganz, warum Sie mir das alles erzählen«, sagte Mara.

»Weil Sie die Wahrheit über mich aus erster Hand erfahren sollen«, antwortete Casale. »Ich bin vielleicht nicht der beste Polizist in der Pfalz, aber ich will mehr als jeder andere wissen, wer für Carola Danners Tod verantwortlich ist. Dieser Fall hat nämlich meine Karriere ruiniert.«

KAPITEL 40

»Heute habe ich Sie aber nicht wegen Carola Danner hergebeten«, sagte Mara.

Casale nickte. »Ich weiß. Sondern, weil Sie ein paar Fotos gefunden haben. Ich wollte nur reinen Tisch zwischen uns machen, weil unser Start so holprig war.«

Seine Offenheit machte ihn beinahe sympathisch, auch wenn Mara noch nicht genau einschätzen konnte, was genau er damit bezweckte. War es ihm tatsächlich nur wichtig, dass sie künftig besser miteinander auskamen, oder steckte mehr dahinter?

»Wo sind die Bilder, die Sie mir zeigen wollten?«, fragte er.

Mara ging zur Kommode, wo zwei Paar Gummihandschuhe bereitlagen, wie man sie zum Putzen benutzte. Ein Paar streifte sie sich über, das andere reichte sie Casale.

»Nicht Ihr Ernst«, raunte er. Aus seiner Tasche kramte er ein Paar dünne, weiße Latexhandschuhe und streifte sie sich über seine kräftigen Hände. »Ich habe immer welche dabei, für alle Fälle«, erklärte er.

Mara stellte die Metallkassette auf den Tisch.

»Paul und ich haben das heute in einem Schuppen auf meinem Grundstück gefunden«, begann sie und berichtete, wie es dazu gekommen war. »Diese Kassette hier ist der einzige Gegenstand in dem Schuppen, der nicht voller Staub war. Also haben wir sie aufgebrochen.«

Sie schob die Box über den Tisch, damit Casale einen Blick hineinwerfen konnte. Mit den Latexhandschuhen fischte er ein Foto heraus, anschließend betrachtete er es eingehend, bevor er zum nächsten Foto überging. Auf diese Weise arbeitete er sich durch den ganzen Inhalt der Kassette – insgesamt zwölf Bilder, die er ordentlich neben seinem Weinglas aufeinanderstapelte.

Schließlich lehnte er sich in seinen Sessel zurück.

»Das Mädchen stammt aus Hambach«, sagte er mit finsterer Miene. »Sina Fischer. Sie und ihr Freund sind vor etwa zwei Jahren verschwunden. Er war Türke, hieß Batu, wenn ich mich recht erinnere. Batu Cem. Die beiden waren Mitte zwanzig, er etwas älter als sie. Sie wohnten zusammen und hatten sogar die Absicht zu heiraten, obwohl seine Eltern strikt dagegen waren. Im Herbst wollten sie in Urlaub fahren. Sie hatten das Auto schon fertig gepackt. Als es gefunden wurde, stand es mit den Koffern auf dem Rücksitz in der Garage. Aber von Sina und Batu fehlte jede Spur.«

»Wie bei Carola«, bemerkte Mara.

Casale nickte. »Nur mit dem Unterschied, dass Batu ein paar Tage später gefunden wurde. In einem Waldgrundstück bei Hinterweidenthal, etwa zehn Kilometer von Hambach entfernt. Er lag mit gebrochenem Genick am Fuß einer Felswand. In seiner Tasche befand sich ein Zettel, darauf stand: *Wir sahen keinen Ausweg*, eindeutig in der Handschrift von Sina Fischer, die jedoch wie vom Erdboden verschluckt blieb. Jetzt wissen wir zumindest, was mit ihr passiert ist.«

Casale deutete mit seinem bärtigen Kinn auf die Fotos neben seinem Weinglas.

»Vielleicht hatten die beiden Probleme, von denen wir

nichts wissen«, sagte er. »Vielleicht durften sie aus religiösen Gründen nicht heiraten. Oder einer von beiden war unheilbar krank ... irgendetwas in der Art. Das haben wir damals zwar alles haarklein untersucht, aber Probleme sind nun mal subjektiv. Was für Sie und mich nach einer Bagatelle klingt, könnte für Sina und Batu ein unüberbrückbares Hindernis gewesen sein.«

Auf den ersten Blick schien die Erklärung logisch. Dennoch stimmte daran etwas nicht.

»Wenn die beiden tatsächlich Selbstmord begangen hätten – hätten sie das dann nicht gemeinsam getan?«, fragte Mara. »Händchenhaltend, sich ewige Liebe schwörend, bis in den Tod? Stattdessen fotografiert Batu, wie sich seine Freundin erhängt, um sich anschließend zehn Kilometer weiter einen Abgrund hinunterzustürzen. Klingt das für Sie einleuchtend?«

»Nein«, gab Casale zu. »Aber Selbstmörder handeln nun mal nicht immer so, dass man es als Außenstehender nachvollziehen kann.«

Mara seufzte. »Also schön, nehmen wir einmal an, es wäre wirklich so gewesen. Dann bleiben trotzdem zwei Fragen offen. Erstens: Wie kommen die Fotos in meine Hütte? Und zweitens: Wer hat sie sich heute dort angeschaut?«

KAPITEL 41

»Wo genau steht die Hütte, in der Sie die Bilder gefunden haben?«, fragte Casale beim Hinausgehen.

Mara deutete mit dem Finger ans Ende des Parkplatzes, wo der Pfad zwischen dem Waldrand und den Weinbergen entlangführte. »Nur ein paar hundert Meter in diese Richtung«, sagte sie.

»Dann werde ich mir das morgen mal genauer ansehen. Heute Abend bin ich zu benebelt. In diesem Zustand würde ich nur wieder Spuren verwischen und mich selbst verdächtig machen. Gute Nacht.«

Mara lächelte. »Vielen Dank für Ihre Offenheit.«

Auch auf sein Gesicht legte sich ein Lächeln. »Ihr Wein hat sich für Sie ausgezahlt. So gesprächig bin ich selten.«

Er drehte sich um und hielt wankend auf seinen Wagen zu.

»Sind Sie sicher, dass ich Ihnen nicht lieber ein Taxi rufen soll?«, rief Mara ihm hinterher.

Casale winkte ab, ohne sich umzudrehen. »Lassen Sie es gut sein.«

»Ich will nicht schuld daran sein, dass irgendein unschuldiges Gebüsch dran glauben muss, nur weil Sie die Fahrbahnmarkierung übersehen.«

»Ich freue mich, dass Ihnen unsere Natur so am Herzen liegt, Frau Flemming. Trotzdem werde ich fahren. Was wollen Sie dagegen unternehmen? Die Polizei rufen?« Seinem Witz folgte ein kurzes, lautstarkes Kichern. »Und jetzt ab ins Haus mit Ihnen, bevor Sie sich noch eine Erkältung holen!«

Mit diesen Worten stieg er ins Auto und fuhr mit aufheulendem Motor davon.

Der Rest des Abends verlief friedlich. Auch in der Nacht gab es keine besonderen Vorkommnisse.

Am Samstagvormittag erschien Regina pünktlich um neun Uhr, um im Haushalt zu helfen. Als eine Stunde später Kommissar Casale mit einem Spurensicherungsteam aus Landau vorbeikam, ließ Mara es sich nicht nehmen, sie zu den Hütten zu führen, während Regina bei Leni blieb.

Es war wieder ein trüber Tag, genau wie gestern, nur mit dem Unterschied, dass die bleigraue Wolkendecke keinerlei Aussicht auf Besserung versprach. Aber wenigstens regnete es nicht.

»Hier ist es«, sagte Mara, als sie nach einer Biegung die Lichtung am oberen Rand des Weinbergs betraten. Wie Relikte aus einer anderen Ära standen die vier Hütten am Waldrand. Mara fragte sich, ob dieser sonderbare Ort noch mehr Geheimnisse barg.

»Wenn Sie wollen, dürfen Sie hierbleiben und zusehen«, bot Casale an. Er wirkte heute viel umgänglicher als sonst.

Obwohl Mara dem plötzlichen Gesinnungswandel nicht so recht traute, fand sie es aufregend, in die Ermittlungen einbezogen zu werden.

Im Gegensatz dazu, wie Casale sich gestern dargestellt hatte, machte er heute einen kompetenten Eindruck. Gemeinsam mit dem Team der Spurensicherung riegelte er das Areal weiträumig mit Sperrband ab. Anschließend verschafften die Polizisten sich mit der mitgebrachten Ausrüstung Zugang zu den Hütten, um Spuren sicherzustellen. Was sie fanden, bekam Mara zwar nicht mit, aber ihre Vorgehensweise wirkte auf sie sehr professionell.

Als sie sich später auf den Rückweg zum Haus machte, piepste auf halber Strecke ihr Handy. Babsi gab ihr per WhatsApp durch, dass Sabines Beerdigung am kommenden Mittwoch auf dem Frankfurter Hauptfriedhof stattfinden werde. Die Nachricht versetzte Mara einen Stich.

Einen Augenblick fragte sie sich, ob sie wirklich dorthingehen musste. Sie wollte die Trauerfeier nicht dadurch gefährden, dass sie mit Hannes aneinandergeriet. Andererseits fühlte sie sich zur Teilnahme verpflichtet. Sabine war ihre beste Freundin gewesen – Hannes hin oder her.

Am besten, ich bleibe bei der Feier im Hintergrund, um eine Provokation zu vermeiden.

Zurück im Haus, beschloss sie, mit Leni einen Großeinkauf in Edenkoben zu machen. Regina wollte in der Zwischenzeit das Erdgeschoss putzen. Später lud Mara sie zum Mittagessen ein, um ihr zu zeigen, dass sie willkommen war.

Als Mara am Nachmittag noch einmal nach Casale und dem Team der Spurensicherung sehen wollte, waren die bereits weg.

»Was hältst du davon, wenn wir heute einen gemütlichen DVD-Abend machen?«, fragte Mara ihre Tochter, nachdem Regina gegangen war.

»Au ja!« Leni war sofort Freuer und Flamme. »Ich will *Susi und Strolch* sehen!«

Mara kannte *Susi und Strolch* zwar schon auswendig, aber heute ging es ihr nicht um den Film, sondern um etwas anderes.

»Hättest du etwas dagegen, wenn ich Paul frage, ob er mitschauen will?«

»Wenn du denkst, dass er auf Zeichentrickfilme steht – meinetwegen.«

Eine halbe Stunde später stand Paul in der Tür.

»Hast du schon mit Leni sprechen können?«, fragte er, als er seine Jacke an die Garderobe hängte. »Über uns, meine ich.«

Mara schüttelte den Kopf. »Ich will sie nicht überrumpeln«, sagte sie. »Aber ich dachte, es kann nicht schaden, dass ihr euch ab und zu seht. Wenn du immer wieder mit uns zusammen bist, wird sie sich schnell an dich gewöhnen.«

»Dann werde ich mein Bestes geben, damit sie mich mag«, sagte Paul mit einem vieldeutigen Lächeln. »Ich bin nämlich fest entschlossen, mit dir zusammenzubleiben.«

Manchmal wirkte er ein bisschen zurückhaltend, aber in Situationen wie diesen strahlte er ein enormes Selbstbewusstsein aus. Das gefiel Mara sehr an ihm.

»Weißt du, wer heute hier war?«, fragte sie. »Gestern übrigens auch schon.«

Ein Ablenkungsmanöver, um Paul ein bisschen zappeln zu lassen. Er hatte es ohnehin viel zu schnell geschafft, sie herumzukriegen.

Paul zog abwägend die Mundwinkel nach unten. »Keine Ahnung. Erzähl's mir.«

»Kommissar Casale.«

»Ah, mein Lieblingsfeind! Was wollte er? Mir schon wieder die Freundin ausspannen?«

»Es ging um die Fotos, die wir in der Hütte gefunden haben.«

Sie berichtete Paul von Casales Besuchen.

»Die Neuaufnahme der Ermittlungen soll vor allem die Frage klären, ob es eine dritte Person gegeben hat, die den Selbstmord von Sina Fischer und Batu Cem begleitet hat. Jemand, den sie ins Vertrauen gezogen haben könnten.«

»Ist dabei schon etwas herausgekommen?«

»Weiß ich nicht. Allerdings glaube ich auch nicht, dass Casale mir das anvertrauen würde. Wir haben zwar eine gute Basis gefunden, aber ganz so weit geht die Liebe dann wohl doch noch nicht.«

»Hat er etwas über mich erzählt?«, fragte Paul.

Mara grinste. »Sonderbar, dasselbe wollte er über dich wissen.«

»Was hast du ihm gesagt?«

»Die Wahrheit.«

»Und wie hat er reagiert?«

»Er hat behauptet, dass du ihn verprügeln wolltest, als deine Freundin sich bei ihm verschanzt hatte. Mit einem Baseballschläger.«

Obwohl Mara es eher amüsant gemeint hatte, wirkte Paul plötzlich ernst.

»Ja, das wollte ich tatsächlich«, sagte er. »Zum ersten Mal in meinem Leben wollte ich ernsthaft jemanden verletzen.

Weil er mir etwas genommen hatte, das mir zu der Zeit wahnsinnig viel bedeutete.«

»Stimmt es, dass deine Freundin sich bei ihm vor dir versteckt hat?«

Paul nickte mit einem bitteren Seufzen. »Sie hat mir an dem Abend gestanden, dass sie mich schon seit Monaten mit Nerio betrügt und ihn heiraten will. Das kam für mich völlig unerwartet. Ich dachte bis dahin, wir wären glücklich miteinander. Ich für meinen Teil war es jedenfalls.«

Mara begriff, dass zwischen den beiden Männern eine alte Feindschaft schwelte, die nicht so leicht aus der Welt zu schaffen sein würde.

»Warum lebt Casale überhaupt noch hier?«, fragte sie. »Er hat erzählt, dass er wegen Ermittlungsfehlern degradiert wurde. Was hält ihn dann noch in Naunheim?«

»Seine Mutter«, sagte Paul. »Sie wohnt in Edenkoben und ist über neunzig. Aber sie weigert sich, ins Altersheim zu gehen, deshalb muss Nerio sich um sie kümmern. Zumindest fühlt er sich dazu verpflichtet. Wenn du mich fragst, geschieht ihm das gerade recht. Das ist die ausgleichende Gerechtigkeit dafür, dass er für Helena unbedingt den Casanova spielen musste.«

Dennoch tat er Mara auch irgendwie leid. Die Rolle des fürsorglichen Sohns, der seinen Stolz hinter die Liebe zu seiner alten Mutter stellte, rückte ihn noch mal in ein ganz anderes Licht. Hinter Casales schroffer Fassade steckte offenbar eine vielschichtige, warmherzige Persönlichkeit. Wer hätte das bei ihrer ersten Begegnung gedacht?

Leise Tippelschritte näherten sich – Leni war die Treppe heruntergekommen und klammerte sich an Maras Bein.

»Wann können wir mit *Susi und Strolch* anfangen?«, fragte sie.

»Wir sind gleich so weit«, sagte Mara.

»Können wir Kartoffelchips und Schokolade dazu essen?«

Mara machte große Augen. »Sonst wäre es ja wohl kein gemütlicher Abend«, sagte sie.

Während des Films setzte Leni sich demonstrativ zwischen die beiden Erwachsenen – wie eine Aufpasserin. Obwohl Mara sich den Abend anders vorgestellt hatte, nahm sie es mit Humor, und auch Paul akzeptierte den ihm zugewiesenen Platz auf der Couch mit einem Lächeln. Er schaffte es sogar, Leni immer mehr für sich einzunehmen, indem er sich als dusseliger *Susi und Strolch*-Experte ausgab: Er flüsterte ihr ab und zu ins Ohr, was in der nächsten Szene passieren würde – und dann trat das genaue Gegenteil davon ein.

Leni sprang voll darauf an und genoss es, ihn regelmäßig als Trottel zu überführen. Mara war erleichtert, dass die beiden sich so gut verstanden. Besser hätte der Abend seinen Zweck gar nicht erfüllen können.

Nach dem Film brachte Mara Leni ins Bett. Als sie ins Wohnzimmer zurückkam, standen zwei gefüllte Sektgläser auf dem Tisch.

»Ich hoffe, dass die Kühlakkus so lange durchgehalten haben«, sagte Paul.

Sie stießen an und tranken einen Schluck.

»Ich habe noch etwas für dich«, fuhr er fort. »Ein Geschenk. Ich hoffe, es gefällt dir.«

Neben der Sektflasche stand ein kleines, schwarzes Etui,

umwickelt mit einer rosa Schleife. Paul griff danach und überreichte es Mara mit einem Blick, der ihr direkt unter die Haut ging.

»Was ist das?«

Paul zögerte. »Nur eine symbolische Geste«, sagte er. »Ich würde mich freuen, wenn du es annimmst. Das bedeutet mir wirklich viel.«

Ein unsichtbares Band schnürte Maras Brustkorb zusammen. Sollte das etwa ein Antrag werden?

Ist da womöglich ein Verlobungsring drin?

Sie ließ sich mit dem Auspacken besonders viel Zeit, weil sie noch nicht wusste, wie sie darauf reagieren sollte.

»Hör zu, Paul – ich mag dich«, sagte sie. »Sehr sogar, aber ...«

»Mach es schon auf!«, drängte Paul. In seinem Blick lag so viel Zuneigung, dass ihr ganz übel wurde. Ja, sie mochte ihn. Das war die Wahrheit. Aber wie sollte sie jemandem ihr Jawort geben, den sie erst seit wenigen Tagen kannte? Andererseits wollte sie Paul auch nicht vor den Kopf stoßen, wo es doch gerade so gut mit ihnen klappte.

Sie befand sich in einer Zwickmühle!

Langsam zog sie die Schleife ab, atmete durch, öffnete den Deckel. Auf dem kleinen, schwarzen Samtkissen lag ...

... ein Schlüssel?

Pauls Mund verzog sich zu einem spitzbübischen Grinsen. »Du dachtest, da ist ein Ring drin! Gib es zu: Du dachtest, das wird ein Antrag – und du bist froh, dass es keiner war.«

Mara fühlte sich ertappt. »Ich weiß nicht, was ich sagen soll. Es ist nicht so, dass ich nicht mit dir zusammen sein will. Ich brauche nur etwas mehr Zeit, das ist alles.«

Pauls Grinsen verwandelte sich in eine Miene voller Verständnis. »Diese Zeit sollst du auch bekommen«, sagte er. »Ich weiß, dass ich manchmal eine verdammte Klette bin, und ich arbeite an mir. Trotzdem wollte ich dir etwas schenken. Einen Beweis für mein Vertrauen. Etwas mit Symbolcharakter – und da bin ich auf das hier gekommen. Das ist mein Wohnungsschlüssel. Ich möchte, dass du ihn behältst und weißt, dass dir meine Tür immer offen steht. Du kannst kommen, wann du willst. Ich überlasse es dir, wann du ihn das erste Mal benutzt – in einer Woche, in einem Monat oder in einem Jahr, das spielt keine Rolle. Ich bitte dich heute nur, ihn anzunehmen, mehr nicht.«

Seine Worte trafen bei Mara genau ins Herz. Klar war der Schlüssel in gewisser Weise auch eine Form des Klammerns – Paul wollte sie damit an sich binden. Aber er tat das auf so nette, unaufdringliche Weise, dass er gerade dadurch ihre Zuneigung gewann.

Sie gab ihm einen Kuss auf den Mund und ließ es zu, dass er ihre Bluse aufknöpfte. Als er auf dem Sofa Platz nahm, zog er sie hinter sich her, bis sie auf seinen Oberschenkeln saß. Als seine Hände ihr die Bluse von den Schultern streiften, durchfuhr Mara ein wohliger Schauder. Ihr ganzer Körper sehnte sich plötzlich nach ihm.

Es fühlte sich an wie ein inneres Glühen, gegen das sie machtlos war.

KAPITEL 42

Am Sonntagmorgen schlich Paul sich früh aus dem Haus, damit Leni nicht merkte, dass er bei Mara übernachtet hatte. Später wollten sie sich auf ein Eis treffen, die Wettervorhersage prognostizierte für den Nachmittag strahlenden Sonnenschein.

Am Montag stattete Mara Kommissar Casale einen Besuch auf dem Revier ab, sie wollte sich erkundigen, ob die Durchsuchung der Hütten schon etwas ergeben hatte.

Doch Casale schüttelte den Kopf.

»Es gab keine weiteren Fotos, und ob die sichergestellten Fingerabdrücke etwas bringen, ist noch offen«, sagte er. »Wir haben auch ein paar Zigarettenkippen gefunden. Die Speichelproben werden gerade untersucht. Ob sie allerdings von demjenigen stammen, der die Fotos angeschaut hat, ist noch die Frage.«

Er zog die Mundwinkel skeptisch nach unten. Offenbar rechnete er nicht wirklich damit, dass diese Spur sie weiterbringen würde.

»Ich habe am Sonntag mit Edgar Schlier und einigen seiner Erntehelfer gesprochen«, fuhr Casale fort.

»Wer ist das?«

»Der Winzer, dem die umliegenden Weinberge gehören. Weder er noch seine Angestellten haben jemanden gesehen, der sich an den Hütten zu schaffen gemacht hat. Ich denke, es wird eine ganze Weile dauern, bis der unbekannte Dritte identifiziert ist – falls das überhaupt jemals gelingt. Um die Sache zu beschleunigen, habe ich beschlossen, die Lokalzeitung einzuschalten. Morgen wird dazu ein Artikel erscheinen. Vielleicht bringt uns das einen Schritt weiter.«

»Und was macht die Untersuchung meines Kellerskeletts?«, fragte Mara.

»Im Moment nicht viel«, antwortete Casale. »Da es sich um eine sehr alte Leiche handelt, setzt das pathologische Institut andere Prioritäten. Sie werden noch ein bisschen Geduld haben müssen. Ich melde mich, wenn ich etwas erfahre.«

Nachdem sie das Revier verlassen hatte, setzte Mara sich in ein kleines Café am Marktplatz, um bei einer Tasse Cappuccino weitere Überlegungen für ihr Buchprojekt anzustellen. Es war erstaunlich, wie viel potentielles Material sich ihr seit dem Umzug bot – nicht nur der Überfall auf die Familie Albrecht, die Leiche in ihrem Keller sowie die verschwundene Carola Danner, sondern jetzt auch noch die beiden sonderbaren Selbstmorde von Sina Fischer und ihrem Freund Batu Cem.

Aber irgendwie schien die Fülle der Möglichkeiten ihre Gedanken zu bremsen. Anstatt aus dem Vollen zu schöpfen, wusste sie nicht, wo sie anfangen sollte. Obwohl sie schon etliche Notizen zu Papier gebracht hatte, wollte sich einfach kein klarer Ansatz für ihre Geschichte herauskristallisieren.

Andererseits stand sie nicht unter Termindruck. Für ihr Buch gab es keinen festgelegten Abgabetermin, sie besaß ja noch nicht mal einen Vertrag. Warum also sollte sie sich unter Druck setzen?

Als sie beim Bezahlen in ihrer Handtasche nach dem Geldbeutel suchte, fiel ihr Pauls Schlüssel ins Auge. Auf dem Weg zum Auto überlegte sie, ob sie es wagen solle, in seine Wohnung zu gehen, sich nackt in sein Bett zu legen und ihm die Nachricht zukommen zu lassen, dass in seinem Schlafzimmer ein Geschenk auf ihn warte. Tatsächlich fand sie den Gedanken plötzlich wahnsinnig aufregend – sie kam sich beinahe wieder vor wie ein Teenager, offenbar hatte sie sich stärker in Paul verliebt, als ihr das bewusst gewesen war. Jedenfalls tat es unendlich gut, sich nach dem nonnenhaften Leben in der Scheidungsphase nun endlich wieder wie eine vollwertige Frau zu fühlen. Begehrt zu werden. Endlich wieder diesem wundervollen, körperlichen Verlangen nachzugeben, das sie so lange unterdrückt hatte.

Aber irgendwie kam ihr die Idee, sich in Pauls Bett zu schleichen, dann doch ein bisschen zu verwegen vor.

Vielleicht ein andermal, dachte sie.

Am Dienstag rief Paul bei ihr an, als sie gerade nach einer gebrauchten Fotostudioeinrichtung auf eBay recherchierte.

»Hast du den Artikel im *Pfalzboten* gelesen?«, fragte er.

»Ich habe den *Pfalzboten* nicht abonniert.«

»Dann fotografiere ich den Artikel ab und schicke ihn dir per WhatsApp. Augenblick …«

Es dauerte nur eine Minute, bis Mara den Bericht abrufen konnte. *Sina F. – Selbstmord ist nun traurige Gewissheit* lautete die Überschrift. Im Wesentlichen gab der Artikel das wieder, was Kommissar Casale ihr erzählt hatte. Er begann mit Batu

Cems Sturz von der Felswand und den bei ihm gefundenen Abschiedszeilen. Danach berichtete er über Sina, die sich während ihres Selbstmordes hatte fotografieren lassen.

Die Bilder, die diese traurige Realität dokumentieren, wurden in einer Gartenhütte auf dem ehemaligen Sondecker-Grundstück in Naunheim sichergestellt, wo sich zwischen den Weinbergen und dem angrenzenden Wald eine Lichtung befindet. Die Polizei hat Grund zu der Annahme, dass ein unbekannter Dritter – vielleicht der Fotograf selbst – die Bilder dort versteckt hat und sie sich seitdem immer wieder ansieht. Wer in den letzten Monaten beobachten konnte, wie jemand sich Zutritt zu diesen Hütten verschafft hat, wird gebeten, sich an die nächste Polizeidienststelle zu wenden und eine Personenbeschreibung abzugeben.

»Ich bin gespannt, ob jemand darauf reagiert«, sagte Mara, als sie Paul zurückrief.

»Ich auch. Wahrscheinlich wird Nerio jetzt mit Hunderten von unnützen Tipps überschwemmt. Bis er die alle abgearbeitet hat, werden Wochen vergehen!«

Doch Paul sollte sich täuschen. Schon der nächste Tag brachte im Fall Sina Fischer eine entscheidende Wendung.

KAPITEL 43

Der Mittwoch begann als einer der traurigsten Tage in Maras Leben. Sie machte sich schon sehr früh auf den Weg nach Frankfurt, um an Sabines Beerdigung teilzunehmen. Auf der Autobahn kamen ihr immer wieder die Tränen. Noch schlimmer wurde es im Trauergottesdienst. Mehr als einmal hatte sie das Gefühl, nie wieder mit dem Weinen aufhören zu können.

Um die Feierlichkeiten nicht durch ihre persönliche Fehde mit Hannes zu vergiften, nahm Mara mit einem Platz in der letzten Reihe vorlieb. Die meiste Zeit tupfte sie sich mit einem Taschentuch die Augen trocken, während sie sich fragte, wie es überhaupt jemals so weit hatte kommen können.

Warum hatte Sabine sterben müssen?

Auch die floskelartigen Worte des Pfarrers gaben darauf keine befriedigende Antwort: »Gottes Wege sind unergründlich.«

Mara tat sich schwer zu glauben, dass hinter dem Unglücksfall ein tieferer Sinn steckte. Ihre beste Freundin – ermordet. Aus einem Fenster im fünften Stock gestoßen. Konnte das wirklich Gottes Wille gewesen sein?

Auch beim Trauerzug bildete Mara das Schlusslicht, alle anderen Freunde von Sabine zogen es vor, in Hannes' Nähe zu bleiben. Nur am Grab ließ sie es sich nicht nehmen, ebenfalls nach vorne zu treten, eine Blume in das klaffende Loch mit dem Sarg zu werfen und sich im Stillen von Sabine zu verabschieden. Als sie an Hannes vorbeiging und kondolierte, sah er sie nur aus ausdruckslosen, geröteten Augen an. Ob er immer noch sauer oder einfach nur von Trauer zerfressen war, konnte Mara nicht sagen. Jedenfalls nahm sie an dem darauffolgenden Leichenschmaus lieber nicht teil, sondern fuhr wieder zurück nach Naunheim.

Sie bog gerade von der Autobahn ab, als ihr Handy klingelte. Über die Freisprechanlage nahm sie das Gespräch an. Es war Kommissar Casale.

»Es gibt etliche Reaktionen auf den gestrigen Artikel im *Pfalzboten*«, sagte er. »Insbesondere eine davon scheint mir eine wirklich interessante Spur zu sein.«

Die Information machte Mara argwöhnisch. »Warum erzählen Sie mir das?«

»Weil ich mit dem Gedanken spiele, Sie zu diesem Fall hinzuzuziehen. Ich weiß noch nicht genau – das hängt von Ihnen ab.«

Die Nachricht kam unerwartet. »Wie stellen Sie sich das vor? Ich bin keine Polizistin«, sagte Mara.

»Ich würde Sie als Polizeireporterin einbinden. Sie wären überall dabei, würden Ihre Beobachtungen machen und darüber in der Zeitung schreiben.«

»Im *Pfalzboten*?«

»Ja, genau. Der leidet schon seit Jahren unter einer sinkenden Auflage, deshalb hat die Redaktion nichts gegen eine FAZ-Reporterin einzuwenden, das habe ich schon geklärt. Das Honorar hält sich zwar in Grenzen, dafür sind Sie aber bei den Ermittlungen immer ganz vorne mit dabei.«

Das klang verlockend, dennoch witterte Mara einen Haken.

»Was springt dabei für Sie heraus?«, fragte sie.

»Der derzeitige Polizeiberichterstatter ist eng mit unserem Bürgermeister befreundet. Auch mit dem Bürgermeister von Edenkoben. Bei dem kann ich machen, was ich will, der wird nie etwas Positives über mich schreiben.«

»Ich soll Sie also in einem guten Licht dastehen lassen?«

»Das verlange ich gar nicht. Ich will nur, dass Sie neutral sind. Falls ich mich nicht ganz so blöd anstelle, wie unser Bürgermeister es gerne hätte, sage ich natürlich nicht nein, wenn Sie das in Ihren Berichten durchschimmern lassen. Mit etwas Glück kann ich damit meinen Ruf ein bisschen aufpolieren.«

»Und was hält Ihr Chef davon?«

»Gegen positive Presse hat der nichts einzuwenden. Außerdem hofft er, dass Sie nicht mehr ganz so viel Staub aufwirbeln, wenn Sie bei uns mitmachen. Seit Sie in Naunheim sind, haben Sie ziemlich viel Unruhe bei der Polizei verbreitet – das gefällt ihm nicht. Also, was sagen Sie?«

Zum ersten Mal an diesem schrecklichen Tag gelang Mara ein Lächeln. Etwas Besseres als dieses Angebot konnte ihr gar nicht passieren. Sie würde Einblick in all die sonderbaren Kriminalfälle bekommen, die sich im Lauf der letzten Jahre hier ereignet hatten und durch sie wieder aufgerührt worden waren. Auf diese Weise konnte sie ebenso schnell wie fundiert Informationen für ihr Buchprojekt sammeln, auch wenn sie natürlich wusste, dass sie vieles davon würde verfremden müssen, um es verwenden zu dürfen.

»Abgemacht! Dann müssen Sie mir nur noch verraten, wann ich anfangen soll«, sagte sie.

»Am besten jetzt gleich«, antwortete Casale. »Wann können Sie bei mir auf dem Revier sein?«

Zwanzig Minuten später stand Mara bei Kommissar Casale im klaustrophobisch engen Büro der Naunheimer Polizeidienststelle.

»Sie machen es wirklich spannend«, sagte sie. »Warum die Eile?«

»Ich hatte ja angedeutet, dass es eine heiße Spur im Fall Sina Fischer gibt.«

Mara nickte.

»Heute Morgen hat jemand bei mir angerufen. Zuerst dachte ich, das ist wieder irgend so ein Spaziergänger, der oben am Weinberg regelmäßig seine Runden dreht und etwas Verdächtiges gesehen haben will. Aber das war kein Spaziergänger, sondern jemand, der behauptet, dass er weiß, wie die Fotos von Sina Fischer zustande gekommen sind.«

Mara spürte, wie sich ihr Magen zusammenzog. Wenn sich das bewahrheitete, wäre das ein Knüller! Andererseits konnte man am Telefon alles Mögliche behaupten, um sich wichtig zu machen.

»Wer war das?«, fragte sie.

»Der Anrufer wollte sich nicht zu erkennen geben. Nach der Stimme zu urteilen, ein junger Mann. Höchstens zwanzig, schätze ich. Er wollte um halb eins hierherkommen und eine Aussage machen.«

Die große Uhr über der Tür zeigte bereits fünf nach halb eins.

»Hoffentlich hat er es sich nicht noch mal anders überlegt«, murmelte Mara.

Die Nervosität stieg – nicht nur bei ihr, sondern auch bei Kommissar Casale, das spürte sie.

12.40 Uhr …

12.45 Uhr …

Um die Zeit sinnvoll zu überbrücken, vergatterte Casale Mara zur Verschwiegenheit und ließ sie eine entsprechende Erklärung unterschreiben. Bei Missachtung ihrer Pflichten drohte ihr eine drastische Geldstrafe, bei Vorsatz sogar Gefängnis. Man hätte meinen können, die Sicherheit der Nation hinge von ihrer Diskretion ab.

Als alle Formalitäten erledigt waren, ging plötzlich die Tür auf und ein Jugendlicher kam herein, groß und schlaksig, mit zerzaustem, rotem Haar und einem Gesicht voller Sommersprossen. Sein schüchterner Blick wanderte von Casale zu Mara, dann wieder zurück zu dem Polizisten.

»Habe ich mit Ihnen telefoniert?«, fragte er.

Casale hob die Augenbrauen. »Ja. Wie heißt du?«

»Samuel«, sagte der Junge. »Samuel Schwarzhaupt.«

»Wie alt bist du?«

»Fünfzehn.«

»Kommst du aus Naunheim?«

»Aus Maikammer.«

»Haben deine Eltern dich hergefahren?«

Ein Hauch von Bitterkeit schlich sich in Samuels Miene. »Die interessieren sich nicht besonders für mich«, sagte er. »Ich bin mit dem Bus da.«

Casale nickte. »Willst du etwas trinken? So eine Befragung kann manchmal ziemlich lange dauern.«

»Haben Sie Cola?«

»Klar. Nur Papayasaft wäre schwierig geworden.«

Beide lächelten, sie waren auf einer Wellenlänge – gute Voraussetzungen für das bevorstehende Gespräch.

»Wollen wir uns an den Tisch setzen?«, fragte Casale und deutete auf die Sitzgruppe. Nachdem er Samuel ein Glas Cola eingeschenkt hatte, stellte er Mara und sich vor.

Der Junge war aufgeregt, das sah man ihm an. Seine Finger tippten unentwegt auf die Tischplatte, und er kaute nervös auf seiner Unterlippe herum.

»Du hast in der Zeitung also den Artikel über Sina Fischers Selbstmord gelesen?«

Samuel nickte.

»Und du behauptest, du hast alles gesehen?«

»Ja.«

»Warum hast du dich nicht schon vor zwei Jahren gemeldet, als das Ganze passiert ist? Ich meine, warum erst jetzt?«

Der Junge nippte an seiner Cola.

»Ich hatte Angst«, sagte er.

Mara glaubte ihm. Damals war er erst dreizehn gewesen. Selbst heute, zwei Jahre später, stand er offensichtlich noch unter dem Eindruck der damaligen Ereignisse.

»Wovor genau hattest du Angst?«, hakte Casale nach. »Dass die Polizei dir nicht glauben wird?«

Samuel schluckte, er schüttelte den Kopf.

»Nein, ich hatte Angst davor, dass er mich findet, wenn ich zur Polizei gehe«, sagte er. »Dass er mich findet und auch umbringt. So wie Sina.«

Casale tauschte einen raschen Blick mit Mara aus, bevor er sich wieder an Samuel wandte.

»Willst du damit andeuten, dass Sina gar keinen Selbstmord begangen hat?«, fragte er.

Die Lippen des Jungen zitterten, als er antwortete: »Genau deshalb bin ich ja hier. Was in der Zeitung steht, stimmt nicht. *Er* hat sie getötet.«

Ein paar Sekunden lang war es so ruhig in dem kleinen Büro, dass man eine Stecknadel hätte fallen hören können.

»Wir haben Fotos, auf denen zu sehen ist, wie Sina sich einen Strick um den Hals legt«, sagte Casale zögernd. Offenbar haderte er mit sich, wie viele Fakten er dem Jungen zumuten konnte.

»Er hat Sina dazu gezwungen, sich zu erhängen«, raunte Samuel. »Ihr Freund war auch da. Der Täter hatte ihn auf einen Stuhl gefesselt und gedroht, er würde ihn umbringen, wenn sie nicht tut, was er sagt. Zuerst musste sie etwas auf einen Zettel schreiben.«

»Einen Abschiedsbrief?«

»Ja, aber nur einen ganz kurzen. Dann hat er ihr befohlen, sich auf einen Stuhl zu stellen und sich die Schlinge um den Hals zu legen. Er hat gesagt, wenn sie den Stuhl unter ihren Füßen selbst wegstößt, würde er ihren Freund verschonen. Aber sie hat es nicht gekonnt. Sie stand da und zitterte vor Angst am ganzen Körper, aber sie blieb auf dem Stuhl stehen. Also hat er ihn weggeschoben. Ganz langsam, während sie wie wahnsinnig schrie – so lange, bis ihr die Luft wegblieb.«

Samuel zitterte jetzt selbst am ganzen Körper. Während er erzählte, ging sein Atem nur noch stoßweise.

»Ich glaube, es hat ihm Spaß gemacht«, keuchte er. »Ich glaube auch nicht, dass er wirklich vorhatte, Sinas Freund am Leben zu lassen. Er wollte nur mit den beiden spielen. Es hat ihm gefallen, wie Sina sich quält. Als sie dann endlich tot war, hat er Batu eins über den Schädel gezogen und ist mit ihm verschwunden.«

Mara spürte ihren Puls in der Halsschlagader pochen. Was dieser schüchterne Junge da sagte, warf plötzlich ein ganz anderes Licht auf den Fall. Vor allem legte es den Verdacht nahe, dass der Mörder von Sina Fischer und Batu Cem womöglich auch der Mörder von Carola Danner war. Beide Fälle hatten sich innerhalb weniger Jahre in der Region ereignet, und beide Male gab es Fotos von den Opfern. Bedeutete das, dass in diesem paradiesischen Fleckchen Erde ein Serienmörder sein Unwesen trieb?

Mara sah Casale am Gesicht an, dass ihm in diesem Moment derselbe Gedanke durch den Kopf schoss.

»Ich weiß, dass es eine ganze Weile her ist, Samuel«, sagte der Polizist. »Aber was ich dich jetzt frage, ist sehr wichtig für uns: Kannst du den Mann beschreiben, der Sina und Batu getötet hat?«

Samuel schüttelte zögernd den Kopf.

»Oder traust du dir zu, ihn auf einem Foto in unserer Verbrecherdatei zu erkennen?«

Tränen rannen dem Jungen über die Wangen. »Nein, ... das kann ich nicht ... Er hatte eine Maske auf«, stammelte Samuel. »Es war ein Mann, schlank und ziemlich groß. Tut mir leid, aber mehr kann ich nicht sagen.«

Die Hoffnung zerplatzte wie eine Seifenblase. Mara musste sich zusammenreißen, um ihre Enttäuschung zu verbergen. Sie hatte die Verhaftung schon in greifbarer Nähe geglaubt, jetzt schien sie plötzlich wieder Lichtjahre entfernt zu sein.

»Weißt du noch, wo du das Ganze beobachtet hast?«, fragte Casale, dem die Frustration ebenfalls anzumerken war.

Samuel wischte sich mit dem Handrücken die Tränen aus dem Gesicht. »Wenn Sie wollen, kann ich Ihnen die Stelle zeigen«, sagte er mit ausdrucksloser Miene. »Das ist gar nicht weit von hier entfernt.«

KAPITEL 44

Von der Überlandstraße in Richtung Maikammer ging ein schmaler, asphaltierter Weg ab, der durch Weizen- und Rebenfelder zu einer leerstehenden, alten Lagerhalle führte.

»Das ist es«, sagte Samuel mit belegter Stimme.

Es handelte sich um einen schlichten, quaderförmigen Bau mit zerschlagenen Fenstern. Eine Reihe von bunten Graffiti verunstaltete die dachhohe Wellblechverkleidung. Auf einem verwitterten Schild stand der Name Lohfink. Der Zaun, der das Gelände umgab, war an mehreren Stellen kaputt – entweder zerschnitten oder hochgebogen, so dass man darunter durchschlüpfen konnte.

»Das sollte vor einigen Jahren mal ein Vorratslager für Wein werden«, sagte Casale. »Aber der Bauer, dem die Felder gehörten, starb vor der Fertigstellung, und sein Sohn, der das Land erbte, wollte von Weinlagerung nichts wissen. Anfangs ließ er das Gebäude nur aus Respekt vor seinem toten Vater stehen, später, weil ihm der Abriss zu teuer war.«

»Sie sind gut informiert«, sagte Mara.

»Ich lese regelmäßig den *Pfalzboten.*« Casale lächelte. »Das machen viele Leute hier. Deshalb werden Sie mit Ihrer Berichterstattung eine Menge Menschen nachhaltig beeinflussen.«

Sie fuhren zum Gatter. Casale stieg aus, um es zu öffnen, schüttelte aber den Kopf und kam zum Wagen zurück.

»Es ist abgeschlossen«, sagte er. »Wie bist du damals dort reingekommen, Samuel?«

»Von der anderen Seite des Gebäudes«, antwortete der Junge. »Das erreicht man aber nur zu Fuß.«

Auf Casales Bitte hin zeigte er ihnen den Weg. Dabei hielt er zielstrebig auf einen dicht wuchernden Holunderstrauch zu. Dort war der Zaun an einer Stelle völlig eingerissen – jemand hatte den Draht durchgezwickt, so dass man ihn wie eine flexible Tür zur Seite biegen konnte.

»Da vorne gibt es einen Lichtschacht.« Samuel deutete in die entsprechende Richtung. »Dort kann man ganz leicht das Bodengitter wegnehmen und zum Kellerfenster einsteigen. Das hängt nur noch lose in den Angeln – zumindest war das früher so.«

Casale zögerte. »Wir können nicht einfach da reingehen«, sagte er. »Dafür brauchen wir die Einwilligung des Eigentümers oder einen Durchsuchungsbeschluss. Augenblick.«

Er zog sein Handy aus der Tasche und ging ein paar Schritte beiseite, um zu telefonieren.

»Wie bist du überhaupt dazu gekommen, diese Tat zu beobachten?«, fragte Mara den Jungen.

»Ich bin früher oft hierhergekommen«, sagte Samuel. »Mit dem Fahrrad. Das war mein Geheimversteck, wo ich in Ruhe nachdenken konnte. Manchmal waren auch noch Billie und Frankie dabei. Das sind meine Freunde. Aber an diesem Tag nicht. Ich habe Kartoffelchips gegessen und am Handy gezockt, als ich plötzlich Stimmen hörte. Und Schritte. Das war bis dahin noch nie der Fall gewesen. Deshalb habe ich mir vor Schreck fast in die Hose gemacht, vor allem, als die Stimmen direkt an meiner Tür vorbeikamen.

Jemand hat geweint – das war Sina. Und eine andere Stimme hat gezischt, dass sie die Schnauze halten soll. Irgendwann war's dann wieder ruhig. Also habe ich mich auf die Suche gemacht, weil ich wissen wollte, was da los war. Da unten ist es ganz schön gruselig …«

»Da unten?«

»Im Keller. Dort hatte ich mein Versteck. Das war damals ganz nett eingerichtet, mit ein paar alten Kissen vom Sperrmüll und so. War richtig gemütlich. Aber davor sah es dort aus wie nach einem Bombenangriff. Kennen Sie *Dead Warfare*?«

Mara schüttelte den Kopf.

»Das ist ein Handyspiel, das ich damals gezockt habe. Mit Zombies und so. Das hat in meiner Höhle doppelt so viel Spaß gemacht wie zu Hause, weil es so schön schaurig war. Mal sehen, wie es da unten jetzt aussieht. Ich bin seit damals nicht mehr hier gewesen.«

Kommissar Casale steckte sein Handy weg und trat wieder zu ihnen.

»Roman Lohfink kommt und lässt uns rein«, sagte er. »Begeistert war er zwar nicht, aber er ist schon auf dem Weg. In ein paar Minuten wird er hier sein.«

Tatsächlich dauerte es nicht lange, bis ein leuchtend roter Ford Mustang über den Feldweg gefahren kam und neben dem Polizeiwagen parkte, wo Casale, Mara und Samuel warteten. Der Mann, der ausstieg, war etwa vierzig Jahre alt und sehr bemüht, einen lässigen Eindruck zu machen. Er trug ein halboffenes Holzfällerhemd, in dessen Ausschnitt üppiges Brusthaar wucherte, dazu ausgewaschene Jeans und

Bikerstiefel. Um seinen Hals hing ein Lederbändel mit Haifischzahnanhänger. Das schulterlange, schwarze Haar hatte er nach hinten gegelt.

Er begrüßte Casale mit Handschlag, wuschelte Samuel einmal durch den Rotschopf und drückte Mara einen Tick länger als nötig die Hand, während seine Blicke ihre Figur scannten. Es war beinahe wie bei ihrer ersten Begegnung mit Metzger Danner.

»Das ist Frau Flemming, unsere Polizeireporterin«, stellte Casale sie vor.

»Polizeireporterin? Ich wusste gar nicht, dass wir so was haben«, sagte Lohfink mit einem schiefen Grinsen und ließ von Maras Hand ab. »Von mir aus kann's losgehen.«

Er zog einen Schlüssel aus der Hosentasche, öffnete das Schloss am Gatter und versetzte ihm einen kräftigen Stoß. Mit einem gedehnten Quietschen schwang es auf.

»Ich benutze das Lager nur noch ab und zu, um Geräte unterzustellen, die ich eine Zeitlang nicht brauche oder die repariert werden müssen. Deshalb habe ich auch den Zaun drangelassen – sonst würden alle Penner der Region sich hier zum Schlafen versammeln. Aber die, die unbedingt reinwollen, verschaffen sich auch so Zutritt. Sie sehen ja selbst, wie ramponiert der Zaun an manchen Stellen ist.«

Sie erreichten den Eingang der Halle, und Lohfink öffnete die Tür. Nachdem sie einen kleinen Vorraum passiert hatten, tat sich vor ihnen die Lagerhalle auf wie eine riesige Höhle. Obwohl durch die kleinen Außenfenster nur wenig Licht drang, waren die hier abgestellten Nutzfahrzeuge gut zu erkennen. Manche von ihnen hatten mannshohe Räder, ein gewaltiger Bagger reichte beinahe bis unters Dach. Im

Dämmerlicht wirkten die stählernen Monster wie schlafende Dinosaurier.

»Wir müssen in den Keller«, sagte Mara.

»Dann geht's hier lang«, entgegnete Lohfink und führte sie zum Treppenhaus.

Unten war es schummrig, wie in einer Geisterbahn. Selbst als Lohfink das Licht einschaltete, hielt sich die gespenstische Atmosphäre hartnäckig in den weiß gekalkten Gängen.

»Wohin jetzt?«, fragte Casale.

Samuel deutete mit dem Kinn nach rechts und ging beherzt voraus. Im Beisein der Erwachsenen kehrte offenbar sein Mut zurück.

Bei Mara war das genaue Gegenteil der Fall. Je weiter sie in den Keller vordrangen, desto unwohler fühlte sie sich. Am liebsten wäre sie auf der Stelle umgekehrt, aber dann hätte sie Casales Angebot gar nicht erst annehmen dürfen. Nein, sie hatte sich dazu entschlossen, als Polizeireporterin nach Antworten zu suchen – dann musste sie jetzt auch dazu stehen! Ihrem geplanten Roman würde das bestimmt helfen.

»Das war früher mein kleines Reich«, sagte Samuel, als sie an einer Tür mit der Nummer 13 vorbeikamen. »Auch an diesem schrecklichen Tag war ich da drin. Ich habe die Stimmen gehört und die Schritte, und ich habe gewartet, bis es wieder ruhig wurde. Dann bin ich hinterhergeschlichen, um nach dem Rechten zu sehen.«

»Kannst du dich daran erinnern, um wie viel Uhr das war?«

Samuel zuckte mit den Schultern. »Irgendwann in der Nacht. Ich hatte meinen Eltern erzählt, ich würde bei einem

Freund übernachten, aber das war gelogen. Ich wollte nur ein bisschen allein sein – chillen und am Handy spielen.«

Die Selbstverständlichkeit, mit der Samuel das sagte, irritierte Mara. Er war damals erst dreizehn Jahre alt gewesen. Andererseits musste sie zugeben, dass sie ohne Samuels frühreife Eigenständigkeit jetzt nicht in diesem Keller gewesen wären.

»Damals brannte hier kein Licht«, fuhr Samuel fort. »Ich hatte nur mein Handy, um den Gang auszuleuchten. Zuerst war es still wie in einem Grab, aber dann habe ich gehört, wie jemand weinte – ein paar Räume weiter vorne.«

Er setzte sich in Bewegung, und die anderen folgten ihm, bis er wieder stehen blieb.

»Die Stimmen kamen von dort. Das Weinen auch.«

Er deutete mit dem Finger auf die Tür mit der Nummer 17.

»Zuerst habe ich versucht, unter dem Türschlitz durchzuschauen, aber das hat nicht funktioniert. Also bin ich da rein.«

Er zeigte auf die Nummer 16, den Raum davor.

»War die Tür nicht abgeschlossen?«, fragte Mara.

»Doch, aber ich hatte einen Schlüssel.«

»Du hattest *was*?«, brauste Lohfink auf. »Wieso?«

»Oben im Hausmeisterbüro lagen die Schlüssel offen in einer Schublade herum. Da habe ich mir irgendwann den Generalschlüssel genommen. Hier sah es so verlassen aus, da dachte ich, den würde eh niemand vermissen.«

Kommissar Casale drückte die Klinke, aber die Tür ließ sich nicht öffnen. Erst als Lohfink aufschloss, konnten sie eintreten.

Der Raum stand mehr oder minder leer. Nur an der Wand zu Raum 17 befanden sich ein paar alte, teils übereinandergestapelte Möbel.

»Da bin ich raufgeklettert«, sagte Samuel. »Die beiden Räume sind nur durch eine provisorische Wand voneinander abgetrennt. Dort oben ist ein Spalt zwischen der Wand und der Decke, sehen Sie? Da habe ich durchgeschaut und alles beobachtet.«

Unvorstellbar, dass Samuel ein solches Risiko eingegangen war, aber Mara unterließ es, ihn dafür zu rügen. Er war damals ein neugieriger Schuljunge gewesen, der ein Abenteuer witterte. Er hatte schließlich nicht ahnen können, dass er Zeuge eines Mordes werden würde.

Sie gingen eine Tür weiter. Auch die war abgeschlossen.

»Ich möchte, dass Sie die Tür aufschließen und dann mit Samuel wieder nach oben gehen«, sagte Casale zu Lohfink.

Der schüttelte energisch den Kopf.

»Ich habe alles stehen und liegen gelassen, damit ich schnell hier bin«, maulte er. »Bisher weiß ich nur, dass in meinem Lager möglicherweise ein Verbrechen verübt wurde. Da werde ich ja wohl ein Recht darauf haben, zu erfahren, was für ein Verbrechen das war!«

Die pampige Art missfiel Casale – seine Miene ließ daran keinen Zweifel.

»Tun Sie, was ich Ihnen gesagt habe, und zwar sofort«, knurrte er. »Das war keine Bitte!«

Lohfink erwiderte seinen Blick trotzig, knickte dann aber ein und schloss die Tür auf.

»Jetzt nehmen Sie den Jungen und warten Sie oben, bis

meine Kollegin und ich wieder raufkommen«, sagte Casale. »Und kein Wort zu niemandem, verstanden?«

Widerwillig verschwand Lohfink mit Samuel in Richtung der Treppe. Als sie außer Sichtweite waren, wandte Casale sich an Mara.

»Fühlen Sie sich der Sache gewachsen?«, fragte er.

Mara nickte tapfer, obwohl sie sich nicht sicher war. Was würde sie da drin erwarten?

Casale zog zwei Paar dünne, weiße Latexhandschuhe aus der Jackentasche und reichte eines davon Mara.

»Ziehen Sie die über«, sagte er. »Aber versuchen Sie trotzdem, nichts zu berühren, damit der Tatort für die Spurensicherung möglichst unverändert bleibt.«

»Okay.«

Als Mara in die engen Handschuhe schlüpfte, spürte sie, wie ihr Herzschlag sich beschleunigte. Jetzt wurde es ernst!

Vorsichtig öffnete der Kommissar die Tür. Beinahe war Mara erleichtert darüber, dass ihnen kein Verwesungsgestank entgegenschlug. Dennoch stockte ihr der Atem, als sie den Raum betraten.

An der gegenüberliegenden Wand standen einige zerbeulte, graue Blechspinde, rechts ein paar alte Holzschränke – nicht ungewöhnlich für einen Lagerkeller. Aber das Bettgestell auf der linken Seite jagte Mara einen kalten Schauder über den Rücken, vor allem die dreckige Matratze und die an den vier Ecken angeknoteten Schlaufen.

Sie ahnte, was für ein Bett das war.

Ein Stück davon entfernt stand ein kleiner Tisch mit einem Stuhl. Ein zweiter Stuhl lag zur Seite gekippt in der Mitte des Raums, als habe ihn jemand achtlos dorthin geworfen. Doch als Maras Blick zur Decke wanderte, wusste sie, dass das nicht der Fall war. Von dort baumelte nämlich ein Seil mit einer Schlinge herab.

»Damit musste Sina Fischer sich erhängen«, raunte sie fröstelnd.

»Und in diesem Bett da drüben wurde Carola Danner mit ihren verkohlten Händen fotografiert«, sagte Kommissar Casale.

KAPITEL 45

Zurück bei den Autos musste Mara sich erst wieder fangen. Es dauerte ein paar Minuten, bis sie mitbekam, dass Casale mit Lohfink sprach. Er ließ sich von ihm den Schlüssel geben und nahm ihm das Versprechen ab, das Lagergelände vorerst nicht mehr zu betreten.

»Ich werde ein Spurensicherungsteam anfordern«, hörte Mara ihn sagen. »Bis das hier ist, werde ich das Areal versiegeln. Sagen Sie Ihren Leuten, dass vorerst niemand etwas in der Halle verloren hat. Ich gebe Bescheid, wenn wir mit unserer Arbeit fertig sind.«

Was Lohfink erwiderte, verstand Mara nicht – jedenfalls schien er nicht besonders erfreut zu sein. Da ihm aber nichts anderes übrigblieb, willigte er ein, Casales Anweisungen zu befolgen, bevor er mit seinem feuerroten Mustang wieder davonbrauste.

»Frau Flemming? Steigen Sie schon mal mit dem Jungen in den Wagen«, sagte Casale zu Mara. »Ich will nur noch rasch das Sperrband anbringen.« Leiser fügte er hinzu: »Reden Sie ein bisschen mit ihm. Ich glaube, das wird ihm guttun.«

Mara seufzte und setzte sich mit Samuel ins Polizeiauto. Während sie Casale mit einem Auge bei der Arbeit zusah, begann sie mit Samuel ein lockeres Gespräch über die Kindheit und Jugend auf dem Land – sie selbst stammte ja ebenfalls aus der Gegend, was sich als ausgezeichneter Aufhänger erwies. Tatsächlich schien die Unterhaltung Samuel auf andere Gedanken zu bringen.

Bei Mara selbst wirkte das nicht.

Nachdem Casale das komplette Gelände mit Sperrband markiert und per Handy die Spurensicherung in Landau informiert hatte, fuhr er Samuel mit dem Dienstwagen nach Hause. Von Maikammer ging es anschließend nach Naunheim.

Die meiste Zeit der Fahrt schwieg Mara. Grauenhafte Bilder spukten ihr im Kopf herum. Ein Mann mit einer Maske über dem Kopf hatte zwei junge Frauen entführt, sie in einen leerstehenden Lagerkeller verschleppt und sie brutal umgebracht. War derjenige hier aus der Gegend? Das schien mehr als wahrscheinlich, weil er die Örtlichkeiten gut kannte.

»Ich melde mich, wenn es Neuigkeiten gibt«, sagte Casale, als sie vor dem Polizeirevier parkten und ausstiegen.

Mara nickte und fühlte sich dabei, als würde eine riesige, unsichtbare Faust ihren Brustkorb einklemmen.

»Alles in Ordnung?«

»Ja. Es fällt mir nur schwer, die Sache nicht zu nah an mich heranzulassen«, antwortete Mara. »Ich werde meine ersten Eindrücke erst mal sacken lassen und meinen Bericht heute Abend schreiben. Dann liegt er Ihnen morgen früh vor.«

»Sind Sie sicher, dass Sie den Job noch wollen? Ich könnte es verstehen, wenn Sie einen Rückzieher machen. Das war vorhin kein schöner Anblick.«

Mara nickte. Aber ganz so schnell wollte sie die Flinte nicht ins Korn werfen.

»Geben Sie mir ein paar Tage Zeit zum Eingewöhnen«,

bat sie. »Falls ich mich außerstande sehe, den Job zu erledigen, gebe ich Ihnen bis Anfang nächster Woche Bescheid, damit Sie wissen, woran Sie sind.«

Vom Besucherparkplatz des Polizeireviers fuhr Mara zum Kindergarten, wo sie ein paar Minuten früher als üblich eintraf. Leni war gerade mitten in eine Bastelarbeit vertieft und bettelte lauthals darum, sie noch beenden zu dürfen. Obwohl Mara gerne nach Hause wollte, willigte sie ein, weil sie sich freute, dass Leni sich so gut eingelebt hatte.

»Ist mit Ihnen alles okay?«

Beinahe dieselbe Frage hatte Kommissar Casale ihr vor einer halben Stunde gestellt. Jetzt kam sie von der Erzieherin, die neben ihr stand – Mitte dreißig, das blonde Haar zu einem Pferdeschwanz zusammengebunden, mit einem sympathischen Lächeln, das zwei tiefe Grübchen in ihre Wangen zauberte. Mara hatte sie gar nicht bemerkt.

»Ja, danke, es geht schon«, sagte sie.

»Wollen Sie einen Kaffee, während Sie auf Leni warten?«

»Das ist genau das, was mir jetzt fehlt!«

Die Erzieherin – Mara glaubte, sich daran zu erinnern, dass sie Franziska hieß – führte sie in die Küche, wo sie aus einer Thermoskanne Kaffee in eine Biene-Maja-Tasse eingoss und sie Mara reichte.

»Milch und Zucker stehen auf der Theke«, sagte Franziska. »Bedienen Sie sich.«

Sie selbst nahm ebenfalls eine Tasse.

»Wir können uns dort drüben hinsetzen.« Sie deutete auf eine Sitzecke mit Kinderstühlen. »Nicht besonders bequem, aber besser als nichts. Haben Sie etwas dagegen, wenn ich Ihnen Gesellschaft leiste? Ich habe gerade Pause.«

»Nein, im Gegenteil«, sagte Mara, dankbar für die Ablenkung. Ein Gespräch unter Frauen kam ihr gerade recht.

Sie setzten sich, und Mara nippte an ihrer Tasse.

»Ist mit Ihnen wirklich alles in Ordnung?«, fragte Franziska. »Sie sehen ehrlich gesagt ein bisschen blass aus.«

»Ich habe Kopfweh.«

Das war nicht mal gelogen. Seit sie den Lagerkeller verlassen hatte, quälte sie ein dumpfes Pochen hinter den Augäpfeln.

»Wollen Sie ein Aspirin?«

Mara nickte und murmelte einen Dank. Als Franziska ihr die Tablette gab, nahm sie sie mit einem Schluck Kaffee ein.

»Wollen Sie darüber reden?«, fragte Franziska, die hinter dem Kopfweh offenbar eine Geschichte ahnte.

Mara verspürte tatsächlich das dringende Bedürfnis, sich darüber zu unterhalten, was heute geschehen war. Allerdings würde sie damit ganz sicher gegen Kommissar Casales Auflagen verstoßen – ein Dilemma.

»Im Moment ist alles ein bisschen viel«, sagte sie. »Ich glaube, der Umzug steckt mir noch in den Knochen.«

»Leni hat erzählt, dass Sie hier ein Haus gekauft haben.«

»Ja, oben am Weinberg. Die Naunheimer nennen es wohl das Sondecker-Haus.«

Franziskas Augenbrauen gingen nach oben. Ihre Miene wurde auffallend ernst.

»Da ist vor ein paar Jahren eine Klavierschülerin von mir verschwunden«, sagte sie.

»Carola Danner?«

»Sie wissen das also schon.«

»Ich habe einiges darüber gehört«, sagte Mara. »Kannten Sie Carola gut?«

Franziska nippte an ihrer Tasse. »Ich denke schon«, sagte sie. »Ich glaube, ich war für sie eine Art Muttersatz, weil sie nur noch ihren Vater hatte – ein schrecklicher Mann. Der hiesige Metzger. Mit dem hatte sie dauernd Streit, auch kurz vor ihrem Verschwinden.«

»Ich habe Herrn Danner schon kennengelernt. Er ist tatsächlich ziemlich sonderbar. Aber ich hatte den Eindruck, dass er seine Tochter liebte.«

»So sehr, dass er sie regelmäßig geschlagen hat?« Wieder nippte Franziska an ihrem Kaffee. »Carola hat nie ein Wort darüber verloren, aber sie kam mehr als einmal mit blauen Flecken zum Klavierunterricht. An dem Tag, als sie verschwand, muss es besonders schlimm gewesen sein. Da hat sie sogar den Anwalt aufgesucht.«

»Paul Brunner?«

»Ja, genau. Das hat mir die Bäckerin erzählt. Die wohnt gegenüber von seinem Büro.«

Pauls Kontakt mit Carola kurz vor deren Verschwinden beschäftigte Mara so sehr, dass sie Franziska bat, Leni noch eine halbe Stunde länger im Kindergarten lassen zu dürfen. Leni machte das nichts aus, denn sie war immer noch so vertieft in ihre Bastelei, dass sie gar nicht damit aufhören wollte.

Die Bäckerei lag nur wenige Straßen weiter. Mara ging zu Fuß dorthin, um den Kopf ein bisschen freizubekommen. Im Grunde war es natürlich nicht schlimm, dass Carola und Paul sich gekannt hatten – sie war immerhin seine Mandantin gewesen.

Aber warum hatte Paul das nicht erzählt?

Glücklicherweise war die Bäckerei leer, als Mara eintrat.

»Frau Flemming! Was kann ich für Sie tun?«, flötete Frau Tritschler.

Mara kaufte seit dem Umzug fast täglich hier ein und war der Bäckerin mittlerweile bekannt.

»Wieder Brötchen fürs Abendessen?«

»Ja, bitte«, sagte Mara und gab ihre Bestellung auf. »Außerdem wollte ich Sie noch etwas fragen. Stimmt es eigentlich, dass Carola Danner kurz vor ihrem Verschwinden Herrn Brunner in seinem Büro konsultiert hat? Können Sie mir sagen, worum es dabei ging? Ganz im Vertrauen natürlich.«

Irgendwie kam sie sich schäbig vor, Paul hinterherzuspionieren, aber was blieb ihr anderes übrig, wenn er ihr gegenüber nicht offen war?

Frau Tritschler packte die Brötchen in eine Papiertüte und legte sie auf die Ladentheke.

»So genau konnte ich das Gespräch gar nicht hören«, sagte sie verlegen. Offenbar war es ihr unangenehm, darauf angesprochen zu werden.

»Ein bisschen was werden Sie doch bestimmt mitbekommen haben, oder?«

»Vielleicht das eine oder andere. Aber das ist ja schon so lange her!«

»Warum erzählen Sie mir nicht einfach, woran Sie sich spontan erinnern? Die Sache interessiert mich sehr. Selbstverständlich bleibt alles, was Sie mir sagen, unter uns.«

Die Bäckerin zögerte noch kurz, ließ ihre Bedenken dann aber fallen. »Ich weiß noch, dass es damals ziemlich laut in Herrn Brunners Büro herging. Eigentlich ist das sogar noch untertrieben. Die beiden haben sich regelrecht angeschrien. Wenn Sie mich fragen, war das ein ausgewachsener Streit. Das war davor nie der Fall.«

»Carola hat Herrn Brunner also mehrmals in seinem Büro aufgesucht?«

»Gewiss!« Frau Tritschler nickte in ihrer gluckenhaften Art. »Ich habe das Mädchen mindestens drei- oder viermal bei ihm gesehen – und wer weiß, wie oft ich es gar nicht mitbekommen habe. Um die Wahrheit zu sagen: Es würde mich nicht wundern, wenn es bei ihren Terminen um mehr ging als um eine reine Rechtsberatung – wenn Sie verstehen, was ich meine.«

Das kam unerwartet.

»Ich bin mir ... nicht sicher ...«, stammelte Mara wie vor den Kopf gestoßen.

Die Bäckerin senkte verschwörerisch die Stimme und machte große Augen. »Ich will damit sagen, dass Carola Danner trotz ihrer jungen Jahre nichts anbrennen ließ«, raunte sie. »Die ist schon mit dreizehn hinter der Turnhalle beim Rummachen mit einem Klassenkameraden erwischt worden. Später hatte sie eine Zeitlang mehrere Freunde gleichzeitig. War ein richtiges Flittchen, die Kleine. Fiel jedem um den Hals, der ihr ein Eis oder etwas zu trinken spendierte, nicht nur bei ihren Klassenkameraden, sondern auch bei Männern, die viel älter waren als sie. Frau Jelinek kann das bezeugen, das ist die Gärtnerin im Ort. Die hat Carola auch am Tag ihres Verschwindens mit einem Mann herumspazieren sehen. Würde mich nicht wundern, wenn der etwas damit zu tun hat. Aber die Polizei konnte den Kerl damals nirgends finden.«

Mara nickte und versuchte dabei, sich ihre Verunsicherung nicht anmerken zu lassen. Hatte Paul tatsächlich ein Verhältnis mit Carola Danner gehabt?

Sie bedankte sich für die Auskunft und ging zum Kindergarten zurück, um Leni abzuholen. Je mehr Informationen sie über die einzelnen Fälle zusammentrug, desto verwirrender wurde alles.

KAPITEL 46

Den Rest des Nachmittags grübelte Mara ohne Unterlass. Obwohl Leni wie ein Wasserfall plapperte und überschwänglich von ihrem Klebebild im Kindergarten erzählte, schaffte Mara es nicht, sich darauf zu konzentrieren, geschweige denn, die Freude ihrer Tochter zu teilen.

Was hatte Paul mit Carola Danner zu tun?

Die Frage hallte wie ein Echo durch ihren Kopf. Der Gedanke, dass ihr neuer Freund eine Affäre mit einer Minderjährigen gehabt hatte, befremdete sie, noch dazu mit einer, die in dieser Zeit ermordet worden war.

Konnte das tatsächlich sein?

Vielleicht hat Frau Tritschler sich geirrt! Nur weil sie Carola ein paarmal in Pauls Büro gesehen hat, muss das nichts bedeuten.

Aber warum hatten die beiden sich dann bei ihrem letzten Treffen gestritten? In einem Mandantengespräch *diskutierte* man, bei Meinungsverschiedenheiten vielleicht sogar hitzig. Aber so laut, dass man sich anschrie?

Irgendwie gelang es Mara nicht, die nagenden Zweifel abzuschütteln. Um die Wahrheit zu erfahren, musste sie Paul zur Rede stellen, daran führte kein Weg vorbei. Aber als er wenig später anrief und fragte, ob er am Abend vorbeikommen solle, gab sie vor, unter Übelkeit zu leiden.

Sie musste erst eine Nacht darüber schlafen.

Am Donnerstagmorgen telefonierte sie mit Kommissar Casale.

»Haben Sie schon etwas zu lesen für mich?«, fragte der Polizist.

Im ersten Moment begriff Mara gar nicht, was er meinte. Dann ging ihr auf, dass er von ihrem Textentwurf für den *Pfalzboten* sprach.

»Nein, ich hatte gestern keinen Kopf dafür«, sagte sie. »Tut mir leid. Normalerweise ist Pünktlichkeit meine Stärke.«

»Sei's drum. Die Tatortbesichtigung im Lohfink-Keller war wirklich heftig, sogar für mich. Die Spurensicherung hat dort übrigens noch am Abend die Arbeit aufgenommen. Ich selbst war auch noch mal dort. Den ersten Untersuchungen zufolge ist der Keller schon lange nicht mehr betreten worden – vermutlich seit Sina Fischers Tod.«

Also seit etwa zwei Jahren, dachte Mara.

»Gibt es schon Hinweise auf den Täter?«, fragte sie.

»Bis jetzt nicht. Wir haben zwar jede Menge Fingerabdrücke und Haarproben gefunden, aber ob sie von dem Täter oder von einem der Opfer stammen, wird sich erst noch herausstellen. Fest steht allerdings, dass nicht nur Carola Danner, Sina Fischer und Batu Cem dort gefangen gehalten wurden. In einer Schublade hat die Spurensicherung weitere Fotos von mindestens drei anderen Opfern entdeckt. Eine Frau, Mitte dreißig, und zwei Männer. Der eine ist um die zwanzig, der andere etwa siebzig. Weder ich noch meine Kollegen kennen jemanden davon, und es gab in den letzten Jahren auch keine dazu passenden Vermisstenmeldungen in der Region. Deshalb gehe ich davon davon aus, dass die drei neuentdeckten Opfer nicht aus der Gegend stammen.

Wie auch immer – ich habe jedenfalls eine bundesweite, polizeiliche Suchanfrage gestartet. Mal sehen, ob uns das weiterbringt. Aber eins steht schon jetzt fest: Wir haben es mit einem Serientäter der übelsten Sorte zu tun. Der Kerl schreckt vor nichts zurück. Vor *gar nichts.*«

Ein eisiger Schauder lief Mara über den Rücken. Unwillkürlich tauchten die Fotos von Sina Fischer und Carola Danner vor ihrem geistigen Auge auf. Jetzt gab es sogar noch drei weitere Opfer. Wie viele mochten es in Wirklichkeit gewesen sein?

Vor allem eine Frage ließ ihr keine Ruhe: »Wurden in Lohfinks Lagerkeller auch Bilder von Carola gefunden?«

»Ja, ein paar.«

»Kann man darauf sehen, wie sie gestorben ist? Ich meine, kann man erkennen, ob sie erst nach Eintritt des Todes verstümmelt wurde?«

Es trat eine unheilvolle Pause ein.

»Wir sollten das nicht am Telefon besprechen«, brummte Casale.

»Das ist keine Antwort«, erwiderte Mara. »Wenn Sie es wissen, dann sagen Sie es mir!«

Sie hörte ein Seufzen am anderen Apparat. »Die Verstümmelungen wurden ihr leider nicht post mortem beigebracht, sondern bei vollem Bewusstsein«, sagte Casale schließlich. »Der Mörder hat sie ans Bett gefesselt, einen Bunsenbrenner angesteckt und ihr damit die Hände verbrannt – so lange, bis sie ohnmächtig wurde. Dann hat er sie erwürgt.«

Maras Herz schlug plötzlich so heftig, dass sie befürchtete, ihr Brustkorb würde zerbersten.

»Kann man den Täter auf einem der Bilder erkennen?«

»Nein. Er hatte immer eine Maske über das Gesicht gezogen, außerdem trug er Handschuhe. Offen gestanden, habe ich wenig Hoffnung, dass die Spurensuche irgendetwas zutage fördert, womit wir ihn identifizieren können. Das Einzige, das wir mit Sicherheit über ihn wissen, ist, dass er etwa einsachtzig groß und schlank ist, und dass er braune Augen hat. Wenn wir berücksichtigen, dass er nicht zwangsläufig aus der Gegend kommen muss, gibt es allein in Deutschland rund zehn Millionen Verdächtige.«

KAPITEL 47

Anschließend telefonierte Mara mit Babsi, um sich auf andere Gedanken zu bringen.

»Hast du die Beerdigung gut überstanden?«, wollte die Freundin wissen.

»Ja, aber es war verdammt traurig«, antwortete Mara. »Ich habe die meiste Zeit geheult.«

Auch jetzt kamen ihr beinahe wieder die Tränen.

»Ich wäre wirklich gerne gekommen, um dich zu unterstützen, Süße«, sagte Babsi. »Aber ich hatte eine solche Migräne, dass ich den ganzen Tag im Bett verbringen musste. Wie lief es mit Hannes?«

»Ich bin ihm so gut wie möglich aus dem Weg gegangen. Beim Kondolieren hat er mir richtig leidgetan. Er war nur noch ein Schatten seiner selbst ... Geht es dir heute wieder besser?«

»Die Migräne ist wie weggeblasen. Ich glaube, es liegt am Wetter - mal Sonne, mal Regen. Der ständige Wechsel macht mir zu schaffen. Warte mal einen Augenblick ...«

Mara hörte, wie ihre Freundin mit jemandem sprach, aber ihre Stimme klang wie gefiltert. Wahrscheinlich hielt sie den Hörer mit der Hand zu.

»So, jetzt bin ich wieder da«, sagte Babsi schließlich. »Was macht dein Umzug? Hast du wieder Zeit zum Arbeiten? Ich hätte da ein paar Bücher zum Rezensieren.«

Da Mara nicht mehr in Frankfurt wohnte, hatte sie sich mit Babsi darauf verständigt, Themen zu bearbeiten, bei denen die Entfernung keine Rolle spielte.

»Schick mir die Bücher einfach mit der Post, dann maile ich dir meine Rezensionen zu«, sagte sie.

Außerdem gab es da noch etwas, das sie mit Babsi klären wollte – der eigentliche Grund für ihren Anruf.

»Hör mal, weil wir gerade von der Arbeit sprechen ... Du weißt doch, dass ich einen Roman schreiben will«, begann sie. »Naunheim hat sich in dieser Hinsicht als ergiebige Quelle erwiesen. Im Lauf der letzten Jahre wurden hier zwei Frauen ermordet, und durch irgendeine sonderbare Fügung stehen beide Fälle in Verbindung mit meinem neuen Zuhause. Eine der Frauen wurde nur ein paar Meter vor meinem Haus gekidnappt. Von der anderen Frau habe ich Fotos in einem Schuppen auf meinem Grundstück gefunden – mit einem Strick um den Hals. Sie beging keinen Suizid, sondern wurde dazu gezwungen, sich zu erhängen. Gestern hat die Polizei den Tatort untersucht – einen alten Lagerkeller ganz in der Nähe – und dabei festgestellt, dass es noch mindestens drei weitere Opfer gibt. Worauf ich hinauswill, ist Folgendes: Die Naunheimer Polizei hat mich gefragt, ob ich bereit wäre, für sie als Berichterstatterin zu arbeiten – nur ab und zu ein paar Seiten für das hiesige Regionalblatt. Dafür werde ich eng in alle Ermittlungen eingebunden. Spricht aus deiner Sicht etwas dagegen?«

»Für welche Zeitung sollst du schreiben?«

»Für den *Pfalzboten.*«

»Dann sehe ich da keine Probleme.«

Ein Stein der Erleichterung fiel Mara vom Herzen, weil

sie Casale ja längst zugesagt hatte, ohne das Einverständnis ihres Arbeitgebers eingeholt zu haben. Jetzt musste sie nur noch beweisen, dass sie ihrer neuen Aufgabe auch tatsächlich gewachsen war. Sie bedankte sich bei Babsi und versprach ihr noch einmal, die Bücher, die sie ihr zuschicken wollte, so bald wie möglich zu lesen.

Ihr nächster Anruf galt dem Chefredakteur des *Pfalzboten*, Eduard Hollert. Casale hatte ihr die Nummer gegeben, und sie führten ein nettes Gespräch. Hollert wirkte zwar ein bisschen zerstreut, zeigte sich aber sehr froh über die künftige Zusammenarbeit.

»Ich hoffe nur, dass die Bezahlung für Sie in Ordnung geht«, sagte er und nannte ihr seine Konditionen. Die lagen zwar weit unter dem, was Mara in Frankfurt verdient hatte, aber in diesem Fall war das Geld zweitrangig. Ihr ging es vornehmlich darum, Einblicke in die polizeilichen Ermittlungsarbeiten zu bekommen. Also willigte sie ohne zu zögern ein.

»Sehr gut, dann lasse ich Ihnen zwei Verträge zukommen«, sagte Hollert. »Wenn Sie mir einen davon in den nächsten Tagen unterschrieben zurückschicken, sind alle Formalitäten erledigt.«

Nachdem beide Telefonate erfreulich gut verlaufen waren, setzte Mara sich mit neuem Elan an den Schreibtisch in ihrer Hausbibliothek. Zuerst machte sie sich ein paar Notizen auf Schmierpapier, anschließend begann sie mit einem ersten Entwurf für ihren Polizeireport. Aber obwohl sie bis in die Fingerspitzen motiviert war und vor Kreativität nur so sprühte, tat sie sich unerwartet schwer. Bei einem normalen Zeitungsartikel lief das Schreiben bei ihr beinahe wie von allein, aber Polizeiberichterstattung war etwas ganz anderes. Ihr fehlte die Routine. Mara musste sich im Internet erst einige Beispiele anschauen, um ein Gespür für den richtigen Ton zu entwickeln. Danach klappte es nach ein paar Anlaufschwierigkeiten recht gut. Gegen elf Uhr war sie mit ihrem Artikel zufrieden und mailte ihn zur Freigabe an Kommissar Casale.

Was jetzt?

Während sie sich einen Kaffee aufbrühte, kam ihr unweigerlich das gestrige Gespräch mit der Bäckerin wieder in den Sinn – und damit die Frage, was Paul ihr verheimlichte. Wie nahe hatte er Carola Danner wirklich gestanden?

Und hatte er auch Sina Fischer gekannt?

Mara wusste nicht mehr, was sie glauben sollte.

Beim Kaffeetrinken auf der Terrasse erinnerte sie sich daran, dass Frau Tritschler noch eine weitere Zeugin ins Spiel gebracht hatte: die Gärtnerin. Wie war noch mal ihr Name gewesen?

Mara suchte im Internet danach und wurde rasch fündig: Sibylle Jelinek – Floristik und Grabpflege. Kurzerhand beschloss Mara, ihr einen Besuch abzustatten. Das würde sie zumindest davon abhalten, weiter über Pauls Verhältnis zu Carola Danner nachzugrübeln.

Um kurz vor zwölf Uhr parkte Mara ihren Škoda vor dem Blumengeschäft neben dem Friedhof. Beim Betreten des Ladens bimmelte die Türklingel, doch der Raum war leer. Seitlich der Ladentheke führte eine offene Tür zum Hinterhof. Dort stand ein Lieferwagen mit Frau Jelineks Internetadresse. An der Hauswand lehnten ein paar mannshohe

Thujen, die Wurzelstöcke mit nassen Leinensäcken umwickelt.

»Suchen Sie mich? Ich bin hier!«

Die Stimme kam aus dem Gewächshaus, das an den Hinterhof anschloss. Als Mara hineinging, stand sie einer Mittsechzigerin gegenüber, die modisch offenbar in der Hippiezeit stehengeblieben war: Zu ihren ausgewaschenen Bluejeans trug sie einen grellbunten Strickpullover, ihre Füße steckten in Gummistiefeln mit Prilblumenmuster. Das aschgraue Haar hatte sie nach hinten zu einem losen Dutt zusammengebunden. Sie war gerade dabei, Blumen einzupflanzen, hörte aber damit auf, als Mara näher kam.

»Was kann ich für Sie tun?«

»Ich bin hier, weil ich ein paar Nachforschungen zum Fall Carola Danner anstelle.«

»Sind Sie von der Polizei?«

Mara schüttelte den Kopf. »Ich bin Reporterin und vor zwei Wochen nach Naunheim gezogen. In das alte Weingut, oben am Berg.«

»Das Sondecker-Haus?«

»Ja, genau. Es hat nicht lange gedauert, bis mir jemand erzählte, dass dort, ganz in der Nähe, vor ein paar Jahren dieses Mädchen verschwunden ist. Deshalb habe ich begonnen, mich ein bisschen umzuhören. Von der Backerin weiß ich, dass Carola trotz ihrer jungen Jahre immer wieder mit verschiedenen Jungs zusammen gewesen sein soll.«

Frau Jelinek hob die Augenbrauen. »Nicht nur mit den Jungs aus der Schule«, sagte sie. »Carola hat auch ganz gerne mal erwachsenen Männern schöne Augen gemacht.«

»Das hat Frau Tritschler auch erzählt.«

Die Gärtnerin nickte. »Das kleine Luder hatte es faustdick hinter den Ohren. Sogar mit dem Apotheker soll sie mal was gehabt haben – der ist fast so alt wie ich. Nachdem sie verschwunden war, ging eine Zeitlang das Gerücht um, dass sie nach Mannheim oder Karlsruhe ausgebüchst sei, um sich ... na ja, Sie wissen schon ... um sich zu verkaufen. Würde mich nicht wundern, wenn das stimmt. Zu ihrer triebhaften Veranlagung würde es jedenfalls passen.«

Das war ein völlig anderes Bild als das, was Metzger Danner von seiner Tochter gezeichnet hatte. Aber sahen Eltern ihre Kinder nicht grundsätzlich in einem viel besseren Licht, als es der Wahrheit entsprach? Wenn zwei neutrale Personen – Frau Tritschler und Frau Jelinek – unabhängig voneinander dieselbe Geschichte erzählten, neigte Mara jedenfalls dazu, deren Darstellung zu glauben – nicht die verklärte Version eines Vaters, der seine Tochter verloren hatte.

»Frau Tritschler sagte mir, dass Sie Carola am Tag ihres Verschwindens mit einem Mann gesehen haben. Können Sie mir dazu etwas mehr erzählen?«, bat Mara.

Die Gärtnerin schob den Blumentopf vor sich beiseite und lehnte sich gegen die Arbeitsplatte.

»Viel zu erzählen gibt es da gar nicht«, sagte sie. »Das war am Nachmittag. Ich habe oben am Berg nach Setzlingen gesucht, da sah ich auf einmal das Mädchen, ein Stück oberhalb Ihres Hauses, mutterseelenallein, auf dem Wanderweg, der an der Straße entlangführt.«

»Haben Sie sie angesprochen?«

»Nein. Ich kannte Carola ja kaum. Außerdem konnte ich nicht ahnen, dass sie kurz darauf verschwinden würde.«

»Was geschah dann?«

»Ein Mann kam ihr von oben entgegen. Durch die Bäume konnte ich ihn nicht gut erkennen, ich stand ja im Wald. Aber die beiden wechselten ein paar Worte. Keine Ahnung, was sie gesagt haben – das war zu weit weg, aber ich habe gesehen, wie sie dann händchenhaltend zusammen weitergingen, bergauf, in Richtung der Parkbucht.«

»Sie meinen, Carola ist einem fremden Mann begegnet und hat sofort mit ihm angebandelt?«

»Ob er ein Fremder war, oder ob sie sich schon kannten, weiß ich nicht«, antwortete die Gärtnerin. »Ich konnte ihn nicht gut sehen, deshalb kann ich Ihnen auch nicht sagen, ob er von hier war oder nicht.«

Ein kalter Schauder überkam Mara, als ihr klarwurde, dass nicht Ulrike Kemmler die Letzte war, die Carola Danner lebend gesehen hatte, sondern Frau Jelinek.

»Haben Sie darüber mit der Polizei gesprochen?«, fragte Mara.

»Natürlich. Ich habe bei Kommissar Casale alles zu Protokoll gegeben, was ich weiß. Auch, dass ich kurz darauf etwas gehört habe. Damals hielt ich es für ein Lachen, aber im Nachhinein war es wohl eher ein Schrei.«

Der Moment, als der Täter über Carola hergefallen ist und sie in sein Auto gezerrt hat!

»Und es gibt nichts, das Ihnen an Carolas Begleiter aufgefallen ist? Nicht den kleinsten Hinweis?«

Ein bitteres Lächeln legte sich auf das Gesicht der Gärtnerin.

»Was glauben Sie, wie oft ich mir diese Frage schon gestellt habe? Seit vier Jahren werfe ich mir vor, dass ich nicht besser darauf geachtet habe. Aber das Einzige, woran ich mich erinnern kann – und auch das habe ich damals der Polizei erzählt – ist, dass der Mann einen karierten Pullunder trug.«

KAPITEL 48

Es fühlte sich an, als würde sich der Boden unter Maras Füßen bewegen, auch als sie das Gewächshaus längst wieder verlassen hatte. Mit unsicheren Schritten fand sie endlich zu ihrem Auto. Als sie die Hände ans Lenkrad legte, zitterten ihre Finger wie bei einem Alkoholiker auf Entzug.

Ein karierter Pullunder.

Das kann doch nur Paul gewesen sein!

Obwohl alles in ihr sich gegen diesen Verdacht wehrte, raunte ihr ein unsichtbarer Dämon ins Ohr, dass es so gewesen sein musste. Eine Mischung aus Übelkeit und Schwindel stieg in ihr auf.

Natürlich war ein Kleidungsstück kein richtiger Beweis – sonst hätte die Polizei Paul längst verhaftet, denn seine Vorliebe für Pullunder war bestimmt im ganzen Ort bekannt. Insofern blieb ein Funken Hoffnung, dass das Ganze nur ein schreckliches Missverständnis war. Dennoch fehlte Mara im Moment der rechte Glaube daran.

Wäre Carola tatsächlich mit einem Wildfremden mitgegangen? Händchenhaltend? Unmittelbar nachdem sie ihn kennengelernt hat?

Gewiss mochte es solche Mädchen geben, aber Mara hielt es für wesentlich wahrscheinlicher, dass Carola den Mann bereits gekannt hatte.

Was sie wiederum zu Paul zurückführte. Wie sie die Sache

auch drehte und wendete – im Moment konnte sie ihm gegenüber nur noch Misstrauen empfinden.

Die zitternden Hände immer noch am Lenkrad des parkenden Wagens, zwang Mara sich zum Durchatmen. Sie musste unbedingt wieder einen klaren Kopf bekommen, aber die düsteren Gedanken wollten sich einfach nicht vertreiben lassen.

Sie versuchte es mit Vernunft. Was sprach dafür, dass Paul *nicht* der Täter war?

Dass es unzählige Männer gab, die gerne karierte Pullunder trugen!

Andererseits: Selbst in Frankfurt hatte Mara nur eine Handvoll davon gesehen. Wie viele mochten es dann in Naunheim sein? Die Antwort lag auf der Hand.

War es tatsächlich denkbar, dass dieser so bieder wirkende Rechtsanwalt in Wahrheit ein mehrfacher Mörder war?

Eine Szene drängte sich in Maras Gedächtnis, als Paul sie sonntags besucht hatte, um ihr nach dem Umzug zur Hand zu gehen. Auf ihre Frage, wie er seinen Kaffee trank, hatte er geantwortet: »Schwarz wie meine Seele.«

Damals hatte sie diesem abgedroschenen Spruch keine besondere Bedeutung beigemessen. Nun stellte sie sich jedoch die Frage, ob sich dahinter vielleicht ein versteckter Hinweis verbarg.

Wie war das Gespräch weitergegangen? Sie erinnerte sich noch sehr genau an Pauls Worte: »Nach außen hin wirke ich meistens freundlich, aber tief in mir schlummert eine wilde, unberechenbare Bestie.«

Je genauer sie darüber nachdachte, desto mehr kam es

ihr jetzt vor, dass Paul ihr damals die Wahrheit über sich erzählt hatte. Absichtlich, weil er mit ihr spielen wollte.

Und ich dumme Kuh habe es nicht mal gemerkt!

Auch seine ausgeprägte Hilfsbereitschaft kam ihr aus heutiger Sicht verdächtig vor. Er hatte sich ihr regelrecht aufgedrängt. Was hatte er vor? Sollte Mara sein nächstes Opfer werden? Oder hatte er es womöglich auf Leni abgesehen?

Wie einfühlsam er sich bei *Susi und Strolch* gegeben hatte! War das alles nur Schauspiel gewesen? Am liebsten hätte Mara drauflosgeheult.

Dass sie sich so in ihm hatte täuschen können! Aber wenn sie ehrlich zu sich war, musste sie zugeben, dass ihr Instinkt – so gut er im Job funktionierte – in ihrem Privatleben kaum zu gebrauchen war. Vor allem nicht in Bezug auf Männer. Weder bei Thorsten noch bei Paul.

Zuerst gerate ich an eine unromantische Niete, dann an einen Serienmörder.

Die traurige Bilanz ihres Liebeslebens.

Verbitterung kroch ihr wie lähmendes Gift in die Knochen. Als sie den Motor startete, um nach Hause zu fahren, kam sie sich vor, als sei sie gar nicht sie selbst. Als habe eine fremde Macht von ihr Besitz ergriffen, die nur noch ihre äußere Hülle steuerte. So ähnlich musste es sich anfühlen, wenn man unter Schock stand.

Auf der Serpentinenstraße nach Maikammer, die hinauf zu ihrem Haus führte, zuckte sie zusammen, weil jemand hinter ihr hupte.

Jaja, ist ja schon gut!

Ihr Blick fiel auf den Tacho. 30 km/h – das war natürlich

zu wenig. Also drückte Mara aufs Gas – sogar so sehr, dass in der nächsten Kurve die Reifen quietschten. Sofort drosselte sie die Geschwindigkeit wieder.

Sie sah ein, dass sie nicht in der Verfassung zum Autofahren war. Alles, was sie wollte, war, unbeschadet nach Hause zu kommen und eine heiße Tasse Kaffee zu trinken. Dabei würde sie sich in Ruhe ihre nächsten Schritte überlegen.

Als sie von der Bergstraße auf den geschotterten Parkplatz einbog, stand dort ein schwarzer BMW, links am Waldrand, nicht weit vom Haus, aber Mara achtete nicht weiter darauf. Immer wieder gab es Spaziergänger, die von hier aus den Pfad zum Ramberger Forst einschlugen – denselben Weg, den auch Carola Danner genommen hatte. Manche wollten auch oberhalb der Weinberge entlanggehen. Dieser Parkplatz bot sich für Wanderer an, weil er günstig gelegen war und nirgends ein Zufahrt-verboten-Schild stand.

Doch als Mara ihren Škoda am Garten neben dem Haus abstellte und ausstieg, fiel ihr plötzlich ein, woher sie den schwarzen BMW kannte. Im selben Moment sah sie jemanden vor ihrer Eingangstür stehen – einen Mann im karierten Pullunder, der ihr lächelnd zuwinkte und einen großen Blumenstrauß in der Hand hielt: Paul.

KAPITEL 49

Mara blieb wie erstarrt stehen. Alles in ihr drängte danach, zu ihrem Auto zurückzurennen und wegzufahren, aber dafür war es bereits zu spät. Sie würde Paul nur misstrauisch machen. Also versuchte sie, die Nerven zu bewahren und sich nichts anmerken zu lassen.

Sie ging weiter, hob die Hand und winkte ihm zu. Gleichzeitig zwang sie sich zu einem Lächeln, als würde sie sich über seinen Besuch freuen. Sie konnte nur hoffen, dass das Schauspiel echt wirkte.

Versuch, dich daran zu erinnern, wie glücklich du warst, bevor du ihn verdächtigt hast. Das kann doch nicht so schwierig sein!

Bei ihm angelangt, ließ sie sich von ihm umarmen und küssen. Gott sei Dank war es nur ein kleiner Begrüßungskuss auf die Wange – einen richtigen Kuss hätte sie nicht ertragen und schon gar nicht erwidern können.

»Nachdem du dich gestern so schlecht gefühlt hast, wollte ich nach dir sehen«, sagte Paul. »Wie geht es dir heute?«

»Leider immer noch nicht besonders gut«, log Mara. »Ich glaube, ich habe mir etwas eingefangen. Irgendeinen Magen-Darm-Infekt.«

Sie hoffte, dass ihn das auf Abstand halten und ihr ein paar Tage Zeit verschaffen würde.

»Du siehst tatsächlich ein bisschen bleich aus«, stellte Paul fest. Es klang besorgt, schließlich konnte er den wahren Grund für die Blässe in ihrem Gesicht nicht erahnen. »Lass uns reingehen, dann koche ich dir einen Tee.«

»Das ist sehr nett von dir, aber ehrlich gesagt, will ich mich lieber ins Bett legen und versuchen, ein bisschen zu schlafen, bevor ich Leni aus dem Kindergarten hole.«

Paul ließ den Einwand nicht gelten. »Unsinn!«, protestierte er. »Das kann ich doch übernehmen. Du hättest gar nicht in die Stadt fahren sollen.«

»Ich war nur kurz ein paar Brötchen fürs Abendessen einkaufen«, sagte Mara, die Bäckertüte unter dem Arm. »Aber vielleicht war das wirklich keine gute Idee.«

Sie schloss die Tür auf.

»Sei mir nicht böse, wenn ich heute lieber allein sein will, okay?«

Leider befand Paul sich gerade in seiner selbstbewussten Phase. »Wir gehen jetzt rein, du legst dich ins Bett, und ich koche dir Tee und eine kräftige Suppe«, sagte er. »Das wird dir guttun. Danach legst du dich hin und schläfst dich aus. Ich werde Leni später aus dem Kindergarten abholen – um drei Uhr, richtig?«

»Ja, aber ...«

»Kein Aber! Das ist doch selbstverständlich!«

»Ich will dich nicht anstecken!«

Paul lächelte sie so warmherzig an, dass es ihr eiskalt den Rücken hinunterlief. Was für ein begnadeter Schauspieler er war! Unter normalen Umständen hätte er sie mit diesem Blick zweifellos überzeugt.

»Ich werde mich schon nicht anstecken«, winkte er ab. »Selbst wenn, wäre es mir das wert. Du bist krank, und ich möchte dir helfen. Jetzt ab mit dir ins Bett!«

Mara biss die Zähne zusammen. Paul wollte sich partout nicht abwimmeln lassen! Wie konnte sie es vermeiden, ihn ins Haus mitzunehmen?

Auf die Schnelle fiel ihr keine gute Ausrede mehr ein. Sie hätte ihn höchstens noch auf die harte Tour loswerden können, indem sie ihn wegschickte oder einen Streit vom Zaun brach. Aber auch da stellte sich die Frage, was geschehen würde, falls er Verdacht schöpfte?

Andererseits: Was, wenn er ihr drinnen etwas antun wollte?

»Die Blumen sind übrigens für dich«, sagte Paul und hielt ihr den Strauß hin. »Ich dachte, die werden dich vielleicht aufmuntern.«

Es waren wunderschöne, rosafarbene Nelken.

»Vielen Dank, das ist sehr aufmerksam von dir.«

War das nur ein Täuschungsmanöver, um sie weiter in Sicherheit zu wiegen? Um sie zu umgarnen, damit der Überfall später umso überraschender kam?

Ihr wurde abwechselnd heiß und kalt.

Oder bilde ich mir das alles etwa nur ein? Bin ich wegen der Einbindung in die polizeilichen Ermittlungen übersensibilisiert?

Die Tatortbesichtigung in dem alten Lohfink-Lagerkeller hatte sie ganz schön mitgenommen. Zog sie am Ende nur die falschen Schlüsse?

Wie gerne hätte sie das geglaubt! Aber nach allem, was vorgefallen war, gelang es ihr nicht, den Verdacht gegen ihn fallenzulassen. Sie wollte nicht das nächste Opfer werden, nur weil sie sich die scheußliche Wahrheit schönredete – nämlich, dass sie eine Beziehung mit einem Serienkiller eingegangen war.

Ihr kam eine Idee: Wenn sie Paul schon nicht abschütteln

konnte, würde sie wenigstens dafür sorgen, dass sie sich im Ernstfall verteidigen konnte.

Sie gingen nach oben. Paul füllte in der Küche Wasser in eine Vase und stellte die Blumen hinein. Anschließend machte er sich daran, einen Kamillentee und die Suppe aufzusetzen.

Mara selbst zog sich ins Schlafzimmer zurück, aber anstatt sich ins Bett zu legen, kramte sie im oberen Fach ihres Kleiderschranks ihre Pistole hervor, die zwischen einer Wolldecke und ein paar ausrangierten Hosen steckte – eine kleinkalibrige Heckler & Koch, sauber geputzt, wie neu. Das befüllte Magazin lag daneben, weil Mara jedes Risiko vermeiden wollte, dass Leni versehentlich einen Schuss auslöste. Deshalb befand sich das Versteck auch so weit oben, außerhalb der Reichweite ihrer Tochter.

Mara hatte vor einigen Jahren den Waffenschein gemacht und sich die Pistole zugelegt, als sie im Rahmen einer Reportage über die Frankfurter Hells Angels Drohanrufe und anonyme Briefbotschaften erhalten hatte, meistens mit Inhalten wie »Morgen wirst du sterben« oder – etwas subtiler – »Wir wissen, wo du wohnst«. Tatsächlich hatte sie eine Zeitlang um ihr Leben gefürchtet und sich deshalb für den Waffenschein angemeldet.

Sie steckte das Magazin in den Griff der Pistole und ließ es einrasten. Die Waffe fühlte sich kühl und ungewohnt in ihrer Hand an, weil sie schon seit einer Ewigkeit nicht mehr auf dem Schießstand gewesen war. Sie hatte schon wieder vergessen, wie schwer die kleine Pistole war. Ob sie überhaupt noch damit treffen würde?

»Ich dachte, du bist schon im Bett!«

Mara zuckte zusammen und fuhr herum. In der Schlafzimmertür stand Paul. Sein fürsorglicher Blick erstarrte, als er die Waffe in ihrer Hand sah.

»Was willst du denn *damit*?«

War er nur verwirrt, oder fühlte er sich ertappt? Mara konnte seine Miene nicht deuten. Sie beschloss, ihn zur Rede zu stellen – eine vernünftige Erklärung für die Pistole konnte sie ihm ohnehin nicht bieten.

»Ich war heute in der Stadt«, begann sie. »Dort gibt es mehrere Leute, die behaupten, sie hätten dich zusammen mit Carola Danner gesehen, kurz bevor sie verschwunden ist. Stimmt das?«

Paul zögerte, offenbar, weil er nach den richtigen Worten suchte.

»Ich kannte Carola aus dem Kegelverein«, sagte er schließlich. »Sie hat mich damals als Anwalt konsultiert, wegen eines Rechtsstreits mit ihrem Vater.«

»Jemand hat gehört, wie ihr euch in deinem Büro gestritten habt. Ihr sollt euch regelrecht angeschrien haben.«

Paul atmete schwer. »Carola war eine labile Person und sehr emotional. Sie hat nicht mit mir gestritten, sondern lauthals über ihren Vater geschimpft. Ich kann dir nicht erzählen, worum es dabei ging – das unterliegt der Schweigepflicht. Nur so viel: Sie wollte Geld ausbezahlt bekommen, das ihre verstorbene Mutter ihr hinterlassen hatte.«

Das klang plausibel, erklärte aber längst nicht alles.

»Es gibt eine Zeugin, die Carola unmittelbar vor ihrer Entführung gesehen hat«, sagte Mara. »Sie hat beschrieben, wie Carola ganz alleine auf dem Wanderweg entlang der Straße nach Maikammer unterwegs war – das muss nur ein paar Minuten nach dem Streit mit Ulrike Kemmler gewesen sein. Dort hat sie jemanden getroffen, mit dem sie sich kurz unterhielt, bevor sie dann Hand in Hand mit ihm weiterging – einem Mann in einem karierten Pullunder.«

Pauls Gesicht wurde aschfahl. Er schüttelte hilflos den Kopf, mit einer Miene, als habe sich plötzlich die ganze Welt gegen ihn verschworen.

»Wer hat das behauptet?«, wollte er wissen.

»Das spielt keine Rolle.«

»Für mich schon – denn das ist eine Lüge.«

»Es gibt keinen Grund, weshalb diese Person mich belügen sollte.«

Pauls Lippen bewegten sich, ohne einen Ton von sich zu geben.

»Vielleicht lügt diese Person nicht bewusst. Vielleicht handelt es sich einfach um einen Irrtum«, brachte er endlich heraus.

»Für mich klang es nicht so, als gäbe es daran irgendeinen Zweifel.«

»Selbst wenn – das beweist gar nichts! *Jeder* könnte an diesem Tag einen karierten Pullunder angehabt haben.«

»Das stimmt. Aber tatsächlich bist du der einzige Mann, den ich kenne, der regelmäßig so etwas trägt. Wie wahrscheinlich ist es, dass Carola noch einen zweiten Mann mit einer solchen modischen Vorliebe kannte? So gut, dass sie gleich händchenhaltend mit ihm weiterspaziert ist?«

Paul stand jetzt die pure Fassungslosigkeit ins Gesicht geschrieben. »Ich schwöre dir, dass zwischen Carola und mir nichts war«, sagte er. »Wir hatten eine rein geschäftliche

Beziehung. Wir haben uns nicht im Büro gestritten, und Händchen gehalten haben wir schon gar nicht!«

Mara schwieg. Sie war von Pauls Zusicherungen nicht überzeugt.

Das musste er wohl auch spüren, denn in seinem Gesicht änderte sich etwas. Aus Fassungslosigkeit wurde Enttäuschung.

»Wir kennen uns ja nun wirklich noch nicht besonders lange, aber ich dachte doch, dass wir uns vertrauen«, sagte er kalt. »Denkst du wirklich, dass ich ein Entführer und Mörder bin?«

Mara wusste es nicht. Sie wusste nur, dass sie nicht aus Leichtgläubigkeit ihr Leben riskieren wollte.

»Schwörst du, dass du Carola Danner am Tag ihres Verschwindens nicht auf dem Wanderweg an der Serpentinenstraße getroffen hast?«, fragte sie.

»Das ist doch wohl nicht dein Ernst!«

»Das ist keine Antwort! *Schwörst du es?*«

Abermals veränderte sich Pauls Gesichtsausdruck um eine winzige Nuance. Aus Enttäuschung wurde Verachtung – darüber, dass sie so etwas auch nur von ihm denken konnte.

»Ja, ich schwöre es!«, knurrte er. Dann drehte er sich um und verschwand ohne ein weiteres Wort nach unten. Erst als Mara hörte, wie die Haustür hinter ihm ins Schloss krachte und der BMW mit heulendem Motor vom Parkplatz davonbrauste, fühlte sie sich wieder sicher.

KAPITEL 50

Das Gespräch mit Paul ging Mara noch lange nach. Sie musste dringend mit jemandem darüber reden.

Wieder einmal wurde ihr bewusst, dass Sabine tot war. Wie gerne hätte sie jetzt ihre Stimme und ihren Rat gehört!

Also versuchte sie es bei Babsi, doch die befand sich in einem Meeting.

Mist!

Maras drittbeste Wahl war Ricarda Sofredo, eine Sizilianerin, die schon seit ihren Kindertagen in Deutschland lebte. Obwohl sie eigentlich zum Freundeskreis von Thorsten, ihrem Exmann, gehörte, hatte sich zwischen den beiden Frauen über die Jahre hinweg ein enges Vertrauensverhältnis entwickelt, auch wenn der Kontakt in letzter Zeit etwas eingeschlafen war. Dennoch fühlte es sich richtig an, Ricarda anzurufen. Das Gespräch dauerte über eine Stunde und war wie Balsam für Maras Seele – endlich konnte sie mit jemandem über alles reden. Als sie nach dem Mittagessen in die Hausbibliothek ging, um an der Konzeption für ihr geplantes Buch weiterzuarbeiten, fühlte sie sich wesentlich besser als vorher. Dennoch drifteten ihre Gedanken ständig ab. Vor allem das Morbus-Buch, das vor ihr auf dem Schreibtisch lag, zog immer wieder ihre Aufmerksamkeit auf sich. Beim Anblick des ledernen Einbands kam ihr eine Stelle aus dem Buch in den Sinn:

Haar wie aus Gold, ein Engelsgesicht,
vom baldigen Tod handelt dies Gedicht.

So oder so ähnlich. Die Zeilen lösten in ihr etwas aus, bewirkten, dass kleine Puzzlesteine sich in ihrem Kopf zusammensetzten. In ihrem Job als Reporterin hatte sie das schon oft erlebt: Man sammelte Fakten, die zunächst nicht so recht zusammenpassen wollten, sich teilweise vielleicht sogar widersprachen. Und dann, auf einen Schlag, ergab plötzlich alles einen Sinn.

So auch jetzt.

Wie hieß das Gedicht, zu dem dieser Vers gehörte, gleich noch mal? Da es kein Inhaltsverzeichnis gab, blätterte Mara rasch die Seiten durch, bis sie fand, wonach sie suchte:

Morbus 23
Engelsgesicht

Das war es!

Während sie das Gedicht noch einmal aufmerksam studierte, spürte sie, wie der Adrenalinspiegel in ihrem Körper stieg. Ihre Haut prickelte, sie wagte kaum noch zu atmen.

Flehende Augen, voller Tränen,
bitter, sich kurz vor dem Ende zu wähnen.
Das Kinn mit dem Grübchen bebt und zittert,
der ganze Leib, er schlottert und bibbert.
Sie hat Haar wie aus Gold, ein Engelsgesicht,
doch vom baldigen Tod handelt dies Gedicht.

Auf dem Schemel steht sie, die Hände gebunden,
weinend vor Angst, doch ganz ohne Wunden,
denn am heutigen Tag wird fließen kein Blut,
ein andres End wird ihr nehmen den Mut.
Von der Decke herab gespannt ist die Schlinge
um ihren Hals, die den Tod ihr bringe.

So kahl die Wände, so stickig die Luft
so düster ist's, wie in einer Gruft.
Sie könnte sich retten, wenn sie opfert den Mann,
doch steht zu bezweifeln, dass sie es kann.
Hier wird sie sterben, wird grausam ersticken,
als rechte Strafe für das grausame Ficken.

Das Engelsgesicht seine Schuld nicht kennt,
verständlicherweise als Opfer sich wähnt.
Doch ich weiß es besser, sie ist besessen,
tief im Innern von Krankheit zerfressen,
wie ihre Ahnen, die Teufelsbrut.
Erst wenn auch sie stirbt, wird alles gut.

So steh ich am Schemel als Henker und Richter,
stoß' ihn weg, lösch' aus ihre Lebenslichter,
genieße mit Wonne den zuckenden Leib,
wie nach Luft und Leben er schreit.
Seh zu, wie er baumelt und zitternd sich windet
und ganz allmählich die Kraft ihm schwindet.

Dann wird er ruhig, entspannt sich, ist tot,
die Augen ganz groß, der Kopf puterrot.

Ich wart noch ein wenig, muss sichergeh'n,
dass der Engel nicht wieder wird aufersteh'n.
Erst dann auch bei mir die Ruhe kehrt ein,
doch ich weiß, es wird nicht von Dauer sein.

Mara griff nach ihrem Handy und rief Kommissar Casale an.

KAPITEL 51

Als es an der Tür klingelte, fuhr Mara erschreckt auf. Sie hatte sich so intensiv in das Morbus-Buch vertieft, dass alles andere um sie herum in Bedeutungslosigkeit versunken war.

Rasch legte sie den Gedichtband beiseite. Es fühlte sich an, als würde jemand, der versucht hatte, sie zu erwürgen, seine Hände von ihrem Hals nehmen.

Endlich wieder Luft!

Um sicherzugehen, dass nicht Paul vor der Tür lauerte, spähte sie am Eingang durch den Spion. Beim Anblick von Kommissar Casales bärtigem Gesicht entspannte sie sich und öffnete die Tür.

»Ich war gerade in Landau, als Sie mich angerufen haben«, sagte er. »Deshalb hat es ein bisschen länger gedauert. Was wollten Sie mir zeigen?«

»Kommen Sie mit.«

Mara führte ihn in die Hausbibliothek und ließ ihn auf der anderen Seite des Schreibtischs Platz nehmen. Am Telefon hatte sie nur ein paar Andeutungen gemacht, damit sie die Bombe in seiner Gegenwart platzen lassen konnte.

»Ich habe in den letzten Tagen ein bisschen in diesem Zimmer herumgestöbert und bin dabei auf dieses Buch gestoßen«, begann sie. »Es trägt den Titel *Morbus*, Lateinisch für Krankheit, und beschreibt in Gedichtform unterschiedliche Sterbeszenen – keine tödlichen Krankheitsverläufe, wie der

Titel vermuten lässt, sondern gewaltsame Tode. Kapitel 23 heißt beispielsweise *Engelsgesicht.* Am besten, Sie lesen es sich selbst durch.«

Sie schob Casale das Buch über den Tisch – die richtige Seite hatte sie ihm schon aufgeschlagen –, und gab ihm eine Minute Zeit, während sie beobachtete, wie seine Miene sich mit jeder Strophe weiter verfinsterte.

»Das beschreibt die letzten Minuten im Leben von Sina Fischer«, murmelte er nachdenklich.

Mara nickte, und einen Moment lang herrschte Schweigen.

»Wenn man nicht weiß, wie sie gestorben ist, kann man keinen Bezug zwischen ihr und dem Gedicht herstellen«, sagte Mara. »Erst durch Samuel Schwarzhaupts Aussage war das möglich. Deshalb ist mir erst jetzt klargeworden, dass das Buch wichtig ist.«

»Wer außer Ihnen weiß noch davon?«

»Nur Paul und ich.«

Sie zögerte, weil sie sich fragte, wie sie es Casale am besten beibringen könnte, dass Paul auf ihrer persönlichen Verdächtigenliste ganz oben stand. Wenn sie erzählte, dass sie auf eigene Faust Ermittlungen im Ort angestellt hatte, würde ihm das bestimmt nicht gefallen, vielleicht würde sie damit sogar ihren neuen Job als Polizeireporterin gefährden.

Andererseits wusste Paul, dass sie ihn für einen Mörder hielt. Sie stellte für ihn eine Gefahr dar. Was, wenn er sich durch ihre Pistole nur kurzfristig hatte vertreiben lassen und mittlerweile längst Vorbereitungen traf, sie aus dem Weg zu räumen?

»Wissen Sie, dass Paul und Carola Danner sich kannten?«, fragte sie mit einem flauen Gefühl in der Magengegend.

Casale nickte. »Wir haben damals den ganzen Ort auf den Kopf gestellt«, sagte er. »Natürlich fanden wir dabei auch heraus, dass Carola eine von Pauls Klientinnen war.«

»Haben Sie auch die Gärtnerin vernommen? Frau Jelinek?«

Casales Augenbrauen zogen sich unheilvoll zusammen, was keinen Zweifel daran ließ, dass ihm nicht gefiel, in welche Richtung sich die Unterhaltung entwickelte.

»Frau Jelinek hat Carola Danner auf dem Wanderweg neben der Straße gesehen«, sagte er. »Nur wenige Minuten, bevor sie verschwunden ist.«

»Und hat sie Ihnen auch von dem Mann erzählt, den Carola dort getroffen hat?«

»Natürlich. Ein Kerl in einer Jeansjacke, mittelgroß, mit Schnauzbart. Nach den gestrigen Ereignissen habe ich die Akte noch einmal komplett durchgelesen. Dieser Typ hat ein paar Worte mit Carola gewechselt, anschließend sind sie gemeinsam weitergegangen.«

Mara schüttelte verwirrt den Kopf. In Frau Jelineks offizieller Aussage tauchte der karierte Pullunder nicht auf.

Sie erzählte es Casale, doch der winkte ab.

»Paul – ein Serienmörder? Nie im Leben. Der kann zwar ausflippen, wenn man ihm die Freundin ausspannt, aber ansonsten ist der so harmlos wie ein Osterlamm.«

Obwohl Mara noch einen Rest Zweifel hegte, keimte doch auch wieder ein Funke Hoffnung in ihr auf.

»Frau Jelinek machte auf mich nicht den Eindruck, dass sie den Pullunder erfunden hat«, sagte sie.

»Der Fall ist schon vier Jahre alt«, hielt Casale dagegen. »Ich bezweifle, dass Frau Jelinek sich nach so langer Zeit noch an jedes Detail erinnern kann. Außerdem hat sie zwei Charaktereigenschaften, die ihre Glaubwürdigkeit als Zeugin stark beeinträchtigen: eine blühende Phantasie und ein immenses Geltungsbedürfnis. Die hat auch schon mal behauptet, im Wald einen Bären gesehen zu haben, nur, um sich wichtig zu machen. Wenn Sie mich fragen, ist die Situation ungefähr folgende: Frau Jelinek hat erfahren, dass eine Reporterin der FAZ in unsere kleine Gemeinde gezogen ist, und irgendwie bekam sie mit, dass Sie und Paul sich schon etwas näher kennengelernt haben. Als Sie bei ihr vorbeischauten, ergriff sie die Gelegenheit, sich ein bisschen in den Vordergrund zu spielen, indem sie Ihnen eine sonderbare Geschichte über Ihren Freund auftischt. Das ist alles.«

Mara fühlte sich plötzlich wie befreit. Mit Paul hatte das alles also gar nichts zu tun! Sie würde sich bei ihm in aller Form entschuldigen müssen und darauf hoffen, dass er ihr verzieh.

»Es gibt noch ein zweites Gedicht, das Sie interessieren wird«, sagte sie zu Casale, während ihre Anspannung weiter nachließ. »Sehen Sie sich *Morbus 21* an und sagen Sie mir, was Sie davon halten.«

Der Polizist blatterte ein paar Seiten zurück und begann zu lesen.

KAPITEL 52

Morbus 21
Schwarze Schreie

Die Opferbraut, ans Bett gebunden,
noch unversehrt, doch bald zerschunden,
noch halb betäubt vom süßen Äther,
um zu büßen die Sünden der Väter.

Ausgestreckt sind Arme und Beine,
festgezurrt mit grober Leine,
an die vier Ecken des Gerüsts aus Stahl,
so liegt sie halbnackt, die Haut so fahl.

Dann kommt sie zu sich, will weit sich recken,
auf der Matratz' mit den vielen Flecken,
schlägt auf die Augen, beginnt zu versteh'n,
dass nie mehr wieder sie jemand wird seh'n.

Sogleich sich das Feuer der Buße entzündet,
die zischende Flamme den Schmerz verkündet,
unendliche Qualen und Angst und Leiden,
die Braut sieht sich schon aus dem Leben scheiden.

Sie bettelt um Gnade, bietet sich an,
offeriert, dass ich mit ihr machen kann,
was ich will – und das tu' ich, setz an das Feuer,
verseng' ihr die Hand, die ihr lieb und teuer.

Die Haut platzt auf, ganz schwarz wird das Fleisch,
begleitet von Zetern und wildem Gekreisch,
bis der Schmerz ihr nimmt das Bewusstsein,
doch noch soll sie leben, darf noch nicht tot sein.

Mit Riechsalz zurück sie ins Diesseits ich hole,
zu ihrem Leid, zu meinem Wohle,
sie schreit wieder auf, brüllt um den Verstand,
als ich mich nun mach an die and're Hand.

Ein zweites Mal wirkt das Riechsalz nicht mehr,
die Händ' bis zum Knochen verkohlt sind zu sehr.
Doch noch geht ihr Atem, hebt und senkt sich die Brust,
jetzt werd' ich ihr nehmen die Lebenslust.

Meine Finger umfassen die schmale Kehle,
drücken zu und ersticken die Seele,
zuckend entweicht sie im Schall meines Gelächters.
Dann endlich kriecht Tod in die Tochter des Schlächters.

KAPITEL 53

Schwarze Schreie – das Gedicht beschrieb eindeutig Carola Danners Ermordung. Alles stimmte: die Art, wie sie ans Bett gefesselt worden war, die schweren Verbrennungen an ihren Händen und sogar das familiäre Umfeld.

Die Tochter des Schlächters.

Es gab nicht den leisesten Zweifel.

Casale nahm das Buch zur weiteren Analyse und Spurensicherung mit. Vielleicht ließen sich Rückschlüsse auf den Verfasser der Verse ziehen. Natürlich sah es auf den ersten Blick so aus, als sei Friedrich Rossknecht der Autor – er hatte zum Zeitpunkt beider Morde in diesem Haus gewohnt. Aber es konnte auch sein, dass er die Gedichte nicht selbst verfasst, sondern das Buch von jemandem gekauft oder geschenkt bekommen hatte, womöglich ohne den wahren Inhalt zu ahnen.

»Ich denke, es wird ein paar Tage dauern, bis die Spurensicherung mit dem Buch fertig ist«, sagte Casale. »Je nachdem, ob etwas gefunden wird, müssen wir es vielleicht sogar als Beweismittel für einen etwaigen Gerichtsprozess einbehalten.«

Mara nickte. »Das dachte ich mir schon. Ich habe alles mit dem Handy abfotografiert.«

Casale ließ sich eine Plastiktüte geben und legte das Buch hinein. Anschließend verabschiedete er sich.

Als er vom Schotterplatz fuhr, durchströmte Mara eine Welle positiver Energie. Erstens war sie sicher, dass sie den Fall ein gutes Stück vorangebracht hatte, und zweitens schien Paul in keiner Weise in die Vorkommnisse verwickelt zu sein. Das erschien ihr in der jetzigen Situation ein überaus hoffnungsvoller Ausblick in die Zukunft.

Allein die Empörung über Frau Jelinek trübte ihre Freude. In ihrem Job als Reporterin hatte sie Wichtigtuerei zwar schon häufig erlebt, allerdings nie auf eine so persönliche Weise. Wenn sie daran dachte, wie sie Paul mit der Pistole bedroht und ihm unterstellt hatte, er sei ein Mörder, wurde ihr regelrecht übel.

Nur, weil Frau Jelinek einen Mann im karierten Pullunder gesehen haben wollte.

Mara wollte den Zwist mit Paul so schnell wie möglich wieder bereinigen. Deshalb versuchte sie im Lauf des Nachmittags mehrmals, ihn anzurufen, aber sie erreichte ihn nicht. Entweder war er tatsächlich verhindert, oder er sah ihre Nummer im Display und nahm nicht ab. Also hinterließ sie ihm irgendwann notgedrungen eine kurze Nachricht auf Band und wartete auf seinen Rückruf – vergeblich.

Als sie am Abend ins Bett ging, fragte sie sich noch lange, ob Paul ihr jemals würde verzeihen können.

Am Freitag erhielt sie gleich morgens ein Päckchen aus Frankfurt – das erste Buch, das sie rezensieren sollte. Um Babsi zu demonstrieren, dass trotz des Umzugs immer noch Verlass auf sie war, machte sie sich gleich ans Werk und begann mit dem Lesen.

Zu Mittag wärmte sie sich das restliche Essen vom Vortag auf, danach las sie weiter, während sie sich nebenher ein paar Notizen für ihre Rezension machte. Das Buch – eine Anekdotensammlung über die deutsche Politprominenz – hatte durchaus Unterhaltungswert, war für Maras Geschmack aber zu hölzern geschrieben, als dass man es wirklich genießen konnte. Vielleicht lag es auch daran, dass sie nicht so recht bei der Sache war. Am Ende reichte es jedenfalls nur für eine mittlere Bewertung.

Auf dem Weg zum Kindergarten wanderten ihre Gedanken beinahe zwangsläufig wieder zu den jüngsten Ereignissen in Naunheim. Mara fragte sich, welche Gedichte in dem Morbus-Buch wohl für die drei noch nicht identifizierten Opfer geschrieben worden waren.

Eine etwa fünfunddreißigjährige Frau, ein Mann um die zwanzig und ein zweiter Mann, etwa siebzig.

Mehr als das hatte Casale ihr bisher nicht verraten. Deshalb gab es für sie im Moment keine Chance, anhand der abfotografierten Gedichte das Schicksal der drei neuen Opfer nachzuvollziehen. Vielleicht war es besser so. Die Polizei würde dieser Frage bestimmt bald auf den Grund gehen, dann erfuhr Mara die Antworten noch früh genug.

Bei dem Gedanken, dass das Morbus-Buch insgesamt fünfundzwanzig Gedichte enthielt, wurde ihr ganz anders.

KAPITEL 54

Morbus 26
Die schreibende Schönheit

Sie liegt vor mir, festgeschnallt,
auf einer Kellerpritsche kalt,
festgezurrt mit ledernen Leinen,
an Armen, am Kopf und an den Beinen.
Sie wimmert und weint, versucht, sich zu winden,
als ich beginne, sie zu schinden.
Ich beuge mich zu ihr, zerschneid' ihr die Kleider –
trotz ihrer Schreie mache ich weiter.
Längst ist der Dämon in mir erwacht.
Wie schön die Angst ihr Antlitz macht!
Ich frage mich, was sie jetzt wohl denkt,
so kurz, bevor sie von mir wird gehenkt.
Ob sie den Umzug von Frankfurt bedauert?
Ahnt sie, wie lang ich sie schon belauert?
Sorgt sie sich auch um ihrer Tochter Geschick?
Denn der breche ich später das Genick.
Doch erst muss die schreibende Schönheit scheiden,
der Stolz der Zeitung soll Qualen leiden.
Schreien soll sie, ich will hör'n ihr Gekreisch,
wenn meine Klinge dringt tief in ihr Fleisch.

Er las die Zeilen auf dem Computerbildschirm, schloss die Augen, versuchte, sich vorzustellen, wie es sein würde, wenn der Zeitpunkt gekommen war. Normalerweise schrieb er seine Gedichte immer erst hinterher, um die Erinnerung zu konservieren. Heute war er zum ersten Mal der Versuchung erlegen, seine Tat noch vor deren Ausübung in Worte zu fassen.

Die Vorfreude war überwältigend, Adrenalin brandete durch seinen Körper wie pure Energie. Der Mord an Mara Flemming und ihrer Tochter sollte der Höhepunkt seiner kriminellen Laufbahn werden. Deshalb musste alles bis ins kleinste Detail stimmen.

Aber während er seinen Plan noch einmal in Gedanken wiederholte, wurde ihm klar, dass er einen anderen Weg einschlagen musste. So wäre es nur eine Tat wie viele davor, es fehlte das Besondere daran – das schmückende Beiwerk, der psychische Stress, nicht nur im Angesicht des Todes, sondern schon vorher.

Er löschte seinen Gedichtentwurf wieder und schaltete den Computer aus. Eine Weile blickte er starr aus dem Fenster, während er seinen Gedanken freien Lauf ließ.

Schon bald formte sich aus der Fülle der Möglichkeiten eine konkrete Idee.

KAPITEL 55

Nach dem Besuch im Kindergarten fuhr Mara bei Pauls Kanzlei vorbei. Ein Überraschungsbesuch schien ihr die beste Möglichkeit für ein klärendes Gespräch. Zumindest würde er ihr zuhören müssen. Mit Leni auf dem Arm betrat sie sein Büro.

»Ich bin hier, weil ich mich bei dir entschuldigen will«, begann sie mit pochendem Herzen, weil sie nicht wusste, wie er reagieren würde.

Pauls Gesicht blieb eine Maske aus Stein. »Im Moment ist es schlecht«, erwiderte er kalt. »Ich erwarte jeden Moment einen Mandanten.«

Mara konnte nicht einschätzen, ob das stimmte, oder ob er sie nur abwimmeln wollte.

»Ich brauche nicht lange«, sagte sie. »Ich will nur, dass du eines weißt: Die ganze Sache tut mir unendlich leid. Ich wollte dich nicht mit der Pistole bedrohen, aber ich hatte Angst.«

An Leni gerichtet fuhr sie fort. »Schatz, hältst du dir bitte mal kurz die Ohren zu?«

Glücklicherweise gehorchte ihre Tochter sofort.

»Ich habe Fotos von zwei jungen Frauen gesehen, die grausam ermordet wurden«, sagte Mara jetzt wieder zu Paul. »Ich war mit Casale bei der Tatortbesichtigung – und dann deutet plötzlich einiges darauf hin, dass du der

Mörder sein könntest ... Ich weiß, das klingt verrückt, und ich gebe zu, dass ich dich eigentlich besser kennen müsste, nach allem, was zwischen uns war. Aber mein neuer Job als Polizeireporterin setzt mir mehr zu, als ich es mir vorgestellt habe. Am Anfang sah ich darin nur eine Möglichkeit, um unkompliziert an Insiderinformationen heranzukommen. Jetzt ist es ein Albtraum. Ich bin erst seit zwei Tagen im Amt und spiele schon mit dem Gedanken, wieder aufzuhören.«

Paul saß reglos in seinem Bürostuhl und sah sie an, ohne irgendwelche Anstalten zu machen, auf ihre Entschuldigung zu reagieren.

Mara tippte Leni auf die Schulter. »Du kannst die Hände wieder von den Ohren wegnehmen«, sagte sie, bemüht, sich ihre Enttäuschung nicht anmerken zu lassen. Aber bevor sie ging, wollte sie noch einen letzten Vorstoß wagen. »Ich weiß, dass mein Misstrauen dich gekränkt hat«, sagte sie zu Paul. »Und ich könnte es verstehen, wenn du nichts mehr mit mir zu tun haben willst. Aber eigentlich bin ich hier, um dich um eine zweite Chance zu bitten. Leni und ich machen heute wieder einen Walt-Disney-Abend, und wir fragen uns, ob wir dich vielleicht überreden können, wieder zu uns zu kommen.«

Obwohl das nicht mit Leni abgesprochen gewesen war, nickte die Kleine eifrig.

Pauls Miene blieb noch einen Moment lang eingefroren, dann legte sich ein mildes, kleines Lächeln auf seine Lippen.

»Einverstanden«, sagte er. »Aber nur, wenn ich mir heute den Film aussuchen kann. Habt ihr *Bernhard und Bianca*?«

Um achtzehn Uhr kam Paul – gerade rechtzeitig, als die Pizza im Backofen fertig war. Anfangs wirkte er noch ziemlich reserviert – er schien sich besser mit Leni zu verstehen als mit Mara. Die beiden kicherten und alberten herum, als würden sie sich schon ewig kennen. Mara kam sich vor wie ein Außenseiter. Obwohl das gute Verhältnis zwischen den beiden sie eigentlich hätte freuen sollen, fand sie es heute eher irritierend.

Als Leni nach dem Essen in ihrem Zimmer spielte, wagte Mara einen neuen Anlauf. Bei einem Glas Wein redete sie sich alles von der Seele, was zu dem schrecklichen Verdacht gegen Paul geführt hatte.

»Dann muss ich Nerio Casale wohl danken, dass er die Sache für mich geradegerückt hat«, sagte Paul mit hochgezogenen Augenbrauen. »Kaum zu glauben. Ausgerechnet der Mann, der mir die Freundin ausgespannt hat, erweist sich heute als Retter in der Not.«

»Ohne ihn wüsste ich immer noch nicht, woran ich bei dir bin«, pflichtete Mara ihm bei.

»Aha, und jetzt weißt du es also?«

Sie zögerte, weil sie nichts Falsches sagen wollte.

»Ja, ich bin mir jetzt sicher.«

Als er sie in den Arm nahm, fühlte sie sich ihm stärker verbunden denn je.

KAPITEL 56

Auf einen lustigen Disney-Abend folgte eine wundervolle Liebesnacht. Erst gegen zwei Uhr schlief Mara völlig erschöpft ein. Als sie am nächsten Morgen aufwachte, fühlte sie sich wie neugeboren.

Im Gegensatz zum letzten Mal bat sie Paul heute, zum Frühstück zu bleiben, und auch Leni freute sich offensichtlich über seine Gesellschaft. Mara kamen vor Erleichterung beinahe die Tränen – trotz zwischenzeitiger Schwierigkeiten hatte sich nun alles zum Guten gewandt.

»Sie mag dich«, sagte sie beim Abwasch, als Leni in ihrem Zimmer Kinderlieder anhörte. »Sehr sogar.«

»Ich mag sie auch«, antwortete Paul mit dem Abtrockentuch in der Hand. »Die Kleine ist ein Sonnenschein.«

»Was ich damit meinte, ist, dass Leni es nicht nur tolerieren würde, falls das mit uns etwas Dauerhaftes wird. Ich glaube, das wäre ihr sogar recht. So kurz nach der Trennung von ihrem Vater hätte ich das zwar nicht erwartet, aber ich bin froh darüber. Es ist mir wichtig, dass sie den neuen Mann an meiner Seite von Anfang an mag und ihn akzeptiert.«

»Bin ich das denn? Der neue Mann an deiner Seite?«

»Ja – ich hoffe, das weißt du.«

Paul küsste sie sanft auf den Nacken und schmiegte sich von hinten an sie, so dass sie schon wieder Lust auf ihn verspürte. Doch jetzt war kein guter Zeitpunkt dafür, weil Leni jeden Moment hereinplatzen konnte.

»Was hast du heute vor?«, fragte Paul, als er wieder von Mara abließ.

»Nichts Besonderes. Ich wollte in Landau einen Schaufensterbummel machen. Später kommt Regina zum Hausputz, da werde ich ein bisschen helfen. Außerdem will ich herausfinden, wo Friedrich Rossknecht lebt. Das Morbus-Buch stand jahrelang in der Bibliothek, als er noch hier wohnte. Vielleicht ist er unser Mörder – oder er weiß zumindest, von wem er das Buch bekommen hat.«

»Bist du sicher, dass Nerio nichts dagegen hat, wenn du dich in seine Ermittlungen einmischst? Ich meine, hat er dich nicht gerade deshalb zur neuen Polizeireporterin ernannt – damit du dich *nicht* mehr ungefragt einmischst?«

Das stimmte, aber es fiel Mara schwer, sich in ihre neue Rolle als passive Beobachterin einzufinden. Sie war es gewohnt, sich eigene Gedanken zu machen und selbständig zu recherchieren.

»Hast du Rossknechts Kontaktdaten nicht in den Kaufunterlagen zu deinem Haus?«, fragte Paul. »Ich dachte, er war der Verkäufer.«

»Nein, die Immobilie gehörte einer Treuhandgesellschaft«, antwortete Mara. »Frag mich nicht nach den Details, die haben mich beim Kauf ehrlich gesagt nicht interessiert. Bei so einem Schnäppchen stellt man keine Fragen. Ich weiß nur, dass Rossknecht vor einigen Monaten sang- und klanglos von hier verschwunden ist.«

»Und du willst ihm wirklich hinterherspionieren? Was, wenn er wirklich ein Serienkiller ist?«

»Ich habe nicht vor, mich in Gefahr zu bringen, falls du darauf hinauswillst. Ich will nur meinen Teil dazu beitragen, dass der Mörder endlich gefasst wird.«

»Und wenn die Polizei gerade genau dieselbe Spur verfolgt?«

Mara seufzte, weil sie wusste, dass Casale ihr Engagement bestimmt nicht gutheißen würde. Aber sie konnte nun einmal nicht aus ihrer Haut.

»Lass mich dir helfen, okay?«, bot Paul an, der offenbar begriff, in welchem Dilemma sie steckte. »Ich bin Nerio gegenüber zu nichts verpflichtet. Und auch wenn er mich gestern in Schutz genommen hat, sind wir deshalb noch lange keine guten Freunde. Wie wäre es also, wenn ich mich ein bisschen für dich umhöre? Sobald ich weiß, wo Rossknecht steckt, melde ich mich bei dir. Dann kannst du immer noch entscheiden, was du mit dieser Information anfangen willst.«

Schon eine Stunde später rief Paul bei ihr an.

»Die Treuhandgesellschaft, von der du das Haus gekauft hast, hat mir zwar Rossknechts Adresse genannt, aber dort lebt er nicht mehr«, berichtete er.

»Hast du trotzdem etwas herausfinden können?«

»Ja. Ich weiß nur noch nicht, ob das gute oder schlechte Nachrichten sind.«

»Mach's nicht so spannend. Wo wohnt er?«

Paul nannte ihr die Adresse.

»Seedorf?«, wiederholte Mara. »Nie gehört.«

»Ich musste auch zuerst googeln. Das liegt ein paar Kilometer südlich von Lübeck. Allerdings gibt es da ein Problem:

Das ist die Adresse einer psychiatrischen Klinik. Davor hat Rossknecht in einem Seniorenheim gelebt. In die Klinik wurde er eingewiesen, weil es einen Vorfall mit einer Sozialarbeiterin gab, als sie ihm sein Essen aufs Zimmer bringen wollte. Er hat sie überfallen und wollte sie vergewaltigen. Zum Glück für die Frau erlitt er dabei einen Schwächeanfall. Sie konnte entkommen und erstattete Anzeige gegen ihn. Kurz darauf wies man ihn in die Klinik ein. Dort stellte man einen Gehirntumor fest, der den Ärzten zufolge zu erhöhter Aggressivität führt.«

Paul machte eine kurze Pause. Mara hörte ihn am anderen Apparat seufzen.

»Als Rossknecht noch in Naunheim lebte, habe ich ihn nur für einen sonderbaren, älteren Mann gehalten«, sagte er schließlich. »Aber mit dem Wissen von heute würde ich darauf wetten, dass er der gesuchte Mörder ist.«

KAPITEL 57

Wie befüchtet, war Kommissar Casale nicht besonders erfreut, als Mara ihn anrief, um ihn auf den neuesten Stand zu bringen.

»Ich dachte, wir sind uns einig darüber, dass die Polizei ermittelt und Sie nur darüber berichten«, brummte er.

»Paul hat auf eigene Faust Recherchen angestellt«, log Mara – so, wie sie es besprochen hatten. »Was hätte ich tun sollen? Er ist ein erwachsener Mann und obendrein Anwalt. Ich kann ihm nicht vorschreiben, was er zu tun und zu lassen hat.«

»Dann werde ich mit ihm reden. Aber seien Sie so gut und versuchen Sie künftig, ihm solche Sachen auszureden, wenn Sie vorher Wind davon bekommen. Das würde meine Arbeit sehr erleichtern.«

»Ich verspreche es. Aber wenn Sie ehrlich sind, hat er Ihnen doch ein gutes Stück weitergeholfen. Sie müssen zugeben, dass der Fall so gut wie abgeschlossen ist.«

Am anderen Apparat hörte Mara ein Schnauben. »Ich weiß, dass Sie große Stücke auf Paul halten«, sagte Casale. »Aber ein guter Anwalt macht noch lange keinen guten Polizisten aus. Friedrich Rossknecht ist nicht der Mann, den wir suchen.«

Das Hochgefühl, das sie seit Pauls Anruf empfunden hatte, verpuffte.

»Wie kommen Sie darauf?«

»Erstens weist das Morbus-Buch keine Fingerabdrücke von Friedrich Rossknecht auf. Nur von Ihnen, von Paul und von einer dritten Person, die wir noch nicht identifizieren konnten.«

»Vielleicht hat Rossknecht Handschuhe benutzt.«

»Selbst wenn – er kann die Morde nicht verübt haben. Am Tag, als Carola Danner verschwand, war er als Zeuge vor Gericht in Mannheim geladen. Und auch den Mord an Sina Fischer kann er gar nicht begangen haben. Sina verschwand am 13. Oktober 2018, an einem Samstag. Batu Cem wurde am darauffolgenden Dienstag mit gebrochenem Genick gefunden. Laut Obduktionsbericht war er da aber schon einen Tag tot. Das heißt, beide Taten wurden zwischen dem 13. und dem 15. Oktober 2018 verübt. Zu dieser Zeit lag Friedrich Rossknecht aber wegen einer Hüftoperation im Krankenhaus von Landau.«

Mara schluckte. Sie hatte geglaubt, der Fall sei beendet – jetzt war plötzlich alles wieder offen. Immer noch lief ein mehrfacher Mörder frei herum, der jederzeit wieder zuschlagen konnte.

Später spazierte Mara mit Leni durch Landau, aber trotz des schönen Wetters konnte sie den Schaufensterbummel nicht richtig genießen. Die Enttäuschung saß zu tief.

Andererseits: Was hatte sie erwartet? Dass der Fall sich durch ihre Mithilfe wie von alleine löste? Im Nachhinein kam sie sich ziemlich überheblich vor. Die große Reporterin aus der Großstadt, der ehemalige Star ihrer Redaktion, zog in die Provinz, um ein Buch zu schreiben, und klärte so ganz nebenbei die schlimmste Mordserie der Pfalz auf, besser als die gesamte Regionalpolizei.

Manchmal konnte sie eine ziemlich arrogante Gans sein.

Sobald Leni sie zum Nachdenken kommen ließ, wanderten ihre Gedanken zu dem Telefonat mit Kommissar Casale. In dem Morbus-Buch befanden sich zwar keine Fingerabdrücke von Friedrich Rossknecht, dafür aber von einer anderen, noch nicht identifizierten Person. Wer war das? Die Frage ging ihr nicht mehr aus dem Kopf.

Am Nachmittag kam Paul wieder zu Besuch. Während Regina und Leni Vanillepudding kochten, sprach Mara mit ihm in der Bibliothek, weil sie nicht wollte, dass ihre Tochter das mitbekam.

»Es muss jemand sein, der Zugang zu diesem Raum hatte«, sagte sie. »Vielleicht jemand, der Friedrich Rossknecht besucht hat. Aber warum sollte er ihm einen Gedichtband mit der Beschreibung seiner Morde ins Regal stellen?«

»Vielleicht wollte er Rossknecht die Schuld in die Schuhe schieben«, mutmaßte Paul. »Das ist ihm ja auch fast gelungen. Oder es war ihm nur zu gefährlich, das Buch bei sich zu behalten. Deshalb hat er es hier untergebracht. Ein Buch in einer Privatbibliothek – ein besseres Versteck kann man sich doch kaum wünschen.« Er hielt einen Moment inne. »Wenn ich so darüber nachdenke, wird der Täter jemand sein, der Friedrich Rossknecht mit einer gewissen Regelmäßigkeit besucht hat, denn das Buch muss für ihn ja eine Art Trophäe gewesen sein«, fuhr er fort. »Er hat sich viel Mühe damit gegeben – hat über Jahre hinweg Gedichte geschrieben, ein Buch daraus gemacht, es mit einem Ledereinband versehen ... Das wollte er ganz bestimmt immer wieder bewundern.«

Die Logik leuchtete Mara ein, hatte für sie aber einen bitteren Beigeschmack.

»Wenn der Kerl das Buch als Trophäe betrachtet, wird er es von Zeit zu Zeit anschauen wollen. Vielleicht will er es sogar zurückholen, er weiß ja nicht, dass es inzwischen bei der Polizei liegt.«

Bei der Vorstellung, dass dieser Mann ins Haus eindringen könnte, um in der Bibliothek seinen krankhaften Erinnerungen nachzuhängen, lief es ihr eiskalt den Rücken hinunter. Wie würde er sich Zutritt verschaffen? Wenn Leni und sie außer Haus waren? Oder nachts, wenn sie schliefen? Vielleicht ging er auch raffinierter vor und stand eines Tages als Zeuge Jehovas oder als Zeitschriftenvertreter vor der Tür?

Alles war möglich – der reinste Horror!

Plötzlich fühlte Mara sich in ihren eigenen vier Wänden so unwohl, als könne der Mörder sie durch die Mauern hindurch beobachten.

»Vielleicht müssen wir ja noch weiter zurückdenken«, unterbrach Paul ihren Gedanken. »Wenn Friedrich Rossknecht es nicht gewesen sein kann, kommt auch Richard Schoenthaler als Mörder in Frage.«

»Richard Schoenthaler? Wer ist das?«

»Der Mann, dem das Haus vor dir und Rossknecht gehört hat. Als er noch hier lebte, war er einmal bei mir, weil Frau Grass, die Schreibwarenladenbesitzerin, ihn wegen Tierquälerei anzeigen wollte. Schoenthaler hat ihren Dackel mit einem Ast totgeprügelt, nicht weit von der Stelle, wo deine Schuppen stehen. Das war vor zehn, zwölf Jahren.«

Mara erinnerte sich, dass sie beim Fotografieren das

Holzkreuz mit dem Foto des Tiers im Wald gesehen hatte. Aphrodite – so hatte der Dackel geheißen.

»Jedenfalls hat Frau Grass seinerzeit behauptet, Schoenthaler sei auf den Hund losgegangen, nur weil der auf seinem Grundstück ein bisschen im Laub herumgeschnüffelt habe. Schoenthaler sagte damals aus, der Dackel habe ihn angegriffen. Am Ende verlief die Sache im Sand. Kurz danach hat Schoenthaler sein Haus an Rossknecht verkauft.«

Mara dachte einen Moment nach. Auf dem Foto am Holzkreuz war der Dackel ihr nicht besonders gefährlich erschienen. Eher altersschwach. Warum hatte Schoenthaler ihn erschlagen? Lag ihm das Töten einfach im Blut?

KAPITEL 58

Nachdem Mara mit ihrem Verdacht in Bezug auf Friedrich Rossknecht so danebengelegen hatte, wollte sie diesmal keine voreiligen Schlüsse ziehen. Schoenthaler kam als Täter in Frage – aber nicht mehr als jeder andere, der Zutritt zur Bibliothek oder zum Haus gehabt hatte.

Da sie sich mit einem Mann im Haus sicherer fühlte, bat sie Paul, noch einmal bei ihr zu übernachten. Dennoch wachte sie irgendwann auf und konnte nicht mehr einschlafen. Diffuse Ängste schwirrten ihr durch den Kopf wie Mückenschwärme. Verrückt, wie die Dinge sich in den letzten Tagen entwickelt hatten.

Vor allem: *wie schnell!*

Kaum, dass der Verdacht von Paul abgewendet war, fiel er auch schon auf Friedrich Rossknecht. Der schied wiederum wegen seiner Hüft-OP und der Zeugenaussage in Mannheim aus. Kurz danach war Richard Schoenthaler ins Spiel gekommen. Mara fragte sich, ob der sich nun als Hauptverdachtiger etablieren würde.

Am Sonntag überlegte sie, wie sie sich gegenüber Kommissar Casale verhalten solle. Nach der Pleite mit Rossknecht wollte sie ihn erst einweihen, wenn sie sich ihrer Sache absolut sicher war. Also würde sie vorerst auf eigene Faust weiterrecherchieren, obwohl sie natürlich ganz genau wusste, wie Casale dazu stand.

Paul war an diesem Tag zu einer Fahrradtour verabredet und verabschiedete sich kurz nach dem Frühstück. Da das Wetter heute noch einmal schön werden sollte, bevor es am Montag für eine ganze Weile zuzog, beschloss Mara, mit Leni nach draußen zu gehen, um den Garten neben dem Haus winterfest zu machen. Der Herbst neigte sich dem Ende zu, und bekanntlich verging die Zeit immer viel schneller, als man dachte.

So richtig wohl fühlte Mara sich im Freien nicht, aber bei Tageslicht hielten sich ihre Ängste in Grenzen. Falls sich Schwierigkeiten anbahnten, wären Leni und sie ganz schnell wieder im Haus. Sicherheitshalber positionierte Mara ihre Heckler & Koch auf einem der Fenstersimse. Dort würde Leni nicht hinkommen, aber sie selbst hätte die Waffe im Notfall schnell zur Hand.

Glücklicherweise erwies sich die Vorsichtsmaßnahme als überflüssig – es gab keinerlei Zwischenfälle. Allerdings wurde Mara beim Arbeiten erst so richtig bewusst, dass sie so gut wie nichts über Schoenthaler wusste. Wie sollte sie ihn erkennen, wenn er als Postbote verkleidet hier vorbeikäme?

Als es gegen Mittag immer heißer wurde, gingen Mutter und Tochter wieder nach drinnen. Nach dem Essen malte Leni in ihrem Zimmer mit Buntstiften, Mara setzte sich mit ihrem Laptop unter den Sonnenschirm auf die Terrasse und stellte im Internet ein paar Recherchen über Richard Schoenthaler an. Die Nachforschungen verliefen zäh, weil es kaum Textstellen gab, in denen er genannt wurde. Aus dem wenigen, das Mara über ihn fand, ergab sich, dass er etwa fünfundsiebzig Jahre alt sein musste und eine kleine Buchbinderei in Edenkoben betrieben hatte. Nachdem diese in den späten 1980er Jahren ausgebrannt war, hatte er sie nicht wieder aufgebaut.

Ein Buchbinder – das passte perfekt ins Bild. Der Morbus-Gedichtband war kein Werk von der Stange. Es fehlten die ISBN, der Preis sowie die sonst üblichen Angaben zum Verfasser oder zur herstellenden Druckerei. Mara hatte anfangs geglaubt, dass es sich um einen vom Autor finanzierten Sonderdruck handle. Aber mit dem Wissen von jetzt – nämlich, dass das Buch Aufzeichnungen realer Morde beinhaltete und dass Schoenthaler als Buchbinder gearbeitet hatte – hielt sie es für wahrscheinlich, dass MORBUS ein Einzelstück war, gefertigt in professioneller Handarbeit. Garantiert war Schoenthaler auch in der Lage gewesen, das Buch über Jahre hinweg zu ergänzen und Seiten hinzuzufügen, wenn neue Morde dazukamen – so geschickt, dass ein Dritter es nicht bemerken würde.

Mara zwang sich, ihre aufkommende Euphorie zu unterdrücken. Schoenthalers Beruf verstärkte zwar den Verdacht gegen ihn – ein zwingender Beweis für seine Schuld war das aber nicht. Wenn sie ihn gegenüber der Polizei als Verdächtigen ins Spiel bringen wollte, benötigte sie mehr.

Um seine aktuelle Adresse herauszufinden, rief sie bei der Treuhandgesellschaft an, die ihre Immobilie vermittelte. Dort hatte man Paul in Bezug auf die Adresse von Friedrich Rossknecht weitergeholfen – vielleicht konnte man ihr auch die Kontaktdaten von Schoenthaler nennen. Doch leider sprang nur der Anrufbeantworter an.

Kein Wunder am Sonntag.

Mara verschob ihr Telefonat auf Montag und überlegte, wie es nun weitergehen solle. Bisher war Richard Schoenthaler für sie nur ein Name ohne Gesicht, weil die wenigen Textpassagen, die sie gefunden hatte, keine Bilder beinhalteten. Deshalb beschloss sie, im Internet gezielt danach zu suchen.

Das einzige brauchbare Foto war jedoch über fünfundzwanzig Jahre alt. Jemand hatte es auf dem Marktplatzfest im Jahr 1993 geschossen, und es zeigte, wie Schoenthaler vom Naunheimer Bürgermeister eine Ehrenmedaille überreicht bekam – als Anerkennung für die Restaurierung der Jahrbände des Gemeindearchivs, wie die Bilduntertitelung verriet. Schoenthaler hatte über hundert Bücher neu eingefasst.

Das Foto war ausgeblichen und etwas unscharf. Schoenthaler schaute nicht direkt in die Kamera, sondern in Richtung des Bürgermeisters, der ihm die Medaille an einem roten Band überreichte. Mara konnte zwar erkennen, dass Schoenthaler ein stattlicher Mann in Anzug und Krawatte war, dass er eine große, schlanke Statur hatte, und dass er einen Vollbart trug. Eine konkrete Vorstellung über sein Aussehen gewann sie aus der Seitenperspektive aber nicht.

Sie recherchierte weiter, diesmal nicht nach Richard Schoenthaler, sondern nach Bildern vom Marktplatzfest von 1993. Tatsächlich stieß sie schon bald auf eine Reihe von Gruppenaufnahmen, die der örtliche Schützenverein in sein Onlinearchiv eingestellt hatte. Eines der Fotos zeigte Schoenthaler frontal, auf einer Bierbank sitzend, den Arm lässig um die Frau zu seiner Linken gelegt. Im Gegensatz zu allen anderen auf dem Bild lachte er aber nicht. Er lächelte nur ein bisschen, eher anstandshalber als aus echter Freude.

Die Aufnahme schien ihm irgendwie unangenehm zu sein – so, als wolle er eigentlich gar nicht fotografiert werden.

Mara vergrößerte das Foto, betrachtete es eingehend, versuchte, sich vorzustellen, wie er heute aussah, ein Vierteljahrhundert später, vielleicht ohne Bart, dafür mit Glatze und möglicherweise fülliger als damals. Und während sie im Geiste die verschiedenen Varianten durchspielte, kam Richard Schoenthaler ihr tatsächlich irgendwie bekannt vor. Plötzlich war sie ganz sicher, dass sie dieses Gesicht schon einmal gesehen hatte.

Doch so sehr sie ihre Erinnerung auch bemühte – im Moment wusste sie nicht, wo.

KAPITEL 59

Am Sonntagabend rief Paul bei ihr an, um sich zu erkundigen, ob mit ihr alles in Ordnung sei. Mara freute sich darüber sehr, sie fand seine Sorge um sie irgendwie rührend. Er fragte sogar, ob er wieder bei ihr übernachten solle – ein Angebot, das sie gerne annahm.

Zwei Stunden später – Leni war bereits im Bett – saßen die beiden bei einem Glas Wein im Esszimmer. Paul berichtete von seiner Fahrradtour, Mara erzählte von ihren Recherchen.

»Ich habe mir in den letzten Stunden den Kopf zermartert, aber ich komme nicht darauf, woher ich Richard Schoenthaler kenne«, sagte sie.

»Vielleicht von früher?«, überlegte Paul. »Du bist doch in der Gegend groß geworden.«

Das hatte Mara sich auch schon überlegt. Sie war in Edenkoben aufgewachsen, nur einen Katzensprung von hier entfernt. Obwohl sie sich nicht daran erinnern konnte, war sie bestimmt hin und wieder mit ihrem Vater in Naunheim gewesen. Oder sie hatte Schoenthaler gesehen, als der in Edenkoben einkaufen gewesen war. Es gab viele Möglichkeiten, wie sie sich begegnet sein konnten.

»Spielt es denn eine Rolle, woher du ihn kennst?«, fragte Paul.

Mara zuckte mit den Schultern. »Ich weiß nicht. Irgendwie habe ich den Eindruck, dass es wichtig sein könnte. Und es macht mich ganz verrückt, wenn mir so etwas nicht einfällt.«

»Vielleicht hilft es, wenn du eine Weile nicht mehr darüber nachdenkst. Ich kenne da ein hervorragendes Ablenkungsmittel.«

Ein zweideutiges Lächeln legte sich auf seine Lippen. Mara wusste sofort, worauf er hinauswollte.

»Ach ja? Was für ein Mittel könnte das wohl sein?«, fragte sie scheinheilig.

»Das kann man nur schwer erklären«, antwortete Paul. »Am besten, du überzeugst dich selbst von der Wirkungsweise.«

Er stellte sein Glas weg, beugte sich zu ihr und küsste sie sanft auf den Mund. Tatsächlich spürte Mara sofort eine angenehme Wärme in sich aufsteigen. Der selbstauferlegte Druck löste sich binnen Sekunden in nichts auf. Unglaublich, wie Paul es immer wieder schaffte, dass sie sich in seiner Gegenwart so unbeschwert fallenlassen konnte!

Sie genoss diesen Zustand, weil sie lange darauf hatte verzichten müssen. Selbst bei Thorsten, mit dem sie jahrelang zusammen gewesen war, hatte sie sich nie so geborgen gefühlt. In dieser Beziehung war Paul ein echtes Genie.

Als er von ihr abließ, goss sie sich noch einmal nach. Obwohl sie gar nicht viel Wein vertrug, hatte sie heute Lust darauf. Der Alkohol entspannte sie, machte sie locker, enthemmte sie.

Und sie wollte enthemmt sein, um die Nacht in vollen Zügen zu genießen.

Als am nächsten Morgen der Wecker klingelte, wurde ihr bewusst, wie sehr sie über die Stränge geschlagen hatte. Sie fühlte sich immer noch betrunken. Ihr Schädel brummte, das Bett schwankte, die ganze Welt schien wie in Watte gepackt – aber nicht auf angenehme Art, sondern so, als würde man nirgends festen Halt finden, am allerwenigsten auf dem Fußboden.

Und das an einem Montag!

Gott, lass mich diesen gräßlichen Morgen irgendwie überstehen! Sobald Leni versorgt ist, gehe ich wieder ins Bett!

Glücklicherweise erkannte Paul die Situation sofort, und er bot an, Leni auf dem Weg zur Kanzlei im Kindergarten abzugeben.

»Sie muss etwas zum Essen mitnehmen«, sagte Mara, erstaunt darüber, wie krächzig ihre Stimme klang. »Am besten, du packst ihr eine Banane oder einen Apfel in den Rucksack. Und ein Wurstbrot.«

Paul lächelte. »Keine Angst, das schaffe ich schon.«

Dankbar blieb Mara liegen. Wie aus weiter Entfernung hörte sie das Klappern von Geschirr in der Küche und die Stimmen von Paul und Leni, die ausgelassen miteinander herumalberten.

Schön, dass die beiden sich so gut verstehen!

Mit diesem Gedanken schlief sie wieder ein.

Als sie gegen halb elf wieder aufwachte, fühlte sie sich besser. Nach dem Duschen war sie ein neuer Mensch, auch, wenn sie sich dafür schämte, dass sie am Vorabend einen über den Durst getrunken hatte.

Einen? Eher zwei oder drei!

Jedenfalls war es unheimlich nett von Paul, für sie einzuspringen. Wieder einmal hatte er seine Zuverlässigkeit bewiesen. Er war ein echter Schatz, so perfekt, dass es beinahe nicht wahr sein konnte.

Um sich bei ihm zu bedanken, beschloss sie, im Supermarkt eine große Packung Merci zu kaufen, dazu eine Grußkarte, auf die sie ein paar nette Zeilen schreiben wollte. Sie hatte vor, ihm beides in die Wohnung zu legen – heimlich, als Überraschung. Damit würde sie ihm einen Grund liefern, wieder bei ihr anzurufen.

Der Gedanke gefiel ihr.

Seinen Schlüssel hatte sie in der Handtasche, aber wo wohnte er? Paul hatte ihr einmal seine Adresse genannt. Kastanienweg 17? Tatsächlich gab es die Straße im Navi. Kurzerhand fuhr Mara dorthin.

Als sie ihren Wagen am Straßenrand parkte, wurde ihr klar, dass sie keine Ahnung hatte, wie Paul lebte. Bisher kannte sie nur seine Kanzlei. Sie gestand sich ein, dass sie es ziemlich spannend fand, ihn gewissermaßen hinter seinem Rücken besser kennenzulernen. Eine Wohnung verriet viel über einen Menschen.

Sein Haus war von außen ziemlich unscheinbar. Es stammte dem Aussehen nach aus den 1960er Jahren, war sauber instand gehalten und hatte einen kleinen Garten drum herum. Alles machte einen schlichten, aber gepflegten Eindruck – genauso, wie sie es bei Paul auch vermutet hätte.

Die Schokolade und die Karte unter dem Arm, schloss sie die Tür auf. Einen Moment lang zögerte sie im Eingang – hoffentlich war es Paul überhaupt recht, dass sie ihm ihr

Dankeschön ins Haus legte. Aber immerhin hatte er ihr ja seinen Schlüssel anvertraut.

Sie betrat einen kleinen Vorraum mit Garderobe, der in einen schmalen Flur führte. Von dort gingen nach links und rechts die Zimmer ab. Die meisten Türen standen offen, so dass Mara hineinsehen konnte. Als sie am Schlafzimmer vorbeikam, überlegte sie, ob sie die Merci-Packung auf das Kopfkissen legen solle, aber das kam ihr dann doch irgendwie zu persönlich vor.

Als würde sie eine Grenze überschreiten.

Obwohl sie ihn erst vor wenigen Tagen nackt in seinem Bett hatte überraschen wollen, schien ihr das Schlafzimmer nun keine gute Idee mehr zu sein.

Stattdessen entschied sie sich für das Wohnzimmer.

Während sie die Merci-Packung schön auf der Couch drapierte und die Karte so dazulegte, dass es optisch einen hübschen Eindruck machte, fiel ihr ein Stapel Papier auf dem Tisch ins Auge. Im Vergleich zu der ansonsten sauber aufgeräumten Wohnung wirkte der Stoß ziemlich unordentlich, weil er zum größten Teil aus gefalteten oder stark zerknitterten DIN-A4-Blättern bestand, so, als seien Seiten zerknüllt und anschließend wieder glattgestrichen worden.

Eigentlich wollte Mara gar keinen Blick darauf werfen – schließlich waren das Pauls Unterlagen, die gingen sie nichts an. Aber dann stach ihr auf der oberen Seite ein fettgedruckter Schriftzug ins Auge, der sie erstarren ließ:

Morbus 26

Von Wölfen, Schafen und vom Tod

KAPITEL 60

Morbus 26
Von Wölfen, Schafen und vom Tod

Drei Schafe fressen auf der Weide,
dass keins von ihnen Hunger leide.
Der Bock, die Aue und das Lamm,
es regnet leicht, die Luft ist klamm.

Wie bei den and'ren weiß scheint das Fell,
doch schaut man genau hin, dann ist es nicht hell,
beäugt man das Fell bei Tageslicht,
wird es pechschwarz unter der weißen Schicht.

Den anderen Schafen ist das egal,
nur ein Wolf sieht die Wahrheit – und das ist fatal,
die weiße Wolle, sie ist nur Schein,
die drei Schafe, sie sind nicht rein.

So schmiedet der böse Isegrim,
mit niederträchtigem Hintersinn
den Plan, zu töten die blendenden Schafe,
zu überfallen sie im tiefen Schlafe.

In der Nacht schleicht leise er an,
bis er die Schafe berühren kann,
dann schlägt er zu, erbarmungslos
und besiegelt damit der Schafe Los.

Zuerst vergreift er sich an der Aue,
streckt sie nieder mit seiner Klaue!
Sie brüllt ihren Schmerz in die Dunkelheit,
bis irgendwann sie nicht mehr schreit.

Jetzt wird der Bock wach, springt mutig dazwischen,
doch auch er dem Wolf nicht wird entwischen.
Denn was sind Hufe und Widderhorn
gegen Krallen, spitze Zähne und Zorn?

Der Wolf sieht rot, greift an und schnappt,
beißt dem Hammel die Läufe ab,
lässt ihn sterbend liegen im Blut,
wendet sich zu, jetzt, der jüngsten Brut.

Das Lamm, wie versteinert, schweiget stille,
gefangen in Angst vor Isegrims Wille,
erst als es blickt auf die Krallen wie Klingen,
weicht die Starre, und es kann springen.

Der Wolf hinterher, getrieben von Wut,
das Lamm muss sterben, soll bereuen den Mut,
fängt es ein, kein Problem, am Hals mit 'ner Schlinge,
auf dass es alsbald an 'nem Aste hinge.

Der Wolf sich wieder der Aue zuwendet,
sie ist nur verletzt, jetzt er sie schändet,
und während er folgt seinen niederen Trieben,
werden aus einem Wolf am End' sieben.

Als sie sind fertig, die Tat wird begossen,
sie heulen den Mond an, sind unverdrossen.
Doch dann nimmt das Schicksal eine Wendung:
Weg ist die Aue nach der Schändung!

Mehr tot als lebendig hat sie sich geschleppt,
in ein heimliches Versteck,
dort harrt sie aus und sinnt nach Flucht,
die wölfische Meute sie vergebens sucht.

Es war, als würde das Gedicht ihr die Luft zum Atmen rauben, mit jedem Wort ein bisschen mehr. Eine Weile saß Mara wie versteinert auf der Couch. Schließlich blätterte sie weiter und überflog die nächsten Seiten im Stapel: **Morbus 19 – Wasserspiel**, darauf folgte **Morbus 21 – Winterblut**.

Mit zitternden Fingern zog Mara ihr Smartphone aus der Tasche und rief das Bilderalbum auf, in dem sie die Scans der Morbus-Gedichte abgespeichert hatte. Morbus 19 und Morbus 21 stimmten nahezu exakt mit den Papierausdrucken überein, wahrscheinlich handelte es sich dabei um Vorgängerversionen. Dort waren einzelne Worte unterstrichen, die im fertigen Buch anders lauteten.

Paul hatte an diesen Gedichten herumgetüftelt.

Mara blätterte im Album ihres Handys bis zum letzten

Gedicht weiter. Das Buch endete mit *Morbus 25 – Das Lied der Nachtigall.*

Morbus 26 – Von Wölfen, Schafen und vom Tod gab es dort nicht.

Noch nicht!

In Maras Kopf überschlugen sich die Gedanken. War es möglich, dass Paul schon wieder gemordet hatte und das neueste Gedicht nun in Form brachte, um es irgendwann in das Buch einzufügen? Aber warum ließ er seine Aufzeichnungen offen herumliegen, wenn er Mara seinen Hausschlüssel gegeben hatte?

Weil er nicht mit meinem heutigen Besuch gerechnet hat! Wahrscheinlich hat er sich gestern Abend noch einmal alles angesehen, bevor er zu mir gekommen ist. Und wegen meines Katers ging er nach dem Kindergarten direkt ins Büro.

Mara las das letzte Gedicht noch einmal aufmerksam durch. Morbus 26 unterschied sich deutlich von den anderen – schon allein dadurch, dass es in Form einer Fabel verfasst worden war. Ungewöhnlich war aber auch, dass eines der Opfer hatte flüchten können. In keinem der anderen Gedichte hatte jemand überlebt.

Und dann gab es da noch etwas, das Mara ins Auge stach …

Aber noch bevor sie sich weitere Gedanken dazu machen konnte, hörte sie plötzlich ein Geräusch.

Es kam von der Haustür.

Jemand steckte einen Schlüssel ins Schloss.

Augenblicklich brach sie in Panik aus.

Das musste Paul sein!

KAPITEL 61

In letzter Sekunde gelang es Mara, sich ins Esszimmer zu schleichen, in der Hoffnung, dass Paul nicht als Erstes dorthin gehen würde. Dann hörte sie auch schon, wie die Haustür geöffnet wurde.

Anhand der Geräusche konnte sie ungefähr nachvollziehen, was danach geschah: Paul legte den Schlüssel auf der Eingangskommode ab und hängte einen Kleiderbügel an die Garderobe – wahrscheinlich hatte er sein Sakko ausgezogen. Daraufhin näherten sich Schritte.

Mara versteckte sich hinter der Tür, ihr Atem ging nur noch flach. Durch den Schlitz zwischen der Tür und dem Rahmen sah sie eine Männergestalt den Flur entlanglaufen.

Eindeutig Paul!

Er ging in die Küche und machte sich am Kühlschrank zu schaffen. Kurz darauf hörte Mara, wie er eine Flasche öffnete und die Mikrowelle betätigte.

Ihr wurde bewusst, dass sie sich beeilen musste – sie wollte nicht mehr hinter der Tür stehen, wenn er zwei Meter weiter am Esstisch zu Mittag aß. Sie wollte nur noch von hier verschwinden, weil sie nicht mehr wusste, was sie von ihm halten sollte.

Also nahm sie allen Mut zusammen, wagte sich aus ihrem Versteck und spähte in den Flur. Dort war die Luft rein, sie sah nur Pauls Schatten, der aus der Küche auf den gefliesten

Boden fiel. Geschirr klapperte, Besteck klirrte. Dazu pfiff Paul jetzt eine hübsche, kleine Melodie. Von den Rolling Stones.

I can't get no satisfaction.

Die Banalität der Situation war kaum zu ertragen, wenn man bedachte, was für ein Monster er war. Seine Unbeschwertheit kam Mara vor wie pure Ironie. War es nicht himmelschreiend ungerecht, dass er fröhlich sein durfte, wo er doch so viele Menschen ins Unglück gestürzt hatte?

Aber jetzt war nicht die Zeit, darüber nachzudenken. Sie musste schleunigst von hier verschwinden!

Um auf dem Fliesenboden keinen verräterischen Lärm zu verursachen, zog Mara die Schuhe aus. Auf Zehenspitzen schlich sie durch den Flur. Sie war nur noch eine Armeslänge von der Haustür entfernt, als sie hinter sich eine Stimme hörte.

»Mara?«

Sie drehte sich um. Am Ende des Gangs stand Paul, mit einem dampfenden Teller in der Hand.

Einen Moment lang liebäugelte sie mit dem Gedanken, die Situation zu überspielen – ihn in Sicherheit zu wiegen, um aus dem Haus zu gelangen, ohne Verdacht zu erregen. Aber auf die Schnelle fiel ihr nichts ein, was sie sagen konnte. Sie wusste: Sobald Paul begriff, dass sie die Wahrheit kannte, würde er sie zum Schweigen bringen.

Es gab nur einen Ausweg: so schnell wie möglich weg von hier!

Sie machte auf dem Absatz kehrt, riss die Klinke herunter und rannte in Strümpfen zur Tür hinaus. Dass ihr in der Aufregung ein Schuh aus der Hand fiel, war ihr gleichgültig.

Sie wollte nur irgendwie ins Freie gelangen, wo es Menschen gab und Paul ihr nichts mehr anhaben konnte.

Hinter sich hörte sie wieder ihren Namen: *»Maaaara!«*

Diesmal laut und fordernd, als könne die Schärfe in seiner Stimme sie zum Anhalten bewegen. Aber das Gegenteil war der Fall: So schnell ihre Beine es erlaubten, rannte sie zu ihrem Auto. Hastig suchte sie nach dem Schlüssel. Nach einer gefühlten Ewigkeit fand sie ihn endlich in der Handtasche.

Sie öffnete die Tür, warf den verbliebenen Schuh und die Tasche auf den Beifahrersitz, zwängte sich hinter das Steuer. Ihre Hände zitterten so stark, dass sie das Zündschloss nicht traf.

Verdammt!

Im Außenspiegel sah sie, wie Paul aus dem Gartentor eilte und von hinten auf das Auto zukam. Höchstens zehn Meter trennten ihn noch von ihr.

Reiß dich zusammen, sonst bist du tot!

Endlich gelang es ihr, den Motor zu starten. Sie drückte aufs Gas und löste die Handbremse. Mit quietschenden Reifen fuhr sie davon.

KAPITEL 62

Völlig aufgelöst kam Mara auf der Polizeistation an.

»Ist Kommissar Casale da?«, fragte sie.

»Er hat gerade jemanden im Büro«, antwortete Frau Hobstätter, die freundliche Dame, die hin und wieder den Empfang und die Telefonzentrale betreute.

»Sagen Sie ihm, dass ich ihn sprechen muss. *Dringend*!«

Die Freundlichkeit verflog aus Frau Hobstätters Gesicht – die Art, wie Mara mit ihr sprach, gefiel ihr nicht. Aber sie steckte den Kopf in Casales Büro und gab ihm Bescheid.

Kurz darauf kam er heraus.

»Ich hoffe, es ist wichtig!«, brummte er. »Ich habe da drin gerade eine Frau, die von ihrem Mann misshandelt wurde.«

»Tut mir leid, aber ich komme gerade aus Pauls Haus. Er ist der gesuchte Mörder!«

Casale seufzte. »Waren wir mit dem Thema nicht schon durch? Ich habe Ihnen doch gesagt, dass ich Paul für ungefährlich halte.«

»Und ich habe es Ihnen geglaubt. Aber jetzt liegen die Dinge anders!«

Sie erzählte in knappen Worten, was sie in Pauls Wohnung gefunden hatte. Während sie sprach, wurde Casale immer bleicher.

»Hilke, kümmerst du dich um Frau Schneider?«, bat er seine Mitarbeiterin. »Sag ihr, mir ist ein Notfall dazwischengekommen. Nimm den Rest ihrer Aussage auf und richte ihr aus, dass ich mich so bald wie möglich wieder bei ihr melde.«

Mit diesen Worten packte er Mara am Arm und schob sie zum Ausgang. Noch bevor sie draußen waren, hielt er sein Funkgerät in der Hand und forderte von der Zentrale in Edenkoben Verstärkung an.

»Ich will, dass in fünf Minuten jeder verfügbare Polizist vor Ort ist!«, zischte er. »Höchste Alarmbereitschaft. Gut möglich, dass es zu einer gewaltsamen Auseinandersetzung kommt.«

Wieder empfand Mara sein Vorgehen als sehr professionell. Wenn sie demnächst den Zeitungsartikel über die Aufklärung der Mordserie schrieb, würde sie ihn aus voller Überzeugung lobend erwähnen. In allem, was er tat, wirkte er souverän und kompetent.

Abgesehen vielleicht von seiner Fehleinschätzung in Bezug auf Paul.

Sie stiegen in den Polizeiwagen und fuhren in den Kastanienweg. Vor dem Haus hielt Casale an.

»Von außen sieht alles ruhig aus, aber das kann täuschen«, murmelte er. »Wer weiß, welche Überraschungen Paul sich für uns ausgedacht hat? Wir warten hier auf die anderen. Bei der Verhaftung eines Psychopathen will ich kein Risiko eingehen.«

Bis die Polizeiwagen aus den Nachbarorten eintrafen, dehnten sich die Minuten zu Ewigkeiten. Maras Nerven waren bis zum Zerreißen gespannt. Seit sie Pauls Haus verlassen hatte, war eine knappe Viertelstunde vergangen – viel Zeit für einen gerissenen Verbrecher, sich etwas einfallen zu lassen. Hatte er versucht, die Beweise verschwinden zu lassen? Oder besaß er womöglich Waffen, mit denen er das Feuer eröffnen würde, sobald die Polizei sich Zutritt zum Haus verschaffen wollte?

Die Situation war völlig unberechenbar.

»Sie warten im Wagen, bis ich Sie hole«, sagte Casale. »Kommissar Pesch bleibt zu Ihrem Schutz hier, die anderen kommen mit.«

Obwohl auch ein ranghöherer Polizist mit dabei war – zumindest hatte er die meisten Sterne an seinem Hemd – stellte niemand Casales Befehle in Frage. Er mochte zwar auf dem Papier nicht mehr der Chef sein, dafür aber in allem, was er tat.

»Geben Sie mir den Hausschlüssel«, sagte Casale zu Mara. »Im offiziellen Bericht werden Sie die Tür aufschließen, aber ich will Sie nicht unnötig in Gefahr bringen.«

Mara händigte ihm Pauls Schlüssel aus und sah zu, wie die Polizisten durchs Gartentor zum Haus eilten. Einer behielt den Vorgarten im Auge, ein zweiter ging nach hinten. Mit dem Rest lief Casale zum Eingang, wo sie klingelten und einen Moment warteten. Als niemand öffnete, schlossen sie auf und verschwanden nach drinnen.

Maras Nervosität wuchs mit jeder Sekunde. Ihr Magen spannte, ihre Haut kribbelte. Ihr ganzer Körper fühlte sich an, als läge sie in einem Ameisenhaufen.

Würden gleich Schüsse fallen? Würde es Verletzte oder gar Tote geben? Was, wenn es Paul gelänge, die Polizisten zu überwältigen? Wenn er sie in einen Hinterhalt gelockt hatte und nur darauf wartete, dass sie alle in die Falle gingen?

Mara ertappte sich dabei, wie sie nervös auf ihrer Unterlippe herumkaute.

Was, wenn Paul herauskommt, um mich zu töten?

Nach ein paar endlosen Minuten war das Warten schließlich vorbei. Casale trat aus der Haustür und kam zum Auto zurück.

»Paul ist nicht mehr hier«, sagte er mit belegter Stimme. Sein Gesicht war so finster wie am Tag ihrer ersten Begegnung.

KAPITEL 63

Casale leitete unverzüglich die Fahndung ein und forderte per Funk ein Spurensicherungsteam an.

»Schon wieder?«, hörte Mara die andere Stimme über den Lautsprecher.

»Ja, schon wieder«, knurrte Casale missmutig und beendete das Gespräch. »Als ob ich etwas dafür kann, wie die Dinge sich hier entwickeln!«

Mit einem Kopfschütteln wandte er sich an die anderen. Er wies seine Kollegen an, Streife zu fahren und dabei die Augen nach Paul Brunner offen zu halten. Seinen Chef bat er, alle umliegenden Polizeidirektionen zu benachrichtigen.

Als nur noch er und Kommissar Pesch übrig waren, gingen sie ins Haus zurück. Mara, die mitkam, erhielt wieder ein paar Latexhandschuhe.

»Wo haben Sie die Aufzeichnungen gefunden?«, fragte Casale.

Mara führte die Polizisten ins Wohnzimmer, doch der Tisch war leer.

»Paul muss die Unterlagen mitgenommen oder entsorgt haben«, sagte sie.

Ein Anflug von Unwohlsein machte sich in ihr breit. Was, wenn die Unterlagen verschwunden blieben? Konnte Paul ohne sie überhaupt überführt werden? Sie war so eilig aus dem Haus geflüchtet, dass sie gar nicht in Erwägung gezogen hatte, er könne sich der Beweise entledigen.

»Durchsuch die Mülleimer, Timmy«, wies Casale seinen jüngeren Kollegen an. »Nicht nur im Haus, auch draußen. Öffentliche Mülleimer, die Abfalltonnen der Nachbarn – alles, wo Paul Brunner versucht haben könnte, auf die Schnelle Beweismaterial loszuwerden. Denn verbrannt hat er das Zeug nicht, das würde man riechen.«

Casale und Mara sahen sich weiter im Haus um.

»Ist es das?«, fragte der Kommissar schließlich.

Seine Stimme kam aus dem Esszimmer. Rasch eilte Mara zu ihm. Auf dem Sideboard lag ein Stapel Papier, unordentlich und zerfleddert, so, als habe ihn jemand achtlos dorthingeworfen.

Mara nickte. Das waren zweifellos die gesuchten Aufzeichnungen.

»Paul sieht, wie Sie Hals über Kopf aus dem Haus rennen«, sagte Casale, mehr zu sich selbst als zu Mara. Offenbar versuchte er, die Situation zu rekonstruieren. »Er kommt ins Wohnzimmer zurück und begreift, dass Sie die Papiere gelesen haben, die noch vom Vortag offen dort herumliegen. Das macht ihn wütend – weil er einen dummen Fehler begangen hat: Er hätte Ihnen nicht seinen Schlüssel geben und gleichzeitig seine Aufzeichnungen offen im Haus herumliegen lassen dürfen. Außerdem bekommt er es mit der Angst zu tun. Er weiß, dass er fliehen muss, wenn er dem Gefängnis entkommen will, und dass sein gewohntes Leben ab sofort zu Ende ist. Als ihm das alles so richtig bewusst wird, pfeffert er die Unterlagen aufs Sideboard, packt überstürzt ein paar Sachen und verschwindet damit so schnell er kann ... So oder so ähnlich wird es sich zugetragen haben, was denken Sie?«

Mara nickte. Casales Erklärung klang einleuchtend.

Wenig später traf auch schon das Spurensicherungsteam aus Landau ein. Dessen Chef, ein baumlanger Kerl mit dunkelblonder Löwenmähne, war auch schon bei den Arbeiten in ihrem Keller dabei gewesen. Als er mit einer Plastikwanne voll Ausrüstung an Casale vorbeimarschierte, warf er ihm ein verschmitztes Grinsen zu.

»Gibt es in Naunheim eine hübsche Pension, wo meine Leute und ich uns ein Zimmer nehmen können?«, fragte er. »Das kommt die Steuerzahler auf Dauer billiger als die ständige Hin- und Herfahrerei.«

Casale verzog keine Miene. »Jaja, ich lache an Weihnachten darüber«, brummte er. »Und jetzt ab mit euch an die Arbeit.«

Mara wäre gerne noch geblieben, um den Fortschritt bei der Spurensicherung zu beobachten und sich ein paar Notizen für ihren Bericht zu machen, aber zuerst wollte sie Leni vom Kindergarten abholen. In all der Aufregung hatte sie sie beinahe vergessen.

Ein schrecklicher Gedanke durchzuckte sie: Was, wenn Paul die Kleine in seine Gewalt gebracht hatte?

Als sie sich eilig von Casale verabschiedete, hielt der sie am Arm fest.

»Ihrer Tochter ist nichts geschehen!«, beruhigte er sie. »Paul wird versuchen, so schnell wie möglich das Weite zu suchen. Am ehesten in Richtung der französischen Grenze, weil es länger dauert, bis eine Auslandsfahndung anläuft – das würde ihm Zeit verschaffen. Aber auch, wenn er in

Deutschland bleibt, wird er viel eher untertauchen, anstatt sich an Ihrer Tochter zu vergreifen. Um jedes Risiko auszuschließen, werde ich Ihnen vorläufig Kommissar Pesch als Personenschutz überlassen.«

Er deutete mit dem Kinn auf den jungen Polizisten, der schon vorhin bei Mara am Wagen gewartet hatte.

»Timmy ist erfahrener, als er aussieht«, fuhr er fort. »Außerdem ist er der beste Schütze weit und breit. Er schießt einer Mücke auf hundert Meter den Stechrüssel ab.«

Er bedachte seinen eigenen Witz mit einem kurzen Lächeln, dann wurde er wieder ernst.

»Timmy wird Sie begleiten und so lange nicht von Ihrer Seite weichen, bis Sie sich wieder sicher fühlen, in Ordnung?«

Für Mara war im Moment gar nichts in Ordnung. Aber sie nickte.

KAPITEL 64

Der Kindergarten lag auf der anderen Seite von Naunheim. Mara fuhr mit ihrem Škoda dorthin, Kommissar Pesch folgte ihr in einem Polizeifahrzeug.

Während der Fahrt überschlugen sich Maras Gedanken. Zum Glück hatte sie Paul nie ihren Hausschlüssel gegeben, obwohl er das vermutlich bezweckt hatte, als er ihr seinen gab. Erst heute Morgen war sie knapp davor gewesen, sich bei ihm zu revanchieren, als er sich so rührend um Leni gekümmert hatte. Jetzt war sie froh, es nicht getan zu haben.

Wie hatte sie nur dermaßen auf ihn hereinfallen können? Sie musste ihm zugestehen, dass er ein oscarreifes Schauspieltalent besaß. Natürlich musste er gut schauspielern können, um sich unverdächtig an seine Opfer heranzumachen. Dahinter steckte ja wohl auch jahrelange Übung. Aber es war ein Unterschied, ob man sich nur für kurze Zeit verstellte, um ein ahnungsloses Opfer vor einem geplanten Überfall in Sicherheit zu wiegen, oder ob man jemanden über Wochen täuschte, den man beinahe täglich sah, und mit dem man eine intime Beziehung eingegangen war. Jedenfalls hatte sie ihm diesen etwas spießigen, aber überaus zuvorkommenden Typen von nebenan voll und ganz abgekauft.

Vielleicht habe ich mich nur deshalb so bereitwillig von ihm täuschen lassen, weil er mir so viel Aufmerksamkeit geschenkt hat, ich dumme Kuh!

Enttäuscht und wütend auf sich selbst, hielt Mara ihren Wagen vor dem Kindergarten und stieg aus. Kommissar Pesch parkte neben ihr.

»Soll ich mitkommen?«, fragte er durchs heruntergelassene Fahrerfenster.

Mara schüttelte den Kopf. Die Uniform würde Leni höchstens beunruhigen.

»Ich denke, das wird nicht nötig sein«, sagte sie. »Warten Sie einfach hier, bis ich wieder rauskomme.«

Mara seufzte erleichtert auf, als sie durch die Glastür zum Spielzimmer ihre Tochter erkannte. Nicht auszudenken, wenn der Kleinen etwas zugestoßen wäre!

Sie hielt einen Moment inne, weil ihr die Tränen kamen. Mit einem Taschentuch tupfte sie sich die Augen trocken.

Erst jetzt bemerkte sie, dass ihre Hände zitterten.

War es womöglich doch ein Fehler gewesen, nach Naunheim zu ziehen? Mittlerweile fühlte sie sich hier genauso unsicher wie nach dem Überfall in Frankfurt, als dieser schwarz gekleidete Mann sie im Aufzug angegriffen hatte. In gewisser Weise kam sie sich hier sogar noch verletzlicher vor. In Frankfurt hatte sie wenigstens Freunde gehabt, an die sie sich wenden konnte. Und Nachbarn. Hier kannte sie so gut wie niemanden, und zu allem Überfluss stand ihr Haus völlig isoliert oben am Berg.

Wenn ich schreie, hört mich da oben keiner.

Aber sie wollte sich nicht von ihren düsteren Gedanken kleinkriegen lassen.

Sobald Paul geschnappt ist, sieht die Welt ganz anders aus. Dann werde ich mich hier bestimmt wohl fühlen.

Sie steckte das Taschentuch weg und betrat das Spielzimmer. Als Leni sie erkannte, kam sie freudestrahlend angerannt, um sie zu umarmen.

Mara gab ihr einen dicken Kuss. »Wie war dein Tag?«, wollte sie wissen.

»Super! Stell dir vor: Als Paul mich heute Morgen hier abgegeben hat, wollte Lucy wissen, ob er mein Papa ist. Kommt er heute Abend wieder zu uns? Bitte, Mama, *bitte*! Ich mag ihn!«

Mara versuchte, sich nicht anmerken zu lassen, wie hart die Worte sie trafen.

»Ich glaube, heute wird daraus nichts«, sagte sie. Zu einer genaueren Erklärung fehlte ihr im Moment die Kraft.

Sie verabschiedeten sich von den Erzieherinnen und gingen zur Garderobe, wo Leni ihre Jacke anzog und ihren Rucksack schulterte. Gemeinsam schlenderten sie zum Auto.

»Was habt ihr heute Schönes gemacht?«, fragte Mara auf dem Nachhauseweg. Im Rückspiegel sah sie Kommissar Peschs Polizeiauto, das ihr wie ein Schatten folgte.

»Wir waren im Klettergarten!«, berichtete Leni aufgeregt.

»Ich wusste nicht mal, dass es in Naunheim einen Klettergarten gibt«, erwiderte Mara.

»Doch. Direkt am Sportplatz.«

»Ah. Und hat das Klettern gut geklappt?«

»Klar. Wir haben uns sogar angeseilt – das war klasse! Nur auf dem Rückweg war es irgendwie gruselig. Da hat ein Mann uns beobachtet.«

Sofort ging in Maras Kopf eine Alarmsirene los. »Was für ein Mann denn?«

»Weiß ich nicht. Er stand am Waldrand hinter einem Gebüsch. Zuerst dachte ich, dass er seinen Hund Gassi führt, aber ich glaube, der hatte gar keinen Hund. Der hat uns nur angestarrt, als würde er irgendwas aushecken. Als Tanja und ich ihn bemerkt haben, ist er zwischen den Bäumen verschwunden.«

Das war sonderbar, vor allem angesichts der jüngsten Entwicklungen.

»Wann war das?«, wollte Mara wissen. »Heute Vormittag oder erst später?«

Leni zuckte mit den Schultern. »Kurz nach der Vesperpause«, sagte sie.

Also gegen zehn Uhr.

»Kann es sein, dass das Paul war?«

Leni zog die Stirn kraus. »Das glaube ich nicht. Warum sollte er so etwas tun?«

Das war allerdings die Frage: Warum sollte Paul Leni im Kindergarten abgeben, nur, um sie wenig später heimlich zu beobachten? War er womöglich nicht nur ein Mörder, sondern obendrein auch noch pädophil?

Mara mochte gar nicht weiter darüber nachdenken. Doch die Vorstellung trieb ihr einen eiskalten Schauder über den Rücken.

KAPITEL 65

Kommissar Pesch blieb auf Maras Wunsch bis zum Abend. Er war ein ruhiger, unauffälliger Zeitgenosse, der einen ziemlich schüchternen Eindruck machte. Dennoch vermittelte ihr seine Anwesenheit ein Gefühl von Sicherheit. In der derzeitigen Situation war das kaum mit Gold aufzuwiegen.

Die meiste Zeit saß Kommissar Pesch einfach nur auf der Couch und blätterte in einer der Illustrierten, die Mara ihm hingelegt hatte, auch wenn sie nicht glaubte, dass die Schminktipps in der *Brigitte* oder die Rezepte in der *Petra* ihn besonders interessierten. Gelegentlich stand er auch auf, um einen Blick auf die Terrasse oder aus einem der Fenster zu werfen.

Leni erklärte sie die Aufgabe des Polizisten folgendermaßen: »Falls etwas Wichtiges passiert, wird Kommissar Pesch sofort informiert, und er kann es mir dann direkt weitererzählen. Auf diese Weise bekomme ich ganz schnell alles mit.«

Das ergab zwar nicht wirklich Sinn, aber es reichte aus, um ein fünfjähriges Mädchen zufriedenzustellen.

Im Lauf des Nachmittags beruhigten Maras Nerven sich allmählich wieder. Gegen neunzehn Uhr kam Kommissar Casale vorbei und beorderte Pesch nach Edenkoben, wo er in der Zentrale aushelfen sollte.

»Ich komme um zehn, um dich abzulösen«, sagte er und

klopfte ihm väterlich auf die Schulter. »Ich weiß, du hattest einen anstrengenden Tag, aber so lange musst du noch durchhalten, okay?«

Nachdem Pesch gegangen war, durfte Leni im Fernsehen eine Zeichentrickserie anschauen, damit Casale Mara ungestört auf den aktuellen Stand der Ermittlungen bringen konnte.

»Von Paul fehlt noch jede Spur«, begann er mit ernster Miene. »Falls wir ihn im Lauf der nächsten vierundzwanzig Stunden nicht schnappen, werde ich die Fahndung auf Gesamtdeutschland ausdehnen. Die französischen Behörden sind bereits informiert. Derzeit ist im Umkreis von fünfzig Kilometern jeder verfügbare Polizist im Einsatz, um ihn zu suchen – ich habe auch Unterstützung aus Landau, Speyer und Neustadt angefordert.«

Er zögerte, hielt inne.

»Was ist?«, fragte Mara.

»Ich kann Ihnen für die Nacht niemanden mehr als Personenschutz abstellen«, sagte er. »Wir sind für solche Fälle nicht ausgestattet und haben alle Hände voll zu tun. Aber ich verspreche Ihnen, dass jede Stunde eine Streife bei Ihnen vorbeifahren wird, um nach dem Rechten zu sehen. Falls Ihnen das als Sicherheit nicht reicht, sollten Sie vorübergehend in ein Hotel übersiedeln.«

Mara ließ sich seine Worte durch den Kopf gehen. »Ich denke, das wird nicht nötig sein«, sagte sie. »Im Notfall wähle ich die 110.«

»Sie können mich auch rund um die Uhr über meine Mobilnummer erreichen. Dann bin ich in fünf Minuten hier. Halten Sie Ihr Handy heute Nacht griffbereit, okay?«

»Das mache ich«, sagte Mara.

Und meine Pistole, fügte sie in Gedanken hinzu.

Am Abend geriet Maras Überzeugung allerdings in Wanken. Als Casale weg war und Leni schlief, kuschelte sie sich im oberen Wohnzimmer in eine Decke, doch Fernseher und Radio blieben heute aus, damit sie hören konnte, falls unten ein Fenster oder die Tür aufgebrochen wurde.

Obwohl das eigentlich kaum sein konnte: Im Erdgeschoss waren alle Fenster – so antiquiert sie wirkten – mit einer modernen Pilzkopfverriegelung ausgestattet. Die Haustür hatte einen aufbohrsicheren Schließzylinder, außerdem war sie massiv wie eine mittelalterliche Zugbrücke. Einzige Schwachstelle war der Zugang über die Terrasse, und selbst der war laut Aussage der Maklerin vor ein paar Jahren nachgerüstet worden. Das Thema Sicherheit war Mara beim Kauf des Hauses wichtig gewesen. Hier kam so leicht keiner rein.

Dennoch lag die Heckler & Koch auf dem Beistelltisch neben der Couch. Für den Notfall.

Am Handy las Mara noch einmal ein paar Gedichte aus dem Morbus-Buch, weil sie gerne nachvollziehen wollte, was Paul zu seinen Taten antrieb. Aber statt des erhofften Einblicks in die Wirrungen einer kranken Seele, kristallisierte sich nur immer deutlicher die Grausamkeit seiner Taten heraus. Je länger sie las, desto stärker fröstelte sie unter ihrer Decke.

Um sich wieder aufzuwärmen, trank sie einen Schluck Tee. Mit der heißen Tasse in den Händen saß sie eine Weile einfach nur da und ließ die Gedanken fließen.

Aus irgendeinem Grund drängte sich ihr dabei immer

wieder das Gedicht ins Bewusstsein, das sie in Pauls Haus gefunden hatte. Obwohl sie es nicht abfotografiert hatte, war es ihr eindrücklich in Erinnerung geblieben - wahrscheinlich, weil sie beim Lesen begriffen hatte, dass Paul der Täter sein musste.

Drei Schafe – ein Bock, ein Muttertier und ein Lamm – werden von einem Wolf beobachtet, überfallen und massakriert. Dem Bock beißt der Wolf die Hufe ab, das Lamm hängt er an einem Ast auf, das Schaf wird von ihm misshandelt, kann aber entkommen.

Irgendwie kam Mara die Geschichte bekannt vor. Wo hatte sie sie schon einmal gehört? War diese Fabel Teil der deutschen Literatur? Hatte sie sie vielleicht in der Schule gelesen oder von Tante Agathe erzählt bekommen?

Selbst wenn - ein Aspekt war an Pauls Version sicher neu, nämlich der, dass der Wolf das Mutterschaf nicht fraß, sondern sich an ihm verging. Zumindest das hatte er dazu erfunden.

Die Stelle, an der aus dem einen Wolf sieben Wölfe wurden, fand Mara ebenfalls ungewöhnlich. Bisher hatte sie noch gar keine Zeit gefunden, genauer darüber nachzudenken. Jetzt rief sie sich die entscheidenden Zeilen noch einmal ins Gedächtnis:

Während er folgt seinen niederen Trieben,
werden aus einem Wolf am End' sieben.

Zumindest so oder so ähnlich hatte der Vers geklungen. Was wollte Paul damit ausdrücken? Dass es bei diesem Verbrechen nicht nur einen Täter gab, sondern sieben?

Eine andere Erklärung fiel Mara nicht ein.

Und wenn das so war – gab es dann bei *allen* in dem Morbus-Buch beschriebenen Verbrechen Komplizen?

Die Vorstellung, dass es sich um eine ganze Gruppe von Mördern handeln könnte, die sich gegenseitig deckten, verstörte Mara zutiefst. Wem konnte sie noch trauen? Jeder, den sie bisher für unschuldig gehalten hatte, konnte mit Paul unter einer Decke stecken! Vielleicht hatte er sogar einen Verbündeten bei der Polizei? Kommissar Pesch, oder gar Casale?

Mit jedem Tag wurde dieser Fall verwirrender und undurchsichtiger. Bis er gelöst war, musste Mara vorsichtig sein.

Gegenüber *jedem*.

KAPITEL 66

Ein Geräusch riss Mara aus dem Schlaf. Instinktiv wusste sie, dass sie nicht im Bett lag, sondern immer noch auf der Couch saß und eingenickt war.

Irgendwo vor sich registrierte sie eine Bewegung. Hektisch griff sie zur Waffe, doch sie hielt inne, als sie erkannte, dass es nur Leni war. Die Kleine stand im Eingang zum Wohnzimmer, ihren Teddy im Arm, das Haar wild verstrubbelt.

»Ich kann nicht mehr schlafen, Mama«, nuschelte sie.

Mit pochendem Herzen ließ Mara von der Pistole ab und eilte zu ihrer Tochter, um sie in die Arme zu schließen.

Um ein Haar hätte ich abgedrückt!

So konnte es nicht weitergehen! Sie musste sich dringend etwas einfallen lassen.

»Komm erst mal zu mir aufs Sofa«, sagte sie. Gemeinsam mit Leni kuschelte sie sich unter die flauschige Wolldecke. Die Uhr an der Wand zeigte kurz nach halb fünf – es war noch viel zu fruh, um aufzustehen.

Während Leni in ihren Armen rasch wieder einschlummerte, fand Mara an diesem Morgen nicht mehr in den Schlaf. Vielleicht hätte sie doch lieber ein Hotelzimmer nehmen sollen!

Zum ersten Mal, seit sie hier wohnte, überlegte sie sogar ernsthaft, ob sie wieder wegziehen sollte. Nicht unbedingt zurück nach Frankfurt, aber irgendwohin, wo nicht hinter jeder Ecke der Tod lauerte.

Wenn es wirklich mehrere Mörder sind, die gemeinsame Sache machen, wird es womöglich noch Jahre dauern, bis alle gefasst sind. Falls das überhaupt jemals klappt.

Mara seufzte. Sie war an einen Ort mit einem düsteren Geheimnis gezogen, und ihr neues Zuhause spielte dabei eine zentrale Rolle. Aus irgendeinem Grund schienen hier alle Fäden zusammenzulaufen: Es hatte einen eingemauerten Knochenfund in ihrem Keller gegeben, wenngleich seine Bedeutung noch im Dunkeln lag. Wenige Meter von ihrem Gutshof entfernt war Carola Danner entführt worden. In einem Schuppen auf ihrem Grundstück hatte sie Fotos von Sina Fischer gefunden. Und aus irgendeinem Grund hatte jemand das Morbus-Buch in die Bibliothek gestellt – vermutlich Paul, der sich ja von Anfang an als Helfer aufgedrängt und sich dadurch Zugang zu ihren Räumlichkeiten verschafft hatte.

Warum war es ihm so wichtig gewesen, das Buch in ihrer privaten Bücherei zu deponieren?

Irgendetwas lief in ihrem Leben gerade total schief. Sie war hierhergezogen, um zur Ruhe zu kommen, dem Stress in Frankfurt zu entfliehen und mehr Zeit für Leni zu haben. In gewisser Weise war sie mit dem Umzug auch vor Thorsten geflüchtet – und vor dem Mann, der sie im Aufzug überfallen hatte.

Sie hatte geglaubt, in Naunheim ein kleines Paradies für sich entdeckt zu haben. Stattdessen war sie im Vorhof zur Hölle gelandet.

Nach dem Frühstück beschloss Mara, Leni heute lieber zu Hause zu behalten. Hier konnte sie sie nötigenfalls beschützen. Die Heckler & Koch verstaute sie in der Handtasche, um sie immer in der Nähe zu haben. Das Magazin steckte sie ebenfalls in die Tasche, aber separat, damit die Waffe nicht versehentlich losgehen konnte. Dennoch wäre die Pistole mit zwei Handgriffen einsatzbereit.

Um zehn Uhr kam Regina, die sich nicht nur als fleißige Putzhilfe entpuppt hatte, sondern auch als Bezugsperson für Leni schon eine wichtige Rolle spielte. Heute ernannte sie die Kleine zur *Turbo-Staubsauger-Fachkraft* – eine Auszeichnung, die Leni voller Stolz annahm.

Während die beiden sich eifrig ans Werk machten, verzog Mara sich nach unten in die Bibliothek, wo sie mit Kommissar Casale telefonierte, um sich auf den neuesten Ermittlungsstand bringen zu lassen. Leider war der nahezu unverändert. Dennoch setzte Mara sich danach an den Computer, weil sie die Ereignisse des gestrigen Tages niederschreiben wollte, solange sie ihr noch frisch im Gedächtnis waren.

Wieder tat sie sich mit dem Anfang außergewöhnlich schwer, aber nachdem der Einstieg geschafft war, lief der Rest fast wie von allein. Um halb zwölf hatte sie ihren Entwurf fertig und schickte ihn zur Freigabe an Casale.

Da ihr die Sache mit Paul so zu Herzen gegangen war, dass sie seit gestern kaum etwas gegessen hatte, knurrte ihr jetzt der Magen. Sie schaltete den Computer aus und ging nach oben, um in der Küche für Leni, Regina und sich zu kochen.

Beim Mittagessen klingelte ihr Handy. Auf dem Display erschien die Nummer von Casale.

»Da muss ich kurz ran«, sagte sie zu den beiden anderen und stand auf, um das Gespräch im Wohnzimmer entgegenzunehmen.

»Ihr Bericht gefällt mir«, begann der Naunheimer Kommissar. »Sehr sogar. Vielen Dank, dass Sie mich dabei so gut dastehen lassen. Allerdings kann ich Ihnen im Moment noch keine Freigabe erteilen, weil es eine Sache gibt, der wir zuerst noch nachgehen müssen.«

»Hat sich etwas Neues ergeben?«

»Bei der Durchsuchung von Pauls Büro sind wir auf seine alten Kalender gestoßen.«

»Und?«

»Sina Fischer und ihr Freund Batu Cem wurden nachweislich zwischen dem 13. und dem 15. Oktober 2018 ermordet. Laut Kalendereintrag war Paul aber vom 12. bis zum 17. Oktober auf einem Rechtsanwaltskongress in Singapur. Bevor wir irgendetwas veröffentlichen, will ich das zuerst prüfen.«

»Ein Anwaltskongress in *Singapur*?«, wiederholte Mara. »Viel weiter weg geht es ja kaum! Für mich klingt das wie ein fingiertes Alibi.«

»Das war auch mein erster Gedanke«, gab Casale zu. »Aber in seinen Einkommensteuerunterlagen haben wir das Flugticket entdeckt. Hin- und Rückflugdaten stimmen mit den Kalenderangaben überein.«

»Es gibt Agenturen, die sich darauf spezialisiert haben, Postkarten für ihre Klienten zu verschicken – von Orten, an denen sie nie gewesen sind. Zum Beispiel, um untreue Ehemänner zu entlasten, die ihren Frauen erzählen, sie seien auf Geschäftsreise, während sie in Wahrheit fremdgehen.«

»Ich weiß, worauf Sie hinauswollen«, sagte Casale. »Wir werden herausfinden, ob Paul tatsächlich an diesem Kongress teilgenommen hat. Bis es so weit ist, halten wir die Veröffentlichung Ihres Artikels zurück – tut mir leid.«

Nach dem Essen ging Mara wieder in die Bibliothek, um ihre eigenen Nachforschungen über den angeblichen Asienkongress anzustellen. Seit sie wusste, dass es mehrere Täter gab, konnte sie niemandem mehr vertrauen – auch nicht Casale. Paul und er schienen zwar nicht besonders gut aufeinander zu sprechen zu sein, aber vielleicht war das nur Tarnung. Wie Mara die Sache auch drehte und wendete – letztlich blieb sie auf sich allein gestellt.

Im Internet stieß sie schnell auf einige Berichte, die belegten, dass es zur genannten Zeit einen Kongress über aktuelle Entwicklungen des internationalen Strafrechts gegeben hatte. Im Hotel Concorde in Singapur. Sogar ein paar Fotos der Veranstaltung waren im Netz eingestellt, aber Paul konnte sie darauf nirgends entdecken. Mit wenigen Klicks fand Mara die Telefonnummer des Hotels Concorde heraus und rief dort an.

Ungeachtet des Zeitunterschieds meldete sich am anderen Ende der Welt sofort eine freundliche Stimme. Obwohl Maras Englisch etwas eingerostet war, genügte es, um dem Hotelangestellten klarzumachen, was sie wollte: eine Teilnehmerliste des Kongresses, der im Oktober 2018 im Merlion-Saal stattgefunden hatte.

Nach einer kurzen Diskussion zum Thema Datenschutz und Maras Hinweis, dass es um ein Alibi in einem Kriminalfall gehe, wurde sie zum Hotelmanager weitergeleitet.

Der hatte schließlich ein Einsehen und mailte ihr das gewünschte Dokument zu. In Sachen Überredungskunst machte Mara so leicht keiner etwas vor, sonst wäre sie in ihrem Beruf nie so erfolgreich geworden.

Zehn Minuten später studierte sie die Liste auf dem Computerbildschirm. Neben den alphabetisch sortierten Namen und den dazugehörigen akademischen Graden enthielt sie auch das Herkunftsland sowie die Zugehörigkeit zur jeweiligen Sozietät inklusive deren Adresse. Insgesamt hatten rund vierhundert Teilnehmer an der sechstägigen Veranstaltung teilgenommen.

Auch der Name Paul Brunner befand sich darunter.

Aber das bewies überhaupt nichts.

Mara druckte die Liste aus und markierte mit einem Leuchtstift die Namen aller deutschen Kongressteilnehmer – insgesamt acht. Anschließend suchte sie auf den Internetseiten der jeweiligen Kanzleien die Telefonnummern der betroffenen Rechtsanwälte heraus. Sie ging davon aus, dass die wenigen Teilnehmer aus Deutschland sich im Lauf des Kongresses näher kennengelernt hatten – bei den Pausengesprächen oder abends bei einem Glas Bier.

Wenn Paul damals in Singapur gewesen war, musste sich jemand an ihn erinnern.

Da es außer ihm auf der Liste keinen weiteren Anwalt in der Pfalz gab, telefonierte Mara die Nummern von oben nach unten ab. Die erste, in Hamburg, existierte schon nicht mehr, bei der zweiten, einer Nummer in München, sprang nur der Anrufbeantworter an.

Bei der dritten hatte Mara endlich Erfolg – ein Anschluss

in Duisburg. Sie ließ sich von einer netten Sekretärin mit Anwalt Gregor Boranjak verbinden, der das Gespräch auch sofort annahm.

»Was kann ich für Sie tun, Frau Flemming?« Seine Stimme klang sonor wie die eines Opernbaritons.

Mara erklärte ihm die Situation.

»Ich versuche herauszufinden, ob Paul Brunner tatsächlich an diesem Asienkongress teilgenommen hat«, schloss sie.

»Paul Brunner ... Paul Brunner ...« Boranjak ließ sich den Namen auf der Zunge zergehen. »Warten Sie einen Moment.«

Er legte den Hörer beiseite, Papier raschelte. Dann war er wieder am Apparat.

»Ja – Paul Brunner. Hier habe ich seine Karte«, sagte er. »Wir saßen im Hotelrestaurant zusammen an einem Tisch, wenn ich mich nicht irre. Mittelgroß, schlank, mit kurzem, dunklem Haar.«

Die Beschreibung passte auf viele Männer. Vielleicht hatte Paul als Alibi jemand anderen nach Singapur geschickt, um in Naunheim ungestört seinem Mordtrieb nachgehen zu können. Mara traute ihm inzwischen alles zu.

»Tun Sie mir den Gefallen, und sehen Sie sich Herrn Brunners Bild an«, bat sie. Sie nannte Boranjak Pauls Internetadresse. Seine Website war zwar alles andere als modern, aber sie zeigte neben seinen Kontaktdaten und einigen Referenzen auch ein Foto von ihm – ausnahmsweise ohne Pullunder, sondern ganz klassisch mit Anzug und Krawatte.

Eine Fassade der Seriosität, hinter der sich ein teuflischer Psychopath versteckte.

»Ich denke, das könnte er sein«, sagte Boranjak. »Einen Eid würde ich aber nicht darauf schwören – das ist schon zu lange her. Wir haben ja nur ein paarmal miteinander gegessen.«

Mara seufzte innerlich auf. Mit dieser Aussage konnte sie nichts anfangen.

»Gehen wir einmal davon aus, Herr Brunner war wirklich in Singapur – könnten Sie dann mit Sicherheit sagen, dass er die ganze Zeit über dort war und nicht zwischendurch ein oder zwei Tage gefehlt hat?«, fragte sie, denn selbst wenn Paul keinen Doppelgänger auf den Kongress geschickt hatte, konnte es immer noch sein, dass er zwischendurch unter falschem Namen nach Hause geflogen war, um den Mord an Sina und ihrem Freund Batu zu begehen. Zurück in Singapur hätte er den Schein einer einwöchigen Geschäftsreise aufrechterhalten und sich damit ein Alibi verschafft.

Boranjak zögerte. »Wenn Sie mich so fragen ... Es könnte schon sein, dass er nicht die ganze Zeit an dem Kongress teilgenommen hat. Bei so vielen Besuchern fällt das nicht auf.«

»Hätten Sie das nicht im Hotelrestaurant bemerkt, wenn jemand am Tisch fehlt?«

»Nein. Bei solchen Veranstaltungen gibt es immer einige, die nicht im Hotel essen. Manche wollen lieber etwas von der Stadt sehen, manche lassen ein paar Mahlzeiten ausfallen, weil sie die Zeit zum Arbeiten nutzen wollen. Aber jetzt, wo wir so darüber sprechen, fällt mir ein, dass Herr Brunner sich ziemlich gut mit jemand anderem verstanden hat. Die beiden kannten sich, glaube ich, schon vor dem Kongress. Einen Augenblick ...«

Wieder hörte Mara ein Rascheln.

»Hier, ich denke, das war er – Dr. Franz Vohringer. Soll ich Ihnen seine Kontaktdaten geben?«

Mara schrieb mit, bedankte sich und beendete das Gespräch. Vohringer stand auch auf ihrer Liste, aber ganz unten, weil er im Alphabet der letzte der deutschen Singapur-Teilnehmer war. Kurzerhand zog Mara ihn vor.

Vohringer befand sich noch in einem Mandantentermin, rief aber zehn Minuten später zurück und hörte sich Maras Geschichte an.

»Paul steht im Verdacht, einen Mord begangen zu haben?«, wiederholte er fassungslos.

Mara verzichtete, ihn darauf hinzuweisen, dass es vermutlich weit über zwanzig Morde waren.

»Das kann ich mir nicht vorstellen«, fuhr Vohringer fort. »*Absolut* nicht. Paul und ich haben uns während des Studiums eine Bude im Studentenwohnheim geteilt. Das ist zwar schon ewig her, aber da lernt man einen Menschen ziemlich gut kennen, denke ich. Paul wollte im Sommer nicht mal die Fliegen in unserem Zimmer erschlagen.«

Tierliebe schloss einen krankhaften Hass auf Menschen nicht aus. Das hatte Mara bei ihren Internetrecherchen gelesen.

»Haben Sie und Paul sich *zufällig* in Singapur getroffen?«, fragte sie.

»Nein, wir halten seit dem Studium einen lockeren Kontakt – telefonieren zwei-, dreimal im Jahr und treffen uns auch gelegentlich. Ich hatte über den Anwaltsverein zwei Freikarten für die Teilnahme an diesem Asienkongress erhalten und Paul gefragt, ob er Lust hat mitzukommen.

Internationales Strafrecht war während unseres Studiums unsere Leidenschaft. Wir wollten früher unbedingt ins Ausland, Paul nach Den Haag, ich nach New York. Aber aus irgendwelchen Gründen hat das bei keinem von uns geklappt. Stattdessen führt er seinen Ein-Mann-Betrieb in der Pfalz, ich bin in einer kleinen Sozietät angestellt. Wir beide hatten uns vom Leben etwas mehr erträumt, verstehen Sie? Deshalb dachte ich, Singapur wäre eine nette Idee, um in den alten Zeiten zu schwelgen und nebenher ein bisschen die Sonne zu genießen. Ich glaube, Paul hat das genauso gesehen, sonst wäre er nicht mitgekommen.«

»Können Sie sich erinnern, ob er von Anfang bis Ende an dem Kongress teilgenommen hat? Ohne Unterbrechung, meine ich.«

»Wir haben einen Nachmittag ausfallen lassen und uns die Innenstadt angeschaut.«

»Aber Herr Brunner war die ganze Zeit in Singapur?«

Es entstand eine kurze Pause. »Der kürzeste Flug von Frankfurt dauert etwa zwölf Stunden. Hin und zurück macht das also vierundzwanzig Stunden. Paul hätte nicht zwischendurch nach Deutschland fliegen können, um einen Mord zu verüben, falls Sie darauf hinauswollen – nicht, ohne dass ich es bemerkt hätte.«

Mara seufzte. »Vielen Dank für die Auskünfte«, sagte sie. »Darf ich Sie noch mal anrufen, falls mir später noch eine Frage kommt?«

»Selbstverständlich. Melden Sie sich einfach bei mir, meine Nummer haben Sie ja. Ich bin auch jederzeit bereit, meine Aussage offiziell zu Protokoll zu geben.«

Nach dem Gespräch ließ Mara sich Dr. Vohringers Worte noch einmal in Ruhe durch den Kopf gehen. Oberflächlich betrachtet, klang seine Aussage plausibel – dennoch sträubte sich alles in ihr, seine Version der Geschichte zu glauben. Der ganze Kongress stank zum Himmel! Er deckte nahezu exakt den Zeitraum ab, in dem Sina Fischer und Batu Cem ermordet worden waren – konnte es wirklich einen derart außergewöhnlichen Zufall geben? Für Mara sah es vielmehr so aus, als sei der Aufenthalt im Concorde Hotel von langer Hand als Alibi geplant gewesen. Auch Vohringers Geschichte passte viel zu gut ins Bild.

Geradezu verdächtig perfekt.

Was wiederum die Frage aufwarf, ob Franz Vohringer einer von Pauls Komplizen sein könnte.

KAPITEL 67

Mara telefonierte auch noch die anderen Nummern auf ihrer Liste ab, hatte damit aber wenig Erfolg. Keiner der Angerufenen konnte sich gut genug an den Singapur-Kongress erinnern, als dass er mit Sicherheit hätte sagen können, ob Paul durchgehend dort gewesen war. Im Grunde war sie nicht viel weiter als vorher. Der einzige Unterschied bestand darin, dass es für sie jetzt einen Verdächtigen mehr gab.

Dr. Franz Vohringer.

Wie konnte sie beweisen, dass er mit Paul unter einer Decke steckte? Wenn sie sich wenigstens an die Polizei hätte wenden können! Aber solange sie nicht wusste, ob dort ebenfalls jemand in der Sache mit drinsteckte, wollte sie nichts riskieren.

Um sich auf andere Gedanken zu bringen, beschloss sie, die Post zu holen. Auf dem Weg zum Briefkasten wurde ihr wieder einmal bewusst, dass Thorstens Antwort in Bezug auf die Unterhaltszahlungen noch ausstand. Da Paul nun als Anwalt ausfiel, benötigte sie dringend Ersatz. Im Lauf des Tages würde sie sich darum kümmern.

Im Briefkasten befand sich neben viel Werbung und der Rechnung der Umzugsfirma auch ein großes, braunes Kuvert, auf das jemand ihren Namen mit dem Zusatz *PERSÖNLICH* geschrieben hatte. Ein Absender stand nicht darauf.

Normalerweise hätte Mara nichts Böses dabei vermutet.

Heute kam ihr jedoch sofort Metzger Danner in den Sinn, der einige Tage nach dem Verschwinden seiner Tochter ein Foto von ihr im Briefkasten vorgefunden hatte.

Das Bild mit den verkohlten Händen.

Mara schluckte trocken und versuchte, den Gedanken daran zu verdrängen.

Was immer da drin ist – so schockierend wie das kann es nicht sein. Leni ist putzmunter einen Stock weiter oben und albert mit Regina herum.

Dennoch hielt sich das ungute Gefühl hartnäckig wie ein Schatten, als sie den Umschlag aufriss und seinen Inhalt herauszog: die Kopie eines Gruppenfotos. Kein erklärender Text, keine Drohung.

Nur dieses Bild.

Es zeigte sechs Männer – drei in der Hocke und drei, die dahinter standen –, das Ganze als Schwarzweißkopie, aber Mara war sicher, dass auch das Original eine Schwarzweißaufnahme war. Die Kleidung der Männer sowie ihre Frisuren ließen auf ein altes Foto schließen.

Erinnerungen an die Fotoalben ihrer Tante Agathe wurden wach – die Alben, die sich jetzt oben in einem der Schlafzimmerschränke befanden. Mara hatte zwar schon seit Ewigkeiten keinen Blick mehr hineingeworfen, weil dadurch jedes Mal auch Erinnerungen an den Krebstod ihrer Mutter ausgelöst wurden – und daran, dass ihr Vater sie eines Tages verlassen hatte, einfach so, ohne ein letztes Lebewohl.

Auch jetzt wollte Mara nicht daran denken.

Sie widmete sich wieder der Kopie in ihrer Hand. Das abgebildete Foto stammte nach ihrer Einschätzung aus den

1950er Jahren, vielleicht auch aus den frühen Sechzigern. Jedenfalls so ungefähr.

Die Männer schienen sehr glücklich zu sein. Sie hatten sich die Arme um die Schultern gelegt, ihre Gesichter strahlten. Vor allem verströmten ihre Augen – und das trotz der schlechten Bildqualität – einen Glanz, als hätten sie gerade im Lotto gewonnen oder eine Heldentat vollbracht. Sie machten den Eindruck, als könnten sie die ganze Welt aus den Angeln heben.

Sonderbar war nur, dass alle sechs Männer mit einem fetten, roten Filzstift-X durchgestrichen waren. Oder sollte das eine Markierung sein? Beides war möglich.

Neben dem Gruppenfoto stand, etwas isoliert, ein großes Fragezeichen, ebenfalls in Rot und doppelt unterstrichen, als wolle der unbekannte Absender auf dessen besondere Bedeutung hinweisen. Mara betrachtete es aus der Nähe und aus verschiedenen Blickwinkeln, konnte aber nichts Besonderes daran feststellen.

Was sollte das Fragezeichen neben dem Bild bedeuten?

KAPITEL 68

»**Haben Sie heute** noch etwas vor?«

Regina schüttelte den Kopf. »Wenn ich hier fertig bin, gehe ich heim, schalte den Fernseher an und backe vielleicht noch einen Kuchen. Warum?«

Es war Mara ein bisschen unangenehm, ihre Haushälterin darum zu bitten, aber sie wollte ihre Tochter in guten Händen wissen.

»Würden Sie mir einen Gefallen tun?«, fragte sie. »Fahren Sie mit Leni nach Landau und bummeln Sie mit ihr durch die Stadt. Sie bekommen von mir fünfzig Euro. Machen Sie sich einen schönen Nachmittag, essen Sie ein Eis mit ihr. Nur lassen Sie Leni nicht aus den Augen.«

Regina wirkte verunsichert. »Was haben Sie vor?«

»Ich muss noch mal ins Gemeindearchiv«, sagte sie. »Das würde Leni nur langweilen. Ich will aber nicht, dass Sie und Leni alleine hierbleiben.«

Falls Paul auftaucht, fügte sie in Gedanken hinzu.

»Ich kann Ihnen das im Moment nicht erklären«, fuhr sie fort. »Aber Sie würden mir damit wirklich sehr helfen.«

Regina steckte den Geldschein ein, den Mara ihr gab.

»Wollen wir beiden Hübschen einen kleinen Ausflug machen?«, fragte sie Leni.

Die zuckte leichthin mit den Schultern. »Wenn es ein Eis gibt – warum nicht?«, grinste sie.

Mit dem Gruppenbild der sechs Männer und der Heckler & Koch in der Handtasche verließ Mara das Haus. Die beiden anderen saßen schon in Reginas Auto und fuhren los. Als Leni aus dem Seitenfenster winkte, kam es Mara plötzlich so vor, als wäre das ein Abschied für immer.

Erst in diesem Moment wurde ihr so richtig bewusst, dass sie ihr Kind gerade jemandem anvertraut hatte, den sie im Grunde genommen kaum kannte. Regina hatte ein paarmal bei ihr geputzt, das war alles. Tatsächlich hatte Mara sie nicht einmal selbst als Haushälterin ausgesucht, sondern sie gewissermaßen vom Vorbesitzer des Gutshofs übernommen.

Was, wenn Regina in dieser ominösen Angelegenheit mit drinhing? Wenn sie etwas mit den *sieben Wölfen* zu tun hatte oder womöglich sogar dazugehörte? Nur, weil sie eine Frau war, durfte man sie nicht kategorisch ausschließen. In dem Gedicht stand nirgends, dass die Wölfe alle männlich waren.

Als Mara den Motor anließ, spielte sie einen Augenblick mit dem Gedanken, Regina hinterherzufahren. Dann wurde ihr jedoch klar, dass sie überreagierte.

Regina hatte bisher in allem, was sie tat, ein gutes Herz bewiesen. Sie war hilfsbereit und zuverlässig, und es gab keinerlei Hinweis darauf, dass sie in irgendeiner Verbindung zu Paul stand.

Ich muss meine Phantasie zügeln, sonst bekomme ich Paranoia!

Als Mara eine Viertelstunde später im Gemeindearchiv ankam, hatte sie ihre Ängste wieder unter Kontrolle. Sie meldete sich am Empfang an und ging zu der Ecke, in der die Jahrbände der Naunheimer Vereine im Regal standen. Da sie nicht genau wusste, wo sie mit der Suche beginnen sollte, blätterte sie einfach einen nach dem anderen durch.

Sie interessierte sich nur für die Bilder – Gruppenfotos, Mannschaftsaufnahmen, Siegerehrungen, Wettkämpfe, Vereinssitzungen und so weiter. Die Kopie des Fotos, das sie im Briefkasten gefunden hatte, lag dabei die ganze Zeit neben ihr. Immer wenn ihr jemand in den Jahrbüchern auffiel, verglich sie es mit den Gesichtern auf der Kopie.

Die sechs Männer waren enge Freunde, daran konnte es keinen Zweifel geben. Vielleicht hatten sie zusammen die Schulbank gedrückt, vielleicht hatten sie alle in derselben Straße gewohnt.

Oder vielleicht hatte diese Freundschaft sich in einem Verein entwickelt. Das war jedenfalls Maras Hoffnung.

Sie begann Mitte der 1950er Jahre und arbeitete sich langsam bis 1960 vor.

Nichts.

Ein paarmal glaubte sie zwar, einen der Männer identifiziert zu haben, aber bei näherer Betrachtung stellte sich ihre Vermutung dann doch immer wieder als falsch heraus.

Nachdem sie sich am Getränkeautomaten einen Kaffee geholt hatte, widmete sie sich den 1960er Jahren. Als um 1968 herum jedoch die Hippie- und Flowerpower-Zeit mit Schlaghosen und langen Koteletten in Mode kam, brach sie wieder ab.

So sahen die Männer auf dem Gruppenbild nicht aus.

Da sie gut vorangekommen war, beschloss sie, nun auch noch den Anfang der 1950er Jahre zu durchstöbern.

Diesmal hatte sie tatsächlich Erfolg.

Im Jahrband 1953 fand sie ein Mannschaftsfoto des hiesigen Fußballvereins – lauter junge Männer, die in die Kamera strahlten. Die Bildüberschrift lautete:

AUFSTIEG IN DIE REGIONALLIGA GESCHAFFT!

Aus dem Begleittext wurde klar, dass diese Jungs die letzte und entscheidende Partie der Saison gegen die benachbarte Mannschaft aus Edenkoben mit einem 2:0-Sieg für sich entschieden hatten – damals wohl eine kleine Sensation.

Aber die elf Spieler in den gestreiften Trikots interessierten Mara gar nicht. Ihre Augen waren allein auf den Mann gerichtet, der rechts daneben stand, Seite an Seite mit dem Torwart. Er trug eine dunkle Bomberjacke, an seinem Hals hing eine Kette mit einer Trillerpfeife.

Trainer Horst Bruckner, wie die Namensliste unter dem Foto verriet.

Im Vereinsbericht wurde ein regelrechtes Loblied auf ihn gesungen. Ihm allein sei der Turniersieg zu verdanken, stand dort. Er sei ein Mann mit einem vorbildlichen Maß an Disziplin und Willenskraft und obendrein ein geborener Anführer, zu dem die Mannschaft mit Stolz aufblicke. Mit seinem ehrenamtlichen Engagement als Trainer des FC Naunheim sei er nicht nur eine zentrale Figur im regionalen Fußballverband, sondern auch eine wertvolle Stütze für die Gemeinde.

Horst Bruckner.

Der Mann, der auf dem Vereinsfoto neben dem Torwart stand – und auf dem kopierten Gruppenfoto oben in der Mitte.

KAPITEL 69

Als Mara auf dem Nachhauseweg die Bäckerei betrat, überlegte sie einen Moment, ob sie Frau Tritschler nach Horst Bruckner befragen solle – vermutlich konnte sie einiges über ihn erzählen. Das Problem war nur, dass sie das bestimmt nicht für sich behalten würde. Spätestens morgen wüsste es die ganze Kundschaft und in zwei Tagen der halbe Ort.

Im Augenblick wollte Mara ihr Interesse an Horst Bruckner jedoch lieber für sich behalten, wenigstens so lange, bis sie wusste, welcher Zusammenhang zwischen ihm und Paul existierte. Dass es einen geben musste, stand für sie fest.

Anstatt also die Bäckerin zu befragen, fuhr Mara lieber nach Hause, um von dort aus ihre Recherche fortzusetzen.

Zuerst versuchte sie es mit dem Telefonverzeichnis von Naunheim. Dort fand sich allerdings kein Eintrag mit diesem Namen, auch nicht in Edenkoben oder in einer der anderen Nachbargemeinden.

Mara überlegte: Auf dem kopierten Gruppenfoto mit den fünf anderen mochte Bruckner nach ihrer Schätzung etwa dreißig Jahre alt gewesen sein. Das Trainer-Bild des FC Naunheim zeigte ihn im Alter von ungefähr fünfunddreißig oder vierzig Jahren. Das war 1953 gewesen.

Demnach müsste er heute um die hundert Jahre alt sein. Unwahrscheinlich, dass er noch lebt.

Also stellte sie die Adressrecherche ein und konzentrierte sich bei ihren weiteren Nachforschungen darauf, Horst Bruckners Leben grob zu rekonstruieren, um herauszufinden, was für ein Mensch er gewesen war – und was er mit den anderen fünf Männern auf dem Gruppenfoto zu tun gehabt hatte.

Wie zu erwarten, gestaltete sich das ziemlich mühselig, weil die Dokumentationen aus der Zeit vor der flächendeckenden Verbreitung des World Wide Webs sehr lückenhaft waren. Aber als erfahrene Journalistin fand sie über diverse Suchmaschinen dennoch einige interessante Dinge über Horst Bruckner heraus.

Zusammen mit seiner Frau Siglinde hatte er in der Nachkriegszeit das Brückenhaus betrieben, eine Gaststätte am Argenbach mit gutbürgerlicher Küche. In seiner Jugend hatte er aktiv Fußball gespielt, später wurde er Trainer. Auch im Schützenverein hatte er sich jahrelang engagiert.

1958 war für die Familie Bruckner ein Schicksalsjahr gewesen. Alles begann mit dem Tod des fünfjährigen Sohns Erhardt, der am Nachmittag des 3. Juli tot am Ufer des Argenbachs gefunden worden war, nur mit einer Badehose bekleidet. Offenbar war er beim Schwimmen ertrunken.

Vier Wochen später wurde Horst Bruckner im Wald gefunden mit aufgeschlitzter Halsschlagader.

Am 26. Dezember desselben Jahres war Siglinde Bruckner am Bahnhof in Kaiserslautern tödlich verunglückt. Den damaligen Zeitungsberichten zufolge waren sie und eine unbekannte, andere Frau vor einem einfahrenden Zug ins Straucheln geraten und auf die Gleise gestürzt. Ein Schaffner, der das Unglück verhindern wollte, hatte sein beherztes

Eingreifen ebenfalls mit dem Leben bezahlt. Alle drei starben noch am Unfallort.

Als Mara hörte, wie die Haustür ging, beendete sie ihre Recherche.

»Wir sind wieder da, Mama!«, rief Leni.

Mara kam aus dem Arbeitszimmer und drückte ihre Tochter fest an sich, froh darüber, dass sie wohlbehalten zurück war. Jetzt tat es ihr beinahe leid, dass sie Regina etwas Böses zugetraut hatte – wenn auch nur kurzfristig.

»War der kleine Wirbelwind anständig?«, erkundigte sie sich bei der Haushälterin.

»So anständig, wie man es von einer Fünfjährigen nur erwarten kann«, antwortete Regina. »Wir beide haben uns blendend verstanden, nicht wahr, meine Süße?«

Leni nickte einfrig. »Wir haben neue Schuhe für mich gekauft!«, sagte sie und hielt ihrer Mutter die Tüte hin.

»Die musst du mir genau zeigen. Willst du sie gleich mal anziehen?«

Während Leni sich den Schuhen widmete, wandte Mara sich noch einmal an Regina, der sie für die Kinderbetreuung am Nachmittag wirklich dankbar war.

»Wollen Sie zum Abendessen bleiben?«, fragte sie. »Es gibt zwar nur belegte Brote, aber wir würden uns freuen, wenn Sie uns Gesellschaft leisten.«

Regina lächelte. Auf Mara wirkte es, als habe sie nur auf diese Einladung gewartet.

Nach dem Essen ließ Regina es sich nicht nehmen, beim Abwasch zu helfen. Als alles sauber war, verabschiedete sie sich, und Mara machte sich mit Leni einen gemütlichen

Abend. Anstatt den Fernseher anzuschalten, spielten sie heute zwei Runden Mensch ärgere dich nicht und eine Partie Halma.

Anschließend brachte Mara die Kleine ins Bett, wo sie ihr eine Gutenachtgeschichte vorlas und dabei selbst so müde wurde, dass sie neben ihrer Tochter einnickte. Erst als sie wieder aufwachte, wurde ihr bewusst, wie sehr die letzten Tage sie angestrengt hatten – nicht körperlich, sondern psychisch. Ihr Liebhaber war ein flüchtiger Mörder, und als sei das noch nicht genug, legte das Morbus-Gedicht mit den sieben Wölfen nahe, dass er diverse Komplizen hatte. Die Ungewissheit über deren Identität verunsicherte Mara zutiefst, weil sie niemandem mehr trauen konnte. Überhaupt war ihr Leben seit dem Umzug nach Naunheim ein einziger Albtraum geworden.

Ihr kamen die Tränen, ein paar Minuten lang weinte sie still in sich hinein. Um Leni nicht aufzuwecken, schlich sie sich schließlich aus dem Zimmer.

Mit einer Packung Taschentücher setzte sie sich auf die Couch, bis sie sich wieder beruhigt hatte. Danach schaltete sie den Fernseher ein, um sich ein wenig berieseln und auf andere Gedanken bringen zu lassen, aber schon bald spürte sie, wie die Müdigkeit wieder von ihr Besitz ergriff. Sie beschloss, lieber ins Bett zu gehen, um sich gründlich auszuschlafen. Wer konnte schon ahnen, welche Überraschungen die nächsten Tage mit sich bringen würden?

Als sie im Schlafzimmer den Rollladen herunterlassen wollte, fiel ihr unten auf dem Parkplatz jemand auf. Da es nieselte, konnte sie nur Schemen erkennen, aber sie war sicher, dass es sich um einen Mann handelte, groß, mit Jacke und Baseballmütze. Er stand am Waldrand in der Auffahrt zur Straße hinter einem Gebüsch.

Wer war das? Paul?

Nein, der Kerl da unten ist ein gutes Stück größer!

Aber wer sollte es sonst sein?

Einer von Pauls Komplizen?

Ein kalter Schauder lief Mara über den Rücken, vor allem, als sie sich klarmachte, dass es da draußen womöglich sogar mehrere heimliche Beobachter gab. Sie mochte sich gar nicht vorstellen, was heute Nacht alles passieren konnte. Hätte sie doch besser in ein Hotel wechseln sollen? Für Reue war es jetzt allerdings zu spät.

Als der Mann in ihre Richtung sah, trat sie schnell beiseite und schaltete überall das Licht aus. Sie hoffte, sich dadurch einen Vorteil zu verschaffen, weil man sie von außen nun nicht mehr sehen konnte, während das Schummerlicht der Straßenlaternen zumindest den vorderen Bereich des Parkplatzes beleuchtete.

Mit der Heckler & Koch schlich sie von Fenster zu Fenster, um sich einen genaueren Überblick zu verschaffen. Auf dem Parkplatz schien kein weiterer Beobachter zu sein. Nach hinten raus, also hangabwärts, wo die Weinberge ins Tal abfielen, war es schwieriger, die Situation einzuschätzen, weil es keine Laternen gab. Aber soweit Mara es erkennen konnte, war die Luft dort rein.

Sie schlich ins Schlafzimmer zurück. Der Mann mit der Baseballkappe stand immer noch am Rand der Einfahrt. Inzwischen hatte er sich ein wenig hinter den Büschen hervorgewagt, doch die Schirmmütze warf einen undurchsichtigen, schwarzen Schatten auf sein Gesicht.

Was hat er vor? Will er mir nur Angst einjagen? Oder wartet er, bis ich schlafe, um dann ins Haus einzudringen?

Solange sie mit einem Einbruch rechnen musste, würde sie kein Auge zutun.

Ich muss Casale anrufen, auch auf die Gefahr hin, dass er mit Paul und dem Kerl auf dem Parkplatz unter einer Decke steckt!

Sie zog das Handy aus der Tasche und wählte seine Nummer, aber es sprang nur die Mailbox an. Mara hinterließ ihm eine Nachricht und legte wieder auf.

Was jetzt? Die 110? Aus irgendeinem Grund hatte sie das Gefühl, damit nur noch mehr Probleme anzuziehen.

Als Casale nach einigen Minuten noch nicht zurückgerufen hatte, beschloss Mara, sich selbst um den Kerl auf dem Parkplatz zu kümmern. Wenn es ihr gelänge, ihn zu überrumpeln, konnte sie ihn vielleicht zum Reden bringen und auf diese Weise erfahren, wer Pauls andere Komplizen waren.

Etwas Besseres fiel ihr im Moment jedenfalls nicht ein.

Mit pochendem Herzen überprüfte sie noch einmal das Magazin ihrer Pistole. Es war voll geladen.

Bist du wirklich sicher, dass du das tun willst?, wisperte ihre innere Stimme.

Nein! Aber welche Wahl habe ich? Selbst wenn Casale vorbeikäme, wüsste ich nicht, ob er auf meiner Seite steht!

Mit der Waffe in der Hand schlich sie nach unten. Auch dort warf sie noch einmal einen unauffälligen Blick durch sämtliche Fenster, weil sie unter gar keinen Umständen in eine Falle tappen wollte. Aber bis auf den einen Mann am Parkplatz schien die Luft rein zu sein.

Sie verließ das Haus über die Terrassentür, schloss hinter sich ab und ging die Steintreppe hinunter. Von dort aus erreichte sie mit wenigen Schritten den Wanderpfad, der an den Weinstöcken entlangführte. Hangaufwärts wurde der Pfad von einer grasbewachsenen Böschung begrenzt, in deren Schutz Mara in Richtung der Straße schlich.

Hinter einem Gebüsch blieb sie stehen, um einen Blick auf die gegenüberliegende Seite der Parkplatzauffahrt zu wagen. Der Mann stand immer noch an seinem Platz, rauchte sogar eine Zigarette.

Die Selbstsicherheit in Person.

Jetzt setzte er sich in Bewegung. Seelenruhig schlenderte er auf das Haus zu, als habe er nur darauf gewartet, bis endlich das Licht ausging, damit er endlich seinen Plan in die Tat umsetzen konnte.

Was immer er vorhatte.

Das Knirschen des Schotters unter seinen Sohlen drang laut und deutlich über den Parkplatz. Es schien ihn gar nicht zu stören.

Mara konzentrierte sich, fest entschlossen, seine Überheblichkeit zu ihrem Vorteil zu nutzen. Noch zögerte sie, wartete auf den richtigen Moment. Wenn sie sich zu früh zu erkennen gab, ging er womöglich auf sie los. Dann musste sie entweder auf ihn schießen, oder er würde sie überwältigen – beides keine verlockenden Aussichten. Wartete sie dagegen zu lange, würde der Kerl vielleicht die Flucht ergreifen. Auch in diesem Fall wäre nichts gewonnen.

Alles hing vom richtigen Timing ab.

Die Pistole im Anschlag, kam Mara die Böschung herauf. Das Rascheln des Grases unter ihren Sohlen war so leise, dass der Mann es nicht bemerkte. Ahnungslos ging er weiter auf das Haus zu.

Mara zielte jetzt genau auf seinen Rücken. Obwohl der Lauf ihrer Pistole zitterte, war sie sicher, dass sie ihr Ziel auf diese kurze Distanz nicht verfehlen konnte. Falls er sie angreifen wollte, würde sie abdrücken.

»Keinen Schritt weiter, sonst schieße ich!«, rief sie lauter als nötig. »Jetzt nehmen Sie die Hände hoch, und drehen Sie sich ganz langsam um!«

KAPITEL 70

»Gott, hast du mich erschreckt! Mir ist das Herz fast stehengeblieben!«

Als Mara das Gesicht erkannte, traute sie ihren Augen kaum.

»Thorsten? Was machst du denn hier?«

Einer der Gründe, weshalb sie Frankfurt verlassen hatte, war, dass sie ihrem Ex nicht mehr begegnen wollte. Jetzt, da sie ihn endlich halbwegs vergessen hatte, tauchte er einfach so auf, wie eine böse Erscheinung aus ihrem alten Leben.

»Herrje, Mara, nimm erst mal die Waffe runter!«

Sie bemerkte, dass sie immer noch auf ihn zielte und ließ die Pistole sinken.

»Das beantwortet meine Frage nicht!«, zischte sie scharf. »Was machst du hier? Du hast mich zu Tode geängstigt!«

»Können wir vielleicht reingehen, um das zu besprechen?«, erwiderte Thorsten. »Bei dem Pisswetter holt man sich ja eine Lungenentzündung!«

Tatsächlich war es empfindlich kalt geworden, das hatte Mara im Eifer des Gefechts gar nicht registriert.

»Komm mit«, sagte sie, während die Nervosität von ihr abfiel wie eine tonnenschwere Last. »Aber glaub ja nicht, dass zwischen uns irgendwas läuft, verstanden?«

Wie sich herausstellte, war Thorsten nicht gekommen, weil er sich von seiner neuen Flamme getrennt hatte und jetzt reumütig zurückkehren wollte. Obwohl Mara gar nicht darauf spekuliert hatte, versetzte ihr sein kaltes »Ich bitte dich!« einen Stich. Sie hatte tatsächlich einen Moment lang geglaubt, er würde die Scheidung bedauern.

Verfluchter Idiot!

Wenigstens waren die Fronten damit geklärt.

Sie gingen nach oben, wo Mara eine Kanne Tee aufsetzte. Das Display ihres Handys zeigte an, dass Casale inzwischen versucht hatte, sie zurückzurufen. Sie meldete sich bei ihm und gab Entwarnung.

»Ricarda hat mir erzählt, dass du in Schwierigkeiten steckst«, sagte Thorsten. »Deshalb wollte ich mich vergewissern, dass es dir gutgeht.«

Ricarda Sofredo – eine ihrer besten Freundinnen. Mara hatte mit ihr in den letzten Tagen telefoniert, weil Sabine tot und Babsi nicht erreichbar gewesen war.

»Und dafür musst du mitten in der Nacht um mein Haus schleichen?«

»Es ist erst halb zehn. Ich hatte am Abend noch einen Termin und konnte erst danach aus Frankfurt losfahren. Auf der Autobahn gab es nur Stau.«

»Warum hast du deinen Wagen nicht vor der Tür geparkt? Dann hätte ich mich nicht so erschreckt.«

»Ich dachte, wenn du mein Auto siehst, machst du gar nicht erst auf.«

Normalerweise hätte es Mara tatsächlich verdammt gut gefallen, ihn unverrichteter Dinge wieder zurückfahren zu lassen – als winzige Wiedergutmachung für die verschwendeten Jahre ihrer Ehe. Heute freute ein Teil von ihr sich jedoch auch über seinen Besuch.

»Warum hast du nicht geklingelt?«

»Das habe ich. Mehrmals.«

Was vermutlich stimmte. Wenn der Fernseher lief, hörte man die Klingel oben ziemlich schlecht.

»Ich habe im Erdgeschoss sogar an alle Fenster geklopft«, sagte Thorsten. »Aber da es überall dunkel war und nur oben Licht brannte, ließ ich es irgendwann bleiben. Dann wollte ich dich anrufen – allerdings habe ich keine Ahnung, wo ich mein Handy gelassen habe. Vermutlich zu Hause vergessen. Also dachte ich, ich warte einfach an der Einfahrt, bis ich dich oben an einem Fenster entdecke, und werfe dann mit Steinchen.«

Obwohl Mara eigentlich immer noch böse auf Thorsten sein wollte, musste sie lächeln. Tatsächlich fand sie sein Verhalten ziemlich nett – immerhin war er extra aus Frankfurt gekommen, um mit ihr zu reden.

Hätte er sich doch nur auch während ihrer Ehe so viel Mühe gegeben!

»Was hat Ricarda dir erzählt?«, wollte sie wissen.

»Dass du hier jemanden kennengelernt hast, der vielleicht ein Mörder ist«, sagte Thorsten. »Einen Anwalt. Stimmt das?«

Mara seufzte. »Ja, leider. Und zu allem Überfluss hat er auch noch mehrere Komplizen.«

Anstatt sie als paranoid zu bezeichnen, wie in der Zeit, in der sie sich von den Hells Angels bedroht gefühlt hatte, schenkte er ihr heute ein verständnisvolles Lächeln.

»Willst du darüber reden?«, fragte er.

Im Verlauf ihrer Ehe hatte Thorsten sich oft genug als schlechtester Zuhörer der Welt erwiesen – desinteressiert und gelangweilt. Heute erschien er Mara jedoch geradezu perfekt, denn im Umkreis von hundert Kilometern gab es niemandem, dem sie mehr vertraute als ihm. Außerdem gab er ihr das Gefühl, beschützt zu sein – in der gegenwärtigen Situation genau das, was sie brauchte.

Sie schenkte Thorsten und sich noch einmal Tee nach, schlug ein Bein unter und begann zu erzählen.

Von dem eingemauerten Skelett im Keller.

Von Carola Danner, Sina Fischer und Batu Cem.

Von dem Morbus-Buch, das sie in ihrer Bibliothek gefunden hatte.

Von Paul – dem sympathischen Anwalt, der sich als Serienmörder entpuppt hatte.

Von den hiesigen Polizisten, allen voran Kommissar Casale, und Maras Bedenken, dass manche von ihnen in das Mordkomplott verwickelt sein könnten.

Und davon, dass Leni sich auf dem Kindergartenausflug beobachtet gefühlt hatte.

Gegen Mitternacht hatte Mara sich alles von der Seele geredet, was sie bedrückte, und obwohl Thorsten nichts anderes getan hatte, als zu nicken und gelegentlich eine Zwischenfrage zu stellen, fühlte sie sich jetzt wesentlich besser. Es tat gut, die Sorgen zu teilen, wenn auch nur mit jemandem, der nicht mehr zu ihrem Leben gehörte.

Ein Moment der Stille signalisierte beiden, dass das Gespräch jetzt beendet war.

»Ich schätze, ich werde dann mal aufbrechen«, sagte Thorsten mit einem Blick auf seine Armbanduhr.

»Willst du so spät noch nach Frankfurt zurückfahren?«

Er streckte sich und versuchte, ein Gähnen zu unterdrücken.

»Von Wollen kann keine Rede sein. Aber wenn ich nicht bald loskomme, fallen mir unterwegs die Augen zu.«

»Willst du nicht lieber hier übernachten?«

Mara schluckte. Es war ihr einfach so herausgerutscht, unbedacht, ganz ohne Hintergedanken. Aber sie wünschte sich, dass es ein bisschen weniger nach *Kommst-du-mit-mir-ins-Bett* geklungen hätte.

»Du könntest auf der Couch schlafen«, schob sie rasch hinterher. »Dann wärst du morgen früh fit für die Fahrt. Außerdem würde ich mich sicherer fühlen. Aber nur, wenn das für deine Freundin in Ordnung ist.«

Thorsten lächelte. »Sarina wollte mir schon den Kopf abreißen, als ich ihr gesagt habe, dass ich hierherfahre, um nach dem Rechten zu sehen. Viel schlechter kann ihre Laune also nicht werden. Hast du noch irgendwo eine Decke für mich?«

KAPITEL 71

Thorsten vermittelte Mara ein solches Gefühl der Geborgenheit, dass sie schlief wie ein Stein. Sie wachte nicht wegen irgendwelcher verdächtigen Geräusche auf, sie wälzte keine schweren Gedanken, sie musste sich nicht ständig vergewissern, dass die Pistole noch unter ihrem Kopfkissen lag. Als sie am nächsten Morgen die Augen aufschlug, kam sie sich rundum erholt vor.

Beim Frühstück herrschte eine sonderbare Stimmung, weil Leni sich alle Mühe gab, ihren Vater zu ignorieren. Thorsten versuchte zwar immer wieder, mit ihr ins Gespräch zu kommen, aber wenn überhaupt, erhielt er nur einsilbige Antworten.

Auch der Abschied verlief sehr distanziert.

»Tschüss, Papa!«

Das war alles, was Leni von sich gab, bevor sie sich wieder in ihr Zimmer verkroch. Kein Kuss. Keine Umarmung. Nicht mal ihre Stimme klang herzlich.

Obwohl Thorstens Verhältnis zu Leni noch nie besonders innig gewesen war, schien es ihn nun doch zu verletzen, dass sie ihn so kalt abblitzen ließ.

Als Mara Leni auf ihr Zimmer folgen wollte, um ihr einen angemessenen Abschied abzuringen, hielt Thorsten sie am Arm fest.

»Lass sie!«, sagte er. »Sie ist verwirrt und sauer auf mich.

Das kann man ihr nicht mal verübeln. Sie hat sich gerade daran gewöhnt, dass ich aus ihrem Leben verschwunden bin, da will sie sich nicht noch mal auf mich einlassen.«

Natürlich hatte er recht. Es wäre unfair gewesen, Gefühle in Leni wachzurufen, nur, um sie gleich wieder zu verletzen. Dennoch verlieh ihr Verhalten dem Morgen eine gewisse Bitterkeit.

»Ich begleite dich nach unten«, sagte Mara und ging voran.

Am Fuß der Treppe hielt Thorsten inne. Von hier aus konnte man durch die offene Tür quer durchs untere Wohnzimmer schauen.

»Das Haus ist ja riesig«, stellte er fest. »Das ist mir gestern Nacht gar nicht so deutlich aufgefallen.«

»Soll ich dir alles zeigen?«

Er zuckte mit den Schultern. »Warum nicht? Die Zeit nehme ich mir gerne noch.«

Mara führte ihn durch die Räume und schließlich auf die Terrasse.

»Die Aussicht ist der Wahnsinn!«, staunte Thorsten trotz des schlechten Wetters. Trübe Wolken hingen wie ein Trauerschleier über dem Argenbachtal. Das kräftige Grün, das sich bei Sonnenschein präsentierte, versteckte sich hinter einem dichten, grauen Schleier.

»Willst du auch noch den Keller sehen?«

»Unbedingt! Nach dem, was du heute Nacht erzählt hast, wird das ja wohl der Höhepunkt der Führung.«

Sie gingen wieder rein.

»Hier entlang«, sagte Mara und führte Thorsten durch die untere Küche zum Treppenabgang, vorbei am Waschraum, bis hinter der nächsten Ecke der Blick auf das Kellergewölbe frei wurde.

»Donnerwetter! Das ist ja ein ganzer Lagerraum!«, platzte Thorsten heraus. »Und wo war das Skelett eingemauert?«

Mara zeigte ihm die Stelle, wo Paul und sie die Wand durchbrochen und den gruseligen Fund gemacht hatten. Jetzt lag dort nur noch ein Haufen Steine auf dem Boden herum, ansonsten war die Nische leer. Einzig die in die Mauer eingelassenen Eisenringe deuteten noch auf das ungeheure Verbrechen hin, das vor langer Zeit hier unten begangen worden war.

»Sonderbar, wenn man weiß, dass hier wirklich mal jemand ermordet wurde«, murmelte Thorsten. Sein Interesse daran verflog aber ebenso schnell, wie es gekommen war. »Was ist das da hinten?«, fragte er.

Er deutete mit dem Finger in die Tiefen des Kellers, wo die übermannshohen Eichenbohlenfässer an der Wand lagerten. Irgendwo dort hinten verloren sich die Konturen des Raums im Schatten.

»Keine Ahnung«, antwortete Mara. »Hier gab es so viel zu tun, dass ich bisher noch keine Gelegenheit hatte, den Rest des Kellers zu erkunden.«

»Was, wenn dort noch mehr Leichen herumliegen?«, fragte Thorsten. Als er Maras ernste Miene sah, schob er schnell nach: »Das war ein Witz! Ehrlich!«

Mara konnte nichts Lustiges daran finden. Unwillig trottete sie hinter Thorsten her, während der immer weiter ins Halbdunkel vorstieß und sich sichtlich beeindruckt umschaute. Um besser sehen zu können, zog sie ihr Handy aus der Tasche und aktivierte ihre Taschenlampen-App. Die

Fässer an der Wand standen auf steinernen Sockeln und überragten sie um einen guten Meter. Der Duft von Barrique war hier so intensiv, als hielte man seine Nase an einen Rotweinkorken.

»Sieh mal, was ist das?« Thorsten deutete zwischen zwei Fässer auf die Wand.

Im ersten Moment begriff Mara gar nicht, was er meinte. Dann erkannte sie jedoch in einem großen Natursteinblock eine Inschrift.

»Kannst du das lesen?«, murmelte Thorsten.

Mara schüttelte den Kopf. Erst, als sie mit dem Handy näher kamen, formte das Spiel aus Licht und Schatten klare Buchstaben aus der Wand heraus:

SALOMON † 13. FEBRUAR 1945
JAKOB † 13. FEBRUAR 1945

KAPITEL 72

»Ist das eine Art Gedenkstein?«

Mara zuckte mit den Schultern. »Sieht so aus.«

»Und wer sind diese Leute?«

Sie wusste darauf keine Antwort. »Die Familie, die das Weingut 1945 besaß, hieß Albrecht«, sagte sie. »Das habe ich im Gemeindearchiv herausgefunden. Der Name des Vaters war Hans, der seines Sohnes Klaus. Beide wurden hier umgebracht, in der Nacht zum Aschermittwoch – vom 13. auf den 14. Februar.« Das hatte sie schon gegoogelt. »Die Mutter hieß Gertrud. Sie war bei dem Überfall ebenfalls im Haus, aber ihren Leichnam wurde nie gefunden.«

»Jedenfalls scheint es in dieser Nacht noch zwei Tote mehr gegeben zu haben«, sagte Thorsten. »Salomon und Jakob – das klingt nach jüdischen Namen. Vielleicht hat Hans Albrecht die beiden heimlich beschäftigt oder ihnen Unterschlupf gewährt, und irgendjemandem hat das nicht gefallen. Sich mit Juden gut zu verstehen war zu dieser Zeit ja nicht gerade in Mode.«

Mara versuchte, sich genauer daran zu erinnern, was sie im Gemeindearchiv über die Albrechts herausgefunden hatte. Vater Hans war in der NSDAP gewesen, allerdings ohne sich dort besonders hervorzutun. Vielleicht war er der Partei nur beigetreten, weil man damals sonst kaum eine Chance auf ein sorgenfreies Leben gehabt hatte. Und vielleicht war diese Parteizugehörigkeit sogar nur die Fassade eines Mannes gewesen, der in der dunkelsten Stunde der deutschen Geschichte ein paar verfolgten Juden Obdach gewährt hatte. Als der Schwindel schließlich aufflog, riefen ein paar Naunheimer Parteigetreue zur Lynchjustiz auf und ermordeten nicht nur die beiden Juden, sondern auch diejenigen, die ihnen Unterschlupf gewährten.

»Gut möglich, dass die Albrechts aus diesem Grund getötet wurden«, sagte Mara. »Ich verstehe nur nicht, warum jemand die Namen der beiden jüdischen Opfer in den Stein gemeißelt hat, nicht jedoch die Namen ihrer Beschützer, denen obendrein noch das Haus gehörte.«

Thorsten hatte darauf ebenfalls keine plausible Antwort – und auch nicht die Zeit für weitere Spekulationen, wie sein Blick auf die Armbanduhr signalisierte. Mara wollte ihn nicht länger aufhalten. Sie begleitete ihn hinaus und verabschiedete sich von ihm. Danach rief sie bei Kommissar Casale an, um zu erfahren, ob es in Bezug auf Paul etwas Neues gab.

»Gestern Abend wurde am Flughafen in Paris eine Videosequenz von jemandem aufgenommen, auf den seine Beschreibung passt«, sagte er. »Ich habe Ihnen die Aufnahmen zugemailt – haben Sie das noch nicht gesehen?«

»Nein, ich habe Ihnen doch erzählt, dass ich Besuch hatte.«

Sie öffnete am Handy den E-Mail-Eingang und startete das Video. Darin war ein Mann mit Handgepäck zu sehen, der durch die Abfertigungshalle des Aéroport Paris-Charles-de-Gaulle in Richtung Ausgang eilte. Danach kamen noch zwei weitere Sequenzen, die ihm bis zum Taxistand folgten, aber keine davon zeigte ihn von vorne, sondern immer nur von der Seite oder von schräg hinten.

»Das könnte tatsächlich Paul sein«, sagte Mara, als sie wieder mit Casale telefonierte. »Beschwören würde ich es allerdings nicht.«

»Das ging mir genauso«, pflichtete Casale ihr bei. »Die französischen Behörden versuchen jedenfalls, den Mann ausfindig zu machen. Wie es aussieht, hat er einen Flug nach New York gebucht – was dem Fluchtschema Möglichst-weit-weg-von-Naunheim entsprechen würde.« Er machte eine Pause. »Hören Sie, es ist mir ein bisschen unangenehm«, fuhr er schließlich fort. »Aber unter den Umständen möchte ich Ihren Zeitungsartikel weiter zurückhalten.«

»Das muss Ihnen nicht unangenehm sein.«

»Na ja, ich habe Sie als Polizeireporterin engagiert, aber obwohl die Fahndung auf Hochtouren läuft, gibt es kaum etwas für Sie zu tun. Ich schätze, Sie haben sich das anders vorgestellt – und ich mir ehrlich gesagt auch. Ich wollte, dass die Naunheimer Polizei wieder in einem besseren Licht dasteht – nein, ich wollte, dass *ich* in einem besseren Licht dastehe. Aber daraus ist bis jetzt ja noch nicht viel geworden. Tut mir leid, wenn ich bei Ihnen Hoffnungen geweckt habe, die bisher nicht erfüllt wurden.«

Wenn Mara ehrlich zu sich war, legte sie gar keinen so großen Wert mehr auf den neuen Job. Anfangs hatte sie sich darauf gefreut, weil er ihr die Chance bot, bei den polizeilichen Ermittlungen ganz vorne mit dabei zu sein – ideale Voraussetzungen für den geplanten Roman. Seit der Tatortbesichtigung im Lohfink-Keller hatte bei ihr jedoch eine deutliche Ernüchterung eingesetzt.

»Machen Sie sich keinen Kopf«, sagte sie zu Casale. »Wahrscheinlich tun Sie mir damit sogar einen Gefallen.«

»Schön, dass Sie nicht sauer auf mich sind. Ich halte Sie weiter auf dem Laufenden.«

Nach dem Telefonat machte sie Leni für den Kindergarten fertig. Als sie das Haus verließen, kam Thorsten die Einfahrt heruntergelaufen.

»Was ist los?«, fragte Mara.

»Keine Ahnung!«, antwortete er ärgerlich. »Bei meiner Karre springen irgendwelche Warnsignale an, sobald ich den Motor anlassen will. Ich soll schnellstmöglich eine Werkstatt aufsuchen. Gibt es in Naunheim jemanden, der sich damit auskennt?«

»Wir haben einen Automechaniker im Ort«, sagte Mara. An dessen Firma war sie schon ein paarmal vorbeigefahren. »Spring rein, dann bringe ich dich hin.«

Sie setzten Leni im Kindergarten ab und fuhren anschließend zu *GG Service*, wo Thorsten sein Problem schilderte. Georg Gundler, der Inhaber der Werkstatt, willigte ein, den Schaden gleich zu begutachten und folgte ihnen mit seinem Wagen die Serpentinenstraße hinauf. Thorsten hatte sein Auto in der Parkbucht oberhalb von Maras Haus abgestellt – dort, wo Carola Danner entführt worden war.

Herr Gundler sah sich den Motor an und warf auch einen Blick unter das Auto. Rasch stellte er fest, dass es sich um einen Marderschaden handelte. Da Thorsten jedoch einen amerikanischen Importwagen fuhr, den man in Deutschland so gut wie nie zu Gesicht bekam, hatte der Mechaniker keinen passenden Schlauch.

»Wenn ich ihn heute bestelle, ist er morgen früh da«, bot

er an. »Dann kann ich Ihr Auto bis zum Mittag reparieren. Falls Ihnen das zu lange dauert, könnten Sie's höchstens noch beim ADAC versuchen. Sind Sie dort Mitglied?«

Thorsten schüttelte den Kopf.

»Dann wird's auf jeden Fall teurer als bei mir«, sagte Herr Gundler. »Und ob die das passende Equipment vorrätig haben, wage ich erst noch zu bezweifeln. Aber es ist Ihre Entscheidung, ob Sie's darauf ankommen lassen wollen.«

Thorsten winkte ab. »Bitte kümmern Sie sich darum. Müssen Sie den Wagen dazu abschleppen?«

»Nicht nötig. Ich komme morgen mit dem neuen Kühlerschlauch vorbei, sobald er bei mir eintrifft. Wie kann ich Sie erreichen?«

Thorsten warf Mara einen auffordernden Blick zu. Sie erinnerte sich, dass er sein Handy in Frankfurt vergessen hatte.

»Sie können bei mir anrufen«, sagte sie und nannte Herrn Gundler ihre Nummer. »Wir werden morgen Vormittag zu Hause sein und auf Ihre Nachricht warten.«

»Was machen wir mit dem Rest des Tages?«, fragte Thorsten, als der Mechaniker wieder weg war.

»Ich denke, als Erstes solltest du Sarina anrufen und ihr beichten, dass du noch einen Tag länger von zu Hause wegbleiben wirst.«

Thorsten grinste schief. »Es ist nicht unbedingt der *Tag*, der Sarina stört. Aber dass ich noch mal eine *Nacht* bei meiner Ex verbringe, wird ihr ungefähr so gut gefallen wie eine Lobotomie. Sie ist Italienerin, da weißt du, was auf mich zukommt. Darf ich von deinem Apparat aus bei ihr anrufen?«

Mara schmunzelte. »Ich freue mich schon auf dieses Gespräch«, sagte sie.

Tatsächlich vereinigte sich in Thorstens neuer Partnerin eine wunderbar explosive Mischung aus Temperament und Eifersucht. Herrlich, wenn Klischees sich bewahrheiteten! Obwohl Thorsten vom Eingangsbereich aus mit ihr telefonierte, konnte Mara Sarinas Wutausbruch auch in der Küche gut mithören. Als sie die Spülmaschine ausräumte, ertappte sie sich dabei, dass sie sich diebisch über das Donnerwetter freute.

Andererseits wollte sie Thorsten gegenüber aber auch nicht nachtragend sein. Nicht mehr. Immerhin war es verdammt nett von ihm, dass er gestern extra hierhergefahren war und nun sogar eine Nacht länger blieb – wenn auch aus der Not heraus. Ihn an ihrer Seite zu wissen verlieh Mara ein ausgesprochen gutes Gefühl.

Sarinas Standpauke dauerte zwanzig Minuten. Die meiste Zeit davon gab sie Beschimpfungen von sich, mal auf Deutsch, mal auf Italienisch, während Thorsten sich laufend rechtfertigte und ihr seine ewige Liebe schwor. Er begann, Mara schon richtig leidzutun. Als er nach dem Gespräch zu ihr in die Küche kam, schillerte sein linkes Ohr dunkelrot.

»Du lebst noch?«, fragte sie mit einem Augenzwinkern.

Thorsten lächelte. »Nur, weil Sarina mir durchs Telefon kein Messer zwischen die Rippen stechen konnte«, sagte er. »Ich hoffe, sie hat keine Verbindungen zur Mafia, sonst liege ich heute Abend mit einem Betonschuh in eurem reißenden Bach da unten.«

Thorsten erklärte sich bereit, Mara bei der weiteren Entrümpelung des Kellers zu helfen – eine anstrengende Arbeit, die mehrere Stunden dauerte. Als Mara Leni vom Kindergarten abholte, führte er von ihrem Anschluss aus ein paar geschäftliche Telefonate, die ihn bis zum Abend beschäftigten – wohl auch deshalb, weil ihm das Telefon einen willkommenen Anlass bot, Leni aus dem Weg zu gehen.

Zum Essen kam Thorsten zwar nach oben, aber wie zu erwarten, ähnelte die Stimmung der am Morgen. Leni sprach nicht mit ihm und würdigte ihn keines Blickes. Sie tat einfach so, als säße nur ihre Mutter am Tisch. Infolgedessen ging Thorsten gleich nach der Vesper zurück in die Bibliothek und kam erst wieder herauf, als Leni längst im Bett lag.

Während im Fernsehen eine Musiksendung dahinplätscherte, unterhielten Mara und er sich über ihre gemeinsame Vergangenheit. Bevor es mit ihnen auseinandergegangen war, hatten sie auch sehr schöne Zeiten erlebt.

Schließlich kam Mara auf einen Punkt zu sprechen, der ihr schon den ganzen Tag auf der Seele brannte.

»Hast du dir noch einmal Gedanken wegen der Zahlungen für Leni gemacht?«, fragte sie.

»Das ist keine Frage des Wollens«, entgegnete er mit einem Seufzen. »Die Geschäfte laufen im Moment nicht gut, das ist leider die Wahrheit.«

»Es ist allerdings auch die Wahrheit, dass du eine Tochter hast. Leni brauchte eigentlich einen Vater, aber wenn du das schon nicht sein willst, wäre es nur fair, dass du dich wenigstens finanziell an ihrem Leben beteiligst.«

»Jetzt mach aber mal halblang!«

»Ich will nur, dass du deinen Teil dazu beiträgst, unser Kind großzuziehen – wenn nicht in der Vaterrolle, dann wenigstens mit einer angemessenen Unterhaltszahlung.«

Thorsten sog scharf die Luft ein. »Wenn ich mich so umschaue, würde ich mit meinen Zahlungen nicht Leni unterstützen, sondern vor allem deine Burg finanzieren.«

Mara hatte mit diesem Argument gerechnet. »Die Preise sind hier wesentlich günstiger als in Frankfurt«, sagte sie.

»Aber auch hier bekommst du so ein riesiges Haus nicht geschenkt!«

»Es geht nicht um das Haus, sondern darum, dass ein Kind Geld kostet. Kleidung, Schuhe, Essen, der Platz im Kindergarten ... Die ganzen Ausgaben muss ich im Moment alleine stemmen. *Du* wolltest unbedingt die Scheidung – und jetzt drückst du dich vor den Konsequenzen.«

Mittlerweile war Thorstens Gesicht rot angelaufen, wie es immer der Fall war, wenn er sich aufregte. »Ich kann verstehen, dass du mich in die Pflicht nehmen willst«, zischte er mit zusammengebissenen Zähnen. »Aber was soll ich machen, wenn es bei mir nichts zu holen gibt? Einem nackten Mann kann man nicht in die Tasche greifen – so heißt es doch, nicht wahr?«

Seine Sturheit ärgerte Mara. »Verdammt nochmal, ich erwarte keine Millionenbeträge!«, brauste sie auf. »Alles, was ich will, ist eine angemessene, finanzielle Beteiligung, wenn ich schon die ganze Erziehungsarbeit übernehme.«

Er wollte etwas erwidern, hielt dann aber inne und schüttelte den Kopf. »Herrgott noch mal, das hat man davon! Wäre ich bloß in Frankfurt geblieben! Aber nein, ich Trottel breche zu Hause einen Streit vom Zaun und fahre hierher, weil ich mir Sorgen um dich mache. Was ist der Dank dafür? Nichts als ein Haufen Vorwürfe! Scheiße! Wenn mein Auto funktionieren würde, hätte ich mich schon längst vom Acker gemacht.«

Wütend schnappte er die Bettwäsche, die zusammengefaltet auf einem Sessel lag.

»Ich schlafe heute Nacht unten!«, knurrte er.

Damit verschwand er mit polternden Schritten ins Erdgeschoss.

KAPITEL 73

Mara hätte explodieren können. Thorsten verstand es wunderbar, sie immer als Sündenbock dastehen zu lassen. Wie sehr sie das hasste! Sie hatte keine Lust, sich von ihm ein schlechtes Gewissen einreden zu lassen – für Dinge, die eindeutig er zu verantworten hatte.

Er hatte sich scheiden lassen wollen, Herrgott noch mal!

Außerdem besaß er eine kleine Eventagentur und eine Wohnung in der Frankfurter Innenstadt, die bereits abbezahlt war. Bestimmt schwamm er nicht im Geld, aber ganz so knapp, wie er es ihr verkaufen wollte, konnte er auch wieder nicht bei Kasse sein. Mara nahm ihm das einfach nicht ab. Obwohl sie es ihm hoch anrechnete, dass er für sie hierhergefahren war, würde sie in Sachen Unterhaltszahlung nicht nachgeben.

Diese Gedanken beschäftigten sie auch noch im Bett, bis sie endlich von Müdigkeit übermannt wurde und einschlief.

Mitten in der Nacht wurde sie von krachendem Donner geweckt. Draußen hatte sich ein Unwetter zusammengebraut, heftiger Regen klatschte gegen den Rollladen.

Mara versuchte, wieder einzuschlafen, aber es gelang ihr nicht.

Ein Geräusch ließ sie aufhorchen. Als würde jemand unten im Haus herumlaufen – bestimmt Thorsten, der ebenfalls nicht zur Ruhe kam. Aber musste er unbedingt so laut sein, dass er sogar das Prasseln des Regens übertönte?

Dann war das Geräusch wieder weg.

Eine Weile lauschte Mara in die Dunkelheit, doch sie hörte nichts mehr.

Kurze Zeit später war das Geräusch wieder da. Sie beschloss, nach unten zu gehen, um mit Thorsten zu reden.

So schön das Haus bei Tage war – in der Nacht wirkte es irgendwie unheimlich. Das galt ganz besonders bei schlechtem Wetter. Ein Spukschloss in den Karpaten hätte nicht gruseliger sein können. Mara kam es vor, als würde ein eisiger Finger über ihren Rücken streichen.

Unten angekommen, hörte sie wieder etwas, diesmal ein anderes Geräusch. Ein Schnarchen, das aus dem Wohnzimmer kam. Leise schlich sie dorthin. Thorsten lag auf der Couch, eingewickelt in seine Decke, mit dem Kopf auf der gepolsterten Armlehne. Offenbar schlief er tief und fest.

»Pst! Bist du wach?«, fragte sie, aber er reagierte nicht.

Gerade als Mara wieder nach oben gehen wollte, fielen ihr eine Reihe kleiner Wasserflecke auf dem Boden auf, die sich vom Eingangsbereich durch den Flur zogen.

Fußspuren!

Jemand war ins Haus eingedrungen. Jemand, dem es egal war, ob seine Schuhe nasse Abdrücke auf dem Boden hinterließen. Mara erstarrte.

War der Eindringling noch im Haus? Wenn ja – war das Paul? Oder einer seiner Komplizen? Und was wollte er hier?

Die Angst schnitt ihr beinahe die Luft ab. Sie wünschte sich ihre Pistole herbei, aber die lag oben in ihrem Bett unter dem Kopfkissen.

Ein Blitz zuckte vom Himmel herab und tauchte den Raum durch die Rollladenritzen für eine Sekunde in stroboskopartiges Licht. Sofort folgte ein infernalischer Donnerschlag.

Mara zuckte so heftig zusammen, dass sie glaubte, ihr Herz würde stehenbleiben. Das Gewitter musste direkt über Naunheim toben.

Was sollte sie tun? Nach oben rennen, um die Pistole zu holen? Aber ihre Beine fühlten sich an wie Fremdkörper. Würde sie schnell genug die Treppe hinaufkommen?

Nie im Leben!

Vielleicht sollte sie sich lieber verstecken, bis der Eindringling wieder verschwand. Was aber, wenn er nach ihr suchen würde? Oder wenn er Leni etwas antun wollte?

Ich muss den Kerl irgendwie überrumpeln! Das ist die beste Chance, die ich habe.

Einen Augenblick lang überlegte sie, ob sie Thorsten wecken sollte. Aber wenn der beim Aufwachen irgendwelche Geräusche von sich gab, wäre das Überraschungsmoment verloren.

Dann lieber im Alleingang!

Mit wackeligen Knien schlich sie in die Küche und schnappte sich ein Messer. Von dort folgte sie den Fußspuren durch den Flur bis zur Bibliothek.

Kurz vor dem Eingang blieb sie stehen, den Rücken an die Wand gepresst, das Messer so fest in der Faust, dass die Fingerknöchel weiß hervortraten. Sie zitterte am ganzen Leib, ihr Atem ging nur noch stoßweise. Vor Angst war sie kaum mehr zu einem klaren Gedanken fähig.

Hätte sie doch lieber Thorsten wecken sollen? Sie kam

sich plötzlich so schwach und verletzlich vor! Verdammt nochmal, in was für einen Mist war sie da nur hineingeraten?

Und warum war jetzt wieder nichts zu hören? Paul *musste* da drin sein! Die Fußspuren führten eindeutig hierher, und einen anderen Zugang zur Bibliothek gab es nicht.

Nur diese Tür.

Sie zwang sich zu warten. Nichts zu überstürzen. Vielleicht hatte er gehört, wie sie die Treppe herunterkam, und lauerte jetzt auf seiner Seite der Mauer, weil er darauf spekulierte, dass sie den ersten Schritt tat und damit einen tödlichen Fehler beging.

Nach ein paar endlosen Minuten hielt Mara es nicht mehr aus. Mit einem lauten Schrei stürzte sie in die Bibliothek ...

Aber da war niemand.

Auch nicht hinter der Tür oder unter dem Schreibtisch.

Die nasse Spur endete mitten im Raum, als habe Paul sich dort plötzlich in Luft aufgelöst.

»Mara?«

Die Männerstimme ließ sie erschreckt herumfahren. Mit dem Mut der Verzweiflung taumelte sie zur Tür zurück, das Messer in der erhobenen Faust. Aber dann erkannte sie Thorsten, der am Ende des Flurs stand, weil er von dem Gewitter wach geworden war.

Oder von ihrem Angriffsschrei.

»Beruhige dich! Es ist alles in Ordnung!«, sagte er mit sanfter Stimme.

Weil er den Ernst der Lage nicht kannte!

»Jemand ist im Haus!«, zischte Mara und deutete auf die Fußspuren am Boden.

Thorsten schien einen Moment zu brauchen, bis seine Verwirrung verflog. Seine Miene hellte sich auf, und er hob entschuldigend die Hände.

»Tut mir leid, dass ich die Bude nass gemacht habe!«, sagte er. »Ich wollte dich nicht erschrecken – ehrlich! Nach unserem Streit hatte ich Lust auf eine Zigarette, das ist alles!«

Die Worte sickerten nur zäh in Maras Bewusstsein. Was faselte er da?

»Ich bin zum Auto und hab mir meine Kippen geholt«, fuhr er fort. »Ich schwöre, dass es erst richtig zu regnen begonnen hat, als ich schon draußen war. Also habe ich vor der Tür eine geraucht, dann bin ich wieder rein. Und weil ich nicht müde war, wollte ich an deinem Computer noch ein paar E-Mails beantworten, zu denen es mir am Abend nicht mehr gereicht hatte. Leider fiel mir erst in der Bibliothek auf, dass ich alles nass gemacht habe. Deshalb habe ich die Schuhe ausgezogen und sie zurück an die Garderobe gestellt.««

»Bist du denn völlig übergeschnappt, bei so einem Unwetter vor die Tür zu gehen? Für ein paar Zigaretten?«

»Aber das Unwetter fing da doch gerade erst an. Vor zwei oder drei Stunden, schätze ich. Kurz nach unserem Streit.«

Mara schluckte. »Du bist nicht erst vor ein paar Minuten hier entlanggelaufen?«

»Nach der Zigarette habe ich geschlafen wie ein Baby.«

Mara hatte schon begonnen, sich zu entspannen. Jetzt zog ihr Magen sich wieder unangenehm zusammen. Sie war sicher, die Geräusche hier unten erst vor wenigen Minuten gehört zu haben.

»Was ist los mit dir?«, fragte Thorsten.

Mara sah sich langsam nach allen Seiten um. Sie konnte Paul zwar nirgends sehen, spürte seine Anwesenheit jedoch in jeder Faser ihres Körpers.

»Er ist hier!«, flüsterte sie. »Wir müssen nach oben ...«

... um die Pistole zu holen, wollte sie sagen, doch sie hielt mitten im Satz inne, als sie plötzlich wie aus weiter Ferne Musik hörte.

Beethovens 5. Sinfonie.

Die Schicksalssinfonie.

Ta-ta-ta-taaa ... ta-ta-ta-taaa ...

Im Prasseln des Regens ging die Musik fast unter, so leise war sie. Deshalb glaubte Mara zuerst, sie käme von draußen.

Als sich der Anfangstusch nach den ersten paar Takten wiederholte und die Melodie von vorne begann, wurde ihr klar, dass das ein Handyklingelton war.

Und er kam nicht von draußen, sondern aus dem Keller!

Plötzlich schrillten in Maras Kopf sämtliche Alarmglocken los. Ohne ein Wort zu sagen, rannte sie los, den Flur entlang, die Treppe hinauf, immer zwei Stufen auf einmal nehmend.

Irgendwo hinter sich hörte sie Thorsten ihren Namen rufen, aber sie achtete nicht darauf. Jede Sekunde konnte zählen. Wenn Paul aus dem Keller kam, wäre sie darauf vorbereitet!

Sie huschte ins Schlafzimmer, griff nach der Heckler & Koch unter dem Kopfkissen und rannte wieder nach unten. Zurück in der Küche, brachte sie die Waffe in Anschlag.

Zielte auf die geschlossene Kellertür.

Auf Brusthöhe, weil dort die Trefferwahrscheinlichkeit am größten war.

Ta-ta-ta-taaa ... ta-ta-ta-taaa ...

Wieder diese gräßliche Melodie. Warum schaltete Paul sein Handy nicht endlich aus? Ihm musste doch klar sein, dass man das durch die Tür hören konnte!

Irgendetwas stimmt da nicht.

Obwohl ihr beileibe nicht wohl dabei war, beschloss sie, im Keller nachzusehen.

»Geh nach oben und bleib bei Leni!«, raunte sie Thorsten zu. »Nimm dir ein Messer aus der Küche, oder sonst was. Versprich mir, dass du sie beschützen wirst, falls es nötig sein sollte!«

Thorsten schluckte, als er den Ernst der Lage begriff. Dann verschwand er mit einem leisen »Okay« in den Flur. Jetzt war Mara auf sich allein gestellt.

Mit vorgehaltener Pistole stieß sie die Tür auf und schaltete das Licht an. Aber niemand stand auf der Treppe.

Während von unten weiterhin Beethovens Fünfte zu ihr heraufdrang, wagte sie sich Schritt für Schritt tiefer, Stufe für Stufe, ganz vorsichtig, weil sie jeden Moment mit einer bösen Überraschung rechnete.

Vor dem Eingang zum Waschraum hielt sie inne. Lauschte. Erst als sie sicher war, dass die Melodie nicht von dort kam, setzte sie ihren Weg fort.

Sie fragte sich, ob Paul sie vielleicht bewusst in den Keller locken wollte. Weil er ihr dort auflauerte.

Die Vorstellung trieb ihr eine Gänsehaut über den Rücken. Warum war ihr der Gedanke nicht vorher gekommen?

Aber jetzt gab es kein Zurück mehr. Sie wollte die Sache nur noch hinter sich bringen.

Ta-ta-ta-taaa ... ta-ta-ta-taaa ...

Der Tusch kam von weiter hinten, ungefähr von dort, wo sie gestern die eingemeißelte Inschrift an der Steinwand gefunden hatten.

Je näher sie kam, desto lauter wurde die Musik. Die Waffe in ihrer Hand zitterte jetzt so stark, dass sie sich fragte, ob sie unter diesen Umständen überhaupt treffen konnte.

Reiß dich zusammen! Wenn du dich nicht verteidigen kannst, wird er dich töten!

Noch während sie innerlich mit sich haderte, sah sie im Schummerlicht der Kellerbeleuchtung eine Hand. Sie ruhte locker auf dem Boden neben einem der großen Eichenholzfässer, die Finger nach oben, als sei ihr Besitzer gerade in eine Entspannungsübung vertieft.

Was um alles in der Welt hat Paul vor?

Ohne die Hand aus den Augen zu lassen, schlich Mara näher. Beim kleinsten Zucken eines Fingers würde sie schießen und sich in Deckung bringen.

Doch die Hand bewegte sich nicht. Keinen Millimeter. Nicht einmal, als Mara an dem riesigen Fass ankam und um die Ecke spähte.

Was sie sah, ließ ihr das Blut in den Adern gefrieren.

KAPITEL 74

Auf dem Boden saß Paul, die Beine flach ausgestreckt, den zusammengesunkenen Oberkörper an den steinernen Sockel gelehnt, auf dem das Weinfass lagerte. Sein Kopf war nach vorne gefallen, das plärrende Handy lag auf seinen Oberschenkeln.

Er sah aus wie tot. Als habe er ihr hier unten eine Falle stellen wollen und dabei einen Herzinfarkt erlitten.

Hatte das Schicksal sich ganz spontan gegen ihn gewendet?

Aber das konnte auch nur Schauspiel sein. Mara traute dem Frieden nicht, immerhin war Paul ein Psychopath der allerschlimmsten Sorte.

Sie stieß mit dem Fuß gegen sein Hosenbein. Als er nicht reagierte, tat sie es noch einmal, diesmal fester.

Wieder nichts.

Er saß einfach nur da wie eine leere, menschliche Hülle.

Mit der Waffe im Anschlag ging Mara in die Knie. Pures Adrenalin jagte durch ihre Adern, als sie den Lauf der Heckler & Koch gegen seinen Oberkörper drückte.

»Paul?«

Falls er sie hören konnte, ließ er sich nichts anmerken.

Sie drückte die Pistole fester gegen seine Brust und rüttelte ihn damit durch.

Wieder keine Reaktion. Allerdings wurde Mara durch

die Bewegung auf ein Kuvert aufmerksam, das an seinem Bauch lehnte und nun zur Seite rutschte.

Was zum Teufel …?

Sie nahm das Kuvert in die Hand.

Las, was in großen Druckbuchstaben darauf geschrieben stand:

KEINE POLIZEI!
SONST WIRST DU DEINE TOCHTER
NICHT MEHR WIEDERSEHEN!

Der Schock traf sie so tief, dass sie kaum noch klar denken konnte. Sie fühlte sich wie gelähmt, ihre innere Stimme schrie sie an, nach oben zu rennen und gemeinsam mit Thorsten nach Leni zu suchen. Doch sie brauchte einen Moment. Musste Kraft sammeln. Sich wiederfinden, bevor sie zu irgendeiner Handlung fähig war.

Warum bewegte Paul sich nicht? Erst als die Gedanken wieder zu fließen begannen, erkannte sie den Grund dafür: Er war erstickt worden. Eine Drahtschlinge lag um seinen Hals, eng zusammengezogen, so dass sie fast unter der Haut verschwand. Nur das Stück, an dem die beiden losen Enden zusammengedreht worden waren, konnte man deutlich sehen. Es ragte seitlich aus Pauls Hals wie ein Giftpfeil.

Tränen traten Mara in die Augen, als sie zu ahnen begann, was für einen grausamen Tod Paul erlitten hatte. Die Vorstellung, wie qualvoll er erstickt war, raubte ihr den Atem. Gleichzeitig löste sich endlich ihre Starre. Für Paul konnte sie nichts mehr tun – aber Leni brauchte ihre Hilfe.

Sie kam auf die Beine, wankte, noch ganz benommen, zur

Treppe, wo Thorsten ihr mit sorgenvoller Miene entgegenkam.

»Ich kann Leni nirgends finden!«, keuchte er.

Obwohl sie es schon geahnt hatte, brachen bei Mara jetzt alle Dämme – sie begann, hemmungslos zu weinen. Trotz des Streits vom Vorabend ließ sie sich widerstandslos von Thorsten in den Arm nehmen und trösten, bis sie sich wieder beruhigt hatte.

»Wir müssen die Polizei rufen!«, drängte Thorsten, als sie in der Küche über alles sprachen.

Mara schüttelte entschieden den Kopf. »Wenn wir das machen, wird Leni sterben!« Mit diesen Worten knallte sie ihm das Kuvert hin, das sie die ganze Zeit über in der Hand gehalten hatte.

»Was ist da drin?«, fragte Paul.

Im Sog der Panik hatte Mara sich das noch gar nicht gefragt – sie hatte nur auf die Botschaft darauf geachtet. Jetzt öffnete sie mit zitternden Fingern den Umschlag.

Zum Vorschein kam ein Foto von einer Sofortbildkamera. Da es ziemlich vergilbt war, wirkte es alt, doch es musste nagelneu sein, denn es zeigte Leni in dem Biene-Maja-Nachthemd, das sie sich am Abend ausgesucht hatte. Ihre Augen waren geschlossen. Entweder schlief sie, oder sie war bewusstlos.

Oder lebte sie womöglich schon nicht mehr?

Mara zwang sich, diese Vorstellung aus ihrem Kopf zu verbannen. Sie musste jetzt versuchen, positiv zu denken! Vielleicht fand sich auf dem Bild ein Hinweis auf Lenis Verbleib! Sie betrachtete es noch einmal genauer.

Das Foto war nur in der Mitte voll ausgeleuchtet, zum

Rand hin wurde es zunehmend dunkler, vermutlich, weil es mit Blitzlicht aufgenommen worden war. Leni lag auf dem nackten Boden, der nur aus festgestampfter, feuchter Erde zu bestehen schien. Die Beine hatte sie angewinkelt. Als Mara genauer hinsah, erkannte sie an ihrem Knöchel eine Fußfessel, die über eine dicke Eisenkette mit der Mauer im Hintergrund verbunden war.

Ein eiskalter Schauder lief Mara über den Rücken. Es sah ganz so aus, als habe der Entführer ihre Tochter lebendig eingemauert.

KAPITEL 75

Hätte Thorsten sie nicht gehalten, wäre sie wahrscheinlich zusammengebrochen. So aber schluchzte und wimmerte sie nur in seinen Armen, während er ihr sanft übers Haar streichelte, um sie zu beruhigen.

Mara nahm seine Berührungen kaum wahr. Es kam ihr vor, als sei mit Lenis Entführung ein Teil von ihr gestorben, und im Moment wusste sie nicht, ob dieser Teil jemals wieder leben würde. Die Aussichten darauf standen jedenfalls nicht gut.

Vor ihrem geistigen Auge nahmen abwechselnd die Gesichter von Leni und Paul Gestalt an – die reinste Folter. Offenbar war Paul doch nicht der gesuchte Mörder, sondern selbst nur Opfer in einem perfiden Spiel, das sie noch längst nicht begriffen hatte.

Wie hingen die Dinge zusammen?

Bis vor einer halben Stunde hatte sie geglaubt, zumindest die Grundstruktur der Naunheimer Mordserie verstanden zu haben – mit Paul als Anführer einer Gruppe von Verbrechern oder Mitverschwörern. Jetzt war alles wieder in Frage gestellt.

Oder hatten die anderen sich seiner entledigt, weil er aufgeflogen war und dadurch eine Gefahr für den Rest darstellte? War Paul womöglich gar nicht die zentrale Figur in diesem verworrenen Komplott gewesen, sondern nur ein kleines, unbedeutendes Rad im Getriebe eines eingespielten Teams? Ein entbehrliches Bauernopfer?

Wer war dann der wirkliche Drahtzieher?

Die Fragen überschlugen sich in Maras Kopf, nur die Antworten ließen vergeblich auf sich warten. Leider hatte sie auch keine Ahnung, was der Entführer von ihr wollte. Auf der Rückseite des Fotos stand in handgeschriebenen Druckbuchstaben:

WENN DU NICHT TUST, WAS ICH SAGE,
WIRD DEIN KIND VERDURSTEN!

Keine weiteren Anweisungen. Nur das.

Die schiere Verzweiflung raubte Mara beinahe den Verstand. Sie war bereit, für Leni jedes nur erdenkliche Opfer zu erbringen. Sie würde sich ihren Ängsten und Schmerzen stellen und notfalls ihr Leben für das ihrer Tochter geben. Aber im Moment konnte sie nichts weiter tun, als abzuwarten, bis der Kerl sich auf irgendeine Weise bei ihr meldete und seine Forderungen stellte.

Sie zitterte am ganzen Leib. Um wieder runterzukommen, brauchte sie jetzt einen Schnaps, sonst würde sie durchdrehen.

Sie löste sich aus Thorstens Umarmung und holte aus dem Regal in der Speisekammer eine angebrochene Flasche Obstler.

»Du auch?«, fragte sie Thorsten, als sie sich eingoss.

»Nein, danke. Im Moment brauche ich einen klaren Kopf«, antwortete er.

Obwohl es sicher nicht so gemeint war, klang es in Maras

Ohren wie ein Vorwurf. Als würde Lenis Rettung nun allein in seiner Hand liegen, obwohl er sich davor noch nie wirklich um sie gekümmert hatte!

Mara spülte ihren Ärger mit einem kräftigen Schluck hinunter. Beinahe sofort breitete sich in ihrem Körper eine angenehme Wärme aus, und sie begann, sich ein wenig zu entspannen. Dennoch vermochte auch der Alkohol kein Wunder zu bewirken. Rastlos, wie ein gefangenes Raubtier, irrte sie mit dem leeren Schnapsglas in der Hand durch die Küche.

Irgendwann blieb sie am Fenster stehen. Der Regen hatte ein wenig nachgelassen, wenngleich das Gewitter in unverminderter Stärke tobte. Ein Blitz zuckte vom Himmel herab und tauchte den Parkplatz sekundenlang in flackerndes Licht.

Auch in dieser Nacht stand wieder jemand draußen vor ihrem Haus! Nicht in der Einfahrt wie Thorsten tags zuvor, sondern viel weiter hinten, mitten auf der Schotterfläche, nur wenige Meter von Maras Wagen entfernt.

Pauls Mörder.

Lenis Entführer.

Der Mann, der seit Jahren die Gegend verunsicherte.

Oder war das nur eine Halluzination? Ein Trugbild, geboren aus dem Wunsch, Leni irgendwie retten zu können?

Begleitet von einem infernalischen Donnerschlag, setzte wieder die Dunkelheit ein. Das Licht der Laterne reichte nicht bis auf den Parkplatz. Voller Spannung fieberte Mara dem nächsten Blitz entgegen.

Als es endlich so weit war, sah sie, dass der Schemen auf dem Parkplatz real war. Ein Mann, groß und hager. Er trug einen olivgrünen Ölmantel, hatte die Kapuze über den Kopf gezogen und hielt sich mit beiden Händen etwas vors Gesicht. Zuerst glaubte Mara, er wolle sich damit irgendwie schützen – vor dem Regen vielleicht oder davor, erkannt zu werden –, aber dann ließ er den vermeintlichen Schutz plötzlich sinken, und sie begriff, dass das Ding in seiner Hand ein Fotoapparat war.

»Er ist da!«, raunte sie Thorsten zu.

Zorn stieg in ihr auf. Wilder, unbändiger Zorn auf den Mann, der ihre Tochter entführt hatte. Nie zuvor war es ihr ein Bedürfnis gewesen, einem anderen Menschen Leid zuzufügen. Heute schon. Diese Kreatur dort unten war kein Mensch, sondern ein Monster. Ein Ungeheuer, dem es gefiel, andere zu quälen und zu töten.

Mara wusste: Wenn es ihr nicht gelänge, diesen Dämon in Menschengestalt in ihre Gewalt zu bringen, würden Leni und sie mit Sicherheit sterben.

In diesem Moment übernahmen ihre Instinkte die Kontrolle. Sie rannte zur Anrichte, griff nach der Heckler & Koch, und raste zur Garderobe, wo sie in ihre Gummistiefel sprang. Dann war sie auch schon zur Tür hinaus.

Frostige Kälte umfing sie wie ein Todeshauch, Regen prasselte ihr ins Gesicht – es war ihr gleichgültig. Sie war jetzt vollkommen darauf fokussiert, Lenis Entführer nicht entkommen zu lassen.

Rasch glitt ihr Blick über den Schotterplatz. Leider war es nahezu unmöglich, durch den Regen und die Dunkelheit hindurch etwas zu erkennen. Sie wusste, wo der Mann zuletzt gestanden hatte, aber dort war er nicht mehr – so viel konnte sie sehen.

Ein Geräusch hinter ihr ließ sie herumfahren. Thorsten war ihr ins Freie gefolgt und machte sich gerade an dem Haufen Sperrmüll zu schaffen, den sie heute aus dem Keller geschafft hatten. Mit einem kräftigen Ruck brach er von einem alten Stuhl ein Holzbein als provisorische Waffe ab.

Besser als nichts.

Der nächste Blitz ließ Mara zusammenzucken. Sie richtete ihren Blick wieder nach vorn und nahm mit zusammengekniffenen Augen die Silhouette des Mannes wahr, ganz am Ende des Parkplatzes – er rannte auf den Waldrand zu.

Mara hob die Pistole, um zu schießen, doch als sie gerade abdrücken wollte, wurde es wieder dunkel. Es war wie verhext! Ohne ein klares Ziel würde sie nur unnötig Munition vergeuden, und wer wusste schon, wofür sie die noch brauchen würde?

»Hinterher!«, rief sie, während sie gleichzeitig losrannte.

Sie hörte, wie Thorsten ihr folgte, ihre Schritte stapften nahezu synchron im nassen Kies. Gemeinsam überquerten sie den Parkplatz, rannten weiter, weg vom Haus, weg von der Einfahrt mit der Laterne.

Hinein in die Dunkelheit.

Was, wenn der Kerl nicht allein hier ist? Wenn er seine Komplizen dabei hat?

Beseelt von Zorn und Verzweiflung, ignorierte Mara den Gedanken und brach durchs Unterholz in den Wald. Hier war es so finster, dass man die Hand kaum vor Augen erkennen konnte. Hatte der Mann sich hier irgendwo versteckt?

Das Knacken eines Asts ließ Mara aufhorchen. Ein Stück links von ihr, etwas weiter hangaufwärts, bewegte sich ein fahler Schimmer zwischen den Bäumen und Sträuchern.

Er hat eine Taschenlampe dabei!

Leider verhinderten die vielen Baumstämme einen gezielten Schuss, also rannten Mara und Thorsten weiter. Ihre einzige Lichtquelle war dabei Maras Handy, weshalb die Sicht stark eingeschränkt war. Sie kamen viel zu langsam voran.

»Er wird uns entwischen!«, keuchte Mara.

Doch um Leni zu retten, war sie bereit, jedes Risiko einzugehen. Deshalb beschleunigte sie trotz der schlechten Lichtverhältnisse ihren Schritt. Mehr als einmal geriet sie auf dem unebenen Waldboden ins Straucheln, aber glücklicherweise konnte sie sich immer wieder fangen.

Zweige schlugen ihr wie Peitschen entgegen – sie zwang sich, es zu ignorieren. Ihre Beine rannten immer schneller, als besäßen sie ein Eigenleben, über das sie keine Kontrolle mehr hatte. Tatsächlich holte sie allmählich auf, dicht gefolgt von Thorsten.

Als sie schon glaubte, dass alles noch gut werden könne, brachte sie etwas aus dem Tritt – eine Wurzel, die aus der Erde ragte, oder ein Stein vielleicht. Diesmal konnte sie das Gleichgewicht nicht mehr halten. Mit rudernden Armen stürzte sie zu Boden. Der Aufprall war so hart, dass er ihr einen Moment lang den Atem raubte. Noch schlimmer war, dass sie bei dem Sturz die Pistole fallen gelassen hatte. Aber wenigstens hielt sie ihr Handy noch fest in der Hand!

Als Thorsten ihr aufhelfen wollte, wehrte sie ab.

»Lass das Arschloch nicht entwischen!«, zischte sie, ärgerlich über den Sturz.

Im Schein des Handydisplays registrierte sie Thorstens grimmige Miene. Kein Zweifel, in seinen Händen würde der abgebrochene Stuhlfuß zu einer effektiven Waffe. Thorsten war ein durchtrainierter Mann, der jahrelang aktiv Kampfsport betrieben hatte – das würde ihm heute Nacht zugutekommen.

Er ließ von ihr ab und nahm wieder die Verfolgung auf. Mara selbst machte sich daran, mit dem Handy den Boden abzuleuchten. Endlich fand sie ihre Pistole ein paar Meter weiter unter einem Blaubeerstrauch.

Jetzt setzte auch sie die Verfolgung fort, nahm wieder Geschwindigkeit auf, schneller, immer schneller. Die Distanz zu Thorsten und dem Entführer war gar nicht so groß. Sie musste nur die Zähne zusammenbeißen und weiter auf Risiko gehen, um noch mehr aufzuholen.

Wieder schlugen ihr Zweige und kleine Äste entgegen wie bei einem Spießrutenlauf. An einer Stelle konnte sie gerade noch einem abgesägten Baumstumpf ausweichen, um nicht erneut zu stürzen, dann brach sie plötzlich aus dem Gebüsch hervor und kam am Rand einer Lichtung zum Stehen.

Hier schien es viel stärker zu regnen als unter dem schützenden Dach des Waldes, aber ohne Baumstämme und Gebüsch hatte Mara jetzt freie Sicht auf die beiden anderen. Beschienen vom Lichtkegel der Taschenlampe stand Thorsten vor dem Entführer, nur zwei Meter von ihm entfernt. Er hatte Mara den Rücken zugedreht und ließ gerade das Stuhlbein fallen.

Jetzt hob er die Hände über den Kopf.

Kein gutes Zeichen!

Als der nächste Blitz durch die Nacht zuckte, konnte Mara einen Moment lang alles ganz genau sehen: Der Mann, der Thorsten in Schach hielt, war schon mindestens siebzig. Wahrscheinlich hatten sie ihn auch nur deshalb einholen können – weil er nicht mehr so gut zu Fuß war. Der Fotoapparat hing um seinen Hals wie bei einem Touristen. Sein Regenmantel glänzte im Gewitterlicht, als würde er von innen heraus leuchten. Die Pistole in seiner Hand – ein Großkaliber – jagte Mara einen kalten Schauder über den Rücken.

Kaum, dass der Blitz erloschen war, zerriss ein ohrenbetäubender Knall die Luft, und Mara überkam die schreckliche Gewissheit, dass das nicht nur das Donnergrollen gewesen war, sondern auch ein Schuss. Im fahlen Schein der Taschenlampe sah sie, wie Thorsten nach hinten von den Füßen gerissen wurde. Sie stieß einen Entsetzensschrei aus, noch bevor sie wusste, dass er von ihr kam. Und zog dadurch die Aufmerksamkeit des Mörders auf sich.

Prompt richtete der den Lauf seiner Waffe auf sie. Ein zweiter Schuss fiel – die Kugel schlug nur einen Meter neben Mara in einen Baumstamm ein. Rinde und Holz splitterten, irgendetwas traf sie an der Wange. Instinktiv warf sie sich auf den Boden. Als sie es endlich wagte, den Kopf zu heben, war der andere nicht mehr zu sehen.

Vorsichtig stand sie auf – nicht, dass der Kerl irgendwo auf der Lauer lag und nur darauf wartete, bis sie sich wieder zeigte. Aber als sie das Licht der Taschenlampe auf der gegenüberliegenden Seite der Lichtung im Wald verschwinden sah, wusste sie, dass sie sich weiter voranwagen konnte.

Wo war ihr Handy?

Sie musste es verloren haben, als der Kerl auf sie gefeuert hatte!

Verdammt! Aber dann muss es eben ohne gehen!

In geduckter Haltung huschte sie über die Lichtung zu Thorsten. Der lag auf dem Boden und hielt sich mit beiden Händen den Hals. Trotz der miserablen Lichtverhältnisse konnte Mara seine weit aufgerissenen Augen sehen. Aus seiner Kehle kamen keine menschlichen Laute mehr, sondern nur noch grässliche Gurgelgeräusche.

Als sie sich neben ihn kniete, erkannte sie, dass zwischen seinen Fingern Blut hervorqoll – so viel, dass es, vermischt mit dem Regen, in ganzen Rinnsälen an ihm herabtropfte. Maras Augen füllten sich mit Tränen. Sie wollte ihm helfen, mit ihm sprechen, ihm Trost spenden. Aber was sollte sie sagen? Was tun? Ihr Kopf war plötzlich wie leer. Wenn sie wenigstens ihr Handy gehabt hätte – dann hätte sie den Rettungsdienst anrufen können. Der wäre bestimmt in der Lage gewesen, sie zu orten. Doch da sie ihr Handy verloren und Thorsten seines in Frankfurt liegen gelassen hatte, schied der Notruf aus.

Panisch sah sie sich um. Irgendwo musste doch eine Lichtquelle zu finden sein – eine Straßenlaterne vielleicht oder ein Haus. Aber nein, sie saß mutterseelenallein hier mit Thorsten, auf irgendeiner gottverlassenen Waldlichtung, bei strömendem Regen, mitten in der Nacht.

Als ihr das klarwurde, begann sie, um Hilfe zu schreien. Nicht, weil sie glaubte, dass jemand sie hören würde, sondern einfach, weil ihr nichts Besseres einfiel. Minutenlang saß sie da und brüllte, so laut sie konnte, aber das Wunder, auf das sie tief im Inneren zu hoffen gewagt hatte, blieb aus.

Ihre Schreie verhallten ungehört im Prasseln des Regens.

Mara begriff, dass das Schicksal in dieser Nacht noch einmal erbarmungslos zuschlagen würde, und es gab keine

Möglichkeit, es irgendwie abzuwenden. Alles, was sie für Thorsten noch tun konnte, war neben ihm auszuharren und ihm bei seinem letzten, qualvollen Gang Beistand zu leisten.

Das Gurgeln wurde leiser. Thorstens Lippen versuchten vergeblich, Worte zu formen – er brachte nicht mehr die Kraft auf, sie auszusprechen. Vielleicht wollte er ihr sagen, dass es ihm leidtat, sich von ihr getrennt zu haben. Dass es eine Zeit gegeben hatte, in der er sie geliebt hatte. Vielleicht wollte er aber auch nur getröstet werden oder sich seine Angst von der Seele reden.

Was immer er zu sagen versuchte, er nahm es mit in eine andere Welt.

KAPITEL 76

Die Zeit schien stillzustehen, während Mara neben dem leblosen Körper ihres Exmannes kniete und hemmungslos weinte. Obwohl sie wusste, dass jede Hoffnung verloren war, wollte sie nicht von seiner Seite weichen. Doch Nässe und Kälte krochen ihr immer tiefer in die Knochen, irgendwann schlotterte sie am ganzen Leib. Ihre Zähne klapperten, und sie konnte ihre Hände gar nicht mehr ruhig halten. Als sie ihre Pistole anhob, wackelte der Lauf unkontrolliert hin und her.

Sie stand auf, nahm ein letztes Mal Abschied und taumelte über die Lichtung, ohne wirklich zu wissen, welche Richtung sie einschlagen sollte. Sie folgte einfach ihrem Instinkt – bergab, weil dort irgendwann die Weinberge kommen mussten. Der Wanderpfad würde sie dann direkt zum Haus zurückführen.

Auf unsicheren Beinen stolperte Mara durch den Wald. Ohne das Handy war es so finster, dass sie genauso gut die Augen hätte schließen können. Sie steckte die Pistole in den Hosenbund, streckte die Arme aus und tastete sich Schritt für Schritt voran.

Immer wieder musste sie innehalten, weil sie von Heulkrämpfen geschüttelt wurde. In den letzten zehn Jahren hatten ihr nur zwei Männer etwas bedeutet, beide waren heute Nacht gestorben – Thorsten, der sich zwar von ihr hatte scheiden lassen, aber dennoch hierhergekommen war, weil er sich um sie gesorgt hatte, und Paul, von dem sie immer noch nicht so recht wusste, welche Rolle er gespielt hatte. Aber ihre innere Stimme sagte ihr, dass er ein liebenswerter Mensch gewesen war, auch wenn sie das vorübergehend bezweifelt hatte.

Zur Trauer mischten sich nun immer mehr Schuldgefühle.

Wäre Thorsten nicht wegen mir nach Naunheim gekommen, wäre er jetzt nicht tot. Und wahrscheinlich würde Paul ebenfalls noch leben, wenn er sich nicht auf mich eingelassen hätte.

Offenbar betrachtete der Mörder das Weingut immer noch als Teil seines Jagdreviers. Mit dem Umzug von Frankfurt hierher hatte Mara sich unwissentlich in eine Falle manövriert. Jetzt war sie darin gefangen, es gab kein Entrinnen. Und wer ihr zu nahekam, riskierte wie sie Kopf und Kragen.

Wenn sie wenigstens Leni in Sicherheit gewusst hätte! Aber ihr war klar, dass der Mörder ihre Tochter niemals in Ruhe lassen würde, selbst, wenn sie seinen Anweisungen exakt Folge leistete. Er spielte mit ihr, so, wie er mit Sina Fischer und Batu Cem gespielt hatte. Vielleicht würde er sich nach der Verfolgungsjagd von heute Nacht gar nicht mehr bei ihr melden, sondern Leni umgehend töten.

Oder er taucht einfach unter und verschwindet von hier. Mehr muss er gar nicht tun. Dann wird Leni wie angedroht verdursten.

Eine unerträgliche Vorstellung, die bei Mara den nächsten Heulkrampf auslöste.

Was musste in jemandem vorgehen, der all diese Gräueltaten vollbrachte? War er schon immer so gewesen, oder hatten die Umstände ihn zu dem Ungeheuer gemacht, das er heute war?

Während Mara weiter durch den Wald stakste, sah sie das Gesicht des Mannes ganz deutlich vor sich – so, wie es bei dem Schuss auf Thorsten ausgesehen hatte: eingefallene Wangen ... pergamentartige Haut ... die Augen tief in die Höhlen eingesunken ... schmale Lippen, dünn wie ein Strich, zu einem kalten Lächeln verzogen ... dahinter eine Reihe von Zähnen wie bei einem Toten. Ein Schädel wie von einem Dämon, aufgestiegen aus den Tiefen der Hölle, um sie und Leni und all die anderen ins Reich der ewigen Schmerzen zu holen.

Nein, er ist kein Dämon! Meine Phantasie droht nur, einen daraus zu machen – ein übernatürliches Wesen, beseelt vom Bösen, skrupellos, überlegen und unbesiegbar. Dabei ist er nur ein Mensch aus Fleisch und Blut, jemand, der verletzt oder sogar getötet werden kann.

Bisher hatte das zwar noch niemand geschafft, aber wenn Mara eine Chance haben wollte, Leni und sich zu retten, dann musste sie den Kampf mit ihm aufnehmen, unerschrocken und stark.

Hab keine Angst, du hast nichts mehr zu verlieren. Sei tapfer! Sei zuversichtlich! Vor allem, sei schlauer als er!

Auf diese Weise versuchte sie, sich zu motivieren, so richtig gelingen wollte ihr das jedoch nicht – zu tief saß die Verunsicherung, die die nächtlichen Ereignisse in ihr hervor gerufen hatten.

Dennoch: Während sie wie blind durch den Wald irrte und immer wieder das Gesicht des Mörders vor ihrem geistigen Auge sah, sickerte allmählich die Erkenntnis in ihr Bewusstsein, dass sie ihn irgendwoher kannte.

Und plötzlich wusste sie auch, woher: Das war dasselbe,

wenn auch stark gealterte Gesicht, das sie bei ihren Recherchen im Internet gesehen hatte, auf den Bildern des Marktplatzfests von 1993. Das Gesicht des Buchbinders, der vom Bürgermeister für die Restaurierung der Jahrbände des Gemeindearchivs geehrt worden war.

Richard Schoenthaler.

Noch etwas wurde Mara in dieser Sekunde klar: Sie war Schoenthaler vor wenigen Tagen unwissentlich schon einmal begegnet, als sie mit ihrer Digitalkamera die Gegend erkundet hatte. Sie hatte ihn für einen Wanderer gehalten, mit Gehstock und Kniebundhosen, für einen harmlosen Spaziergänger, der den Morgen genoss. Was hatte er damals wirklich hier gewollt? Hatte er auf der Suche nach neuer Beute sein Revier durchstreift?

Hatte er sie ausspioniert?

Mara musste sich einen Moment lang an einem Baumstamm anlehnen, weil ihr die Beine unter dem Körper wegzuknicken drohten.

Obwohl sie immer noch unter Schock stand, gelang es ihr, ein paar Puzzlestücke zusammenzusetzen. Paul hatte Schoenthaler vor wenigen Tagen als potentiellen Mörder ins Spiel gebracht, aber weil er kurz darauf selbst zum Verdächtigen geworden war, hatte niemand diese Spur weiterverfolgt.

Ein Zufall? Wohl kaum! Es sah ganz danach aus, als habe Schoenthaler Paul seine Gedichte bewusst untergeschoben, um die Spur auf ihn zu lenken.

Aber woher wusste er, dass Paul ihn verdächtigte? Das wäre nur möglich gewesen, wenn er das Gespräch zwischen Paul und mir belauscht hätte.

Ein entsetzlicher Verdacht keimte in Mara auf: War es möglich, dass Schoenthaler das Haus verwanzt hatte? Immerhin hatte er vor ihr und Friedrich Rossknecht das Gut bewohnt. Vielleicht gehörte es zu seinen perversen Spielen, über alles Bescheid zu wissen, was in dem Haus vor sich ging.

Mara raffte sich auf, ging weiter, noch immer ganz benommen von dem, was sie sich da zusammengereimt hatte. Der Wald schien kein Ende zu nehmen, es kam ihr vor, als würde sie stundenlang durch die Finsternis irren. Endlich erkannte sie zwischen den dicht stehenden Bäumen einen lichten Schimmer. Nach einigen Schritten ließ sie den Wald schließlich hinter sich und kam auf dem Wanderpfad oberhalb des Weinbergs zum Stehen.

Geschafft!

Das Gewitter hatte längst aufgehört, der prasselnde Regen war in ein feines Nieseln übergegangen. Graue Schlieren durchzogen die dunkle Wolkendecke am Himmel – Vorboten des anbrechenden Tages.

Plötzlich fühlte Mara sich unendlich erschöpft, ihre Beine waren schwer wie Blei, als sie sich auf den Nachhauseweg machte. Nebelschwaden dampften aus dem Tal empor, die ersten Vögel begannen zu zwitschern.

Nach einigen Minuten erreichte sie die Geräteschuppen. Hier hatte sie die Schatulle mit den Fotos von Sina Fischer gefunden. Damals waren Richard Schoenthalers Gräueltaten noch so weit weg gewesen. Sina Fischer, Batu Cem, Carola Danner – das waren Namen von Menschen gewesen, die sie kaum kannte, Menschen, für die sie sich nur deshalb interessierte, weil sie ein Buch über sie schreiben wollte. Mit der heutigen Nacht hatte sich das geändert. Das Grauen war nicht mehr nur eine vage Vorstellung von Dingen, die anderen Leuten passierten, es hatte sie selbst, ganz persönlich, getroffen. Leni war entführt, Paul erdrosselt, Thorsten erschossen worden. Von einem skrupellosen Psychopathen, der schon seit vielen Jahren sein Unwesen in dieser Gegend trieb.

Sie setzte ihren Weg fort und kam wenig später an dem kleinen Holzkreuz vorbei, das in der Erde steckte, wieder einmal verziert mit einem frischen, kleinen Blumenkranz – die Stelle, an der Richard Schoenthaler angeblich von der altersschwachen Dackeldame Aphrodite angefallen worden war und sie daraufhin totgeprügelt hatte.

Wer wird für Leni und mich ein Kreuz aufstellen und das Grab pflegen, wenn wir sterben, fragte sich Mara. Ihre Eltern lebten nicht mehr, Thorsten ebenfalls nicht. Sie hatte keine Angehörigen, und ihre Freundinnen lebten hundert Kilometer weit weg in Frankfurt.

Mit einem Mal kam Mara sich vor wie der einsamste Mensch auf der Welt.

KAPITEL 77

Ich muss ihn finden! *Irgendwie! Ich muss ihn finden und aufhalten, sonst werden Leni und ich bald nur ein weiteres Gedicht in seinem Buch sein!*

Mit diesen schweren Gedanken im Kopf schleppte Mara sich weiter. Nach einer Wegbiegung kamen hinter einer Böschung endlich der Parkplatz und das Haus in Sichtweite, doch so recht freuen konnte Mara sich darüber nicht. Dafür hatte sie heute Nacht zu viel verloren.

Zurück im Haus kochte sie sich als Erstes einen heißen Tee, um die Kälte aus den Knochen zu vertreiben. Während sie ihn in kleinen Schlucken trank, fragte sie sich, wo Schoenthaler die Wanzen versteckt haben konnte, mit denen er sie und Paul belauscht hatte? Und gab es womöglich auch Kameras? Mittlerweile hielt sie alles für möglich. Aber sie gab die Suche schnell wieder auf, weil sie keine Ahnung hatte, wonach genau sie überhaupt Ausschau halten sollte. Wie sah ein Minimikrophon aus? Oder eine Minikamera? So, wie man es aus Filmen kannte? Und wo konnte man diese Geräte am besten in einem Haus verstecken? Sie wusste es nicht und war auch viel zu erschöpft, um sich weiter damit auseinanderzusetzen. Später würde sie die Suche fortsetzen, wenn sie sich etwas frischer fühlte.

Nach dem Tee brühte sie sich einen Kaffee auf, mit der doppelten Menge Pulver gegen die Müdigkeit. Beim Trinken kreisten ihre Gedanken pausenlos um die Ereignisse der heutigen Nacht. Was sollte sie nun tun? Die Polizei rufen? Aber wenn sie das Gedicht mit den sieben Wölfen richtig interpretiert hatte, war die Situation nahezu unverändert: Es gab einen Mörder mit sechs Komplizen, nur dass Paul nicht das Oberhaupt der Gruppe war, sondern Richard Schoenthaler.

Also keine Polizei, um Leni nicht noch mehr zu gefährden – falls sie nicht schon tot war.

Die Ungewissheit um ihre Tochter trieb Mara beinahe in den Wahnsinn. Pausenlos nahm Schoenthalers kaltherziges Grinsen in ihrem Kopf Gestalt an. Er war ein Mann, der es gewohnt war, andere Menschen zu töten, eiskalt und brutal.

Mara tupfte sich mit einem Taschentuch die Augenwinkel trocken. Wie hatte sie nur annehmen können, Paul sei der Mörder? Nein – Schoenthaler musste Paul seine Aufschriebe untergeschoben haben. Hätte Mara sie an jenem Tag nicht gefunden, hätte er der Polizei bestimmt einen anonymen Tipp gegeben. Jedenfalls hatte sich der Fokus der Ermittlungen von da an auf Paul gerichtet.

Mara nippte an ihrem Kaffee, während sie weiter über die Geschehnisse der letzten Tage nachgrübelte. Aus irgendeinem Grund musste sie dabei wieder an die tote Dackeldame denken. Was, wenn Schoenthaler gar nicht von ihr angegriffen worden war, sondern wenn er sie aus einem ganz anderen Grund erschlagen hatte? Zum Beispiel, weil sie beim Abschnüffeln des Waldbodens auf etwas gestoßen war, das sie nicht hätte finden sollen?

Diese Idee war ihr bisher noch gar nicht gekommen, erschien ihr aber recht einleuchtend. Plötzlich begann ihr

Reporterinstinkt zu arbeiten. Trotz anhaltender Müdigkeit beschloss sie, noch einmal nach draußen zu gehen, um nachzusehen.

Sie eilte zu der Stelle, an der das Holzkreuz mit dem Blumenkränzchen in der Erde steckte und sah sich um. Was hatte Aphrodite damals entdeckt? Etwas, das Richard Schoenthaler belastet hätte, sonst hätte er sie wohl nicht gleich totgeprügelt. Was konnte das gewesen sein?

Selbst wenn meine Theorie stimmt – ist dieses Beweisstück dann überhaupt noch hier? Jahre später? Schoenthaler hat inzwischen alle Zeit der Welt gehabt, seine Spuren zu verwischen.

Obwohl die Aussichten auf Erfolg äußerst gering waren, machte Mara sich an die Arbeit. Ohne zu wissen, wonach sie suchte, durchstöberte sie, von dem Holzkreuz ausgehend, den Wald und dehnte dabei ihren Radius immer weiter aus. Das einzig Auffällige, worauf sie stieß, war ein alter Brunnenschacht, nahezu vollständig bedeckt von Zweigen und Laub. Als sie die Schicht beiseiteschob, sah sie, dass der Schacht vergittert und mit einem massiven Vorhängeschloss gesichert war. In die Wand eingelassene Stahlsprossen führten in die Tiefe hinab, verloren sich aber schon bald in den dunklen Eingeweiden der Erde.

Handelte es sich dabei tatsächlich nur um einen stillgelegten Brunnen? Oder war das eines von Richard Schoenthalers Verstecken?

Hatte er Leni womöglich dort untergebracht?

Mara rüttelte an dem Eisengitter und rief dabei den Namen ihrer Tochter in den bodenlosen Schlund. Vergeblich! Weder ließ sich das Gitter öffnen, noch erhielt sie aus der Tiefe eine Antwort.

Was jetzt?

Hatte sie sich nur etwas eingebildet? Das Laub auf dem Schacht war nicht aufgewühlt gewesen, jedenfalls nicht so, dass es ihr aufgefallen wäre. Aber hätte es das nicht sein müssen, wenn Schoenthaler heute Nacht hier gewesen wäre?

Oder war er schlau genug, um auf solche Details zu achten? Immerhin mordete er schon seit Jahren, ohne erwischt worden zu sein!

Mara beschloss, der Sache auf den Grund zu gehen. Sobald die Läden öffneten, wollte sie in den Ort fahren und sich eine Flex leihen. Bestimmt besaß Metzger Danner eine oder Georg Gundler, der Inhaber der Autowerkstatt. Zur Not würde sie im Baumarkt in Edenkoben eine kaufen. Dann würde sie wieder herkommen, das Eisengitter öffnen und, so Gott wollte, Leni hier finden.

Als sie zum Haus zurückkehrte, wurde ihr klar, dass sie über eine wichtige Frage noch gar nicht nachgedacht hatte: Wie war es Schoenthaler gelungen, Paul in ihren Keller zu bringen?

Er musste einen Schlüssel haben!

Ich hätte das Schloss von Anfang an austauschen lassen sollen! Schon als Regina mir sagte, dass sie noch einen alten Schlüssel von Friedrich Rossknecht besitzt!

Mara biss mit einem Seufzer die Zähne zusammen. Im Nachhinein war sie viel zu leichtfertig gewesen. Nicht nur in dieser Hinsicht, sondern auch bezüglich des Rats von Casale, lieber vorübergehend in ein Hotel zu ziehen. Sie hätte damit die Katastrophe von heute Nacht ganz leicht vermeiden können.

Hatte sie aber nicht.

Erneut stiegen ihr Tränen in die Augen. Was, wenn Schoenthaler noch einmal versuchen würde, ins Haus einzudringen? Sollte sie sich lieber gleich ins Auto setzen und in die Stadt fahren, obwohl die Geschäfte noch nicht geöffnet hatten? Aber im Moment fühlte sie sich zu zittrig und zu schwach zum Autofahren. Sie musste zuerst ein bisschen zur Ruhe kommen.

Aus Angst vor einem Überfall schob Mara den Garderobenschrank vor die Eingangstür, die Terrassentür verbarrikadierte sie mit dem massiven Sideboard im Wohnzimmer. Das war natürlich keine Dauerlösung, aber immerhin würde Schoenthaler bei einem Einbruchversuch so viel Krach verursachen, dass Mara es hörte. Und sie würde nicht zögern, ihre Pistole einzusetzen – genauso wenig, wie er es heute Nacht bei Thorsten getan hatte!

KAPITEL 78

Mara schreckte auf und brauchte einen Moment, bis sie begriff, dass sie eingeschlafen war. Vornübergebeugt am Küchentisch, den Kopf auf die Arme gelegt. Ohne es zu bemerken, musste sie eingenickt sein.

Obwohl alles ruhig war, wusste sie sofort, dass etwas nicht stimmte. Sie rannte zum Eingang, aber dort stand der Garderobenschrank unverändert vor der Tür. Auch über die Terrasse hatte niemand versucht, ins Haus einzudringen. Dennoch ließ sich das ungute Gefühl in der Magengegend nicht vertreiben.

Mara warf einen Blick auf die Uhr – schon halb zehn. Sie hatte viel länger als geplant geschlafen.

Jetzt aber schnell los, um die Flex zu besorgen! Falls Leni wirklich in dem Brunnenschacht gefangen ist, darf ich sie nicht länger warten lassen.

Als sie das Haus verlassen wollte, traf sie beinahe der Schlag: Am Garderobenschrank, den sie vor die Tür geschoben hatte, hing, mit einer Reißzwecke befestigt, ein Foto von einer Sofortbildkamera. Auf zitternden Beinen kam Mara näher, bis sie Leni darauf erkannte, diesmal wach, mit großen Augen, die ihr angsterfüllt entgegenstarrten. Ihr Knöchel steckte immer noch in der eisernen Fußfessel.

Mara musste sich in die Hand beißen, um den Schmerz zu ertragen. Als sie das Foto abzupfte, um es genauer zu betrachten, bemerkte sie, dass dahinter etwas hing – die Kette ihres Großvaters, die mit dem Silberdöschen, von der sie geglaubt hatte, dass Leni sie verschlampt oder Regina sie eingesteckt hatte. Jetzt hing sie vor ihr an dieser Reißzwecke wie ein Ausstellungsstück in einem Schmuckladen, als sei sie nie irgendwo anders gewesen.

Was hatte das zu bedeuten?

Wie sich die Situation jetzt darstellte, hatte Schoenthaler das Erbstück vor ein paar Tagen entwendet und es während Maras Nickerchen zurückgebracht. Aber wie hatte er das bewerkstelligt? Beide Zugangstüren zum Haus waren verschlossen!

Rasch suchte Mara alle Fenster ab, ebenfalls ohne Erfolg. Keines davon war aufgebrochen oder eingeschlagen worden.

Ihr kam die Geschichte der Familie Albrecht in den Sinn. Bei dem Überfall im Jahr 1945 waren Vater und Sohn sowie die beiden Juden, deren Namen in die Kellerwand eingemeißelt waren, getötet worden. Doch die Mutter hatte irgendwie entkommen können. War es etwa möglich, dass es in diesem alten Gemäuer einen Geheimgang gab, den Richard Schoenthaler entdeckt hatte?

Wieder fügten sich in Maras Hinterkopf ein paar Mosaiksteine zu einem kleinen Bildausschnitt zusammen. Als sie in der Nacht aufgewacht war, hatte sie Schritte im Erdgeschoss gehört, aber Thorsten hatte behauptet, zu der Zeit geschlafen zu haben. Also musste das Schoenthaler gewesen sein, der den toten Paul in den Keller transportiert hatte.

Er muss ihn durchs Erdgeschoss hereingebracht haben, sonst hätte ich ihn im Bett nicht so deutlich gehört. Wo könnte sich die Türe zu einem Geheimgang befinden?

Zuerst suchte sie planlos nach irgendwelchen Auffälligkeiten an den Wänden und nach Abnutzungserscheinungen oder Kratzspuren auf dem Boden, an Stellen, wo man sie nicht vermuten würde. Aber sie fand nichts.

Dann erinnerte sie sich daran, wie sie und Paul das Zimmer vermessen hatten, in dem sie ihr Fotostudio einrichten wollte. Obwohl sie sorgfältig dabei vorgegangen waren, hatten die Maße nicht gepasst, und weil sie damals zum ersten Mal miteinander geschlafen hatten, war die Unstimmigkeit in Vergessenheit geraten.

Aber vielleicht steckte viel mehr dahinter als ihre und Pauls mathematische Unfähigkeit oder als Falschangaben auf den Architektenplänen? Gab es hier womöglich doppelte Wände, hinter denen man sich unbemerkt im Haus fortbewegen konnte?

Sie eilte in das geplante Fotostudio, fand dort aber keinerlei Ritzen für eine Tür in der Wand.

Vielleicht auf der anderen Seite der Mauer – die befand sich in der Bibliothek. In der Tat bemerkte Mara jetzt erstmals die Kratzer im Parkett, die sich von einem der Bücherregale halbkreisförmig über den Boden zogen. Da die alten Holzbohlen auch an vielen anderen Stellen schon starke Gebrauchsspuren aufwiesen, waren sie ihr bisher nie aufgefallen.

Aber wie ließ die Tür sich öffnen?

Als Mara die Bücher wegräumte, kamen dahinter zwei senkrecht verlaufende Fugen zum Vorschein. Eine Querfuge sah sie nicht, vermutlich wurde diese durch das Regal verdeckt.

Zwischen zwei dicken Folianten befand sich auf Augenhöhe ein Guckloch – ein mit einer Glaslinse versehener Spion, durch den Schoenthaler sich vergewissern konnte, dass die Luft auf dieser Seite der Tür rein war. Vielleicht hatte er Mara sogar manchmal bei der Arbeit beobachtet und sich dabei ausgemalt, was er mit ihr tun würde, wenn er sie erst in seine Gewalt gebracht hatte.

Perverses Schwein!

Als Mara an dem Regal zog, ließ sich die Tür erstaunlich leicht aufschwingen. Vor ihr tat sich ein dunkler, schmaler Gang auf, gerade breit genug für einen Erwachsenen.

Von dort muss das Ungeheuer ins Haus gekommen sein, dachte Mara.

KAPITEL 79

Ohne Licht konnte sie sich dort nicht hineinwagen!

Da Mara ihr Handy im Wald verloren hatte, holte sie aus der Speisekammer eine Taschenlampe und leuchtete damit den Weg aus. In der anderen Hand hielt sie die Heckler & Koch. Vorsichtig betrat sie den klaustrophobisch engen Tunnel. Ihre Schultern berührten links und rechts beinahe die Mauern. Es war so beklemmend, dass sie kaum noch Luft bekam.

Nach wenigen Schritten erreichte sie eine Treppe, die abwärts führte. Frostige Kälte drang von unten herauf, vermengt mit dem Geruch von feuchter Erde und Moder. Nach einer weiteren Ecke wurde es so dunkel, dass sie ohne die Taschenlampe verloren gewesen wäre.

Die Wände änderten sich mit zunehmender Tiefe, gingen jetzt über in unverputzten, nass glänzenden Stein. Obwohl Mara versuchte, die Orientierung zu behalten, verlor sie schon bald den Überblick.

Endlich erreichte sie den Fuß der Treppe. Nach ihrer Einschätzung befand sie sich jetzt ungefähr auf Höhe des Kellerbodens. Wahrscheinlich führte der Gang unterirdisch an der Kellermauer entlang, aber beschworen hätte sie es nicht.

Jedenfalls gab es hier keine Ecken und Winkel mehr – der Tunnel verlief kerzengerade, so weit das Licht der Taschenlampe reichte. Er wurde nun auch deutlich breiter, was allerdings auch notwendig war, weil eine Fülle von dicken Holzbalken die Decke stützte. Es sah aus wie in einem alten Bergwerkschacht. Wegen des nächtlichen Regens hatten sich auf dem Boden große Pfützen gebildet. Auch jetzt noch tropfte und plätscherte es überall.

Vorsichtig watete Mara durch die Wasserstellen – sie wollte keine verräterischen Geräusche verursachen, für den Fall, dass Schoenthaler sich immer noch hier unten aufhielt. Nach etwa dreißig Metern – sie musste sich jetzt genau unter dem Schotterparkplatz befinden – erreichte sie links in der Wand eine Stahltür. Langsam drückte Mara die Klinke, aber das erwartete Quietschen blieb aus, selbst als sie die Tür öffnete. Offenbar waren die Scharniere bestens in Schuss gehalten worden.

Mit pochendem Herzen betrat Mara den Seitengang. Optisch unterschied er sich nicht von dem Hauptstollen, auch hier gab es überall Stützpfosten. Allerdings stieß sie schon nach wenigen Metern auf eine weitere Tür, ebenfalls nicht abgeschlossen, kurz darauf folgte sogar eine dritte.

Was soll das?

Sie konnte sich nur eine Erklärung vorstellen: Die Türen sollten verhindern, dass man draußen hören konnte, wenn drinnen jemand schrie. Mara spürte, wie ihre Nackenhaare sich aufstellten.

Bei der vierten Tür steckte von außen ein Schlüssel. Als Mara ihn umdrehte, öffnete sich das Schloss mit einem metallischen Klackern. Für den Fall, dass das eine Falle war und Schoenthaler sie hier unten einschließen wollte, zog sie den Schlüssel ab und steckte ihn in die Hosentasche.

Ihre Nervosität stieg ins Unerträgliche.

Was würde sie hier erwarten?

Mit vorgehaltener Pistole drückte sie die Tür auf. Im Licht der Taschenlampe starrte ihr ein ängstliches Augenpaar entgegen: Auf dem Boden hockte Leni, zusammengekauert an der Wand, schlotternd vor Angst und Kälte. Mara rannte zu ihr, kniete sich neben sie, nahm sie in die Arme, sah sie wieder an – und wunderte sich, dass ihre Tochter sich gar nicht zu freuen schien.

Bis sie begriff, dass Lenis Blick sich auf jemanden richtete, der hinter Mara stand!

»Weg mit der Pistole!«, raunte eine Stimme.

Mara befolgte den Befehl. Sie schob die Waffe über den Boden und drehte sich langsam um.

Schoenthaler stand vor ihr wie ein leibhaftiges Gespenst, in der Hand seine eigene Pistole – die, mit der er in der Nacht Thorsten erschossen hatte. Hoffnungslosigkeit breitete sich in Maras Körper aus wie lähmendes Gift. Sie wusste, dass sie das Spiel verloren hatte.

»Jetzt die Taschenlampe!«, forderte Schoenthaler.

Wieder gehorchte Mara – was blieb ihr anderes übrig?

»Sie haben die Geheimtür in der Bibliothek absichtlich nicht abgeschlossen, oder?«, fragte sie.

Schoenthaler nickte bedächtig, während er die Taschenlampe und die Pistole vom Boden aufhob. »Ich war mir bloß nicht sicher, ob du sie finden würdest. Aber hätte ich sie nur angelehnt, wäre die Falle zu offensichtlich gewesen.«

»Und wenn ich den Eingang nicht gefunden hätte?«

»Wäre es egal gewesen. Ich hätte dich sowieso schon bald hierhergebracht. Ich wollte, dass Mutter und Tochter im

Sterben vereint sind. Nenne es sentimental, aber ich möchte mein Lebenswerk würdig abschließen.«

»Lebenswerk? Was meinen Sie damit?«

»Hast du es immer noch nicht begriffen?« Es klang beinahe enttäuscht. »Ich dachte, mit der Silberkette sei alles klar.«

Für Mara war gar nichts klar, aber sie wusste, dass sie – unbewaffnet, wie sie war – auf Zeit spielen musste. Vielleicht würde sich dann eine Gelegenheit zur Flucht ergeben. Auf jeden Fall wollte Schoenthaler seine Geschichte erzählen, das spürte sie genau. Er wollte, dass sie seine Motivation verstand, selbst, wenn sie dieses Wissen nur mit ins Grab nehmen würde.

»Alles, was ich bisher verstehe, ist, dass Sie wahllos Menschen töten – je grausamer, desto lieber«, sagte sie.

Falls sie ihn damit so wütend machen würde, dass er sie und Leni erschoss, starben sie wenigstens schnell. Allerdings spekulierte sie natürlich darauf, ihn mit ihrer Äußerung zu einer ausführlichen Antwort zu provozieren.

Einen Augenblick lang schien er selbst hin und her gerissen. Schließlich begann er, seine Geschichte zu erzählen.

KAPITEL 80

»Sie kamen in der Nacht vom Faschingsdienstag auf den Aschermittwoch«, sagte er. »Im Jahr 45, kurz vor Ende des Krieges. Sieben Männer aus dem Dorf, die sich im Brückenhaus Mut angesoffen hatten und im Rausch beschlossen, die Familie Albrecht zu überfallen. Alle wollten sie töten, einen nach dem anderen.«

Richard Schoenthaler konnte damals noch gar nicht gelebt haben, dachte Mara, es sei denn, er war wesentlich älter, als es den Anschein hatte. Aber sie wollte seinen Redefluss nicht jetzt schon unterbrechen. Also zwang sie sich, keine Zwischenfragen zu stellen.

»Mit Fackeln zogen sie den Weinberg hinauf. Außerdem hatte jeder von ihnen eine Waffe dabei – Messer, Dreschflegel, Heugabeln. Einer besaß sogar ein Gewehr. Sie randalierten, schlugen ein paar Scheiben ein, pöbelten herum, aber so sehr sie sich auch bemühten, sie kamen nicht ins Gebäude. Erst als der Hausdiener vom Dorffest zurückkam und ihnen in die Hände fiel, öffnete Herr Albrecht die Tür, weil sie drohten, ihn abzustechen. Herr Albrecht dachte, er könne die Randalierer mit Worten besänftigen, zur Not sogar mit Geld – davon besaß er eine ganze Menge. Aber er hatte ihren Hass unterschätzt. Sie überwältigten ihn, drangen ins Haus ein, schlugen seine Frau. Der kleine Sohn wollte nach draußen fliehen, aber sie schnappten ihn und erhängten ihn am

Kronleuchter. Herr Albrecht musste hilflos dabei zusehen. Als er versuchte, sich zur Wehr zu setzen, holten die Kerle die Axt für das Kaminholz. Damit schlugen sie ihm beide Hände ab, einfach so, dann fesselten sie ihn ans Heizrohr und ließen ihn verbluten. Anschließend vergingen sie sich an seiner Frau. Sie schändeten sie, einer nach dem anderen, bis sie alle mit ihr durch waren. Eine siebenfache Vergewaltigung auf dem Wohnzimmerboden, direkt unter den starren Augen des toten Jungen und des sterbenden Ehemanns. Danach gingen sie nach draußen, weil sie betrunken waren und im Blutrausch auf die Idee kamen, ein Erinnerungsfoto zu schießen. Jeder von ihnen sollte einen Abzug bekommen, eine Art Trophäe, als hätten sie in dieser Nacht eine Heldentat vollbracht. Sie stellten sich vors Haus und posierten – drei in der Hocke, drei stehend dahinter. Einer wollte nicht mit aufs Bild und bediente den Fotoapparat. Kaum waren sie damit fertig, stellten sie fest, dass Frau Albrecht verschwunden war. Obwohl sie sie bei ihrer Vergewaltigung brutal geschlagen hatten, war sie nicht so stark verletzt wie vermutet. Als die sieben Idioten ihr Foto schossen, konnte sie sich unbemerkt in den Geheimgang schleppen – so ist sie entkommen. Aber sie hat diese Nacht nie vergessen. Ihr Leben lang hat sie darunter gelitten. Und sie schwor bittere Rache.«

Jetzt endlich begriff Mara, was das Gedicht mit den Schafen zu bedeuten hatte: Es behandelte, als Fabel verpackt, den Tod der Familie Albrecht – deshalb war ihr die Geschichte die ganze Zeit über so bekannt vorgekommen.

»Waren die sieben Männer wütend, weil die Albrechts ein paar verfolgten Juden Unterschlupf gewährt hatten?«, fragte sie.

Ein hässliches Grinsen legte sich auf Richard Schoenthalers Gesicht.

»Die Albrechts hießen in Wahrheit nicht Albrecht, sondern Goldmann«, sagte er. »Salomon der Vater, Jakob der Sohn, Judith die Mutter. Aber als sie nach Naunheim zogen, waren die Zeiten für Juden bereits gefährlich. Also ließen sie sich mit falschen Papieren unter falschem Namen nieder und gaben sich als Christen aus. Lieber mit einer Lüge leben als gar nicht – das war ihre Devise. Aus Angst davor, dass ihre Tarnung irgendwann auffliegen würde, legte Salomon Goldmann Mitte der dreißiger Jahre zusammen mit ein paar guten Freunden den Geheimgang an. Er wollte für den Notfall einen Fluchtweg haben. Den Ausgang tarnte er als Brunnenschacht. Um vom Inneren des Gebäudes dorthin zu gelangen, zog er ein paar doppelte Wände ein.«

Das alles war für Mara nachvollziehbar – aber was hatte es mit Richard Schoenthaler zu tun?

»Gertrud Albrecht alias Judith Goldmann konnte in jener Nacht durch den Tunnel entkommen«, erzählte Schoenthaler, als Mara ihn danach fragte. »Neun Monate später gebar sie einen Sohn, Isaak Goldmann. *Mich.*«

Er ließ die Worte einen Moment wirken, bevor er weitersprach. »Meine Mutter hat sich nie bemüht, mir das Gefühl von Liebe zu vermitteln. Sie *konnte* mich nicht lieben, was man ihr nicht verdenken kann. Ich war für sie nur eine stetige Erinnerung an den Überfall von 1945 – eine Erinnerung daran, den Hass von damals nicht zu vergessen. Diesen Hass hat sie mir jeden Tag eingebläut, mit Worten und mit Schlägen, immer und immer wieder, so lange, bis ich denselben Hass in mir trug wie sie. Nach ein paar Jahren, ich war vielleicht sechs oder sieben, hat sie begonnen, Rache zu üben. Sie kannte ein paar der Männer, die ihr Leben zerstört hatten, und kehrte heimlich hierher zurück. Einer von ihnen, Heinrich Zenk, hatte das Trophäenfoto bei sich zu Hause an der Wand hängen. Nachdem sie ihn getötet hatte, nahm sie es an sich – ebenfalls als Trophäe. Und als ständiges Mahnmal, nie ihr Ziel aus den Augen zu verlieren, nämlich jeden, der damals beteiligt gewesen war mitsamt seiner Familie umzubringen, um die Krankheit in ihren Herzen – den blinden Hass auf Menschen wie uns – für immer auszumerzen. Sie bekämpfte Hass mit Hass, und ich sah, wie es ihr dabei zunehmend besserging. Nach Heinrich Zenk und dessen Angehörigen nahm sie sich Alfons Matthes vor, dann Horst Bruckner, den Anführer der Gruppe. Im Sommer 1958 hat sie seinen Sohn im Argenbach ertränkt. Vier Wochen später lauerte sie ihm bei einem Spaziergang im Wald auf und schlitzte ihm im Vorbeigehen die Halsschlagader mit einem Messer auf. Am zweiten Weihnachtsfeiertag sollte dann auch noch seine Witwe dran sein, Siglinde Bruckner. Wir hatten sie bis zum Bahnhof in Kaiserslautern verfolgt, und Mutter wollte sie vor den Zug stoßen. Sie schlich sich von hinten an sie heran, wartete ab, bis der Zug einfuhr. Aber dann wurde sie unvorsichtig, und Siglinde Bruckner krallte sich im entscheidenden Augenblick an ihr fest. Ich sehe das alles vor mir, als sei es erst gestern geschehen. Ein Schaffner versuchte, die beiden zu retten, geriet dabei aber selbst aus dem Gleichgewicht. Am Ende stürzten alle drei auf die Schienen und starben.«

Schoenthaler schwieg einen Moment, als wolle er den Toten, allen voran seiner Mutter, damit die letzte Ehre erweisen, auch wenn es schon lange her war. Ihm war am Gesicht abzulesen, wie sehr ihm der tragische Zwischenfall noch heute zu schaffen machte.

»Danach war ich ganz allein auf der Welt – ein dreizehnjähriger Junge, der nichts mehr hatte, abgesehen von dem ewigen Hass, den er seiner Mutter versprochen hatte. Damals schwor ich, zu Ende zu führen, was Mutter begonnen hatte, um die Schande zu tilgen, die ihr widerfahren war. Eine Zeitlang lebte ich auf der Straße, danach kam ich ins Heim. Anhand der Unterlagen, die Mutter mir hinterlassen hatte, fand ich den nächsten Mann auf ihrer Liste. Bevor ich ihn und seine Familie tötete, erpresste ich ihn. So kam ich an das Geld, um später unter dem Namen Richard Schoenthaler nach Naunheim zurückzukehren und das Weingut zu kaufen, in dem meine Mutter einmal gelebt hatte. Von hier aus konnte ich in aller Ruhe meine Nachforschungen anstellen und meine Rachetaten planen. Anfangs achtete ich darauf, dass die Morde wie Unfälle aussahen, aber irgendwann stellte mich das nicht mehr zufrieden. Es besänftigte die Wut nicht mehr, die ich empfand, wenn ich an die Geschichte meiner Mutter dachte. Mein innerer Dämon wollte mehr, also richtete ich mir irgendwann meine Verstecke ein, verschleppte meine Opfer, fügte ihnen Schmerzen zu. Ließ sie leiden, so, wie sie Mutter hatten leiden lassen. Nachdem ich Naunheim gesäubert hatte, musste ich mein Revier weiter ausdehnen, weil die Kinder und Enkel der sieben Kerle in alle möglichen Richtungen weggezogen waren. Ich habe – wie meine Mutter – mein Leben dem Ziel gewidmet, die ganze verdammte Rotte zu vernichten. Ihr zu Ehren fing ich auch irgendwann an, meine Gedichte zu schreiben. Im Grunde ihres Herzens war sie eine Poetin. Sie hätte meine Verse geliebt, das weiß ich.«

Mara schluckte. Er war der Sohn einer jüdischen Mutter und eines nazideutschen Vaters, ein gewaltsam gezeugter Bastard, geboren zwischen den Fronten des Hasses.

»Du siehst also: Ich töte keineswegs wahllos«, fuhr Schoenthaler fort. »Der Metzger lebt noch, weil Carola nicht seine leibliche Tochter war. Sie stammte von der vergifteten, mütterlichen Seite ab. Alle meine Opfer waren an dem Verbrechen von 1945 beteiligt oder standen in einer familiären Beziehung zu ihnen. Oder sie haben versucht, sich meiner Rache in den Weg zu stellen, so wie Paul Brunner und dein geschiedener Mann.«

Das alles ergab auf schreckliche Weise Sinn – warf aber eine entscheidende Frage auf: »Warum haben Sie es auf meine Tochter und mich abgesehen?«

Die Worte kamen Mara nur zögernd über die Lippen. Sie sprach sie aus, obwohl sie die Antwort tief im Innern längst wusste. Sie entsann sich an das kopierte Foto in ihrem Briefkasten. Das Gruppenbild der sechs Männer, die mit einem roten X durchgestrichen waren.

Das Trophäenbild.

Neben dem Foto befand sich ein Fragezeichen, ebenfalls in Rot. Was für Mara damals ein Rätsel gewesen war, löste sich jetzt wie von selbst auf. Das Fragezeichen symbolisierte den fehlenden Mann auf dem Bild – den Fotografen.

Den siebten Wolf aus dem Gedicht.

Mit einer Schmuckdose an einer Silberkette um den Hals.

Maras Großvater.

Eine Welt brach für sie zusammen, als Schoenthaler ihre Vermutung bestätigte.

»Mutter erzählte mir, dass dein Großvater sich nur widerwillig an der Tat beteiligt hatte«, sagte er. »Nicht aus Überzeugung, sondern weil die anderen ihn dazu drängten. Aber mitgemacht hat er dennoch, und das macht ihn letztlich nicht besser.«

Mara wusste, dass ihre Großeltern bei einem Hausbrand ums Leben gekommen waren. Jetzt ahnte sie auch die Ursache dafür.

»Was ist mit meinem Vater?«, fragte sie. »Haben Sie den auch umgebracht?«

Schoenthaler nickte. Seine Miene verströmte jetzt eine Kälte, die Mara durch und durch ging.

»Ich habe ihn niedergeschlagen und in eins meiner Verstecke gebracht«, sagte er. »Wärst du damals zu Hause gewesen, hätte ich dich ebenfalls mitgenommen. Aber das Glück war an diesem Tag auf deiner Seite, und das Leben hat dir noch ein paar Jahre geschenkt. Eine Zeitlang hatte ich dich sogar aus den Augen verloren. Erst vor ein paar Monaten fand ich heraus, wo du in Frankfurt wohnst – also bin ich hingefahren. Ich habe dir in deinem Wohnblock am Aufzug aufgelauert, um dich zu entführen, aber dann kam dieser Trottel von der Reinigungsfirma dazwischen, und ich musste verschwinden. Zuerst ärgerte ich mich darüber, aber im Nachhinein bin ich sogar froh darüber, denn mir kam eine viel bessere Idee: Ich beschloss, meine Geschichte hier enden zu lassen, im Haus meiner Mutter, wo 1945 alles anfing.«

Mara schüttelte den Kopf, weil ihr Verstand sich gegen ihre Ahnung sträubte. Konnte es sein, dass der Umzug nach

Naunheim gar nicht ihre freie Entscheidung gewesen war? Dass Schoenthaler sie wie eine Marionette manipuliert hatte?

»Um dich herzulocken, habe ich einen hübschen, kleinen Prospekt anfertigen lassen – ein altes Weingut in der Pfalz, idyllisch gelegen, ideal für jemanden, der der Großstadt entfliehen will, noch dazu für einen Schnäppchenpreis«, erklärte Schoenthaler. »Anschließend habe ich deine Freundin gezwungen, dir den Kauf zu empfehlen. Alles hat genauso funktioniert, wie ich es geplant hatte.«

»Dann haben Sie Sabine aus dem Fenster gestoßen?«

»Sie wusste zu viel. Die Gefahr, dass sie dich irgendwann vor mir warnt, war zu groß – das konnte ich nicht zulassen.«

Mara war wie vor den Kopf gestoßen. Sie verstand jetzt, warum Schoenthaler wollte, dass sie alles begriff. Leni und sie waren keine zufällig ausgewählten Opfer eines irren Psychopathen, sondern die letzten noch lebenden Nachkommen der Vergewaltiger und Mörder von 1945. Aber obwohl sie die Tat ihres Großvaters zutiefst verabscheute und sich dafür schämte, fühlte sie sich dafür nicht verantwortlich. Weshalb sollten Leni und sie für ein Verbrechen büßen, das ein anderer vor über siebzig Jahren begangen hatte?

Sie spürte, wie sie zitterte – nicht nur, weil es hier unten empfindlich kalt war, sondern weil die Ereignisse der letzten Nacht in Verbindung mit der Geschichte, die Schoenthaler ihr gerade aufgetischt hatte, sie überforderten.

»Was haben Sie ihm angetan?«, raunte sie schwach. »Ich meine, wie hat mein Vater sterben müssen?«

Schoenthaler sah sie einen Moment lang aus ausdruckslosen Haifischaugen an. »Du solltest dich weniger um deinen Vater sorgen, als um deine Tochter und dich. Denn dieses Verlies wird eure letzte Ruhestätte sein!«

Mit diesen Worten kam er einen Schritt auf Mara zu und schlug ihr so überraschend mit dem Pistolenknauf gegen die Schläfe, dass es ihr nicht einmal in den Sinn kam, sich zu wehren. Die Beine gaben unter ihr nach, sie kippte zur Seite.

Dann wurde ihr schwarz vor Augen, und die Welt um sie herum versank in Gleichgültigkeit.

KAPITEL 81

Mara wurde wieder wach, als sie merkte, wie jemand sie über den Boden schleifte. Ihr Kopf schmerzte höllisch, die verletzte Schläfe pochte wie wild. Als sie die Stelle betastete, fühlte sich die Haut nass an.

Sie schlug die Augen auf und sah, wie Schoenthaler versuchte, ihren Fußknöchel in einen Eisenring zu zwängen. Da er beide Hände benutzte, um sie über die festgetretene Erde zu ziehen, hatte er die Waffe in den Hosenbund gesteckt.

Das war Maras Chance!

Es gelang ihr, sich mit einer schnellen Drehung von ihm wegzurollen – offenbar hatte er nicht damit gerechnet, dass sie nur ein paar Sekunden bewusstlos sein würde. Leni, für die die Gegenwehr ihrer Mutter ebenfalls überraschend kam, stieß einen erschreckten Schrei aus. Beides zusammen irritierte Schoenthaler so sehr, dass er eine Sekunde lang in seiner Verwirrung gefangen war.

Mara nutzte die Zeit instinktiv, um sich in Position zu bringen und ihm mit voller Wucht seitlich gegen das Knie zu treten. Irgendwo hatte sie einmal gehört, dass das ein Schwachpunkt des menschlichen Körpers war, ein Gelenk, das mit wenig Kraftaufwand gebrochen werden konnte. Daher überraschte es sie, dass sie jetzt kein entsprechendes Geräusch hörte. Aber wenigstens jaulte Schoenthaler wie ein verletztes Tier auf und kippte um.

Das Licht der Taschenlampe verwandelte die Szene in ein surreales Gewirr aus Licht und Schatten. Beim Aufprall auf den Boden klammerte Schoenthaler sich an Mara, sofort kam es zum Handgemenge. Begleitet von Lenis wildem Kreischen wälzten die beiden sich über den nassen Boden, so oft, dass Mara oben und unten nicht mehr voneinander unterscheiden konnte.

Plötzlich spürte sie Schoenthalers knochige Hände an ihrem Hals. Es war, als würde ihr ein dämonisches Gerippe die Luft abdrücken, spindeldürr, aber beseelt von dem eisernen Willen, sein letztes tödliches Werk zu vollbringen. Schon begannen Mara die Kräfte zu schwinden.

In der aufkommenden Panik wusste sie nicht mehr, was sie tat. Sie schlug ziellos um sich, kratzte, zerrte, drückte … und biss bei der ersten sich bietenden Gelegenheit so fest sie nur konnte zu.

Schoenthaler brüllte auf und ließ einen Moment von ihr ab.

Endlich wieder Luft!

Mit einem Ruck gelang es ihr, Schoenthaler abzuwerfen, der rittlings auf ihrem Bauch saß. Ächzend landete er im Dreck, aber er bewegte sich noch. Bestimmt würde es höchstens ein paar Sekunden dauern, bis er sich wieder fing!

Verzweifelt irrte Maras Blick über den Boden. Nirgends war eine Waffe zu sehen. Aber als sie von Schoenthaler wegrutschte, um mehr Abstand zu ihm zu gewinnen, stieß sie mit der Schulter gegen einen Holzpfeiler – kein gegen die Decke gestemmter Stützbalken, sondern ein loser Pfosten, der als Ersatz in der Ecke lehnte.

Mara packte ihn und zog sich daran hoch. Als ihr Blick

wieder auf Schoenthaler fiel, erkannte sie, dass er selbst ebenfalls auf die Beine gekommen war – benommen zwar, aber immer noch zu allem entschlossen. Seine Hand glitt gerade hinter seinen Rücken.

Er will die Pistole ziehen!

Ohne zu wissen, woher sie die Kraft dafür nahm, wuchtete Mara die schwere Holzbohle hoch. Irgendwie schaffte sie es, damit auf Schoenthaler zuzuwanken – gewissermaßen Anlauf zu nehmen – und die Bohle gegen seinen Schädel zu schleudern, bevor er einen Schuss abfeuern konnte. Schwer getroffen stürzte er nach hinten und ließ die Pistole fallen. Mit einem satten Platschen traf sein Körper auf dem nassen Boden auf, wo er reglos liegen blieb.

Vor Anstrengung keuchend, harrte Mara ein paar Sekunden lang aus, weil sie noch nicht glauben konnte, dass der Spuk wirklich vorbei war. Schoenthaler lag wie tot vor ihr. Hatte sie das Monster wirklich besiegt?

Als er sich plötzlich wieder regte, zuckte sie unwillkürlich zusammen. Sie brauchte unbedingt eine Waffe! Aber wo war seine Pistole hingefallen?

Sie fand sie dicht neben der Wand, nahm sie an sich und zielte auf den vor ihr liegenden Mann. Die Versuchung, den Abzug durchzudrücken war groß, dennoch ließ sie etwas zögern: Ein schneller Tod war viel zu gut für diesen Teufel!

Stöhnend hob Schoenthaler eine Hand. Noch schien er sich erst sammeln und orientieren zu müssen, aber wie lange konnte das dauern?

»Maaaaama!«

Lenis Schrei rüttelte sie wach.

Wir müssen hier raus!

Sie biss die Zähne zusammen, sammelte ihren letzten Mut und durchsuchte Richard Schoenthalers Taschen. Mit wenigen Handgriffen nahm sie ihm seine Schlüssel, sein Handy und ihre Heckler & Koch ab.

Jetzt endlich fühlte sie sich nicht mehr wie ein hilfloses Opfer.

Tiefe Dankbarkeit durchflutete sie, als einer der Schlüssel in Lenis Fußschelle passte. Sie befreite ihre Tochter, drückte sie fest an sich, ließ wieder von ihr ab.

»Nimm eine Taschenlampe und geh nach draußen bis zum Hauptgang«, sagte sie. »Warte dort auf mich, ich komme gleich nach.«

Leni nickte verängstigt, tat aber, was ihre Mutter ihr aufgetragen hatte. Kaum, dass sie außer Sichtweite war, packte Mara die Eisenfessel und zwängte Schoenthalers Hand hinein. Noch bevor er begriff, was überhaupt mit ihm geschah, hatte sie die Schelle abgeschlossen und den Schlüssel abgezogen.

»Was hast du getan?«, raunte er. An seiner Stirn klaffte eine hässliche, große Platzwunde, die bereits sein halbes Gesicht mit Blut bedeckte.

Mara trat ein paar Schritte zurück, bis sie den Eingang des Verlieses erreichte.

Jetzt endlich schien Schoenthaler seine Situation zu begreifen. Er griff nach der Eisenkette und zerrte daran.

»WAS HAST DU GETAN?« Diesmal raunte er es nicht, er brüllte. »Ich bringe dich um! Hörst du? Ich werde hier rauskommen und dich töten! Dich und deine Tochter. Langsam und qualvoll, so, wie ihr es verdient!«

Mara verließ die unterirdische Kammer und schloss die

Tür ohne ein weiteres Wort hinter sich ab. Auch die anderen Türen schloss sie auf dem Weg nach draußen, eine nach der anderen. Als sie Leni im Hauptgang erreichte, waren Richard Schoenthalers Schreie kaum mehr zu hören.

KAPITEL 82

Ein Tag später

***... Mittlerweile gilt es** als sicher, dass Richard S. über Jahrzehnte hinweg über zwei Dutzend Morde begangen hat, nicht nur in der Pfalz, sondern in weiten Teilen Deutschlands. In seiner Wohnung in Walsheim fand die Polizei eine Umgebungskarte von Naunheim, die er mit einem speziellen Koordinatensystem versehen hatte. Diese Koordinaten finden sich auch in einem von Richard S. verfassten Gedichtband mit dem Titel »Morbus« und geben an, wo er seine Trophäen versteckt hat – Fotos und Andenken zu den von ihm verübten Taten.*

Von Richard S. fehlt bislang jede Spur. Seine Lebensgefährtin und mutmaßliche Komplizin, die Naunheimer Gärtnerin Sibylle J., wurde inzwischen festgenommen, konnte über seinen Verbleib jedoch nichts sagen, ebenso wenig zu den Hintergründen seiner Taten. Hinweise, die zur Ergreifung des Flüchtigen führen, nimmt jede Polizeidienststelle entgegen.

Mara las sich den Textentwurf für die Zeitung noch einmal von Anfang bis Ende durch, aber so richtig zufrieden war sie damit noch nicht. Bevor sie ihn irgendjemandem zeigen konnte, musste sie ihn noch einmal gründlich überarbeiten. Eine wirklich gute Polizeireporterin würde aus ihr wohl nie werden.

Aber sie war davon überzeugt, aus dieser Geschichte einen guten Roman machen zu können. Nur die Tatsache, dass ihr Großvater an der Tat von 1945 beteiligt gewesen war, ließ sie noch zweifeln.

Wie sollte sie damit umgehen?

Tief im Innern wusste sie, dass er das nicht gewollt hatte. Und dass er sich dafür geschämt hatte, sich dennoch daran beteiligt zu haben. Deshalb hatte er die Täter später als »Drecksäue« und »feige Hurenböcke« bezeichnet – sich selbst eingeschlossen, das wurde Mara jetzt klar.

Es klingelte. Als sie öffnete, stand Kommissar Casale im Eingang. Bei einer Tasse Kaffee unterhielten sie sich in der Küche.

»Der Bestatter hat mitgeteilt, dass Pauls Beerdigung am kommenden Mittwoch stattfinden wird, auf dem hiesigen Friedhof«, sagte der Polizist. »Ihr geschiedener Mann wird im Lauf des Tages nach Frankfurt überführt. Ich dachte, das sollten Sie wissen, für den Fall, dass Sie ihn vorher noch mal sehen wollen.«

Mara schluckte. »Vielen Dank.«

Unwillkürlich traten ihr Tränen in die Augen. Sie konnte immer noch nicht begreifen, mit welcher Grausamkeit das Schicksal sie getroffen hatte. Dabei konnte sie im Grunde genommen noch froh sein, immerhin hatten Leni und sie die Sache unversehrt überstanden – natürlich abgesehen von dem erlittenen Schock und dem seelischen Schaden, an dem sie noch lange zu tragen haben würden. Vor allem Leni mit ihren fünf Jahren.

»Was macht der Zeitungsartikel?«, erkundigte sich Casale. »Geht es gut voran?«

»Sie erhalten den Bericht im Lauf des Nachmittags«, sagte Mara. »Falls es bis dahin Neuigkeiten gibt, die den Fall betreffen, geben Sie mir bitte kurz Bescheid. Dann lasse ich das in die endgültige Fassung einfließen.«

Casale nickte nachdenklich, machte aber keinerlei Anstalten zu gehen.

»Gibt es sonst noch etwas, worüber Sie mit mir sprechen wollen?«, fragte Mara.

Er fuhr sich mit der Hand nachdenklich durch den Bart. »Nein, eigentlich nicht. Abgesehen davon, dass ich das Gefühl habe, Sie verheimlichen mir etwas.«

Mara kam sich ertappt vor, glaubte aber nicht, dass Casale ihrem schrecklichen, kleinen Geheimnis auf die Schliche gekommen war. Die doppelten Wände im Haus und das unterirdische Verlies waren seit vielen Jahren nicht entdeckt worden – das würde sich jetzt nicht ändern.

»Warum denken Sie, dass ich Ihnen etwas verschweige?«, wollte sie wissen.

»Weil Sie gestern Nacht zwei Menschen verloren haben, die Ihnen nahestanden. Richard Schoenthaler hat sie kaltblütig umgebracht. Aber Sie machen auf mich nicht den Eindruck, als würden Sie befürchten, dass er zurückkommt, um nun auch Sie und Ihre Tochter zu töten. Wieso ist das so? Gibt es irgendetwas, das ich wissen sollte?«

Mara erwiderte nichts. Sie hatte sich noch nicht entschieden, wie es weitergehen sollte. Leni konnte sich weder an die Entführung noch an das, was danach passiert war, erinnern. Sie hatte die Ereignisse der Nacht verdrängt. Mara war somit die Einzige, die wusste, wo Richard Schoenthaler steckte, zumindest im Moment.

Ein dünnes Lächeln legte sich auf ihre Lippen, als sie an ihrem Kaffee nippte.

Vielleicht würde sie Casale ihr Geheimnis verraten.
Vielleicht heute.
Vielleicht morgen.
Vielleicht aber auch gar nicht.

Einige persönliche Schlussbemerkungen

Zuallererst: Ich entschuldige mich. Bei der Pfalz im Allgemeinen und bei den Gemeinden Maikammer und Edenkoben im Besonderen. Weder existiert der Ort Naunheim – den habe ich mutwillig in die Region gedichtet –, noch gab oder gibt es nach meinem Kenntnisstand einen wie von mir beschriebenen Serienmörder in dieser Gegend. Warum spielt »Morbus« nun ausgerechnet dort?

Vor vielen Jahren hatte ich beruflich in Sankt Martin zu tun, ich leitete dort einige Seminare. Seitdem hat es mich zwar nicht mehr dorthin verschlagen, und die Zeit mag meine Erinnerungen verklärt haben, aber wenn ich daran zurückdenke, habe ich eine wunderschöne Landschaft vor Augen – Bilder einer Idylle, in die das Böse kaum hineinzudenken ist. Genau deshalb erschien mir die Pfalz als Kulisse für meinen Thriller ideal: um zu zeigen, wie das Grauen in diese heile Welt einbricht. Ich hoffe, die Pfälzer verzeihen mir oder nehmen meine Wahl sogar als Kompliment. Hätte es mir damals nicht so gut dort gefallen, würde die Geschichte wahrscheinlich woanders spielen.

Die Entstehung eines Buchs ist ein langer Prozess. Von der ersten Idee bis zum fertigen Roman vergehen oft Jahre, so auch hier, und es gibt viele Beteiligte, die auf die eine oder andere Weise zum Erfolg beitragen. Ihnen allen möchte ich an dieser Stelle meinen aufrichtigen Dank aussprechen.

Da ist zunächst natürlich mein Verlag, allen voran meine Lektorin Andrea Diederichs, zu der ich im Lauf unserer Zusammenarbeit ein sehr offenes und vertrauensvolles Verhältnis entwickelt habe. Sie schafft es, meine Bücher mit kleinen Federstrichen deutlich zu verbessern, ohne mir als Autor das Gefühl zu geben, jemand habe sich »eingemischt« – eine hohe Kunst, die ich sehr schätze.

Auch meinem Agenten, Bastian Schlück, möchte ich meinen herzlichen Dank aussprechen. Er begleitet mich seit rund zwanzig Jahren mit Rat und Tat – und das, obwohl er zumindest in der Anfangsphase keinen müden Cent mit mir verdiente. Semper fidelis, Bastian. Ich schätze, das bleibt eine Bindung fürs Leben.

Wie üblich, danke ich auch meinen Jungs und Mädels vom Club der fetten Dichter. Unsere abendlichen Treffen sind jedes Mal eine Inspiration.

Zu guter Letzt gilt mein tiefempfundener Dank natürlich meiner Familie, ohne deren Unterstützung ich weder die Zeit noch die Nerven fände, meine Bücher zu schreiben. Sie alle akzeptieren meine vielen Stunden am Computer ohne zu murren, selbst wenn ich es manchmal übertreibe. Ich bin sicher, meine Frau hält sich – zumindest gefühlt – manchmal für alleinerziehend, und dass meine Kinder mich noch als Papa erkennen, grenzt an ein Wunder. Wie haltet ihr es nur mit mir aus? Ihr seid die Besten, und ich liebe euch sehr!

Mark Roderick
September 2019